rororo

Johanna Alba ist Kulturjournalistin und Kunsthistorikerin. Sie hat unter anderem in Rom studiert, wo sie in einer Künstler-WG gleich hinter dem Vatikan wohnte. Heute schreibt sie für verschiedene namhafte Magazine über Literatur, Kunst und Geschichte.

Jan Chorin ist Historiker und hat sich auf europäische Religions- und Geistesgeschichte spezialisiert. Die Autoren sind verheiratet und leben mit ihren Kindern in München.

Mehr Informationen unter
www.papstkrimi.de

JOHANNA ALBA & JAN CHORIN

Hosianna!

EIN PAPST-KRIMI

ROWOHLT TASCHENBUCH VERLAG

6. Auflage September 2025
Veröffentlicht im Rowohlt Taschenbuch Verlag,
Rowohlt Verlag GmbH, Kirchenallee 19, 20099 Hamburg

Originalausgabe
Zuerst veröffentlicht im Rowohlt Taschenbuch Verlag,
Reinbek bei Hamburg, November 2014
Copyright © 2014 by Rowohlt Verlag GmbH,
Reinbek bei Hamburg
Die Nutzung unserer Werke für Text- und Data-Mining
im Sinne von § 44b UrhG behalten wir uns explizit vor.
Umschlaggestaltung any.way,
Barbara Hanke/Cordula Schmidt
Illustration Kai Pannen
Satz Sabon PostScript, InDesign,
bei Pinkuin Satz und Datentechnik, Berlin
Printed in Germany
ISBN 978-3-499-26927-1

Kontaktadresse nach EU-Produktsicherheitsverordnung:
produktsicherheit@rowohlt.de

«Sie wickelte ihn in Windeln
und legte ihn in eine Krippe,
weil in der Herberge
kein Platz für sie war.»

Lukas 2,7

Prolog

Ihre nackten Füße auf dem Marmorboden. Ihre Hände auf dem steinernen Treppenlauf.

Die Stufen nach unten: einundzwanzig.

Und noch einmal: fünfunddreißig.

Das Licht der Straßenlaternen, diffus durch die hohen Fenster. Der brüchige Stuck. Das Portal mit dem Medusenhaupt. Das Vorzimmer, dunkel, mit geschlossenen Läden.

Sechzehn Schritte noch bis zur Tür.

Sie hüpfte nun, schmiegte sich für einen Moment in den hölzernen Türstock, tastete nach der schmalen Klinke. Geschmeidig gab das Schloss nach. Nun spürte sie die rauen Holzdielen unter den Zehen: der Dienstbotendurchgang, fensterlos.

Fünfeinhalb Schritte nur.

Und sie stand mitten im Raum.

Die Fensterflügel: aufgerissen. Die Brokatvorhänge: in Fetzen. Der Stuhl: umgestoßen auf dem Boden. Bücher und Blätter, verstreut, als hätte der Scirocco sie durchs Zimmer gefegt. Die Kleider: aus dem Schrank gerissen. Der Bilderrahmen auf dem Schreibtisch: zersplittert. Sie zog das Foto aus den Scherben. An die Aufnahme erinnerte sie sich noch genau: Sie hatte sich die langen, rotblonden Haare zu unzähligen Locken gedreht. Sie hatte nackt posiert, eine Sünderin vor den Augen des Herrn. Sie selbst war es gewesen, die das Bild hier aufgestellt hatte. Aber nun leuchtete es ihr entgegen. Verräterisch. Mit einem

Griff löste sie es aus dem Rahmen. Und schnitt sich dabei in die Hand.

Der Teppich hatte sich vollgesogen mit Regen und Feuchtigkeit. Die Nässe drang ihr unter die Haut, ließ sie die Zehen krümmen. Der Papierkorb umgestoßen, die Akten zerfleddert vor dem Kamin. Die letzte Glut, leuchtend in einem Berg von grauer Asche. Sie kauerte sich zusammen, machte sich ganz klein, ballte die Fäuste und drückte sie in die Augenhöhlen, lauschte ins Nichts.

Sie stellte sich vor, wie es gewesen sein musste.

Der Angriff, ganz unerwartet.

Der Stich, mitten ins Herz.

Die Verwüstung.

Die Stille danach.

Ein scharfer, schneller Luftzug hinter ihr, eine fast unmerkliche Bewegung im Raum. Sie konnte es spüren: Jemand war ihr gefolgt.

Sie streckte ihren Arm aus – und die Katze sprang mit einem Satz auf sie zu. Rot im letzten Feuerschein.

Blutrot, dachte sie.

Wie ihre eigene Hand.

I

Der Himmel glänzte. Die Wintersonne tauchte Rom in klares, kreidehelles Licht.

Und Schwester Immaculata lächelte.

Die päpstliche Haushälterin war adventlich gestimmt. Heute war ihr Tag. Ihr Fest. Der 8. Dezember, Tag der «Santa Maria Immacolata», der unbefleckten Empfängnis. Ein Feiertag, natürlich, wie könnte es anders sein. Makellos rein. Wie ihre Küche, das Buffet, der blank gescheuerte Tisch, vor dem sie jetzt an diesem heiteren Morgen stand.

Zufrieden blickte sie auf ihr Werk. Schwester Immaculata, die *Unbefleckte* – diesen Namen trug sie nicht umsonst. Sie hatte ihn selbst gewählt, als sie dem strengen Orden der Bußfertigen Begonninen beigetreten war. Jung war sie damals gewesen, dachte sie versonnen – und straffte sich sofort wieder. Jung, aber diszipliniert. Pflichtbewusst. Streng. Zu sich und den anderen. Deshalb hatte es auch nicht lange gedauert, bis man sie auserwählte: erst als Haushaltshilfe, dann als Haushälterin des Papstes im Vatikan. An vorderster Front kämpfte sie seither ihren täglichen Kampf: gegen Gottlosigkeit, Luxus, Habgier. Und seit der Römer Petrus auf dem Papstthron saß, auch noch gegen Völlerei und die sündhafte Leidenschaft des Fußballs.

Papst Petrus entsprach in keiner Weise Immaculatas strengen, katholischen Moralvorstellungen. Zu sehr war er den weltlichen Genüssen, vor allem der üppigen römischen Küche und dem süßen Gebäck, zugetan. Zu ihrem Bedauern sah man es ihm auch an. Außerdem pflegte der Heilige Vater einen merkwürdig milden Umgang mit seinen Gläubigen und entwischte immer wieder zu Fuß – oder, schlimmer noch, auf der Vespa seines Privatsekretärs Francesco – aus dem Vatikan. Und schließlich neigte er, für Immaculata besonders ärgerlich, zu Humor und guter Laune. In einer Welt, die zur Gottlosigkeit tendierte und ohnehin dem Untergang entgegentaumelte, waren solche Eigenschaften völlig fehl am Platze. Darum bedurfte Petrus mehr als jeder andere seiner Vorgänger ihrer harten Hand und ihrer entschiedenen Führung.

Sie seufzte, während sie sich ihren Brennnesseltee hauchdünn aufgoss und einen Tropfen mit dem Schwammtuch entfernte. Der letzte Papst hatte sie an ihrem Namenstag stets überrascht: mit einem Brevier, einem Rosenkranz, einer Sammeltasse aus Lourdes. Und einmal sogar – sie wurde rot, wenn sie nur daran dachte – mit einer Kernseife in Form des nackten, heiligen Jesuleins.

Im vergangenen Jahr hatte sie bei Papst Petrus vergeblich auf solch eine kleine Aufmerksamkeit gewartet. Morgens, gleich nach dem Aufstehen. Auch nach dem Mittagessen, der Nachmittagsandacht, dem Abendbrot hatte er sich nicht zu ihrem Namenstag geäußert. Diesmal aber hatte sie einen Heiligenkalender gekauft, auf Petrus' Schreibtisch gelegt – und vorsichtshalber schon gestern Abend die entsprechende Seite aufgeschlagen. Das Bild am 8. Dezember zeigte die Madonna im Strahlenkranz, mit den zarten Füßen einen Drachen zertretend. Daneben hatte sie mit Rotstift (und in Druckbuchstaben): «Hochfest der ohne Erbsünde empfangenen Jungfrau und Gottesmutter Maria, Santa Maria Immacolata» geschrieben. Das sollte als Erinnerung reichen.

Mit spitzen Fingern nahm sie die Caffettiera vom Feuer, die gurgelnd braune Brühe auf dem weißen Herd verspritzte. Papst Petrus bestand auf seinem morgendlichen Caffè, wie jeder andere vulgäre Italiener aus dem Volk. Mochte ihrer Meinung nach auch ein frisches Glas Wasser reichen, so wollte sie ihn heute nicht unnötig verärgern. Sie richtete das Tablett mit der Espressotasse und fand sogar noch zwei trockene, ungesüßte Haferkekse in der Schublade. Sie straffte ihre grauen Haare mit einer Klemme unter der Nonnenhaube, überprüfte den Sitz ihres Kragens, strich noch einmal über ihre gestärkte Festtagsschürze mit der kleinen Stickereiborte und öffnete die Küchentür. Kein Laut war zu hören. Ein gutes Zeichen.

Schwungvoll lief sie den Flur entlang, schwungvoll klopfte sie, schwungvoll öffnete sie die Tür zum päpstlichen Arbeitszimmer – und wäre beinahe der Länge nach gestürzt. Sie schaffte es gerade noch, das Tablett zu halten, doch der Espresso hatte sich schon über Teller, Kekse und, schlimmer noch, ihre Schürze ergossen. Wie durch ein Wunder war die päpstliche Soutane ohne den kleinsten Spritzer geblieben. Ein Wunder deshalb, weil Papst Petrus direkt vor ihr auf dem Boden kniete, inmitten einiger großformatiger und, wie sie sofort sah, äußerst schmutziger Pappkartons. Immaculata, gewöhnlich nie um eine scharfe Bemerkung verlegen, verschlug es die Sprache. Papst Petrus sah nicht einmal auf.

«Ich hätte mich in den letzten Jahren schon darum kümmern sollen», murmelte er und wühlte in einem großen Haufen Packpapier. «Ah, da ist es ja.»

Behutsam zog er einen kleinen, schmutzig weißen Wachsklumpen hervor und betrachtete ihn entzückt. Sein rundliches Gesicht glühte vor Freude. Er trug seine Lesebrille, sein Käppchen lag achtlos unter einem Haufen Packpapier. Seine wenigen, grauen Haare standen, verstrubbelt wie ein flaumiger Strahlenkranz, rings von seinem Kopf ab.

Immaculata fasste sich.

«Heiliger Vater», sagte sie in einem Ton, der nichts Gutes verhieß. «Hätten Sie irgendeine Erklärung für dieses, dieses ...» – sie schnaufte kurz – «für dieses unwürdige Chaos an einem hochheiligen und feiertäglichen Morgen?»

Papst Petrus blickte irritiert nach oben. Seine Haushälterin hielt noch immer das Frühstückstablett umklammert, auf der die Espressotasse in der braunen Brühe herumrutschte. Ihre weiße Schürze war mit feinen Spritzern überzogen.

«Schade um den schönen Caffè», versuchte er es. Merkte aber sofort, dass dies der falsche Ansatz war. Er richtete sich ächzend auf und entschied sich für Angriff.

«Meine liebe Schwester Immaculata», sagte er in einem salbungsvollen Tonfall. «Vielleicht ist Ihnen gar nicht bewusst, welcher Tag heute ist?»

Immaculata sah ihn fassungslos an.

«Nun, dann wollen wir doch einmal das Datum überprüfen», sagte Petrus und nahm den Jahreskalender seines römischen Lieblingsfußballvereins von der Wand. Auf dem Dezemberbild wirbelte einer der Spieler in einem Salto über das Spielfeld – vor Freude über das gerade geschossene Tor.

«Heute», dozierte er, «ist der 8. Dezember. Und in ganz

Italien beginnt damit traditionell die Weihnachtszeit. Ein besonderer Tag, liebe Immaculata, besonders für die vielen Familien in Italien, die am heutigen Festtag nach alter Sitte den Weihnachtsbaum aufstellen. Oder, wenn sie keinen haben», hier blickte er seine Haushälterin scharf über den Rand seiner Lesebrille an, «zumindest die Weihnachtskrippe vom Dachboden holen. Und, liebe Immaculata, genau das habe auch ich gerade getan.»

Mit einer weit ausholenden Handbewegung präsentierte er stolz die Landschaft aus Pappkartons und Staubflocken, die sich zwischen dem Schreibtisch und seinem kardinalroten Lieblingsohrensessel ausbreitete.

«Das Jesuskind habe ich zwar noch nicht gefunden, aber ...»

Er beugte sich zu den Kartons und wühlte in ihnen herum. Die Brille rutschte dabei von seiner beachtlichen Römernase, was ihn aber nicht zu stören schien, denn er tauchte kurz darauf ohne wieder auf. In der Hand hielt er vorsichtig ein kleines Figürchen aus Holz.

«Diesen Josef hat mein Vater geschnitzt, genauso wie die Hirten und die ganze Heilige Familie. Meine Mutter hat die Kleider genäht und die Hüte. Die Schafe ...» – hier hielt er triumphierend wieder den kleinen Wachsklumpen hoch – «sind noch von meiner Nonna. Genauso wie der erste König. Die beiden anderen hat meine Mutter später auf dem Markt aus Plastik nachgekauft. Am besten aber ...», er tauchte wieder in den neben ihm stehenden Karton, «ist das Wasserrad. Leider ist es, äh, eher reparaturbedürftig ...» Bekümmert sah er auf einige kleine Holzstückchen, die nun lose in seiner Hand lagen.

Immaculata hatte sich noch immer nicht gerührt. Nicht nur, dass Petrus ganz offensichtlich ihren Namenstag ignorierte, er besaß auch noch die Stirn, am heiligen Feiertag das Arbeitszimmer in Schutt und Asche zu legen. Statt eine Messe zu lesen, theologische Werke zu studieren und erleuchtete Predigten zu verfassen, baute er eine Krippe auf wie der kleine Mann aus dem Volk. Und natürlich ging es ihm dabei nicht um die Geburt des Herrn, sondern um die niedlichen Schnitzereien, die possierlichen Kleidchen, technische Spielereien und die Freude am Basteln. Kinderkram also. Nicht einen Tag länger würde sie sich das bieten lassen. Noch heute würde sie einen Brief an ihren Mutterorden aufsetzen und um sofortige Rückkehr ins Kloster bitten. Sollte sich doch eine andere in diesem Sündenpfuhl herumärgern. Sie jedenfalls würde ohne ein weiteres Wort kündigen.

Entschlossen drehte sie sich um – und ließ das Tablett mit lautem Klirren auf den Boden fallen, als eine riesige, rot getigerte Katze wie der Leibhaftige an ihr vorbei zur Tür hereinsprang.

II

«Hallo, hallo? Hallo, Angelo, bist du da?» Papst Petrus horchte auf. Es kam nicht häufig vor, dass er im Vatikan bei seinem Taufnamen gerufen wurde. Im Grunde konnte das eigentlich nur eines bedeuten ...

Und wirklich: Noch ehe Immaculata die Tür mit Hinweis auf die päpstlichen Privatgemächer wieder zudrücken konnte, standen sie auch schon in seinem Arbeitszimmer, inmitten des Papiergewühls: zwei ältliche Damen, die eine rundlich, mit widerspenstigen grauen Löckchen, die andere schmal und hager, die weißen Haare zu einem sorgfältigen Dutt gedreht.

«Angelo», zwitscherte die Hagere, «da bist du ja.»

Und: «Oh Angelo», fiel ihr die Rundliche ins Wort, «wir wollten dich ja gar nicht stören, Tesoro, aber es ist etwas Furchtbares passiert.»

«Etwas Furchtbares», setzte die Hagere wieder an und riss die Augen weit auf.

«So entsetzlich, *caro mio*, dass wir sofort zu dir geeilt sind. Und den Monsignore haben wir auch gleich mitgebracht. Er ist noch ganz verstört.» Sie wies auf den majestätischen, feuerroten Kater, der ganz oben auf einer der Kisten saß und sich völlig ungerührt vom Kopf bis zu den Schwanzhaaren putzte.

Immaculata hatte zu ihrer alten Form zurückgefunden. Sie stieg über das Tablett hinweg auf die beiden älteren Damen zu. «Sie», sie bohrte ihren Zeigefinger in den Wintermantel der Dickeren. «Sie ... Sie kommen hier einfach so herein ... mit diesem schmutzigen, fetten, abscheulichen Vieh ...»

Die rundliche Dame sah sich erschrocken um. «Ist hier irgendwo ein Vieh?»

«Sie meinen doch nicht etwa den Monsignore?», sagte die Hagere ungläubig.

«Marta! Maria! Was macht ihr denn hier?» Petrus schälte sich aus seinen Kartons und ging auf seine Schwestern zu, die freundlich und leutselig lächelten, wie sie es seit ihren Mädchentagen getan hatten. Schon damals waren sie unzertrennlich gewesen, steckten kichernd zusammen und hatten alle Männer, die es wagten, sich um eine der beiden zu bemühen, in die Flucht geschlagen. Viele waren es ohnehin nicht gewesen, da die beiden nicht eben zu den

Schönheiten von Trastevere zählten. Doch das störte sie nicht weiter. Ihre weitgespannten Interessen füllten ihre Tage aus; sie reichten vom Anfertigen raffinierter Häkeldecken bis zur Lektüre blutrünstiger Spannungsromane.

Vor allem aber verstanden sich beide – und dies war der Grund, warum Immaculata ihnen besonders feindlich gesinnt war – vorzüglich auf die traditionelle römische Küche. Martas Schwerpunkt waren reichhaltige Suppen, während sich Maria mit Energie raffinierten Nachspeisen widmete. Außerdem waren beide vorzügliche Konditorinnen. Eigentlich nicht weiter verwunderlich, denn Petrus, seine beiden älteren Schwestern und zwei jüngeren Brüder stammten aus einer alteingesessenen Bäckersfamilie. Nach vielen Jahrzehnten, in denen sich die beiden als Haushälterinnen in den Palazzi reicher Römer betätigt hatten, kümmerten sie sich nun im Alter um die römischen Katzen, die zu Tausenden die antiken Ruinen, Hinterhöfe und Parks bevölkerten. Wie die vielen anderen «gattare», wie man die älteren Katzenfreundinnen Roms nannte, fütterten Marta und Maria seit Jahren die streunenden Tiere und bemühten sich besonders um kranke Exemplare. So war der Monsignore zu ihnen gekommen und seitdem nicht mehr von ihrer Seite gewichen.

«Darf ich Ihnen helfen, liebe Immaculata?», fragte Maria freundlich und wollte sich zu den Scherben bücken.

«Das kann ich alleine. Es ist meine Pflicht – und ich vermag sie zu tun.» Immaculata sammelte mit eisiger Miene das Tablett und die Scherben auf. Wenig später hörte man sie in der Küche hantieren.

Ungewöhnlich laut, wie Petrus fand.

Zwischen seinen Schwestern und Immaculata hatte es schon immer Spannungen gegeben. Dabei besuchten Maria und Marta nahezu täglich die Messe und gehörten zu den eifrigsten Rosenkranz-Beterinnen der Heiligen Stadt. Gleich zu Beginn seines Pontifikats hatte Petrus versucht, zwischen den Schwestern und Immaculata einen guten Kontakt herzustellen – vergeblich. Von einem Kaffeebesuch bei den Schwestern, zu dem Petrus seine Haushälterin mitgenommen hatte, war sie zornschnaubend zurückgekehrt. Sie hatte die drei üppigen Torten gerügt und ihr Missfallen über den Raumschmuck der beiden Damen kundgetan. Den Einwand des Heiligen Vaters, die Wände seien ausschließlich mit Heiligenbildern geschmückt, hatte sie nicht gelten lassen und entrüstet die Motive aufgezählt: ein nahezu unbekleideter Augustinus («Er lebte als Einsiedler in einer Höhle – da trägt man doch nur wenig, liebe Immaculata!»), einen völlig nackten heiligen Sebastian vor seiner Hinrichtung («Die Römer haben ihn ausgezogen, damit ihre Pfeile besser treffen – was können Maria und Marta dafür?») und mehrere Darstellungen des Herrn am Kreuz, bei denen die Künstler die verschiedenen Muskelpartien durch Licht- und Schatteneffekte plastisch ausgestaltet hatten.

«Ist sie nicht wohlauf, deine gute Seele?», fragte Maria, die rundliche Schwester, mitfühlend.

«Sie sollte sich vielleicht hinlegen», sagte Marta.

«Genau, und sich schonen», ergänzte Maria. «Schließlich ist doch heute ihr Namenstag.»

Petrus ließ sich seufzend in seinen Lieblingsohrensessel fallen. Das war es also, was ihm diesen überaus anstrengenden Morgen bescherte: Er hatte Immaculatas Namenstag vergessen. Wie entsetzlich! Das würde er büßen müssen, wochenlang, vielleicht sogar bis Weihnachten: kein ungestörtes Frühstück mehr, keine geselligen Kardinalsrunden am Abend, kein gemütliches Fußballschauen am Sonntagnachmittag mit seinem Privatsekretär Francesco. Keine kurzen Abstecher mit seiner schönen Pressesprecherin Giulia in Trattorien. Kein Zucker in den Caffè, keine Sportzeitung, kein Schlummertrunk am Abend. Alles, alles würde sie ihm verderben. Oh, und Weihnachten erst: Sie brachte es fertig und ließ ihn am Heiligen Abend ohne Essen und Tannenbaum sitzen.

Ob sie ihm das überhaupt je verzeihen würde, wusste nur der Heilige Geist. Schließlich erinnerte er sich noch dunkel an das Drama des letzten Jahres.

«Vor lauter Aufregung hatten wir noch nicht einmal Gelegenheit, ihr zu gratulieren», plapperte seine Schwester Maria weiter. «Dabei ...»

«... haben wir ihr doch etwas mitgebracht ...», ergänzte Marta. Sie ging zu Petrus' Schreibtisch und schob das aufgetürmte Packpapier beiseite. Dann stieß sie einen kleinen entzückten Schrei aus. «Maria, guck doch mal, Angelo hat unsere alte Krippe hervorgeholt.» Behutsam wickelte sie einen kleinen Hocker aus dem Papier. «Der Schemel für die heilige Muttergottes. Und hier ist ja auch die Stalllaterne. Hast du schon ausprobiert, ob sie noch geht, Tesoro mio? Oh, wir müssen dir unbedingt beim Aufbau helfen, das wirst du alleine gar nicht schaffen. Und Maria und ich könnten ein paar der Kleider flicken und ersetzen, da ist doch in all den Jahren sicher einiges kaputtgegangen. Das werde ich mir gleich einmal ansehen. Aber erst einmal ...», sie kramte in ihrem Korb und brachte ein weißes Spitzendeckchen und einen golden verzierten Porzellanteller zutage, «... erst einmal wollen wir uns um deine liebe, herzensgute Schwester Immaculata kümmern.»

Marta ließ einen tiefschwarzen und sensationell duftenden Schokoladenkuchen aus der Form gleiten. Außerdem zog sie, neben Kuchengabeln, Tellern und Servietten, auch noch ein Sträußlein rosa- und fliederfarbener Seidenblumen aus dem Korb. Und zuletzt noch ein silbernes Döschen, auf dessen Deckel Maria auf einer Wolke zu sehen war, umgeben von kleinen, dicklichen Putten.

Petrus sah seine Chance gekommen. Es war seine einzige.

«Euch schickt der Himmel», sagte er zu seinen Schwestern. Er schob die Kartons zur Seite, wühlte in seiner Schreibtischschublade und zog zufrieden eine Marienkerze heraus. Ein Antrittsgeschenk des neuen Erzbischofs von Köln.

Als Immaculata wenig später missmutig mit einem neuen Tablett das Arbeitszimmer betrat, strahlte ihr Papst Petrus entgegen, eingerahmt von seinen Schwestern. In den Händen hielt er ein zierliches Sträußchen aus Seidenblumen, auf seinem Schreibtisch brannte eine Kerze, dahinter stand der Schokoladenkuchen, begehrlich beäugt von dem enormen Kater.

«Na, meine Liebe, ist die Überraschung gelungen? Wir gratulieren dir ganz herzlich zu deinem Ehrentag.»

Marta nahm ihr resolut das Tablett aus der Hand, Maria schob die Haushälterin in den päpstlichen Ohrensessel. Immaculata blickte, immer noch argwöhnisch, auf den Heiligen Vater, der ihr das Seidensträußlein entgegenhielt.

«Dann wollen wir mal.» Petrus drückte ihr die Blumen entschieden in die Hand und näherte sich dem Schokoladenkuchen.

«Bevor ein anderer es tut», sagte er und sah den Kater scharf an.

III

Als Petrus sein erstes Stück Kuchen verputzt hatte und nach einem ordentlichen Schluck Caffè das zweite in Angriff nahm, funktionierte sein Verstand wieder.

«Was gibt es denn nun so Entsetzliches, meine Lieben, dass ihr an einem friedlichen Feiertagmorgen in den Vatikan stürmt?»

«Ach, Amore, wir haben eine schreckliche Entdeckung gemacht», sagte Maria und presste eine der Spitzenservietten vor ihren Mund.

«Ganz furchtbar. Wir sind sofort zu dir gekommen, um dir davon zu erzählen und dich um Rat zu fragen», sagte Marta.

«Sofort heißt, nachdem ihr den Kuchen fertig gebacken hattet?»

Marta errötete und warf ihrer Schwester einen kurzen Blick zu. «Kuchenbacken beruhigt.»

«Und hilft beim Nachdenken», ergänzte Maria. «Wir glauben nämlich, dass in unserem Palazzo ein Unglück geschehen ist.»

«Ja, ein Unglück. Stell dir vor. Unter uns wohnt nämlich seit einiger Zeit ein spanischer Priester», sagte Marta.

«Ein gut aussehender junger Mann mit schwarzen Locken.»

«Und mit einem Dreitagebart. So gepflegt.»

«Wir haben ihn gestern zuletzt gesehen.»

«Und heute morgen war dann der Monsignore verschwunden.»

Petrus sah seine Schwestern irritiert an.

«Na, *der* Monsignore», sagte Maria und wies ungeduldig auf den Kater, der sich verdächtig den Schnurrbart leckte.

«Wir haben ihn überall gesucht, manchmal klettert er auch die Stufen bis zum Dachboden hinauf ...»

«Wir sind durch den ganzen Palazzo gelaufen und haben nach ihm gerufen ...»

«*Monsignore, Monsignore* ...»

«Aber er ist einfach nicht gekommen.»

«Dann haben wir gesehen, dass unten die Tür zu Juans Zimmer geöffnet ist ...»

«... das ist der junge, gut aussehende Spanier ...»

«... denn der Wind hat die Tür immer auf und zu geschlagen ...»

«... und dann sind wir reingegangen und haben gesehen ...»

«... dass der Monsignore mitten im Zimmer sitzt.»

«Aber, Tesoro, das Zimmer ...»

«... sah ganz unheimlich aus ...»

«... alles war herausgerissen und umgekippt und in Scherben und ...»

«... von Juan gar keine Spur ...»

«... nicht eine!» Marta holte kurz Luft. «Weißt du, er ist so ein zuverlässiger Junge.»

«Ja, er trägt uns immer die Einkaufstüten nach oben.»

«Und lädt uns manchmal sogar auf einen Caffè in die Bar an der Ecke ein.» Marta kicherte – und Maria sah sie strafend an.

«Jedenfalls sind wir in großer Sorge ...»

«Aber wir wollten nicht gleich zur Polizei gehen. Na, man weiß ja manchmal nicht, ob diese jungen Leute nicht doch in Schwierigkeiten stecken ...»

«... Juan natürlich nicht, so ein herzensguter Ragazzo», sagte Maria. «Aber wir haben gedacht ...»

«... du hast doch eine Vorliebe für solche Fälle, nicht

wahr? Und du warst immer so erfolgreich – gerade dann, wenn die Polizei nicht weiterkam ...»

«... und es ist eben doch diskreter, wenn jemand aus der Familie nach dem Rechten sieht und nicht so ein Kriminalpolizist, nicht wahr? Möglicherweise hat Juan ja doch ...»

«... und nun ist er verschwunden ... wir haben noch kurz abgewartet, ob er nicht wieder auftaucht ... aber nachdem er immer noch nicht zurück ist ...»

Die beiden sahen ihn erwartungsvoll an.

Petrus schaufelte gedankenverloren den Rest des Kuchens in sich hinein und dachte an die Vergangenheit: an den geheimnisvollen Tod seines Freundes Rotondo, an die verschwundene Petrusreliquie, an die Machenschaften des Kardinals Oscuro. Es waren spektakuläre Fälle gewesen, in denen es – unbemerkt von der Öffentlichkeit – um den Fortbestand der Kirche gegangen war, um die Ehre seines Pontifikats, manchmal auch um sein Leben. Hier verhielt es sich anders: Seine Schwestern vermissten einen jungen Priester, dessen Wohnung verwüstet worden war. Dafür konnte es viele Erklärungen geben, die meisten waren harmlos.

Petrus blickte zu der Kuchenplatte, die Immaculata entschlossen von ihm wegzog. Nachdenklich rührte er die Crema in seiner Tasse auf.

Das unaufgeräumte Zimmer konnte auf eine überstürzte Abreise hindeuten. Einen harmlosen Wohnungseinbruch. Oder ließ sich mit einem Trinkgelage erklären. Handelte es sich allerdings tatsächlich um eine Gewalttat, konnte es ungemütlich werden. Schon wieder Ungemach mit einem Priester – nach den Vorfällen der letzten Zeit?

Petrus rekapitulierte in Gedanken das Sündenregister der Kurie und beschränkte sich dabei auf das letzte halbe

Jahr: ein hochrangiger Kleriker der Glaubenskongregation, der regelmäßig seine sehr jungen und sehr blonden Nichten empfing, um sie zu spirituellen Übungen anzuleiten – bis die Medien herausfanden, dass er keine Geschwister hatte und darum auch keine Nichten haben konnte. Ein Mitarbeiter der Vatikanbank, der die Konten katholischer Obdachlosenheime geplündert hatte, um seine Luxusurlaube zu finanzieren. Und nun also eine verwüstete Priesterwohnung, ein verschwundener Geistlicher – der nächste Skandal wäre perfekt.

Noch bevor Petrus etwas erwidern konnte, schaltete sich Immaculata ein: «Meine verehrten, lieben Damen. Wir sind Ihnen wirklich ganz außerordentlich dankbar für Ihren Besuch und die überaus freundlichen Aufmerksamkeiten zu meinem Namenstag. Aber, wie schon erwähnt, feiern wir heute das Hochfest unserer lieben Madonna, und der Papst ...», an dieser Stelle warf sie Petrus einen scharfen Blick zu, «ist nun einmal der *Papst*. In seiner Eigenschaft als Stellvertreter Christi», hier hob sie die Stimme leicht an, «ist es ihm leider nicht möglich, in alten baufälligen Palazzi herumzukriechen, nur weil ein Stuhl umgefallen ist und sich ein junger Geistlicher irgendwo herumtreibt. Heute Nachmittag wird unser Heiliger Vater», wieder sah sie Petrus streng an, «vor Hunderten Gläubigen an der Mariensäule der Piazza di Spagna beten, und ...»

«Heute Nachmittag, liebe Immaculata, heute Nachmittag», sagte Petrus, dessen Widerspruchsgeist durch die moralinsaure Ansprache sofort erwacht war. Außerdem fühlte er sich gestärkt durch Caffè und Schokoladenkuchen. «Aber nun haben wir ja noch Vormittag. Es ist, glaube ich, besser, wenn ich selbst nach dem Rechten sehe.»

«Wir haben äußerst fähige Polizisten in Rom.» Immaculata startete einen letzten Versuch, diesen unwürdigen Ausflug zu verhindern. «Sie sind bestimmt in der Lage, die Lösung des Rätsels zu finden.»

«Das befürchte ich auch, liebe Immaculata», sagte Petrus freundlich. «Und genau deshalb ist es vielleicht besser, wenn ich mich selbst darum kümmere.»

IV

Wie viele Jahre war er nicht mehr hier gewesen? Fünf waren es bestimmt. Seit dem letzten runden Geburtstag seiner Schwester Marta.

Petrus sah sich um und schlug den Kragen seines alten Priestermantels etwas höher. Niemand würde in ihm auf den ersten Blick den Papst vermuten. Die Verkleidung hatte ihm schon viele gute Dienste geleistet. Selbst seinen Fahrer hatte er darum gebeten, ihn um die Ecke, in der Via delle Botteghe Oscure, aussteigen zu lassen, um nur ja kein Aufsehen zu erregen. Er genoss seine gelegentlichen geheimen Ausflüge vom Papstsein sehr – vor allem wenn er dadurch Schwester Immaculatas Kontrollzwang entkommen konnte.

Die Piazza hatte er schon immer gemocht: ein winziger, versteckter Dorfplatz mitten in der Stadt. Schlichte Palazzi schlossen ihn vom umgebenden Straßengewirr fast vollkommen ab. Die Mauern leuchteten weiß, gelb und ockerfarben in der Vormittagssonne, die braunen und himmelblauen Fensterläden waren weit geöffnet. Sogar einen Brunnen gab es: eine große runde Marmorschale, getragen von vier nackten Knaben. Dicke Puttenköpfe spuckten Wasser in muschelförmige Becken. Die Krönung waren jedoch die kleinen bronzenen Schildkröten, die über den Köpfen der Knaben ins Wasser krabbelten. Schon als Kind hatte er diesen Brunnen geliebt, er erinnerte sich, dass er seine Mutter immer angebettelt hatte, bei Einkäufen einen Umweg über den kleinen Platz zu machen. Außen herum gab es noch viele Handwerksbetriebe, die allerdings heute, am Feiertag, ihre Jalousien und Gitter heruntergelassen hatten. Nur die kleine Bar gegenüber war geöffnet, eine Tatsache, die Petrus mit Genugtuung zur Kenntnis nahm.

Der Palazzo, in dem seine Schwestern nun schon seit vielen Jahren wohnten, wirkte noch baufälliger, als er ihn in Erinnerung hatte. Vier Stockwerke hoch, von einem mächtigen Gesims gekrönt, war er sicher einmal das Prunkstück dieser Piazza gewesen. Doch die ehemals braunen Fensterläden hinter den schmiedeeisernen Gittern blätterten ab, der helle Putz war fleckig und von Löchern durchsetzt. Und einige der geöffneten Fenster im ersten Stock waren offensichtlich schon länger nicht mehr geputzt worden.

Maria hantierte umständlich an dem antiken Türschloss und schob, unterstützt von Petrus, die mächtigen Türflügel auf. Mit lautem Gepolter rumpelten sie über die Fliesen. Wie immer staunte Petrus über das prächtige marmorne Treppenhaus, das sich hinter der verfallenen Fassade versteckte. Die Treppe schraubte sich in kühnem Schwung nach oben. Weiße Balustraden begrenzten die Stockwerke. An den Wänden befanden sich Fresken, die einmal geleuchtet haben mussten, himmelblau und goldgelb, und nun nur noch mit Mühe zu erkennen waren. Über den gemalten Himmel an der Decke fuhr Apoll in seinem Sonnenwagen – die vier vorgespannten Pferde waren bereits verblichen.

Nachträglich hatte man noch einen Kronleuchter in das Gemälde gerammt, der viel zu schwer herunterhing. Von irgendwoher wehte der Wind knisternd eine Plastikplane herein, offensichtlich war eines der Fenster gesprungen und nur notdürftig abgedeckt worden. Der Stuck bröckelte erbarmungslos. Und doch waren Glanz, Geschichte und Grandezza dieses Palazzos immer noch spürbar.

Seine Schwestern führten ihn die Treppe hinauf in den ersten Stock – und ignorierten großzügig kleinere Schutthäufchen und abgebrochene Marmorfliesen. Marta trug noch immer ihren dicken Kater auf dem Arm wie einen kostbaren Muff.

«Wie gut, dass du gekommen bist, Angelo, das Zimmer sieht wirklich schlimm aus und dabei ...»

«... ist unser Juan doch immer so ordentlich ...»

«... so sorgfältig und genau in allem ...»

«... ein höflicher junger Mann, der einem immer die Tür aufhält ...»

«... und der für uns auch schon mal kleine Besorgungen macht ...»

«... wie du weißt, sind wir ja leider nicht mehr so gut zu Fuß», beendete Marta den Satz.

Das allerdings hielt Petrus für ein Gerücht, als er seine beiden Schwestern eifrig vor sich her trippeln sah. Dieses Bild war ihm aus seiner Kindheit durchaus vertraut: die beiden als Mädchen, damals noch mit festen Zöpfen, trippelnd und hüpfend voraus, er an der Hand seiner Mutter hinterher. Sonntag für Sonntag ging das so, auf dem Weg zur Kirche Santa Maria in Trastevere. Und danach, auf dem feierlichen Spaziergang zurück. Das änderte sich erst, als seine beiden kleineren Brüder mühsam hinter *ihm* herstapften.

«Was wisst ihr über diesen Priester?» Petrus hatte Mühe, den Anschluss nicht zu verlieren.

Sie durchquerten einen Saal, der früher einmal eine Art Empfangsraum gewesen sein musste, mit blinden Spiegeln an den Wänden und grünen Samtsesseln in den Fensternischen. Die hölzernen Läden waren geschlossen, doch durch die abgesplitterten Paneele drang das Licht in staubigen Streifen in den Raum. Über dem Portal prangte ein fürchterliches Medusenhaupt aus weißem Stuck. Aus dem abgeschlagenen Kopf quollen die Augen hervor, statt der Locken ringelten sich dicke Schlangen um den Schädel.

«Wann habt ihr zuletzt mit ihm gesprochen?», fragte Petrus.

«Gestern Nachmittag …»

«… am späten Nachmittag …»

«… fast schon am Abend …»

«… er kam wahrscheinlich vom Rosenkranzgebet …»

«… ja, er geht immer in die Messe, so fromm ist er, unser Juan …»

«… genau hier, im Treppenhaus, sind wir ihm begegnet.»

«Wir hatten Kekse gebacken, Orangenkekse …»

«… Schokoladenkekse …»

«… die isst er so gerne …»

«… und da sagte Marta …»

«… nein, du warst es, Maria …»

«… möchten Sie nicht ein paar davon probieren?»

«Aber er hat abgelehnt. Obwohl das gar nicht seine Art war.»

«Dann ist er in sein Zimmer gegangen. Müde hat er ausgesehen.»

«Und über Kopfschmerzen geklagt.»

«Darum sind wir später noch einmal hinunter …»

«… um ihm die Orangenkekse zu bringen …»

«… die Schokoladenkekse …»

«… und da haben wir auch sein Zimmer gesehen. Ganz ordentlich sah es aus, aufgeräumt wie immer …»

«… nicht so wie jetzt …»

Die Tür zu dem ehemals hochherrschaftlichen Schlafzimmer war nur angelehnt, und Marta zögerte kurz. Dann gab sie der Tür einen beherzten Schubs, und sie schwang weit auf in den Raum.

V

Verwüstet. Ein anderes Wort fiel Petrus nicht ein. Ein Luftzug wirbelte die Papiere auf, die überall verstreut lagen. Die Vorhänge bauschten sich in Fetzen ins Zimmer. Die Türen des Kleiderschranks standen offen, Wäsche, Hemden, Soutanen lagen zusammengeknüllt auf dem Boden. Der Teppich war mit Scherben übersät. Flecken bedeckten den braunen Teppich. Petrus bückte sich instinktiv und berührte die dunklen Schatten. Sie fühlten sich feucht an.

Vorsichtig stieg er über das Chaos und näherte sich dem Schreibtisch. Feine Splitter überzogen die Papiere und Bücher. Selbst die Lampe lag in Scherben.

Seine Schwestern standen im Türrahmen und ließen ihn nicht aus den Augen.

«Was denkst du, Angelo, sag doch etwas …»

«… ja, bitte, sprich mit uns. Denkst du, dass unser Juan …»

«… in Schwierigkeiten steckt?»

«Ich denke jedenfalls nicht», sagte Petrus, «dass er nur

verreist ist. Auf eine Erklärung dieser Art hatte ich gehofft – offen gestanden. Es hätte ja sein können, dass er überraschend wegmusste: ein Todesfall in der Familie oder so etwas. Er reißt den Koffer vom Schrank, der Reisepass fehlt, er zieht alles aus den Schränken, stößt dabei etwas versehentlich um ... Aber ich glaube nicht, dass es sich so einfach verhält.»

Vorsichtig ließ er einen der Splitter durch seine Finger gleiten.

«Habt ihr beiden denn irgendetwas gehört?»

«Nein, das heißt, ja, man hört natürlich manchmal, wenn Juan herumgeht, wenn er seinen Schreibtischstuhl zurückschiebt, wenn er sich nebenan ein Bad einlässt.» Marta errötete.

«Bekam er denn gestern Besuch?»

«Nein!» Marta schien geradezu entrüstet.

«Das hätten wir gehört. Die Eingangstür quietscht und kracht so laut, wenn man sie öffnet ...»

«... dann hören alle im Palast das. Sie müsste dringend mal repariert werden, man bekommt sie ja kaum auf, wenn man den Einkaufskorb in der einen Hand trägt und in der anderen vielleicht noch einen Schirm ...»

«... und das Treppenhaus hallt, man hört jeden einzelnen Schritt auf den Marmorstufen. Und durch die Balkendecken kann man manchmal sogar einzelne Worte verstehen. Ich erinnere mich noch genau, als Eve, die Schriftstellerin, hier für ihr neues Stück geprobt hat, da konnte man ganz deutlich ...»

«Seid so gut, ihr Lieben, und lasst mich einen Moment allein. Ich muss nachdenken, was zu tun ist. Und vor allem» – er warf einen misstrauischen Blick auf den dicken Kater im Arm seiner Schwester – «bringt euren Monsignore hinaus. Womöglich richtet er hier noch mehr Unordnung an.»

Die Schritte seiner Schwestern entfernten sich klappernd auf dem Marmorgang. Suchend sah er sich um. Der Schreibtischstuhl, ein schöner Lehnsessel, lag umgekippt vor dem Sekretär. Er hob ihn auf, wischte mit dem Ärmel seines Priestermantels über den ledernen Bezug und setzte sich.

Warum war Juan verschwunden?

Ein Trinkgelage wäre eine Erklärung, eine wüste Party – und danach ein Spaziergang zur Ausnüchterung. Eine Nacht auf der Parkbank. Ein Sturz, betrunken in den Tiber. Doch diese Erklärung schied aus: Die Schwestern hätten die Besucher an der Tür und auf der Treppe gehört, in der Wohnung müssten Flaschen herumliegen. Und die Polizei hätte irgendwann einen verkaterten Juan abgeliefert. Vor allem aber passten solche Exzesse nicht zu einem wohlanständigen, hilfsbereiten jungen Mann. Er selbst war Juan nie begegnet und konnte sich also nur ein Bild machen aus dem, was seine Schwestern ihm erzählten. Und aus dem, was er selbst sah. Petrus drehte den Schreibtischstuhl so, dass er in den Raum blickte, und nahm Platz.

Die antiken Möbel.

Der weit geöffnete Kleiderschrank.

Das zerwühlte Bett.

Die aufgerissene Kommode.

Die fast leeren Bücherregale.

Waren das alles Juans Möbel? Wohl kaum – er hatte sie sicher nicht aus Spanien hierherschaffen lassen. Also hatte er das Zimmer möbliert übernommen. Oder hatte er die Stücke in Rom gekauft? Liebte er alte, mit Intarsien geschmückte Kommoden – oder hatte er sie billig bekommen und deshalb hier aufgestellt? Waren es Fundstücke aus dem Keller des Palazzos, die er entstaubt, repariert und nach oben geschafft hatte?

Petrus stand auf und ging im Raum umher, zum Fenster, zu den Regalen, zum offenen Kamin. Frische Asche häufte sich darin, Papierfetzen lagen außen herum verstreut. Hatte Juan eingeheizt? War er ein Romantiker, der offenes Feuer liebte? War es ihm kalt geworden, hier in dem riesigen Raum? Hatte er etwas verbrannt – und danach das Fenster geöffnet?

Eine schmale Tür führte auf den Dienstbotengang mit knarzenden Holzdielen. Und von dort ging es in ein kleines Badezimmer. Petrus warf nur einen kurzen Blick hinein. Hier war alles in Ordnung. Das Handtuch hing sorgfältig gefaltet über der Stange, auf dem kleinen Brett unter dem Spiegel lagen Zahnbürste, Zahnpasta und Kamm.

Er kehrte zurück in Juans Zimmer. Gestern noch hatten seine Schwestern ihn lebend gesehen. Sie hatten sich nach ihm erkundigt und ihm Schokoladenkekse gebracht.

Und dann?

Petrus schloss die Augen und versuchte, sich das alles vorzustellen: Juan, wie er hier im Zimmer stand. Die Kekse seiner Schwestern noch in der Hand. Er hatte über Kopfschmerzen geklagt. Hatte er sich auf sein Bett gelegt, sich ausgeruht, damit der Schmerz verschwand? War er unruhig im Zimmer umhergewandert? Hatte er sich an seinen Schreibtisch gesetzt und gearbeitet?

Dann war etwas passiert. Musste etwas passiert sein.

Noch am selben Abend? In der Nacht? Oder erst heute Morgen?

Ein leises, kaum wahrnehmbares Rascheln ließ ihn die Augen öffnen: Der rote Kater hatte sich zurück ins Zimmer geschlichen. Lautlos hüpfte er auf den Schreibtischstuhl und sah ihn provozierend aus grünen Augen an.

Petrus schob ihn energisch herunter und setzte sich wieder.

Wer bist du, Juan?

Was wolltest du hier in Rom?

Ein junger spanischer Priester. Gut aussehend, wenn man seinen Schwestern glauben durfte. Auf der Fahrt zum Palazzo hatten sie ihm erzählt, dass Juan voller Ideale gewesen sei, ein Schwärmer. Dass er sich eine Auszeit genommen habe vor Antritt seiner Pfarrstelle in Spanien. Dass er nun schon seit vier Monaten bei ihnen wohnte. Und bleiben wollte, bis zum Frühjahr. Um zu lesen – und vor allem zu schreiben. Irgendeinen wichtigen Artikel wolle er zum Abschluss bringen, Nachforschungen in den verschiedenen Bibliotheken betreiben. Und Rom kennenlernen. Freunde habe er nicht gehabt, nie Besuch bekommen. Er sei sehr für sich gewesen, dabei immer freundlich und höflich. Sein Italienisch sei gut gewesen, nur mit diesem kleinen, lispelnden Akzent.

Der Kater war hinter ihm auf das Fensterbrett gesprungen und schien aufmerksam nach unten auf den Platz zu blicken. Sein Schwanz wedelte dabei ruckartig hin und her. Oberflächlich blätterte Petrus in den Unterlagen auf dem Schreibtisch – nur Theologisches, soweit er sehen konnte. Ein kleines rotes Buch, beschrieben in einer feinen und exakten Handschrift. Er steckte es in die Tasche seines Priestermantels.

Zwischen den Fenstern hingen zwei kleine Bilder: eine Kathedrale, offensichtlich ein Postkartenmotiv. Und das Foto einer älteren, grauhaarigen Frau in strenger Spitzenbluse – womöglich Juans Mutter. Er drehte die Bilder um.

Auf der Aufnahme mit der Kirche war handschriftlich notiert: *Catedral de Valencia.* Auf dem Bild mit der alten Frau stand nichts.

Er konnte sich gerade noch zurücklehnen, als der Kater mit einem riesigen Satz auf ihn zuschnellte – und vor ihm auf dem Schreibtisch landete. Mit den Pfoten auf einem zierlichen Tellerchen, von dem aus die restlichen Krümel eines Schokoladenkekses nach allen Seiten wegsprangen. Petrus zog dem Monsignore den Teller weg, doch der hatte schon etwas Neues entdeckt und kratzte aufgeregt eine angebrochene Schachtel Zigaretten unter den Papieren hervor. Petrus riss sie dem Kater unsanft aus den Krallen. Eine Nikotinvergiftung ihres Hätscheltieres würden ihm seine Schwestern nie verzeihen. Die Packung war blau und trug den Schriftzug «Fortuna» – offensichtlich eine spanische Marke. Hatte Juan selbst geraucht – oder ein Besucher? Einen Aschenbecher jedenfalls konnte Petrus nirgends entdecken. Nur ein leerer Bilderrahmen stand noch auf dem Schreibtisch; das Glas in tausend Scherben zersprungen. Petrus hatte kurz den Kater in Verdacht. Aber er konnte das Bild nirgends entdecken.

Das Bild, das eigentlich in dem Rahmen stecken musste. Es fehlte.

War es ein Bild seiner Familie? Seiner Schwester? Seines Elternhauses? Seines geistlichen Mentors? Es musste besonders wichtig für Juan sein, wenn er es so prominent vor sich aufgebaut hatte.

Ein scharfes Ratschen ließ ihn zusammenzucken. Der unerträgliche Monsignore. Schon wieder! Er spürte, wie er unwirsch wurde. Langsam ging er auf den roten Tiger zu, um ihn im richtigen Augenblick zu packen. Ein mächtiges Tier, groß und dick, das Fell gesträubt. Für einen Moment war er sich nicht sicher, ob er mit ihm fertig werden würde. Doch der Monsignore ignorierte ihn. Er schärfte seine Krallen hochkonzentriert und mit lautem *Kratz-kratz* an Juans zerknülltem, weißem Bettüberwurf. Petrus entschied sich für die Radikallösung, zog die Decke mit einem Ruck nach oben und beförderte den verdutzten Kater auf den Boden.

Das Laken darunter war rot, rostrot. Ein riesiger Fleck breitete sich von der Mitte her aus und schien seitwärts nach unten zu verlaufen. Feine rote Spritzer zierten die Wand dahinter.

Der Teppich vor dem Bett wies Flecken auf, die sich strahlenförmig nach außen verdünnten. Schleifspuren, dachte Petrus. Wie sie entstehen, wenn man einen schweren Körper quer durch das Zimmer zerrt. Der Kater schnüffelte über den Boden. Auch Petrus meinte, einen süßlichen Geruch wahrzunehmen. Ihm wurde übel.

Und nun sah er es plötzlich überall. All diese dunklen Stellen, Flecken, Spritzer, all das war Blut. Überall klebte es, breitete sich im Zimmer aus.

Viel Blut.

Zu viel für einen harmlosen Unfall.

Er sah die Scherben und dachte daran, was man mit ihnen tun konnte. Er sah den Schürhaken, der neben dem Kamin hing: ein riesiges, geschmiedetes Monstrum mit einer scharfen Spitze. Er blickte zu dem Brieföffner auf dem Schreibtisch, geformt wie ein antiker Dolch.

Er ging ans Fenster und atmete tief ein. Der Kater sprang neben ihn, rieb seinen Kopf an dem Ärmel seines Priestermantels. Und war dann mit einem raschen Satz verschwunden.

Gegenüber sah Petrus wieder die kleine Bar. Genau dorthin würde er jetzt gehen, einen Caffè trinken und Ordnung schaffen in seinem Kopf. Bevor er zur Tür ging, drehte er sich noch einmal um, sah den blutbeschmierten Teppich, den zerbrochenen Bilderrahmen, die Asche im Kamin. Er ging zurück zum Schreibtisch, nahm den Brieföffner und bohrte ihn mit einer schnellen Bewegung in das Bett. Mit einem Ratsch trennte er ein ordentliches Stück des Lakens ab, faltete es vorsichtig zusammen und steckte es in seine Tasche. Zu dem kleinen, roten Buch.

VI

Un caffè!
Petrus häufte Zucker in seine Tasse und erfreute sich an dem hellen Klang, mit dem der Löffel gegen das Porzellan schlug. Er schloss die Augen und trank den Espresso in einem Zug aus. Ein wohliges Gefühl verbreitete sich in seinem Körper – Energie und Lebenskraft kehrten sofort zurück.

Über der Theke der kleinen Bar hingen goldene Engelchen und rote Kugeln an einer tannenzweigähnlichen Plastikgirlande, kleine bunte Lämpchen blinkten dazwischen. Es roch nach frisch gepressten Orangen und bitterem Schokoladenkuchen.

Es weihnachtete sehr.

«Perfekt.» Er stellte die Tasse ab. «Nicht in allen römischen Bars bekommt man Kaffee in dieser Qualität.»

«Nicht in allen römischen Bars hat man die Ehre, dem Heiligen Vater einen Caffè zuzubereiten», sagte der Barista zufrieden. «Ich vermute, Sie besuchen Ihre Schwestern?»

«Wie kommen Sie denn darauf?»

«Jeder im Haus weiß, dass Ihre Schwestern bei uns wohnen, Heiliger Vater.»

«Ich sehe nach dem Rechten. Die beiden sind sehr besorgt – wegen des merkwürdigen Vorfalls.»

Ein kurzes Nicken – doch keine Antwort. Petrus trank das Glas Leitungswasser aus und beobachtete, wie der Barista routiniert, aber mit großer Sorgfalt den Siebträger aus der Maschine klinkte und ausschlug. Er war noch jung, Mitte zwanzig vielleicht, lang und schlaksig, ernsthafte Augen hinter rechteckig gerahmten Brillengläsern. Die Ärmel seines weißen Hemdes hatte er aufgerollt, sodass man an seinem rechten Arm einen dicken Mullverband erkennen konnte. Obwohl er seine dunklen Haare offensichtlich mit einer ganze Menge Gel gebändigt hatte, stand ihm am Hinterkopf eine kleine Strähne senkrecht nach oben.

«Wir sind alle etwas besorgt», sagte er schließlich. «Juan ist so plötzlich verschwunden …»

«Und Sie haben auch keine Erklärung?»

«Nein. Genauso wenig wie Ihre Schwestern, vermute ich. Es gibt einen sehr guten nachbarschaftlichen Zusammenhalt in unserem Palazzo. Auch wenn wir alle ziemlich verschieden sind.»

«Sie wohnen also auch da drüben?»

«Ja, seit mehr als zwei Jahren schon. Als ich die Bar hier eröffnet habe, musste ich mir etwas in der Nähe suchen. Schließlich bin ich immer schon ab fünf Uhr in der Frühe da.»

«Meine Schwestern hängen sehr an dem alten Gemäuer.»

«Wir alle lieben unseren Palazzo», sagte der Barista heftig. «Es ist eine Gnade, hier zu wohnen. Vor allem in dieser Zeit.»

«Wie meinen Sie das: in dieser Zeit?»
«Die Mieten explodieren. Weil die Immobilienpreise explodieren. Wie viele Römer leben denn noch im alten Stadtzentrum? Einige reiche Familien, sicherlich. Aber ansonsten nur Amerikaner, Russen, Araber. Sie kaufen die alten Häuser auf, machen Luxuswohnungen daraus mit Penthäusern und Dachterrassen und vertreiben die ursprünglichen Bewohner an den Stadtrand.»
«Wem gehört denn der Palazzo?»
«Niemand weiß es genau. Der Eigentümer lässt sich seit Jahren nicht blicken.»
«Und wenn etwas kaputtgeht?»
«Reparieren wir es selbst. Jeder kennt jemanden, der jemanden kennt, der zufällig Handwerker ist … Sie verstehen? Es gibt einen Hausverwalter, der sich aber nicht die Hände schmutzig macht. Dabei wäre es nicht verkehrt, wenn sich der Eigentümer um den alten Kasten kümmern würde. Er könnte viel mehr Wohnungen vermieten, wenn das Gebäude besser in Schuss wäre. Viele Zimmer sind in schlechtem Zustand. Einige Flure können Sie kaum betreten. Wohnkomfort – Fehlanzeige. Aber ich will nicht jammern: So preiswert komme ich sonst nirgends unter in der Innenstadt. Und ich brauche ja auch Platz für meine Maschinen.»
«Ihre Maschinen?»
«Kommen Sie. Ich zeige es Ihnen.» Er winkte seinem Kollegen, der erstarrte, als er Petrus erkannte. «Du übernimmst. Ich bin kurz drüben.»
Sie überquerten den Platz, der immer noch feiertäglich still dalag. Vor dem Portal hantierte der Barista umständlich mit einem großen Schlüsselbund.
«Unser Palazzo ist besser gesichert als Ihre Vatikanischen

Museen. Das Schloss dürfte seit der Erbauung hier drin sein und kostet mich jedes Mal eine Menge Zeit, wenn ich nur etwas holen will. Aber Ihre Schwestern fühlen sich sicherer damit.»

Mit Kraft schob sein Begleiter die schweren Türflügel auf, führte den Papst aber nicht die breiten Treppen hinauf, sondern gleich durch einen schmalen gemauerten Gang ins Gebäude hinein. Der fensterlose Flur endete vor einer abgewetzten Holztür.

«Da sind wir», sagte der Barista. «Früher, in der Renaissance, waren hier Lagerräume, direkt neben der Küche. Ich wollte im Erdgeschoss wohnen. Wegen der Maschinen. Sonst hätte ich sie alle die Treppen hinauftragen müssen.»

Überall, auf Tischen und Podesten und Fensterrahmen, standen silberne Espressomaschinen. Auf einem Tresen, der sich die Wand entlangzog, thronten einige besonders große Prachtexemplare. Es gab mächtige Caffettieras im eleganten Design der fünfziger Jahre, verschnörkelte Vorkriegsgeräte mit Art-déco-Schmuck, altertümliche Hebelmaschinen und kleine Geräte für den Haushalt. Fast alle waren auf Hochglanz poliert und sahen so aus, als könnten sie jederzeit in Betrieb gesetzt werden; bei einigen fehlte die Vorderfront, sodass man das Innenleben, ein Gewirr von Röhren und Kabeln, erkennen konnte.

Petrus musterte verblüfft die eigentümliche Sammlung in dem riesigen Gewölbe. Eines der Geräte – eine Faema, mit dem roten Schriftzug auf der Rückseite – erinnerte ihn an die Bar seiner Kindheit, gleich neben dem Elternhaus. Eines Tages war die Kaffeemaschine angeliefert worden und sofort zum Stolz des ganzen Viertels avanciert. Mit ihrem eigentümlichen Dampfen und Zischen hatte sie ihn durch seine ganze Jugend begleitet.

«Das ist ja ein richtiges Kaffeemaschinen-Museum», stellte Petrus fest. «Mitten in Rom – und niemand weiß davon?»

«Der Kaffee ist das Getränk unserer Nation, Heiliger Vater. Er belebt uns, er beseelt uns, er begleitet uns durch das ganze Leben. Und wem verdanken wir diese tägliche Inspiration? Den Kaffeemaschinen! Sie geben den Takt vor, nach dem das Herz des Italieners schlägt! Mit dieser Sammlung setze ich den Maschinen ein Denkmal. Ich reise im Sommer durch die abgelegenen Gegenden, in denen die Dörfer sterben – und mit ihnen die Bars. Dort kaufe ich die Geräte auf, bringe sie hierher und renoviere sie. Und sehen Sie: Hier im Palazzo stört sich niemand daran. Nicht an dem Lärm, den ich manchmal mit meinen Kaffeemühlen veranstalte, nicht an meinem Gehämmer und Geschraube und auch nicht daran, dass ich stundenlang den Eingang mit meinem Lieferwagen blockiere, um die Caffettieras auszuladen. Schließlich bin ich nicht der Einzige, der hier seinem exzentrischen Hobby nachgeht.»

«Ach ja? Dachten Sie dabei an meine Schwestern?»

Der Barista lachte.

«Natürlich nicht. Auch wenn Sie die beiden nicht unterschätzen sollten ... Sie sind unglaublich fit. Sie gehen mir manchmal beim Kochen und im Haushalt zur Hand. Außerdem gewinnen sie einen Backwettbewerb nach dem anderen. Haben Sie schon einmal ihre Maronentorte probiert? Ich überlege, ob ich sie bei mir in der Bar anbieten sollte. Sie ist wirklich phantastisch und ...»

«Welcher der Bewohner ist denn dann so sonderbar? Es gibt da eine Amerikanerin, die historische Romane schreibt – habe ich mir sagen lassen.»

«Eve, ja. Sie ist wirklich ziemlich durchgeknallt – verzeihen Sie die Ausdrucksweise, Heiliger Vater. Manchmal verkleidet sie sich als Renaissance-Lady und geistert mit ihrem Schwert im Haus herum. Ziemlich trinkfest ist sie übrigens auch.»

«Woher wissen Sie das?»

«Im Sommer feiern wir manchmal in meiner Bar, bis spät in die Nacht sitzen wir dann auf der Piazza. Eve kommt als Erste und geht als Letzte. Sie bezahlt die Zeche. Überhaupt ist sie vermutlich die Einzige im Palazzo, die wirklich Geld hat. Wenn etwas kaputtgeht, übernimmt sie die Rechnung. In Amerika ist sie ziemlich berühmt, heißt es. Lucia sagt, dass ihre Bücher in der englischsprachigen Buchhandlung ausliegen. In großen Stapeln.»

«Wer ist denn Lucia?»

Schien es ihm nur so, oder hatte er den Barista für einen Moment in Verlegenheit gebracht?

«Eine Studentin», sagte er ausweichend. «Sie wohnt auch im Haus.»

«Was studiert sie denn?»

«Weiß ich nicht genau. Soziologie oder Politologie oder so ähnlich.»

«Waren Sie mit dem verschwundenen Juan befreundet, Signor ...»

«Nennen Sie mich Bartolomeo», sagte der Barista. «Ein wenig befreundet sind wir alle im Palazzo. Man redet miteinander im Treppenhaus, man hilft sich. Manchmal feiern wir wie gesagt zusammen. Aber besonders eng war ich nicht mit Juan.»

«Wann haben Sie ihn zuletzt gesehen?»

«Vorgestern. Oder gestern? Ich weiß es nicht mehr genau.»

«Und wo waren Sie dann gestern Abend und in der Nacht?»

«Na, dreimal dürfen Sie raten: Natürlich bei meinen Maschinen. Ich habe noch ziemlich lang eine alte Quickmill auseinandergenommen, die ich mir gerade erst gekauft habe. Sie ist ...»

«Was, denken Sie, ist mit Juan passiert?»

Der Barista nahm einen Schraubenzieher und werkelte an dem Gerät, das aufgeschraubt vor ihm auf der Werkbank stand, herum. «Schwer zu sagen. Merkwürdig ist ...»

«Was ist merkwürdig?»

«Niemand hat ihn weggehen sehen. Man hört es im ganzen Haus, wissen Sie, wenn die Tür geöffnet wird. Und heute Nacht ist sicher niemand aus dem Haus gegangen. Auch Eve und Lucia haben nichts gehört. Eve hört normalerweise alles – sie schreibt ja nachts ihre Romane. Und heute Morgen haben Ihre Schwestern das leere Zimmer gefunden.»

«Wie erklären Sie sich dann sein Verschwinden?»

Wieder schraubte der Barista an seinem Gerät herum. Der Verband schien ihn zu behindern, und er lachte unsicher:

«Vielleicht hat er sich doch irgendwie aus dem Haus geschlichen? Obwohl das eigentlich ja nicht geht. Ich weiß auch nicht.»

«In Juans Zimmer habe ich Blutspuren gefunden.»

«Er wird sich geschnitten haben.»

«Auch Sie haben ja offensichtlich eine Verletzung erlitten ...»

«Ach, die, ja ... Man holt sich eben manchmal eine Schramme, bei all den scharfkantigen Blechen und Verschraubungen.»

«Es gibt auch andere Erklärungen», sagte Petrus.

Bartolomeo hantierte weiter an seiner Maschine und schwieg.

«Es wäre immerhin denkbar», sagte Petrus langsam, «dass jemand aus dem Haus etwas mit Juans Verschwinden zu tun hat.»

«Niemals!»

«Was macht Sie da so sicher?»

«Ein Barista ist ein Menschenkenner. Niemand aus dem Haus wäre in der Lage, Juan etwas anzutun. Wollen wir wieder hinübergehen?»

Petrus nickte.

Als sie aus dem Palazzo ins Freie traten, drehte sich Petrus noch einmal um. Hoch und abweisend ragte die Fassade vor ihm auf. Seine Schwestern wohnten in diesem Palazzo, eine Studentin, eine Schriftstellerin, ein Barista. Und, jedenfalls bis vor kurzem, ein junger spanischer Priester, der nun verschwunden war.

VII

Lautes Hupen riss Petrus aus seinen Gedanken. Vor dem Brunnen stand eine Vespa. Knallrot leuchtete sie in der römischen Wintersonne. Am Rand des Brunnens lehnte der Fahrer: schlank, groß und durchtrainiert. Braunes Wuschelhaar. Sonnenbrille und Dreitagebart. Ein *ragazzo* aus dem Latin-Lover-Bilderbuch – wäre da nicht der Mönchshabit gewesen. Ein braunes Gewand aus einfachem Stoff, von einem Strick zusammengehalten.

Als der Franziskanermönch den Papst entdeckte, winkte er heftig. Petrus ging auf ihn zu: «Francesco!»

«Ich hole Sie ab, Heiliger Vater. Immaculata ist außer sich, weil in Kürze das Gebet an der Piazza di Spagna beginnt. Sie meinte ausnahmsweise, mit der Vespa ginge es schneller. Ihren Fahrer habe ich schon informiert.»

«Wir schaffen das schon. Hast du meinen Helm dabei?»

«Natürlich, Heiliger Vater.»

Am Lenker hingen zwei Helme: ein altertümliches Ungetüm, das Petrus schon getragen hatte, als er noch einfacher Gemeindepfarrer gewesen war. Und Francescos Helm – schlicht, aber windschnittig. Umständlich nestelte Petrus seinen monströsen Kopfschutz fest und kletterte hinter Francesco auf den Sitz: «Los geht's, Padre.»

Als er kurz darauf den Fahrtwind um die Nase spürte, versetzte ihn das sofort in Hochstimmung. Ein herrlicher Tag, dachte er, als sie den Kreisverkehr an der Piazza Venezia in vollem Schwung umkurvten. Vor dem Nationaldenkmal stand schon ein pompöser Weihnachtsbaum, und über der Via del Corso glitzerten die Lichterketten im Sonnenschein. Rom im Winter liebte Petrus besonders. Die Touristenströme waren auf ein erträgliches Maß geschrumpft, die Luft war klar und ohne Smog, das Licht fast weiß, wie aus Marmorstaub gemacht. Am heutigen Feiertag waren nur wenige Autos unterwegs und die Touristen viel zu beschäftigt mit ihren Reiseführern und Smartphones, um auf einen dicken Priester zu achten, der hinter einem Mönch auf der Vespa saß.

Francesco fuhr schnell, aber sicher. Routiniert bog er in die Via XXIV. Maggio ein und sauste an den beiden Riesenrössern vor dem Quirinalspalast vorbei. Nicht schlecht, für einen weltfremden Franziskanerpater vom Land, dachte Petrus gerührt. Es war seine Idee gewesen, Francesco als Privatsekretär in den Vatikan zu holen. Eine seiner besten, wie er immer noch fand: Francesco, aufgewachsen im fernen Rieti-Tal, der Heimat des heiligen Franziskus, weit entfernt von allen Intrigen, machtpolitischem Kalkül und den Ränkespielen der katholischen Kirche, hatte sich eine Reinheit des Herzens bewahrt. Menschlichkeit und Menschenverstand vereinte er in einer Person. Dazu war er klug und klarsichtig, manchmal allerdings sehr emotional in seinen Reaktionen. Und zu gutgläubig, um Bösartigkeiten gleich zu durchschauen. Auf Francesco konnte Petrus zählen wie auf einen eigenen Sohn. Und manchmal ertappte er sich dabei, dass er für ihn tatsächlich väterliche Gefühle hegte, dass er stolz auf ihn war und manchmal zu nachsichtig. Dass er sich in ihm wiedererkannte, in impulsiven Handlungen oder in der Ergriffenheit, mit der er von seinem Glauben sprach.

In der Nähe der Piazza di Spagna schlängelte sich Francesco nun durch die engen Seitenstraßen, immer darauf bedacht, größere Menschenansammlungen zu umfahren. Als Francesco hielt und den Helm absetzte, bemerkte Petrus, wie müde sein Privatsekretär aussah.

«Mir scheint, du brauchst mal wieder eine Auszeit, mein Sohn.» Petrus musterte ihn nachdenklich. «Ein Wochenende in Umbrien vielleicht, im Heimatkloster?»

Francesco lächelte matt. «Ich war doch erst kürzlich dort. Mir fehlt nichts, Heiliger Vater. Höchstens ...»

«... höchstens was?» Petrus ließ nicht locker.

«Höchstens klare Verhältnisse. Aber die werde ich schaffen. Heute noch.»

Petrus kratzte sich seine wenigen Haupthaare, der Helm hatte etwas gescheuert. Im Seitenspiegel der Vespa strich er die Strähnen glatt. Zufrieden richtete er sich auf.

«Was hast du vor?»

«Ich hole Contessa Giulia vom Flughafen ab. Sie kommt heute zurück.»

«Und du meinst, dass es zu klaren Verhältnissen beiträgt, wenn du sie persönlich abholst …?»

«Ich habe es mir genau überlegt.»

Petrus nickte langsam. «Daran zweifle ich nicht. Aber auch nach langem Überlegen kann man falsche Entscheidungen treffen.»

Francesco antwortete nicht.

«Ich empfehle eine kurze Nachfrage bei der Heiligen Jungfrau», sagte Petrus. «Manchmal sieht sie die Dinge etwas nüchterner als wir Menschen. Wenn du mit ihr im Reinen bist, dann … musst du es eben tun.»

Francesco nickte. Er räusperte sich.

«Vielleicht sollten Sie Ihren alten Priestermantel noch ausziehen. Die Leute sollen Sie ja als Papst erkennen …»

Er nahm ihm Helm und Mantel ab, startete die Vespa und fuhr rasch davon.

Petrus sah ihm nach und verspürte so etwas wie väterliche Sorge. Contessa Giulia war schließlich nicht irgendwer. Contessa Giulia war eine der schönsten Frauen der ganzen Stadt und entstammte einer der vornehmsten Familien. Sie war klug, gebildet und gewitzt. Ein Mann, der im Zölibat zu leben hatte, sollte ihr besser aus dem Weg gehen – aber genau das war für Francesco nicht möglich. Denn Contessa Giulia war Pressesprecherin des Heiligen Stuhls. Und damit gehörte es zwangsläufig zu ihren Aufgaben, sich täglich mit dem Privatsekretär des Heiligen Vaters abzustimmen. Petrus war es nicht verborgen geblieben, dass diese Zusammenarbeit für beide zur Herausforderung geworden war. Giulias mehrwöchige Auslandsreise hatte die Lage etwas entspannt – aber möglicherweise nur für kurze Zeit ... Petrus riss sich aus seinen Gedanken, murmelte ein kurzes Gebet und empfahl seinen Privatsekretär dem Schutz der Madonna.

VIII

Mindestens dreimal wollte Francesco umkehren.

Zum ersten Mal, als er seine Vespa vor dem Seiteneingang der Stazione Termini parkte und zu Gleis 25 ging, wo der Leonardo-Express zum Flughafen abfuhr.

Vorher hatte er in Santa Maria Maggiore einige Ermutigungs-Gebete gesprochen. Vorsichtig hatte er bei den himmlischen Mächten angeklopft, um herauszufinden, was man dort von seiner Idee hielt. «Es ist einfach nur eine nette Geste, wenn ich Giulia vom Flughafen abhole», hatte er den zuständigen Heiligen erläutert. «Unser Verhältnis war nicht so gut in den letzten Monaten – ich möchte ihr zeigen, dass alles in Ordnung ist.» Aufmerksam hatte er auf ein Zeichen gewartet: Flackerten die Teelichter vor dem Altar etwas heftiger? Streifte ihn ein Lufthauch? Leuchteten die goldenen Mosaiken in der Apsis stärker als zuvor?

Nichts davon.

Der Himmel ignorierte sein Leid. Er ganz allein würde entscheiden müssen, ob er die Fahrt zum Flughafen verantworten konnte.

Entschlossen zwängte er sich an Touristen mit riesigen Rucksäcken und kamerabehängten Amerikanern vorbei und betrat den Zug, wo er sich so hinter einer Pilgergruppe verbarrikadierte, dass er ihn nicht mehr verlassen konnte. Völlig abwesend sah er die Fahrt über aus dem Fenster: Trastevere und Porta Portese, Trabantenstädte und zerbröckelte Aquädukte.

Ein zweiter Fluchtreflex ereilte ihn am Flughafen. Am Gleis gegenüber stand der Zug zurück nach Rom; für einen kurzen Augenblick überlegte er, einzusteigen. Verloren stand er im Gewühl der Touristen, die ihn einfach zur Seite schoben. Dann gab er sich einen Ruck und folgte den Schildern zum Ankunfts-Gate.

Warum hatten die Engel und Heiligen geschwiegen, als er ihnen seinen Plan vorstellte? Weil sie ihn missbilligten? Francesco überprüfte, während er an Parfümerien, Lederwaren-Shops und Bars vorbeihastete, die Lauterkeit seiner Absichten: Tatsächlich ging es ihm vor allem darum, ihr Verhältnis zu reparieren. Giulia hatte ihm mehr als einmal zu verstehen gegeben, dass alles anders sein könnte, wenn er nicht Mönch und Priester geworden wäre. Das hatte ihn zuerst verunsichert, dann bedrückt und schließlich empört. Er hatte abwehrend reagiert und Giulia – zumindest innerlich – vorgeworfen, ihn von seinen heiligen Gelübden abbringen zu wollen. Wirklich nur innerlich? Giulia musste etwas bemerkt haben, wollte keine Verführerin sein und zog sich zurück.

Er wiederum musste sich eingestehen, dass er Giulia (ja, ihr lieben Heiligen, hier gibt es keine Ausreden) manchmal doch ermutigt hatte. Da gab es diese Geschichte im vergangenen Jahr auf Giulias Balkon, hoch über dem Campo de' Fiori. Ein Sommerabend mit langen Gesprächen und viel zu langen Blicken. Dann, vor ein paar Monaten erst, ein Straßenfest in Monti. Sie hatte ihn gefragt, ob er sich das je gewünscht hätte: eine Frau, eine Geliebte, eine Familie. Er wusste nicht mehr, was er geantwortet hatte. Aber an diesem Abend hatten sie viel zu viel getrunken und, wie er sich dunkel erinnerte, irgendwann sogar miteinander getanzt. Mitten auf der Straße, im gelben Straßenlaternenlicht. Giulia hatte ein weißes Sommerkleid getragen, daran erinnerte er sich noch genau. Und daran, dass er sie zu Fuß nach Hause gebracht hatte, durch die engen Gassen der Altstadt und die dunklen Wege am Tiber entlang. Vorhin, als er Petrus bei der Wohnung seiner Schwestern abholte, hatte er wieder daran denken müssen. Er hatte Giulia bis zur Haustür begleitet, er war nicht mit in ihre Wohnung gegangen – darauf war er heute noch stolz. Und an die Verabschiedung hatte er allenfalls vage Erinnerungen.

Ja, er war nicht ganz unschuldig, aber er hatte gebetet, gebeichtet und gesühnt. Dafür, dass er sich zu unkeuschen Gedanken hatte hinreißen lassen. Dafür, dass es ihm immer noch den Boden unter den Füßen wegzog, wenn er sie sah. Dafür, dass er die Verabschiedung – wie auch immer sie noch mal ausgefallen war – vielleicht zu sehr genossen hatte. Und auch dafür, dass er sie vermisst hatte, jeden einzelnen Tag dieser sechs Wochen, die sie fort gewesen war von Rom.

Jetzt aber fühlte er sich klar.

Er hatte die letzte Woche bei seiner Familie in Umbrien und in seinem Heimatkloster im Rieti-Tal verbracht. Er hatte mit seinem Ordensbruder Hieronymus gesprochen. Er hatte sich innerlich gereinigt. Und er war bereit, den Teufelskreis zu durchbrechen.

Heute.

Hier, am Flughafen Fiumicino.

Er würde auf Giulia warten und ihren Koffer tragen. Er würde ihr einen Weg zum Taxistand bahnen (der Leonardo-Express kam für Giulia nicht in Betracht) und neben ihr sitzen. Er würde sie nach Paris fragen, nach New York und Sydney, nach den Museen und Galerien. Sie würden plaudern, bis der Campo de' Fiori erreicht war. Vielleicht würde er Giulia noch den Koffer hinauftragen. Ganz sicher würde er Giulia noch den Koffer hinauftragen. Er würde, im Ernstfall, ihr Angebot zu einem Caffè ablehnen, würde sich mit einem festen Händedruck verabschieden und dann seine Vespa vom Bahnhof holen.

Inzwischen näherte er sich der Ankunftshalle. Er sah die ersten Reisenden die Glasscheibe passieren, es sah aus wie in einem Film. Er fühlte sich selbst wie in einem Film. All diese amerikanischen, japanischen, französischen Touristen. Eine perfekt gekleidete französische Familie mit drei Kindern, einige Pilger aus Bayern, die trotz der kühlen Temperaturen offene Sandalen trugen, ein koreanisches Pärchen, mit Kameras behängt. Er überlegte, ob er jetzt noch umkehren sollte.

Doch dann sah er sie: Giulia. In Jeans und Lederjacke, in hohen Stiefeln, die Locken offen, die Sonnenbrille im Haar. Ein unbeschreibliches Gefühl. Er fühlte, wie er über und über rot wurde, obwohl sie ihn noch nicht einmal bemerkt hatte. Sie sah verändert aus, heiter und gelöst. Er zwang sich, nicht zu winken.

Und dann sah er ihn: den Mann, der neben ihr stand.

«Francesco.» Sie winkte mit einer zusammengerollten Zeitung, und noch ehe er überhaupt reagieren konnte, stand sie vor ihm. Er war noch röter als zuvor.

«Du bist mich doch nicht etwa abholen gekommen, *caro mio*.»

Sie umarmte ihn kurz, er roch ihr Parfum. Jetzt war ihm auch noch schwindlig.

«Gut siehst du aus. Die Bergluft in Rieti wirkt ja wahre

Wunder. Niemand würde glauben, dass du deine Tage hinter dicken grauen Mauern im Vatikan verbringst.»

Er brachte keinen Ton heraus.

Giulia dagegen wirkte fröhlich, unbefangen, froh, wieder daheim zu sein.

«Ich habe übrigens noch jemanden mitgebracht.» Sie sah sich suchend um. Der groß gewachsene schlanke Mann kam auf sie zu. Akkurat frisiertes schwarzes Haar, leichter Grauschimmer an den Schläfen, taillierter grauer Anzug, das weiße Hemd lässig aufgeknöpft.

«Darf ich vorstellen: Nicolas de Montvert. Mein Verlobter.»

Er hörte nicht, was der Fremde sagte. Er sah nur, wie sich Giulias Gesicht zu einem gerührten Lächeln verzog. Er sah, wie sie seine Hand nahm. Sie wirkten wie das perfekte Paar. Sie waren das perfekte Paar. Beide unfassbar attraktiv, weltläufig, gebildet. Was hatte er nur gedacht, was hatte er sich je eingebildet, dass diese Frau auch nur einen Gedanken an ihn verschwenden könnte?

Hybris. Pure Hybris. Nun war ihm auch klar, warum die Heiligen in Santa Maria Maggiore nicht auf seine Fragen geantwortet hatten: Sie wussten längst Bescheid – und wollten ihm nur die Antwort ersparen.

IX

«Es klappt einfach nicht!»

Ärgerlich starrte Petrus das Kamel an.

Das Kamel starrte gleichmütig zurück.

Es stand auf dem päpstlichen Schreibtisch, zwischen

dem altertümlichen Telefon, den Fotos seiner Eltern und dem kleinen goldenen Kästchen, in dem Petrus einige besondere Reliquien aufbewahrte (einen Milchzahn, ein vertrocknetes Stück vom Rasen des Olympiastadions – von ihm selbst herausgebrochen nach dem 3:0 im Pokalfinale gegen Inter Mailand und nun ein Stück von der Krippe im Stall zu Bethlehem). Um das Kamel lagen viele kleine Pakete, die es eigentlich auf seinem Rücken balancieren sollte. Petrus hatte sie schon mehrmals liebevoll zwischen den Höckern arrangiert, doch spätestens beim vierten Paket stürzte die ganze Last wieder herunter.

«Gut, dass Sie nicht Stallknecht bei König Balthasar waren», sagte Giulia. «Das Jesuskind wäre leer ausgegangen. Stattdessen hätten sich die Wüstenmäuse gefreut.»

Giulia lümmelte, ausdrücklich von Petrus dazu eingeladen, im päpstlichen Lieblingsohrensessel – ein besonderes Privileg, wie sie wusste. Offensichtlich hatte er sie vermisst.

«Zu Hause hat sich Mamma um diese Dinge gekümmert.» Petrus sah ehrlich bekümmert aus. «Papà hat die Landschaft gestaltet und die Häuschen aufgebaut. Den Stall, die Herberge ...»

Giulia überhörte den Hinweis. Vor ihr, auf dem kleinen Beistelltischchen, stand ihr Macbook. Mit einem großen Pappbecher Latte Macchiato in der Hand, verfolgte sie die Diashow ihrer Reiseimpressionen.

«Wussten Sie, Heiliger Vater, dass der Weihnachtsbaum vor dem Rockefeller Center genauso hoch ist wie der auf dem Petersplatz?»

Petrus brummte unwillig und unternahm einen neuen Versuch. Diesmal klappte es.

«Demnächst haben wir auch so ein Prachtexemplar hier

stehen.» Vorsichtig klopfte er auf die Schreibtischplatte, um zu überprüfen, ob alles hielt. «Aus Oberbayern.»

Er griff zu dem Becher mit extrastarkem Kaffee, den ihm Giulia vorsorglich mitgebracht hatte – sie kannte Immaculata schon länger –, und setzte sich in den Sessel gegenüber.

«Deine Reise war ein Erfolg», sagte er. «Jedenfalls deiner guten Laune nach zu schließen.»

«In jeder Hinsicht.»

Giulia beugte sich vor und beendete die Diashow. Die Bilder von Nicolas in Paris musste der Papst nicht unbedingt sehen. Und sie hatte keine Lust, sofort in eine Diskussion über Ehe, Familie und Kinderplanung verwickelt zu werden. Das alles stand ihr mit ihrer Mutter noch bevor, die außer sich sein würde vor Entzücken, dass sie a) überhaupt einen, b) einen adligen, c) einen reichen und d) auch noch einen äußerst attraktiven Mann an Land gezogen hatte. Auch dieses Gespräch würde sie noch etwas hinauszögern, da ihre Mutter sonst die gesamte Verwandtschaft informieren und sofort mit den Hochzeitsvorbereitungen beginnen würde.

«Dann darf ich also mit einer globalen Imageverbesserung unserer guten alten Kirche rechnen?»

«Auf jeden Fall. Masseneintritte, überfüllte Gotteshäuser, Ansturm auf die Priesterseminare.»

Giulia hatte, als päpstliche Pressesprecherin und PR-Expertin des Vatikans, den Auftrag gehabt, die Öffentlichkeitsarbeit der Bistümer zu verbessern. Sie hatte Workshops veranstaltet und überall auf dem Globus bemühte, aber etwas überforderte Kleriker mit den Veränderungen der Medienwelt vertraut gemacht – was in einigen Fällen bedeutete, dass sie kurz nach der Erfindung des Buchdrucks beginnen musste, um die Geistlichen bei ihrem Kenntnisstand abzuholen. Außerdem hatte sie in den wichtigsten Bistümern in den USA, Europa, Südamerika, Australien und Afrika glanzvolle Pressekonferenzen veranstaltet und die Kirche im 21. Jahrhundert präsentiert. Die Bischöfe hatten erstaunt festgestellt, dass die Journalisten auf Giulia wesentlich positiver reagierten als auf ihre Hirtenbriefe. Nicht wenige suchten seitdem nach einer Pressesprecherin, die es hinsichtlich Größe des IQ, Größe des Mundwerks und der formvollendeten Figur mit Giulia aufnehmen konnte. Meistens suchten sie vergeblich.

«Und hier?», fragte Giulia. «Im guten alten Rom?»

Petrus sah verdrießlich aus. «Über die aktuellen Skandale bist du ja informiert, vermute ich.»

«Natürlich. Und intern? Sie sehen besorgt aus, Heiliger Vater.»

«Es gibt da eine merkwürdige Sache, die mir nicht aus dem Kopf geht.» Petrus nahm einen Schluck Kaffee und beobachtete misstrauisch das Kamel. «Ein junger Priester ist verschwunden. Ein Spanier. Sein Zimmer ist verwüstet worden, und ich habe Blutflecken gefunden.»

«Was machen Sie im Zimmer eines jungen spanischen Priesters, wenn ich fragen darf?»

Petrus erzählte ihr in knapper Form von seinen Ermittlungen im Palazzo seiner Schwestern.

«Inzwischen habe ich auch unauffällig bei den einschlägigen Kliniken nachgefragt: Keine Spur von Juan.»

«Machen Sie sich mehr Sorgen um den verschwundenen Priester – oder um Maria und Marta?»

«Beides. Sie leben in einem Haus, in dem möglicherweise eine Gewalttat verübt wurde. Ich werde mich um diese Sache kümmern müssen, fürchte ich. Wenn die Polizei Nachforschungen anstellt, wissen bald die Medien davon.»

«Und stellen selbst Nachforschungen an – vielleicht sogar bei Ihren Schwestern?»

«Ich wäre dir dankbar, wenn du mich unterstützen könntest.»

«Sie meinen – ich soll auch ein wenig Nachforschungen anstellen?»

«Das wäre hilfreich. Es fällt auf, wenn ich mich dort ständig sehen lasse. Irgendwann bekommen es die Medien mit. Und gerade das möchte ich verhindern. Außerdem habe ich zu tun.»

«Weihnachtsstress?»

«Dass der Heiland aber auch gerade zu Weihnachten auf die Welt kommen musste ...»

«Ohne ihn hätten Sie diesen Job nicht», sagte Giulia.

«Ich weiß.» Petrus stand auf, ging zu den Kisten mit Krippen-Zubehör und sah traurig hinein. «Obwohl ich mein Jesuskind immer noch nicht gefunden habe. Aber das brauche ich ja auch erst ganz zum Schluss.»

Er zog ein Hirten heraus. Sein Stab war angebrochen; der Schlapphut hing schief auf dem Kopf.

«Es würde ja genügen, wenn du ... mal dorthin fahren würdest. Unter irgendeinem Vorwand. Du könntest dich mit der Schriftstellerin befassen, dieser Eve de Valloncourt. Sie ist nicht ganz mein Fall, glaube ich. Sie soll Historienromane schreiben und wohl auch ansonsten recht, nun ja, sagen wir phantasiebegabt sein.»

«Sie spinnt also!», sagte Giulia.

«Das kann man bei Dichtern ja nie so genau wissen. Aber du könntest es herausfinden, meine Liebe.»

«Am Flughafen liegen ihre Bücher in dicken Stapeln

im Schaufenster. Offensichtlich ist sie sehr erfolgreich mit ihrer Masche. Was wollen Sie denn sonst noch über sie wissen?»

Petrus zupfte an dem Schlapphut herum.

«Das Übliche. Wer sie ist, was sie macht. Wie sie zu dem verschwundenen Priester stand. Wann sie ihn zuletzt gesehen hat. Und wo sie an dem Tag war, als er verschwand. Du kennst das doch ...»

Ja, Giulia kannte das. Schon mehrmals hatte sie Petrus assistiert, wenn dieser beschlossen hatte, üble Machenschaften im Vatikan selbst aufzuklären – ohne Unterstützung der Polizei.

«Haben Sie denn eine Vermutung?»

«Nein. Und gerade das beunruhigt mich so. Die Ereignisse sind nicht ... greifbar.»

«Ich mache mal einen Versuch», sagte Giulia. «Unser Juan hatte ein Verhältnis. Irgendein Halunke erfährt das, macht Fotos und will ihn erpressen. Er sucht ihn zu Hause auf, Juan dreht durch und haut ihm sein Kruzifix über den Schädel. Darum das Blut. Dann schafft er den Erpresser aus dem Haus. Entweder in eine Klinik oder, falls es dazu zu spät ist, in den Tiber.»

«An eine solche Erklärung dachte ich auch», sagte Petrus. «Sie wäre ...»

«... sehr lebensnah und kein Einzelfall.»

«Gerade deshalb wollte ich mich selbst um die Sache kümmern. Wir haben schon genügend Ärger mit den Eskapaden unserer Priester. Aber alle Erklärungen dieser Art scheiden aus. Juan hatte ganz sicher keinen Besuch. Der Palazzo hat eine Tür, die man nur mit einem Rammbock aufbekommt. Und die Fenster sind vergittert.»

«Das würde aber bedeuten, dass ...»

«… jemand aus dem Haus damit zu tun hat. Richtig, liebe Giulia. Zur Auswahl stehen die amerikanische Schriftstellerin, die junge Studentin und unser Barista.»

«Sie vergessen Ihre Schwestern.»

«Meine Schwestern sind die harmlosesten alten Damen von ganz Rom. Aber ich mache mir Sorgen um sie. Falls es wirklich ein Verbrechen gab, dann wohnen sie möglicherweise Tür an Tür mit einem Mörder.»

«Wissen Ihre Schwestern denn, dass ihre Mitbewohner verdächtig sind?»

«Ich glaube nicht, dass sie so weit denken. Ihnen geht es vor allem darum, Juans Ehre zu schützen. Sie vermuten wohl einen … amourösen Hintergrund für sein Verschwinden.»

«Na schön. Ich gehe also zu dieser Eve und frage, ob sie Juan ermordet hat.»

«Vielleicht könntest du etwas diskreter vorgehen. Die Leute im Palazzo können ruhig wissen, dass ich mich – sozusagen im Auftrag meiner Schwestern – ein wenig umsehe. Aber sie müssen nicht unbedingt erfahren, dass sie …»

«… als Priesterkiller in Betracht kommen. Na schön, überredet. Aber auch nur, weil Sie der Papst sind. Doch für heute muss ich endlich ins Bett und erst einmal mit dem Jetlag fertig werden.»

Sie stand auf und klappte ihr Macbook zusammen.

«Ach, Giulia», sagte Petrus beiläufig. «Was ich dich noch fragen wollte: Francesco hatte vor, dich vom Flughafen abzuholen. Habt ihr euch getroffen?»

«Haben wir», sagte Giulia knapp. «Gute Nacht, Heiliger Vater.»

Petrus riss den Schlapphut vom Kopf des Hirten, zog eine Klebstofftube aus seiner Schreibtischschublade und trug einige Tropfen auf. Kurz angebunden war Giulia selten. Und wenn, hatte es etwas zu bedeuten.

Ganz offensichtlich war die Begegnung katastrophal verlaufen.

X

Der Wecker zeigte 0:32 Uhr. Petrus gähnte. Er hatte die Zeitungsartikel über die italienische, spanische und englische Liga studiert, hatte sich mit dem Tabellenstand in Frankreich und schließlich sogar mit dem schottischen, polnischen und österreichischen Fußball beschäftigt, um irgendwie wach zu bleiben.

Doch es war alles umsonst: Francesco kam einfach nicht.

Petrus schwang sich aus dem Bett, tastete nach seinen Pantoffeln und nahm seinen Bademantel vom Haken. Der Gürtel spannte etwas – vermutlich hatte ihn Immaculata gekürzt, um ihn glauben zu machen, er habe zugenommen. Plumpe Tricks, von denen er sich nicht beeindrucken ließ.

Normalerweise war es ein Abenteuer, zu nächtlicher Stunde den Flur zu betreten, da Immaculata bei jedem Knarren der Bohlen, bei jedem Quietschen einer Tür in Erscheinung trat, um nach dem Rechten zu sehen. Angeblich wollte sie Dieben auflauern – tatsächlich ging es ihr darum, Übergriffe auf den Kühlschrank abzuwehren. Heute jedoch drohte keine Gefahr, da Immaculata ihrem Mutterkloster einen Besuch abstattete. Anlässlich ihres Namenstages wollte man dort eine kleine Feierstunde zu ihren Ehren abhalten. Mit Schaudern stellte sich Petrus vor, wie Immaculata die Huldigungen ihrer Mitschwestern entgegennahm und durch kleine Andeutungen zu verstehen gab, wer tatsächlich die Weltkirche lenkte («Und da sagte ich zu Petrus: ‹Wir müssen dringend etwas gegen die Unkeuschheit unternehmen. Ich habe hier eine kleine Denkschrift ausgearbeitet!›»).

Als er von der Toilette zurückkam, öffnete sich die Wohnungstür. Francesco trat ein, den Helm unter dem Arm.

«Heiliger Vater! Sie sind noch wach!»

Petrus drückte den Lichtschalter und blinzelte, als das Deckenlicht anging. Er ging auf Francesco zu, sah die Ränder unter seinen Augen und die Müdigkeit in seinem Blick.

«Du bist spät dran, mein Sohn.»

«Ich ... bin noch ein wenig in der Stadt herumgefahren. Mit der Vespa.»

«Kommst du mit in die Küche?», fragte Petrus. «Auf ein Bier? Ich wollte mir gerade eines holen.»

«Und Immaculata?»

«Ist außer Haus», sagte Petrus zufrieden.

Sie setzten sich an den Küchentisch. Petrus holte zwei Flaschen Peroni aus dem Kühlschrank und öffnete sie.

«Gläser?»

«Geht auch so.»

Sie stießen an und tranken.

«Giulia war vorhin da», sagte Petrus. «Ihr habt euch offenbar getroffen. Am Flughafen.»

Francesco nickte.

«Du ... möchtest nicht darüber sprechen?»

«Nein.»

«In Ordnung. Ich verstehe das.» Petrus nahm einen tiefen Schluck. «Falls du doch einmal darüber reden möchtest ...»

«Danke.»

Die Glocke vom Petersdom schlug eins.

«Sie sehen nachdenklich aus, Heiliger Vater», sagte Francesco zögernd. «Ich hoffe, es ist nicht nur ... wegen der Contessa ...»

«Die Sache mit meinen Schwestern lässt mir keine Ruhe», sagte Petrus, um rasch auf ein anderes Thema zu lenken. «Ich mache mir etwas Sorgen.»

Francesco, dankbar über den neuen Gesprächsgegenstand, holte zwei frische Peroni aus dem Kühlschrank und öffnete sie. «Was ist passiert?»

Petrus berichtete: über das verwüstete Zimmer, die Blutflecken und die Bewohner des Palazzos.

«Und Sie meinen, dass die Mitbewohner ... etwas damit zu tun haben?», fragte Francesco.

«Niemand konnte unbemerkt hinein in den Palazzo. Und niemand heraus.»

«Und nun machen Sie sich Sorgen, dass Ihren Schwestern ebenfalls etwas passiert?»

Petrus nahm einen Schluck, musterte die blitzblanken Schränke und fragte sich, was er eigentlich wollte. Es war ein merkwürdiges Gefühl, das ihn dazu trieb, genauer hinzusehen und nicht die Polizei zu rufen. Eine innere Stimme, die ihm etwas zurief, das er nicht verstehen konnte.

«Nehmen wir an, dass diese Schriftstellerin etwas damit zu tun hat. Oder Bartolomeo, der Barista. Nehmen wir an, meine Schwestern haben etwas bemerkt. Dann könnte es sein, dass der Täter – wenn es denn einen Täter gibt – nochmals zuschlägt. Das möchte ich verhindern. Das ist doch meine Pflicht als Bruder, nicht wahr?»

Francesco nickte.

«Ich brauche allerdings Unterstützung.»

«Das dachte ich mir schon. Was habe ich zu tun?»

«Ich möchte nicht zu oft dort gesehen werden. Irgendjemand aus dem Viertel fängt sonst an, dumme Fragen zu stellen. Und schon wimmelt es von Journalisten. Außerdem glaube ich, dass Giulia und du mit den Hausbewohnern besser ins Gespräch kommen. Um diese amerikanische Autorin kümmert sich Giulia. Deine Aufgabe wird es sein, etwas über das junge Mädchen herauszufinden. Sie heißt Lucia. Wie stand sie zu dem Spanier? Warum wohnt sie in dem Palazzo? Und so weiter.»

«Ich fahre morgen mal hin und sehe mich um.»

«Und jetzt gehen wir schlafen», sagte Petrus, trank aus und sammelte die leeren Bierflaschen ein. «Ich verstecke sie in meiner Privatkapelle. In der Sakristei. Einer von uns muss sie morgen aus dem Vatikan schmuggeln.»

«Aber Immaculata wird merken, dass im Kühlschrank Bier fehlt.»

«Wir sagen, dass Kardinal Rizzoli geklingelt und Bier geschnorrt hat. Das ist völlig glaubhaft. Seine Haushälterin ist noch strenger als Immaculata und duldet keine Flasche im Haus. Normalerweise kauft er nachts an der Tankstelle, aber die hat heute früher zu, weil Feiertag ist.»

«Aber ... das wäre ... nicht ganz die Wahrheit.»

«Kardinal Rizzoli hätte demnächst geklingelt – ich bin mir ganz sicher.»

Zufrieden zog Petrus den Bademantel straff, löschte das Licht in der Küche und marschierte zu seiner Privatkapelle. Francesco verschwand um die Ecke und stieg die Treppe zu seiner Dachkammer hinauf.

Keiner von beiden hatte bemerkt, dass kurz vor ihnen eine hagere Gestalt mit Nonnenhaube durch den Flur gehuscht war.

XI

Immaculatas Klause, wie sie ihr durchaus nicht kleines Eckzimmer im päpstlichen Palast zu bezeichnen pflegte, stand in einem gewissen Widerspruch zu den Buß- und Fastenpredigten, mit denen sie ihre Umgebung traktierte. «Als Leiterin des päpstlichen Haushalts muss ich auf mich halten», pflegte sie erstaunten Besuchern mitzuteilen, die das antike Mobiliar und den schönen Blick auf den Petersplatz bewunderten.

Vom Dachboden, wo man die Hinterlassenschaften verstorbener Päpste zu entsorgen pflegte, hatte sie einige geschmackvolle Stücke in ihre Klause schaffen lassen («Mir genügt das alte Gerümpel»). Eine Gebetsbank von Papst Leo dem Großen stand vor dem Madonnenbild eines Raffael-Schülers («Ich erfahre hier spirituelle Reinigung. Das benötige ich, um diesen Sündenpfuhl sauber zu halten»). Dicke Teppiche, die einst die Wohnung von Papst Innozenz schmückten, bedeckten die Böden («Diese orientalischen Muster erinnern mich an das Heilige Land. Außerdem dämpfen die Teppiche den Schritt, sodass der Heilige Vater nicht gestört wird»). Die «einfache hölzerne Bettstatt», von der sie gelegentlich berichtete, erwies sich bei näherer Betrachtung als wurmstichiges, aber durchaus gut erhaltenes Schnitzkunstwerk aus der Barockzeit, bei dem «wackligen Bänkchen, auf dem ich Strümpfe zu Gunsten der Heiden-Mission häkle», handelte es sich um ein zierliches Rokoko-Sofa. Unter dem Fenster, das einen schönen Ausblick auf die Arkaden des Petersplatzes bot, stand «ein klappriger Schreibtisch, auf dem eine alte Frau ihre schlichten Gedanken zu Papier bringt» (Biedermeier, gut erhalten).

Immaculata knipste die Stehlampe neben ihrem Sofa an. Behagliches Licht breitete sich im Raum aus. Dann polsterte sie die Gebetsbank mit einem dicken Kissen, kniete sich nieder und sprach ihr Nachtgebet.

«Vater im Himmel! Große Ehren wurden mir heute, an meinem Namenstag, zuteil. Aus irdischer Sicht will es mir so erscheinen, dass ich sie auch verdient habe – aber aus himmlischer Sicht stellt sich das vielleicht anders dar. Du allein weißt es, deinem Urteil unterwerfe ich mich.»

Zufrieden legte sie eine Pause ein. Niemand dort oben würde ihr Eitelkeit oder Hochmut vorwerfen können.

«Am Ende dieses langen Tages, allmächtiger Vater, hast du meine Wege direkt vor die Küchentür geführt, hinter der Petrus und Francesco ins Gespräch vertieft waren. Eine innere Stimme sprach zu mir: ‹Bleibe hier stehen, Immaculata, und höre, was zu hören ist.› Nun, Herr, so blieb ich stehen und hörte. Da wurde mir offenbart, was sich zugetragen hat in dem alten Palazzo, in dem die Schwestern des Heiligen Vaters wohnen. Und ich muss sagen, o Herr: Mir fehlen die Worte.»

Wieder legte sie eine Pause ein. Es war ihr wichtig, dass die höheren Mächte von ihrer moralischen Empörung wussten.

«Ein Priester, der offensichtlich auf Abwege geraten ist. Ein unverheiratetes Mädchen, das dort allein, ohne elterlichen Schutz, haust. Eine Amerikanerin, die liederliche Romane schreibt. Und eine grässliche Bluttat. Was wolltest du mir sagen, himmlischer Vater, indem du mir diese Gräuel vor Augen führtest? Beziehungsweise: vor meine Ohren?»

Immaculata lächelte ihr Immaculata-Lächeln, das sie selbst als beseelt und alle anderen als maliziös empfanden.

«Du wolltest mir sagen, o Herr: Kann es sein, dass der Heilige Vater voreingenommen und darum blind handelt, weil doch seine Schwestern in die Geschehnisse verwickelt sind? Du wolltest mir sagen, o Herr: Hilf dem Heiligen Vater auf seiner Suche nach der Wahrheit, indem du dort hinschaust, wo *er* möglicherweise nicht suchen mag.»

Sie blickte der Madonna vor der Gebetsbank fest in die Augen. «Ich bin die Magd des Herrn. Und ich verspreche dir, Heilige Muttergottes: Ich werde es herausfinden.»

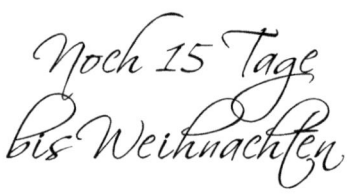

I

Das Schwert im Anschlag, das Gesicht zu einer Grimasse verzogen, stand sie vor ihr. Ihre Hände umklammerten den Knauf, blaurote Adern traten hervor. Sie atmete schwer. Nur Sekunden noch, dann würde die Waffe heruntersausen: ein Flirren in der Luft, ein scharfes Zischen.

Vier Meter, überlegte Giulia.

Vier Meter lagen zwischen ihnen.

Hinter ihr war die Tür, die auf den Flur hinausging. Bei einem Angriff würde sie eine reelle Chance haben.

Was aber, wenn die Frau einfach das Gleichgewicht verlieren, wenn ihr das Schwert entgleiten und die Waffe ungebremst auf Giulia herunterfallen würde?

Ein Morgensonnenstrahl traf das silberne Metall. Es blitzte im Raum, aber Giulia ließ sich nicht ablenken. Unverwandt starrte sie auf die Schwertspitze, jederzeit bereit, zurückzuspringen und – falls möglich – die Tür zuzuwerfen.

Die Frau schwankte.

Wie klein ihre Füße sind, dachte Giulia. Sie steckten in gelben, bestickten Pantöffelchen. Dazu trug sie ein wallendes Seidengewand und einen orientalischen Turban in derselben Farbe. Sie schaute durch Giulia hindurch; all ihre Konzentration war darauf gerichtet, den massiven Zweihänder senkrecht über ihrem Kopf auszubalancieren.

Wenn nur dieser Blick nicht gewesen wäre.

Und das Zittern ihrer Arme.

«Bereust du?», knurrte die Frau mit erstaunlich tiefer Stimme. «Ihr tötet einen Unschuldigen», kreischte sie sofort darauf im Falsett.

Ein gellender Schrei, das Schwert zischte herunter – viel zu schnell, als dass Giulia noch hätte reagieren können. Zitternd steckte die Waffe im Holzfußboden.

Die Frau massierte sich zufrieden die Finger.

«Wer einen Historienroman verfasst, Liebchen, muss sich in die Menschen vergangener Zeiten einfühlen. Henker war kein einfacher Job, scheint mir. Möchtest du vielleicht eine Tasse Tee? Mit einem kleinen Schuss vielleicht – auf den Schreck?»

Giulia trat auf das Schwert zu, dessen Spitze tief in den alten Holzbohlen steckte. Die Klinge war perfekt geschliffen. Behutsam strich sie mit der Fingerspitze über das Metall.

«Natürlich ist es scharf, Schätzchen», sagte die Frau und hantierte mit einer Teekanne. «Das war es in der Renaissance schließlich auch. Ramazzotti?»

«Vielleicht ist es dafür noch etwas zu früh am Morgen?», wandte Giulia ein.

Aber Eve de Valloncourt gab bereits einen kräftigen Schuss Kräuterlikör in die Teekanne und wies sie zu einer Sitzgruppe unter dem Fenster: Eine plüschige Chaiselongue verschwand fast ganz unter einer schweren Brokatdecke, die Sessel waren mit abgewetztem rotem Samt bezogen und mit ebensolchen Kissen bedeckt. Giulia ließ sich in einen Ohrensessel fallen, der beunruhigend ächzte.

«Bitte entschuldigen Sie, dass ich hier eindringe», sagte sie. «Ein junger Mann hat mich in den Palazzo gelassen.»

«Bartolomeo, vermute ich.»

«Ich habe ihm gesagt, dass ich zu Ihnen will. Und Ihre Wohnungstür war offen. Ich habe geklingelt, und es schien mir, als hätten Sie geantwortet.»

«Habe ich auch, Herzchen», sagte Eve, trippelte auf ihren kleinen, gelben Pantoffeln näher und schenkte ein. Sie mochte um die 60 Jahre alt sein, einzelne Partien ihres Gesichts waren jedoch deutlich jünger. «Aber ich habe nicht dich eingelassen, sondern den bedauernswerten Kerl aus meinem Roman. Er winselte um Gnade. Aber ich habe ihm klargemacht, dass er sterben muss.»

Sie nahm einen tiefen Schluck.

«Du möchtest ein Buch signiert haben, nicht wahr, my Love? Oder interessiert dich nur die bescheidene Behausung einer berühmten Schriftstellerin?»

«Sie schreiben historische Romane – habe ich das richtig verstanden?», fragte Giulia ausweichend.

«Richtig, Kindchen.» Sie schien etwas irritiert, dass Giulia offenbar kein Fan von ihr war. «Und zwar sehr erfolgreich. Unter dem Pseudonym Elisabeth Georgia de Valloncourt. Klingt nach altem Adel, nicht wahr? Aber es ist völlig ausreichend, wenn du mich Eve nennst. Wie ich wirklich heiße – das spielt keine Rolle. Hast du die ‹Kronjuwelen der Kleopatra› gelesen?»

«Ich muss zugeben, dass ich …»

«Macht nichts. Ich erzähl dir die Handlung, Liebes: Kleopatra begeht gar nicht Selbstmord, wie es immer heißt. In ihrem Hofstaat gibt es eine Sklavin, die ihr ähnlich sieht. Sie zwingt das arme Wesen, sich von der Giftschlange beißen zu lassen. Dann flieht sie nach Rom, verkleidet als Mann. Niemand erkennt sie. Natürlich will sie Rache nehmen. An Augustus, der ihr den ganzen Ärger eingebrockt hat. Der ist unterwegs auf Feldzügen – und das nutzt sie aus. Sie reist ihm hinterher, verführt ihn – genau wie Cäsar und Antonius – und bringt ihn um. Und weil sich die Verkleidung als Mann so bewährt hat, nimmt sie seine Stelle ein und herrscht viele Jahre erfolgreich über Rom. Das Regieren war sie ja gewohnt. Schwierig wird es nur, als sie sich verliebt – in einen Mann natürlich.»

«Gewagt. Wie geht der Roman aus?»

«Verrate ich nicht.» Zufrieden, Giulias Neugier geweckt zu haben, rührte Eve in ihrer Tasse und kippte die Earl-Grey-Ramazzotti-Mischung hinunter.

«Lies ihn doch einfach. Mein neues Werk wird in der Renaissance spielen. ‹Die Borgias. Laster und Liebe.› Ein unerschöpflicher Stoff – aber sehr fremd für die Menschen unserer Zeit. Ich bin in diesen Palazzo gezogen, um mich inspirieren zu lassen ...»

Giulia sah sich um. Die Decke war hoch, die Holzbalken mit Ornamenten verziert. Eine Wand des großen, fast hallenartigen Raums war von Bücherregalen bedeckt. Neben Eves Werken, die offenbar in viele Sprachen übersetzt worden waren, stapelten sich Bildbände über die Renaissance, Fachliteratur und Historienschmöker anderer Autoren auf Englisch, Italienisch und Spanisch. Weiter hinten erinnerte der Saal an einen Kostümfundus: Gewänder im Stil des 16. Jahrhunderts (viel Samt, viel Goldbrokat, Pelzkragen und große Broschen) lagen über geschnitzten Holzstühlen und schmückten sogar eine Schaufensterpuppe. Daneben stand eine Pinnwand, auf der Farbkopien alter Porträts, gelbe Klebezettel, Stadtpläne des alten Rom, weitverzweigte Stammbäume, Fotos verschiedener Palazzi und Filmplakate wild durcheinanderhingen.

Alles das hatte, soweit Giulia erkennen konnte, irgendwie mit den Borgias zu tun: hier Rodrigo Borgia als Papst, ein Porträt in dunklen Farbtönen; dort ein Foto aus irgendeiner Fernsehserie, auf dem Cesare im Blutrausch einen namenlosen Feind abschlachtet. Dazwischen immer wieder der rote Stier, das Wappenzeichen des Clans.

«Ich brauche diese Umgebung für meine Geschichten», erklärte Eve bedeutsam. «Ich muss der Vergangenheit nachspüren.»

«Das heißt», fragte Giulia, «wenn Ihnen nichts mehr einfällt, maskieren Sie sich als Papst Alexander, spazieren durch den Palast und spinnen Intrigen?»

Der Holzboden war fast vollständig mit dicken Teppichen belegt. Aus Duftlampen strömte ein süßlicher, leicht betäubender Geruch. Trotz der Größe des Raums war es überheizt und stickig – ein Wunder, dachte Giulia, dass hier überhaupt inspirierende Gedanken möglich waren.

«Warte, mein Goldstück – ich zeige dir etwas.» Eve erhob sich, watschelte bemerkenswert schnell zu einer Fensternische, wo auf einem kleinen Tischchen eine altertümliche Schreibmaschine thronte. Sie zog ein Blatt aus dem Gerät, überflog es kurz und grunzte zufrieden. «Das ist mir gut gelungen. Die Beschreibung Cesares. Ein faszinierender Charakter. Du weißt, wer das ist, oder?»

«Cesare Borgia, unehelicher Sohn des Papstes Alexander VI.», referierte Giulia. «Kardinal und Feldherr. Hochgebildet, aber unbeherrscht und grausam. Ein skrupelloser Kirchenfürst.»

«Ein typischer Vertreter seiner Epoche», begeisterte sich Eve. «Es stünde besser um unsere Welt, wenn die heutigen

Männer immer noch so leidenschaftlich wären – meinst du nicht, Sonnenschein?»

«Ich freue mich, dass ich meinen Cappuccino ohne Vorkoster genießen kann.»

«Cappuccino gab es im Rom der Renaissance noch nicht», wandte Eve ungerührt ein. «Hier, lies, mein Engelchen!»

Giulia nahm das Blatt:

Hasserfüllt starrte Cesare Borgia seinen Bruder an. Neid und Eifersucht loderten in ihm auf. Immer war Juan der Erste gewesen, im Turnierspiel ebenso wie im Ringen um die Herzen der Schönen. Ihr Vater, der Papst, hatte ihn begünstigt. Er, Cesare, musste die verhasste Kardinalslaufbahn einschlagen und als Pfaffe dienen. Juan hingegen durfte sich im kühnen Streit messen, als Feldherr hinausziehen und Ruhmestaten begehen.

«Und», fragte Eve interessiert, «wie findest du es?»

Giulia zog es vor, nicht zu antworten, und las vorsichtshalber noch den nächsten Absatz:

«Auf dein Wohl, Bruder», rief Juan und hob den goldblitzenden Pokal, der im Lodern der Fackeln blitzte. Bewundernd sah Lucrezia, ihre schöne Schwester, zu ihm auf – Cesare bemerkte es mit Verbitterung.

«Eines Tages», knirschte Cesare, «wird sich zeigen, wem die erste Stelle gebührt im Geschlechte der Borgias. Wer unserem Vater, dem Papst, nachfolgen wird.»

«Ich werde immer der Ältere sein», entgegnete gelassen der schöne Mann und lächelte seine Schwester Lucrezia an, die ihm nachschenkte. Cesare sah, wie die Leidenschaft in

ihren Augen aufloderte, heiß wie die Glut in den großen Kaminen der Festhalle.

«Du wirst der Ältere sein, solange du lebst», zischte Cesare, «nicht mehr, wenn du tot bist.»

Doch Juan hatte sich schon abgewandt.

«Es lodert ziemlich viel», sagte Giulia.

«Wie meinst du, Schätzchen?»

«Der Hass, die Fackeln, die Leidenschaft.»

«Ach, das ist doch nur stilistischer Kleinkram, Darling», sagte Eve. «Wofür hat man Lektoren? Viel wichtiger sind mir die Gefühle. Eigentlich geht es nur um Gefühle in meinen Romanen – und zwar um große Gefühle: Hass, Eifersucht, verzehrende Liebe.»

«Cesare Borgia kommt ziemlich schlecht weg.»

«Cesare ist eine umstrittene Gestalt. Schon die Zeitgenossen taten sich schwer mit ihm: Einige verehrten ihn als klugen Strategen – für andere war er ein Hasardeur, ein Zyniker. Mit seinem Bruder Juan verhielt es sich genauso. Ohne Frage war er ein schöner, weltgewandter Mann. Aber er war auch gierig, arrogant und menschenverachtend. Für die Leser sind solche Charaktere verwirrend. Wie soll ich mich mit einer Figur identifizieren, die positive und negative Züge aufweist?»

«Sie bevorzugen eindeutige Charaktere. Schwarz oder Weiß – aber kein Grau.»

«Richtig, Kindchen. Und darum habe ich eine klare Rollenverteilung vorgenommen: Cesare ist brutal, lüstern und verschlagen – sein Bruder ist tugendhaft, schön und warmherzig. Das erleichtert die Orientierung.»

«Um die historische Wahrheit geht es Ihnen also nicht.»

«Die Wahrheit! Ein großes Wort. Was ist die Wahrheit?

Ich erzähle Geschichten, Liebes. Sie sind wahr, wenn sie gut erzählt sind. Wen interessiert schon, was wirklich passiert ist?»

Ihr rosiges, etwas aufgeschwemmtes Gesicht verzog sich plötzlich misstrauisch. «Aber du bist doch sicher nicht gekommen, um dich mit mir über vergangene Skandale zu unterhalten?»

«Ich bin gekommen, um mich mit Ihnen über Juan zu unterhalten.»

Sie lachte ein kehliges Lachen. «Aber das haben wir doch eben getan, Sweetheart! Juan! Der schöne und leidenschaftliche Bruder der Lucrezia Borgia!»

Für einen Moment war Giulia verwirrt. Ihr schwirrte schon der Kopf von diesem ganzen Geplapper. Dabei hatte sie höchstens einen Schluck von dem verhängnisvollen Tee getrunken. Sie versuchte, sich zusammenzureißen.

«Ich meine einen anderen Juan», sagte sie. «Es geht um den Priester Juan. Ihren Nachbarn.»

«Warum interessierst du dich für Juan, mein Goldstück?» Eve nippte an ihrem Gebräu und musterte Giulia misstrauisch über den Tassenrand.

«Ich arbeite für den Heiligen Vater. Er macht sich Sorgen um seine Schwestern.»

«Es ist tatsächlich ein Rätsel», sagte Eve nachdenklich und nahm einen Schluck. «Er ist einfach weg.»

«Er muss vorgestern Nacht verschwunden sein. Haben Sie ihn kurz davor noch einmal gesehen?»

«Weißt du, Herzchen, ich arbeite Tag und Nacht. Vor allem in der Nacht. Das Datum spielt bei mir keine große Rolle. Mag sein, dass er mir an dem Tag noch einmal begegnet ist, schließlich wohnen wir Tür an Tür. Eine stattliche Erscheinung dieser Juan ...»

«Wie standen Sie zu ihm?»

«Nun, wie man so steht zu einem jungen Mann in der Nachbarschaft. Wir haben ein wenig geplaudert. Gelegentlich gab es ein Fest. Meine Romane hat er nicht gelesen. Nur meine aktuelle Arbeit hat ihn sehr interessiert. Über die Borgia. Wir haben uns über die historischen Hintergründe ausgetauscht. Damit kannte er sich gut aus. Sehr gut, sogar.»

«Wäre es möglich», fragte Giulia und senkte verschwörerisch die Stimme, «dass jemand aus dem Palast etwas mit seinem Verschwinden zu tun hat?»

«Selbstverständlich wäre das möglich, Darling», sagte die Autorin und lehnte sich entspannt in ihren Kissen zurück.

«In den nettesten Menschen verbergen sich die finstersten Abgründe. Ich kenne mich damit aus, glaub es mir. In meinem Erstling ‹Die Dämonen des Dorfschmieds› erzähle ich, wie im Mittelalter ein Hufschmied nachts mit seinem Hammer loszieht, um den Jungfrauen des Dorfes mit Hufeisen – nun, ich erspare dir das. Ritter Marco di Manfredi macht dem Treiben dann ein Ende. Warum also sollte nicht jemand aus unserem Palazzo den armen Juan um die Ecke gebracht haben?» Sie kicherte. «Ein verrückter Gedanke. Aber er gefällt mir.»

«Und … beunruhigt es Sie nicht, dass Sie vielleicht mit einem Verbrecher unter einem Dach wohnen?»

«Nicht im Geringsten.» Eve deutete auf das Schwert, das im Boden steckte.

«Und wer, glauben Sie, ist verantwortlich für das Verschwinden Juans?»

«Schaurige Dinge geschehen hier in diesem Palazzo», flüsterte Eve plötzlich und beugte sich verschwörerisch zu ihr hinüber. «Fürchterliche Dinge. Die Toten schlafen nicht.»

Sie hob warnend eine Hand, an der verschwenderisch viele goldene Ringe steckten.

«Die Vergangenheit ist niemals vergangen, Liebchen», fuhr sie fort. «Die Schreie, die Ängste, der Wahnsinn – all das setzt sich in so einem Haus fest. In den Balken», sie deutete unbestimmt nach oben, «in den Ecken und Wänden. Deshalb bin ich hier. Ich spüre diese Gefühle: Noch nach Hunderten von Jahren sind sie da. Ein Unrecht ist geschehen. Eine Bluttat, ungesühnt.» Sie stand auf und kam langsam auf Giulia zu. Ihre Stimme war nur noch ein heiserer Hauch. «Juan war zu wild, zu ungestüm. Er wollte die Veränderung. Er hätte alles dafür getan. Denn ein Mann, der liebt, geht über seine Grenzen hinaus. Er wird unberechenbar.»

Giulia hielt sich für einen absolut rationalen Menschen, aber langsam wurde ihr die Situation unheimlich.

Eve war ihr nun ganz nahe. Sie griff in die Falten ihres üppigen Gewandes und zog einen reich verzierten Dolch heraus.

«Ist er mit diesem Dolch ermordet worden?», raunte Eve. «Hinterrücks und feige? Konnte er schreien, bevor sein Mörder mit ihm fertig war? Oder» – mit einer raschen Drehung stand sie plötzlich neben ihrem Schwert – «war es ein Streich mit dieser Waffe? Mann gegen Mann, im fairen Kampf?»

Giulia stand auf und ging einige Schritte auf die Tür zu.

Elisabeth Georgia de Valloncourt schien sie gar nicht zu bemerken. «Juan ist verraten worden. Und elend gemeuchelt.» Sie schwieg kurz und schien nachzudenken. «Wie ein hilfloses Reh. Nein, wie ein stolzer Königshirsch, von den Hunden zu Tode gehetzt und gejagt ...» Wie in Trance ging sie auf die Fensternische zu, zog ein Blatt aus dem Stapel und spannte es in die alte Schreibmaschine ein.

Als Giulia leise die Tür schloss, hörte sie das scharfe Klappern bis auf den Flur. Metall auf Metall. Präzise.

Wie Schüsse aus einer kleinen, feinen Waffe.

II

Francesco stand nun schon seit einer halben Stunde am Tresen der kleinen Bar. Müde sah er auf den Schildkrötenbrunnen hinaus. Noch lag er im Schatten, aber schon bald würde ihn die Morgensonne erreichen. In den Geschäften rings um die Piazza wurden die Rollläden hochgezogen, die Bar füllte sich.

Am Palazzo gegenüber waren die meisten Fensterläden noch geschlossen. Nur Maria und Marta waren in Hut und Mantel mit eifrigen Trippelschritten aus der Tür geeilt. Sie trugen zwei große Einkaufskörbe bei sich – ganz offensichtlich machten sie sich auf den Weg zum Markt. Die Tür hatte sich noch nicht wieder geschlossen, als ein sehr beleibter Kater hinter ihnen aus dem Haus trat. Sein Fell glänzte rotgolden, und er trug es so majestätisch wie einen Pelzkragen. Francesco blickte fasziniert auf das Tier, das hocherhobenen Hauptes die Piazza überquerte und in eine der kleinen Seitenstraßen einbog. Offensichtlich war der Kater der König des Reviers.

Anfangs hatte Francesco noch versucht, mit dem Barista ins Gespräch zu kommen. Er hatte sich als Sekretär des Heiligen Vaters vorgestellt, offen von seinem Auftrag berichtet, von den Sorgen des Papstes um seine Schwestern. Zu Beginn lief es ganz gut, doch als die Rede auf die Bewohner des Palazzos und speziell auf das Mädchen Lucia kam, wurde der Mann hinter der Theke einsilbig.

Warum Petrus ausgerechnet ihn ausgewählt hatte, um eine junge Frau zu befragen, leuchtete Francesco von Minute zu Minute weniger ein.

Ihn, einen Mönch.

Ihn, der sich mit Frauen – ein kurzer Gedanke an Giulia – ohnehin nicht gerade leichttat. Aber vielleicht war genau das der Grund, aus dem Petrus ihn losgeschickt hatte: Vor einem harmlosen Trottel im Mönchsgewand würde sich keine Frau in Acht nehmen. Und darum Dinge erzählen, die sie einem smarten, cleveren, weltmännischen Mann vermutlich nicht anvertrauen würde.

Er hörte den Barista anerkennend durch die Zähne pfeifen.

«*Uh, là, là, che bellezza ...*»

Francesco sah die Frau, die eben vorbeigegangen war, nur noch von hinten. Enge Jeans, lässiger Schal, schulterlange schwarze Locken – und dieser Gang: unverkennbar Giulia. Francesco fühlte sich schlagartig wie gelähmt. Am liebsten wäre er sofort gegangen, hätte sich in irgendeiner Kirchenbank verkrochen, hätte sich ...

«Da kommt Lucia», sagte der Barista.

Francesco blickte durch die Scheibe.

Eine junge Frau trat nun aus dem hohen Portal und blieb kurz stehen, geblendet von der Morgensonne. Sie hatte eine Menge wirrer Haare unter ihrer bunt geringelten Wollmütze verstaut, trug einen knöchellangen, wild gemusterten Rock und eine ausgeblichene Jeansjacke. Von ihren Schultern baumelte eine bestickte Umhängetasche.

Francesco legte ein paar Münzen auf den Tresen, setzte seine Sonnenbrille auf (wenigstens etwas Männlichkeit) und ging.

Die Frau war inzwischen in eine Seitengasse abgebogen. Beim Gehen nestelte sie Kopfhörer aus ihrer Sticktasche, setzte sie auf und ging von jetzt an etwas schneller. Francesco beschleunigte ebenfalls und hoffte, dass sie die Musik laut genug aufgedreht hatte.

Ein Wechsel der Straßenseite.

Dann links in einen Durchgang.

Ein Torbogen, eine größere Straße.

Eine Ladenzeile – die Rollläden fast alle unten. Nur ein Jeansladen und ein Souvenirshop hatten schon geöffnet. Die Frau schloss eine Tür auf, kurz darauf ratterte die metallene Jalousie nach oben und gab den Blick auf einen kleinen Buchladen frei. Im Schaufenster hing eine Regenbogenfahne, auf der *Pace* stand – und darunter: *Bücher und mehr*.

Pace.

Frieden.

Das war immerhin ein Gebiet, auf dem er sich als Franziskaner halbwegs kompetent fühlte. Er setzte die Sonnenbrille ab, schob sie in die Seitentasche seines Habits und musterte die Taschenbücher in der Auslage:

«Das Flüchtlingsdrama im Mittelmeer»,

«Rom unter dem Krakengriff der Immobilienspekulanten»,

«Drogenkrieg in Süditalien»,

«Rettet die Bergwelt: Umweltzerstörung in den Dolomiten»,

«Italien nach dem Ende des Cavaliere».

Dazwischen Dritte-Welt-Kaffee, Bio-Tee, liebevoll dekoriert auf Yoga-Matten. Plakate und Flyer aller Art bedeckten die Fensterfläche – Wohnungsgesuche und immer wieder Demonstrationsaufrufe:

Weihnachten im Jahre 0:
Maria und Josef suchen eine Herberge in Bethlehem.
Vergeblich.
Weihnachten über 2000 Jahre später:
Junge Familien suchen eine Wohnung in Rom.
Vergeblich?
**Kämpfe mit uns gegen Immobilienspekulation,
Mietpreiswucher und Zwangsräumung.
Frohe Weihnachten – für alle in Rom!**

Francesco zog die Ladentür auf und trat ein. An der Tür bimmelten kleine tibetische Gebetsglöckchen. Durch die mit Plakaten bedeckten Scheiben fiel nur wenig Licht in das Geschäft. Hohe Bücherregale, ein verknittertes Che-Guevara-Poster hinter der Kasse, Regenbogenfahnen in allen Formaten.

«Salve», grüßte Francesco.

Erst jetzt bemerkte er, dass er sich keine Strategie zurechtgelegt hatte, keinen schlüssigen Gesprächseinstieg. *Ich suche was Weltverbesserisches für die Weihnachtspredigt meines Chefs* – wenig glaubhaft. *Ich suche was zum Thema Kündigungsschutz* – kaum überzeugend bei einem Mönch.

Sie kam hinter einem Regal hervor und sah ihn wortlos an. Ihre Locken hatte sie nun zu einem lässigen Knoten zusammengedreht. Sie trug ein T-Shirt aus verwaschenem Stoff. Und unter ihrem bunten Rock klingelte leise ein Fußkettchen.

«Ich ... ich ...» Francesco überflog das Schwarze Brett: *Biobauernhof in den Marken – Überfischung des Mittelmeers – Obdachlosenspeisung an Weihnachten ...*

«Die Obdachlosenspeisung an Weihnachten ... ich hatte da kürzlich einen Zettel gesehen und wollte noch mal vorbeischauen.»

Lucia musterte ihn. «Direkt neben dir am Anschlagbrett. Veranstaltet von der Gemeinschaft Sant' Egidio.»

«Tatsächlich?»

«Tatsächlich.» Sie zog spöttisch die Augenbrauen hoch. «Schon seit Jahren. In Santa Maria in Trastevere. Die ganze Kirche wird leer geräumt, sie stellen Tische auf und kochen für die Armen. Dann essen sie gemeinsam. Inzwischen gibt es das überall auf der Welt.»

Jetzt fiel es auch Francesco wieder ein. Sant' Egidio – eine Vereinigung junger Christen, die sich gegen die Armut engagierte.

«Genau das.» Er strahlte sie an. «Ich ... wollte mir das mal ansehen. Auch als Inspiration für meinen eigenen Orden.»

Lucia notierte etwas und reichte ihm den Zettel: «Hier. Der Termin für das nächste Treffen. Sie brauchen immer noch Leute für den Abwasch und das Putzen.»

«Klar. Da komme ich.» Francesco steckte den Zettel ein und überlegte verzweifelt, wie er das Thema «Palazzo» ansprechen konnte. Bücher über Renaissance-Architektur würde es hier nicht geben.

«Gehört dir der Laden?»

Sie sah ihn plötzlich lauernd an.

«Seh ich so aus?»

«Na ja, eigentlich schon.»

Sie kam langsam auf ihn zu.

«Hör mal zu, du stolperst hier rein, erzählst irgendwas über soziales Engagement und machst einen auf Gutmensch. Dabei bist du doch nur so ein Typ aus dem Vatikan.»

«Woher weißt du, dass ich etwas mit dem Vatikan zu tun habe?»

«Der Papst war gestern bei uns im Palazzo. Er hat seine Schwestern besucht. Und du hast ihn abgeholt. Ich habe dich vom Fenster aus gesehen.»

Francesco, dankbar für diese Wendung, suchte hektisch nach einer passenden Anschlussfrage: «Du wohnst auch in dem Palazzo?» Sie kam ihm ganz nah, so nah, dass ihr Gesicht fast seines berührte. Sie hatte helle, durchscheinende Haut. Verblasste Sommersprossen. Und sehr große Pupillen. «Was willst du eigentlich hier?»

«Der Papst macht sich Sorgen um seine Schwestern. Wegen des verschwundenen Spaniers.»

«Und jetzt kommst du zu mir, lauerst mir auf, läufst mir den ganzen Weg hinterher. Glaub bloß nicht, ich hätte dich nicht bemerkt.»

Francesco versuchte, sich zu konzentrieren. Seine Gedanken rasten: Was kann ich ihr sagen? Weiß sie von dem möglichen Überfall? Wie steht sie zu Juan?

«Vielleicht ... ist nicht alles mit rechten Dingen zugegangen.»

Sie riss die Augen auf, die dadurch noch größer wurden.

«Ach ja, macht ihr euch Sorgen, weil ein Priester in Rom mal kurzzeitig verschwindet?»

«Wie meinst du das?»

«So wie ich es sage.» An ihren Handgelenken klimperten zahlreiche Armreife. Francesco wich unwillkürlich ein Stück zurück.

«Als ob du das nicht gelegentlich auch machen würdest: mal ein paar Tage weg ... ein bisschen Abstand von der Kirche ... mal einen draufmachen. Ob Priester oder Mönch – ihr seid doch alle gleich ... Ihr kümmert euch alle nur um eure eigenen Lüste und Leidenschaften. Statt um das Elend der Welt.»

Francesco fühlte sich unwohl. Ihm war heiß. Raus, nur raus hier, dachte er. «Ich wollte dir nicht zu nahe treten. Es ging mir tatsächlich nur um das Verschwinden Juans. Ich wollte mit Leuten reden, die ihn kennen und mit ihm befreundet sind.»

«Wer sagt denn, dass wir befreundet sind?»

«Na ja, immerhin wohnt ihr im selben Palazzo und ...»

«Ach ja, und da muss man sich zwangsläufig befreunden, so Tür an Tür ...»

«Wohnst du denn direkt neben Juan?»

«Na also, hab ich's doch gesagt: Nein, ich wohne zwei Stockwerke über ihm, direkt über Marta und Maria, wenn du es so genau wissen willst ...»

«Hast du ihn denn noch einmal gesehen, kurz bevor er verschwand?»

«Vielleicht. Vielleicht habe ich ja sogar die Nacht mit ihm verbracht, wer weiß ...»

«Und du kannst dir nicht erklären, warum er verschwunden ist?»

«Warum er verschwunden ist?» Sie lächelte eigenartig. «Wenn du ihn kennen würdest, wenn du ihn vor dir sehen würdest, wüsstest du, dass er zu schön ist für diese Welt.»

Sie ging an ihm vorbei, öffnete die Tür so heftig, dass die Kette mit den tibetischen Gebetsglöckchen herunterfiel. Und schmiss Francesco einfach hinaus.

III

Seit Tagen schon hatte er darauf gewartet, nun war es endlich so weit: Er freute sich wie ein kleines Kind!

Papst Petrus stand am weit geöffneten Fenster seines Arbeitszimmers und sah hinaus. Unten auf dem Petersplatz war gerade ein riesiger Kran vorgefahren und rangierte mühsam zwischen den Zwillingsbrunnen und den vorsorglich aufgestellten Absperrgittern. Mehrere Männer in blauen Arbeitshosen wiesen das Ungetüm ein. Und dann bog endlich der Lastwagen auf den Platz: Er hatte Überlänge, die Ladung war mit orangefarbenen Wimpeln geschmückt und mit Seilen gesichert. Doch ganz hinten wippte vorwitzig und grün die Spitze des mächtigen Weihnachtsbaums: 25 Meter hoch und siebeneinhalb Tonnen schwer war die Fichte. Sie stammte dieses Jahr aus Bayern, aus der idyllischen Region Samerberg, und war, wie Petrus schon von hier aus sehen konnte, besonders buschig und schön.

Hinter ihm schepperte es. Immaculata näherte sich unheilvoll mit einer kurzen Trittleiter, einem Eimer, in dem eine undefinierbare Flüssigkeit schäumte, und mehreren, sorgfältig über dem Arm zusammengelegten Lappen.

«Die Fenster müssen geputzt werden, und ich dürfte Sie jetzt bitten, sich vielleicht wieder an *Ihren* Arbeitsplatz zu begeben, damit ich hier *meiner* Arbeit nachgehen kann. Zu Weihnachten sieht nämlich die ganze Christenheit hoch zu meinen Fenstern, und es ist meine Pflicht und Verantwortung, dass alles ordentlich und sauber ist.»

«Wenn du die Bemerkung gestattest, liebe Immaculata, die Christenheit sieht nicht hoch zu deinen Fenstern, sondern zu mir, der ich stellvertretend als Mensch hier auf

Erden die frohe Weihnachtsbotschaft verkünde. Und solange ich sauber und frisch gewaschen bin ...»

Als er ihre finstere Miene sah, beschloss er, noch eins draufzulegen: «Hast du übrigens schon über meinen Vorschlag nachgedacht?»

Immaculata schwieg und tunkte den ersten Lappen ins Putzwasser.

«Wir könnten die Sitzgarnitur zur Seite rücken, den Schreibtisch und den Esstisch als Unterlage für den Stall und den Zug der Heiligen drei Könige verwenden, und ...»

«Und wo, bitte, geruhen Sie dann Ihrer Arbeit als Stellvertreter Christi nachzugehen? Auf dem Fußboden vielleicht?»

«Ich könnte die Unterlagen und Dokumente schön übersichtlich im Wandschrank lagern. Mein Ohrensessel bliebe ja frei. Contessa Giulia würde mir dabei helfen ...»

«Mir war bisher nicht bewusst, dass sich Contessa Giulia besonders für die Kunst des Krippenbaus interessiert.»

«Auch in der Familie der Contessa besitzt man eine Krippe, die natürlich seit Jahrhunderten ein Teil der Weihnachtstradition ist. Ich habe Fotos gesehen. Die Figuren stammen noch aus der Barockzeit. Sehr, sehr wertvoll, handgeschnitzt mit reicher Kleidung. Mit dieser Pracht kann mein bescheidener Stall nicht mithalten. Aber darauf kommt es ja gar nicht an. Es geht um das Nacherzählen und Nacherleben der biblischen Geschichte, liebe Immaculata. Wir sollen alle wieder werden wie die Kinder, heißt es in der Heiligen Schrift. Und daran erinnere ich mich Weihnachten besonders gerne.»

«Den Glauben trägt man im Geist und im Herzen und muss nicht durch Kindereien daran erinnert werden. Besonders Sie als Papst ...»

Weiter kam sie nicht, denn draußen auf dem Gang läutete das Telefon.

Als Immaculata verschwunden war, überlegte Petrus kurz, ob er schon einmal Fakten schaffen und die erste Krippenlandschaft auf dem Couchtisch aufbauen sollte. Aber eine Provokation am Morgen war vielleicht genug. Sein Blick fiel auf den alten Priestermantel, den Francesco wieder an den Haken hinter der Tür gehängt hatte. Er griff in die Tasche und zog mit spitzen Fingern erst das blutige Leinentuch und dann das kleine rote Notizbuch heraus. Den Stoff deponierte er nach kurzer Überlegung in seiner Schreibtischschublade. Darum würde er sich später kümmern. Das Notizbuch nahm er mit zu seinem Lieblingsohrensessel.

Die Schrift war fein und exakt, mit schwarzer Tinte geschrieben, so ordentlich wie von einer Frau. Petrus blätterte durch die Seiten. Sein Spanisch war nicht ausreichend, um die Feinheiten zu erfassen, doch er begriff, dass es sich weniger um ein Tagebuch als um eine Sammlung von Notizen und Gedanken handelte. Sie bezogen sich fast alle auf eine Bibelstelle: 1. Timotheus 3,2:

Wer das Amt eines Bischofs anstrebt, der strebt nach einer großen Aufgabe. Deshalb soll der Bischof ein Mann ohne Tadel sein, nur einmal verheiratet, nüchtern, besonnen, von würdiger Haltung, gastfreundlich, fähig zu lehren ... Er soll ein guter Familienvater sein und seine Kinder zu Gehorsam und Anstand erziehen.

Petrus kannte diesen Text zur Genüge. In seiner Jugend hatte er sich aus gegebenem Anlass sehr intensiv mit ihm auseinandergesetzt. In der Bibel gab es widersprüchliche und letztendlich keine zufriedenstellenden Antworten auf die Frage, ob ein Geistlicher nun ehelos leben sollte oder nicht. Und auch er hatte lange mit den strengen Vorgaben des Zölibats gehadert.

Nachdenklich ging er zum Fenster und sah zu, wie der riesige Weihnachtsbaum mit Hilfe eines Krans in die Senkrechte gewuchtet wurde.

Ein Wunder, dachte Petrus, dass er selbst hier stand. Als Mensch. Als Geistlicher. Als Papst. Niemals hätte er das für möglich gehalten. Noch während seiner Zeit am Priesterseminar hatte er alles hinschmeißen wollen. Er war tagelang wie von Sinnen gewesen, konnte nicht mehr essen und schlafen. Dunkel erinnerte er sich an nächtliche Treffen auf der Tiberinsel, voller Angst, entdeckt zu werden. An ein Pizzaessen in Trastevere. Er hatte sie ausgeführt, seine große Liebe, und seine Priestersoutane zu Hause gelassen. Für einen Abend war er einer von ihnen, einer der vielen Römer, die an den Tischen mit ihren Mädchen saßen und lachten und aßen. Es war Sommer, und es war alles so einfach gewesen – und auch wieder nicht. Er hatte sie nach Hause begleitet und sich noch nie so glücklich und unglücklich zugleich gefühlt. Er hatte viel riskiert.

Und verloren.

Ein paar Wochen später war sie mit seinem Studienfreund auf und davon. Er hatte nie wieder etwas von ihr gehört.

Gott war ihm treu geblieben, und er war reumütig zurückgekehrt. Aber dieses Gefühl, diese Verrücktheit im Herzen hatte er nie vergessen. Und auch nicht, dass es anders hätte enden können. In einer Großfamilie am Stadtrand. Oder in einer jahrelangen verbotenen Affäre, voller Heimlichkeiten und Selbstzerfleischung.

Er seufzte.

Auch Juan hatte sich also mit dieser Frage beschäftigt. Und – wie er vermutete – wohl ebenfalls aus aktuellem Anlass. Aber Juan wollte sich offensichtlich nicht damit zufriedengeben. Er kapitulierte nicht, sondern suchte nach Auswegen. Er begehrte auf gegen die rigiden Normen, gegen die Regeln der Kirche. Nicht gegen das Gesetz Gottes. Trotzig. Aber mit den Waffen der Heiligen Schrift.

Wenn Juan seine Gedanken nicht nur dem kleinen Notizbuch anvertraut hatte, sondern auch an einem großen Artikel schrieb, den er veröffentlichen wollte … Wenn er vielleicht schon etwas veröffentlicht hatte und nun die Presse Wind bekam von seinem Verschwinden, womöglich seiner Ermordung, war der nächste große Skandal perfekt. Petrus sah die Schlagzeilen schon vor sich:

JUNGER PRIESTER HEIMTÜCKISCH ERMORDET.
Er kämpfte gegen das Zölibat.
Steckt der Vatikan selbst hinter dem Anschlag?

Dabei hatte er sich dieses Jahr wirklich auf Weihnachten gefreut.

IV

Natürlich hatte sie es sich nicht nehmen lassen, die Kuchenform persönlich zurückzubringen – *sie* wusste, was sich gehörte. Bestimmt zehn Minuten hatte sie die Form ordentlich und von Hand (!) von den klebrigen Schokoladenkrümeln gesäubert. Und ein kleines Dankeskärtchen mit dem passenden Motiv aus dem immerwährenden Heiligenkalender dazugelegt. Schließlich war heute, wie überaus passend, der Gedenktag des heiligen JUAN, dem am 9. Dezember 1531 die Jungfrau Maria erschienen war. Immaculata klingelte beherzt an dem großen Portal.

Ein kalter Wind war aufgezogen. Über der kleinen Piazza kreisten die Stare in großen, schwarzen Schwärmen. Dahinter ballten sich erste Regenwolken. Die Fenster des Palazzos starrten blind und abweisend auf sie herunter. Wie ein Hexenschloss sah das alte Gebäude aus, fuhr es Immaculata durch den Sinn. Aber der Herr war mit ihr. Sie tastete nach dem Kreuz und dem Medaillon, das sie immer um den Hals trug. Sie ließ sich nicht abschrecken. Sie würde hier nach dem Rechten sehen. Papst Petrus war verblendet in seiner Familienseligkeit. Sie aber, eine rechtschaffene Arbeiterin in der Küche des Herrn, wusste um die Abgründe der menschlichen Seele.

Die Papstschwestern waren ihr in ihrer Betulichkeit schon immer ein Dorn im Auge gewesen. Hinter so viel Menschenfreundlichkeit verbarg sich meist ein dunkles Geheimnis. Sie erinnerte sich, vor Jahren dazu einmal einen passenden Film gesehen zu haben: Zwei naive ältere Damen entpuppten sich darin als Mörderinnen der schlimmsten Sorte, die alleinstehende Männer um die Ecke brachten. Erst hatten sie die jungen Herren bewirtet – und sie dann vergiftet. Und das alles mit einer Liebenswürdigkeit, die auch Maria und Marta zuzutrauen wäre. Ihr Misstrauen jedenfalls war geweckt. Waren die beiden nicht den ganzen Tag mit Kochen und Backen beschäftigt? Hatten sie sich nicht auch um den armen spanischen Priester Juan besonders «gekümmert»? Womöglich hatten sie ihn mit ihrem Schokoladenkuchen und einer Extraportion

Sahne mit Arsen ins Jenseits befördert. Sie würde Indizien finden, eins und eins zusammenzählen. Und die beiden überführen.

Immaculata klingelte noch einmal, energischer diesmal. Es war schon dunkel, das Rosenkranzgebet längst vorbei. Die Schwestern mussten zu Hause sein.

Sie kamen beide zur Eingangstür, die sich offensichtlich nur schwer öffnen ließ.

«Liebe Immaculata, aber ...»

«... das wäre doch wirklich nicht nötig gewesen», zwitscherten Maria und Marta durcheinander.

Zwischen ihren Beinen drängte sich der fette Kater, wie Immaculata missmutig bemerkte. Die Schwestern führten sie die Stufen hinauf, nötigten sie herein und nahmen ihr den Mantel ab.

«Nun, meine Teuerste, es ist leider schon ...»

«... ein wenig spät für ein Stückchen Kuchen. Wir haben eigentlich Nusstorte gebacken ...»

«... aber wir haben hier einen ganz vorzüglichen ...»

«... selbstgemachten Kräuterlikör», beendete Marta das Zwiegespräch und kicherte vergnügt.

«Nehmen Sie Platz, liebe Schwester, nein, vielleicht nicht hier, das ist der Lieblingssessel des Monsignore ...»

«... sondern hier auf unserem gemütlichen Sofa ...»

«... und nehmen Sie ruhig das Wolldeckchen hier, es ist ja schon kühl, und wir haben heute Abend noch gar nicht eingeheizt.»

Immaculata setzte sich steif auf das Sofa, das mit Häkelkissen übersät war. Der Raum war groß und mit schweren, antiken Möbeln bestückt. Auf einer langen, goldgeschnitzten Truhe, die Immaculata entfernt an einen Altaruntersatz erinnerte, war eine ausladende Krippenlandschaft aufgebaut, mit Schafherde, Büschen, Kamelen, Karawanen, einem künstlichen Fluss aus blauer Folie und einem elektrisch beleuchteten Lagerfeuer. Dazwischen wuselten unzählige Krippenfiguren aus Plastik: Bauern, Wirte, Obstverkäufer, sogar einen Maronimann konnte Immaculata entdecken. In der Nische zwischen den Fenstern blinkte ein künstlicher Christbaum in allen Farben. Der Monsignore saß ihr gegenüber im Sessel und starrte sie aus grünen Augen an.

«Ich trinke niemals Alkohol», erklärte Immaculata würdevoll. «Niemals.»

«Aber liebe Immaculata, unser Likörchen ist doch selbst gemacht und enthält, Marta, was meinst du ...»

«... ach, allenfalls eine Andeutung von Alkohol, wenn überhaupt. Wie in der Klostermedizin. Der Alkohol dient nur dazu, die Kräuter haltbar zu machen ...»

«Genau. Die haben wir alle selbst gesammelt», sagte Maria stolz. «Draußen bei den Katakomben der Via Appia Antica. Es sind sozusagen ...»

«... frühchristliche Kräuter», sagte Marta. Beide kicherten, und Maria goss Immaculata einen kräftigen Schluck der grünlich schimmernden Flüssigkeit in ein zierliches Likörglas aus Bleikristall.

Aus Höflichkeit, nur aus Höflichkeit, dachte Immaculata. Und nahm einen winzigen Schluck. Überrascht stellte sie fest, dass der Likör erfrischend schmeckte. Mit einem angenehmen, leicht bitteren Nachgeschmack. Sie sah sich um und senkte den Blick sofort wieder. Überall diese Bilder, einige davon alt und offensichtlich mit Ölfarbe gemalt, andere billige Farbdrucke. Alle zeigten sie Heilige. Und alle waren sie nackt: Sebastian, Antonius, Hieronymus. Und ein sehr junger Johannes der Täufer, breitbeinig im

Wasser stehend. Mit einem kaum wahrnehmbaren Lendenschurz.

«Sie haben offensichtlich eine Vorliebe für junge athletische Körper», sagte sie spitz.

Maria und Marta wechselten einen Blick.

«Nun, die religiöse Erbauung erlaubt uns manchmal auch einen Blick auf Dinge, die wir alle, Sie und ich und meine Schwester, sonst nie zu Gesicht bekämen, nicht wahr, Maria?», sagte Marta.

«Noch ein Schlückchen?» Ehe Immaculata etwas sagen konnte, hatte ihr Maria energisch nachgeschenkt.

Immaculata beschloss, noch einen weiteren Vorstoß zu wagen. «Wie mutig von Ihnen, hier ganz alleine zu wohnen, mitten in der Stadt.»

«Aber wir sind doch gar nicht ...»

«... alleine, liebste Immaculata. Wir haben doch Eve und Lucia ...»

«... ja, und nicht zu vergessen den jungen Juan, wo immer er jetzt auch ist ...»

«Genau das meinte ich ja», sagte Immaculata und zeigte mit spitzem Finger erst auf die eine, dann auf die andere Schwester. «Sie beide, alleine mit einem MANN.»

«Aber, meine Beste, Juan ist doch ein Priester», Marta wackelte scherzhaft mit dem Zeigefinger. «Na, na, na, was Sie da immer gleich denken, dabei ...»

«... ist unser Juan doch so ritterlich. So oft ist er in letzter Zeit hier zu Besuch gewesen ...»

«... ja, er trinkt unseren Kräuterlikör doch auch immer so gerne, und einmal ...»

«... mussten wir ihn sogar nach unten begleiten», kicherte Marta. «Du musstest ihn stützen, liebe Maria, weil er so beseelt war vom Geist der heiligen Kräuter ...»

«Aber wir haben ihn sehr schön auf sein Bett gelegt …»

«… ja, und seinen Schlafanzug angezogen haben wir ihm auch …»

Ruckartig stand Immaculata auf. Das genügte. Unzucht und Unmoral. Wie sie es sich gedacht hatte. Sie sah sich noch einmal im Zimmer um, ihr Blick streifte die lange Truhe. Sie schauderte.

«So ein Möbel habe ich ja noch nie gesehen – da lässt sich sicher vieles verstauen?», fragte sie lauernd.

«Oh ja», meinte Maria eifrig. «Darin verwahren wir unsere ganzen Tischdecken und auch noch ein paar alte Bilder und Reliquien, nicht wahr, Marta …»

«… ja, meine Liebe.»

«Doch leider können wir sie momentan nicht herzeigen, sonst …»

«… müssten wir die ganze Heilige Familie vertreiben.»

«Danke, nicht nötig, ich habe bereits genug gesehen. Der Heilige Vater wartet auf mich. Sie entschuldigen mich jetzt bitte.»

«Aber, liebe Schwester, sollen wir Ihnen ein Taxi rufen …»

«… es ist doch schon dunkel, und eine Frau wie Sie sollte abends nicht alleine …»

«Papperlapapp, ein kleiner Marsch an der frischen Luft dient der Körperertüchtigung.» Immaculata durchquerte den Raum mit festen Schritten.

Doch merkwürdig: Der Teppich schien ihr weicher als zuvor. Bei jedem Schritt meinte sie, einzusinken. Auch das Licht wirkte diffuser als vorhin, unbestimmt und neblig. Die Schwestern begleiteten sie zur Tür, der Kater blieb faul auf seinem dick gepolsterten Sessel liegen und sah ihr schläfrig nach.

Erleichtert machte sich Immaculata daran, die unzähligen Marmorstufen nach unten zu steigen. Sie zählte bis zwanzig. Dann blieb sie stehen. Sie verspürte einen leichten Schwindel und musste sich an dem steinernen Treppengeländer festhalten. Irgendwo knallte eine Tür ins Schloss, ein scharfer Windzug wehte bis zu ihr herunter.

Vorsichtig ging sie weiter hinunter ins Dunkel. Die Beleuchtung funktionierte nicht – kein Wunder in diesem alten Kasten, dachte Immaculata. Sie befand sich nun im ersten Stock, in dem der verschwundene Priester Juan sein Zimmer gehabt hatte. Für einen Moment sah sie den Flur hinunter. Durch das große Treppenhausfenster fiel diffus das Licht der Straßenlaternen herein und beleuchtete ein schauriges Medusenhaupt über einer der Türen. Die Schlangen auf dem Kopf der Gorgonin schienen sich auf sie zuzubewegen.

Sie kniff die Augen zusammen und konzentrierte sich auf den letzten Treppenabsatz. Ein schleifendes Geräusch ließ sie zusammenzucken: Die Tür unter dem Medusenhaupt hatte sich geöffnet. Sie klapperte im Windzug auf und zu. Gleichzeitig war nun ein Rascheln zu hören, ein Rauschen, wie wenn mächtige Vorhänge zurückgezogen werden. Ein Knistern und Knacken, wie von einem riesigen Feuer. Immaculata wandte sich um, konnte aber nichts erkennen und lief rasch weiter nach unten. Ihre Sandalen machten kleine, klackende Geräusche, die im Treppenhaus merkwürdig widerhallten. Das große Portal ließ sich nicht öffnen. Irgendetwas hatte sich im komplizierten Mechanismus des Schlosses verklemmt.

Sie hörte Schritte auf den Stufen hinter sich.

«Hallo», rief sie. «Maria, Marta? Könnten Sie mir mit der Tür behilflich sein. Sie klemmt.»

Sie bekam keine Antwort. Die Schritte waren nun direkt im Stockwerk über ihr. Schnelle, leichte Schritte. Sie schienen näher zu kommen, entfernten sich dann aber wieder. So, als liefe jemand in großer Eile hin und her.

«Hallo, Maria, Marta», rief Immaculata wieder. Lauter diesmal.

Sie rüttelte an der Tür. Vergeblich. Ihr war leicht schwindlig. Das Treppenhaus schien jetzt ebenfalls in Bewegung zu geraten. Die Stufen waberten wie im Nebel hin und her. Nein, das war keine Einbildung. Sondern Rauch. Rauch, der schwer die Stufen herabdrängte. Immaculata stand mit dem Rücken zur Tür und tastete nach ihrem Kreuz.

«Gegrüßet seist du, Maria, der Herr ist mit dir ...»

Ein plötzlicher Stoß, die Haustür öffnete sich, und vor ihr stand ein junger Mann mit schwarz umrandeter Brille und zerzausten Haaren.

«Es brennt, Sie müssen die Feuerwehr rufen», sagte Immaculata.

Der Mann sah sie beunruhigt an. «Kann ich Ihnen helfen, geht es Ihnen nicht gut?»

«Feuer ...», rief Immaculata und deutete hinter sich. Sie fühlte sich auf einmal gar nicht gut. Die Stimme versagte ihr.

«Aber da ist nichts», erwiderte der junge Mann ratlos. «Darf ich Ihnen in meiner Bar gegenüber einen Caffè anbieten, Sie sind ja ganz blass.»

Aber Immaculata stürzte ohne ein weiteres Wort zur Tür hinaus. Die Luft war schwer und roch nach Regen. Der Wind trieb Lamettafetzen über den leeren Platz. Niemand war zu sehen, der junge Mann verschwand kopfschüttelnd im Haus.

Immaculata drehte sich noch einmal um. Und da sah sie es: Im ersten Stock irrlichterte ein Feuer. Es schien von einem Raum zum anderen zu springen, schien sich zu teilen und wieder zu vereinigen, immer schneller, in einem irren Tanz – bis es plötzlich ganz verlosch. Wie von Geisterhand schlossen sich die Fensterflügel.

Und der Regen setzte ein.

V

«Ihr Italiener versteht es einfach, zu leben», sagte Nicolas de Montvert und nahm das Glas Rotwein entgegen, das Giulia ihm gerade von der Theke geholt hatte. Draußen glänzte der Campo de' Fiori feucht und golden im Licht der Straßenlaternen. Durch die bodentiefen Fenster der Weinbar sahen sie auf die Piazza, die an diesem regnerischen Abend völlig leer gefegt war. Die Feuer der Marktleute waren längst erloschen, nur vor der Tür des Lokals und vor dem Kino an der Ecke sammelten sich einige wenige Raucher.

«Das Dolce Vita ist also keine leere Versprechung.»

«Mit mir an deiner Seite natürlich nicht, Tesoro», sagte Giulia.

«Daran habe ich auch nie nur einen Augenblick gezweifelt», sagte Nicolas und strich ihr liebevoll eine Locke aus dem Gesicht.

Sein französischer Akzent rührte sie immer noch. Sie hatten sich kennengelernt in einer Kunstgalerie in Paris, gleich am ersten Tag von Giulias Reise – direkt vor einer Picasso-Zeichnung der nackten, weinenden Dora Maar.

Die Galerie gehörte Nicolas' Vater, wie er ihr wenig später im Bistro um die Ecke erzählte. Und Nicolas selbst war ein passionierter Kunstliebhaber, der allerdings sein Geld mit Finanzgeschäften verdiente. Die meiste Zeit jettete er durch die Welt, doch seit jenem Abend in Paris hatten sie sich kaum einen Tag mehr getrennt. Nicolas hatte sie begleitet über die Kontinente, er hatte alle seine Geschäftsreisen verschoben für «L'amour de ma vie», wie er sie nannte. Und auch sie hätte nie gedacht, dass sie sich nach so kurzer Zeit schon binden würde, dass sie sich vorstellen konnte, mit einem Mann, den sie fast gar nicht kannte, für immer zusammenzubleiben. «Coup de foudre» nannten die Franzosen das, den Blitzschlag der Liebe. Dabei fühlte sich das alles nicht nach einem romantischen Abenteuer an. Sondern nach einem vernünftigen Lebensplan. Nach einer erfüllten Partnerschaft unter Gleichgesinnten.

«Und du könntest dir wirklich vorstellen, hier in Rom zu leben?», fragte Giulia ungläubig. «Obwohl du ein Apartment in Manhattan hast, ein Ferienhaus in der Provence und diese unglaubliche Altbauwohnung mit den Stuckdecken in Paris?»

«Ich habe dir das schon mehrfach erklärt, Chérie. Ich möchte da sein, wo du bist. Natürlich werde ich auch weiterhin viel unterwegs sein. Aber ich möchte immer wieder zurückkommen zu dir. Und vielleicht auch irgendwann zu unseren Kindern, unserer Familie. In die Ewige Stadt.»

Gut, dass ihre Mutter das nicht gehört hatte, dachte Giulia. Sie hätte augenblicklich das Aufgebot bestellt, das Taufkleid und den Kinderwagen geordert, die bestickte Erstausstattung in Auftrag gegeben. Und, noch viel schlimmer, die gesamte adlige Verwandtschaft bis zur letzten Großtante im Greisenalter mobilisiert.

«Wenn es dir recht ist, würde ich mich ab nächster Woche um eine passende Bleibe für uns kümmern.» Er lächelte. «Möchtest du weiterhin im Zentrum wohnen oder lieber etwas außerhalb, wo es ein bisschen grüner ist? In Parioli vielleicht? Das ist doch hier ‹the place to be›, oder? Und dort liegt ja auch gleich die französische Schule ...»

«Meine Wohnung mit Dachterrasse direkt am Campo de' Fiori genügt dem Herrn wohl nicht?», sagte Giulia spöttisch. «Es gibt Leute, die würden für diese Lage morden.»

«Für die Lage, ja, Chérie. Aber sei doch mal ehrlich: Das ist keine Dachterrasse, sondern ein winziger Balkon, der nur durch das Küchenfenster zu betreten ist, weil der Vermieter nicht in eine Tür investieren wollte. Der Blick ist grandios, dafür lebt man ständig in der Gefahr, auf eine dieser alten Säulen abzustürzen. Der Zustand des Treppenhauses fällt bestenfalls unter das Stichwort ‹charmant›. Das Badezimmer hat keine Dusche, nur eine Badewanne, und die ist auch noch echt antik mit Füßen. In der Küche kochst du auf einem alten Gasherd und hast nicht einmal ein Induktionsfeld. Und die alten Fenster mit den handgeschmiedeten Griffen müssten wirklich energiesparend modernisiert werden.»

«Aber ich hänge an meiner Wohnung», sagte Giulia.

«Liebling, ich will dir doch deine Wohnung nicht ausreden. Vielleicht könnte ich sie dir auch kaufen, dann sanieren wir sie schön, und du kannst sie behalten, als kleines Studio. Oder wir vermieten sie an Gäste oder Freunde während der Sommermonate. Aber zu zweit, in drei Zimmern auf gerade mal achtzig Quadratmetern – sei doch realistisch, Chérie. Da können wir ja nicht mal Besuch empfangen.»

«Ich weiß nicht, wie du aufgewachsen bist, aber in Rom gilt das als durchaus luxuriös. Im Centro storico findet man fast nichts mehr. Viele meiner Kollegen und Bekannten sind tatsächlich wieder zu ihren Eltern gezogen. Die wohnen nun in einem kleinen Zimmer direkt neben der Küche und stapeln ihre zwei Kinder in ein Stockbett.»

Giulia hatte sich in Rage geredet.

«Das weiß ich ja alles.» Er lächelte sie liebevoll an. «Der Immobilienmarkt in Rom ist ein Ärgernis – allerdings nur für die, die ihn sich nicht leisten können. Und glaube mir, Liebes, mein bescheidenes Einkommen dürfte es uns beiden ermöglichen, selbst in Rom ein einigermaßen komfortables Leben zu führen. Ich spreche einfach mit ein paar Leuten, ziehe Erkundigungen ein und lasse mir einige Angebote kommen. Am besten wird sein, wir kaufen gleich etwas, die Preise steigen im Moment so rasant, dass wir nur gewinnen können.»

«Entschuldige, aber ich würde meine Wohnung schon gerne selbst aussuchen», sagte Giulia schnippisch. «Schließlich werde ich, wenn ich dich richtig verstanden habe, die meiste Zeit alleine dort zubringen, während du auf Geschäftsreise bist.»

«Ich wollte dich nicht kränken. Und ich weiß, dass du deinen Stolz hast. Ich wollte doch nur ein Angebot machen.» Er sah jetzt richtig zerknirscht aus.

«Aber wir können es ja so probieren –» sein Gesicht hellte sich auf – «du siehst dich erst einmal in aller Ruhe um, was dir für uns gefallen würde. Wir müssen ja nichts überstürzen. Vielleicht kannst du als Römerin und ‹Contessa› auf dem heimischen Markt ja auch punkten. Aber versprich mir, dass du dich gleich an mich wendest, wenn du nicht weiterkommst. Und dann nehme ich die Sache in die Hand.» Er küsste sie. «Und auch preislich solltest du dich erst mal nicht einschränken. Schau dir an, was dir gefällt und dich inspiriert. Im hochpreisigen Sektor lässt sich immer handeln. Und parallel kann ich schon mal in Erfahrung bringen, was gerade so angeboten wird.» Er trank den letzten Schluck seines Weines. «Und jetzt, Fräulein Contessa Giulia, schönste Frau Roms und des Erdballs, würde ich dir gerne in deine bescheidene Behausung folgen.»

Giulia nahm ihm das Glas aus der Hand. «Und nur dass du es weißt, verehrter Herr von und zu: Ein spießiges Viertel wie das neureiche Parioli geht gar nicht.»

I

Francesco hatte nicht geschlafen. Nicht geschlafen im Sinne von: gar nicht geschlafen.

Der Regen hatte unablässig auf das Dach des Apostolischen Palastes getrommelt, der Wind hatte an seinem kleinen Fenster gezerrt, und das Wasser rauschte in den mächtigen Rinnen, die den Petersplatz umgaben. Normalerweise liebte Francesco seine kleine bescheidene Kammer, ganz oben auf dem Dachboden des Vatikans; er liebte den Blick aus dem Fenster am Morgen, wenn die Kolonnaden glänzten. Er liebte es, wenn die Kuppeln der Stadt im Dunst verschwammen. Und ganz besonders liebte er den Blick über den grünen Hügel und die hohen Pinien des Gianicolo. Aber heute Morgen hatte er keinen Blick dafür. Unten auf der Piazza stand inzwischen der riesige Weihnachtsbaum. Morgen war feierliche Illumination, mit Blaskapelle, Menschenmassen und Kameras. Er konnte nicht kneifen. Nicht vor seinen Aufgaben, nicht vor Weihnachten und schon gar nicht vor der gleich anstehenden Besprechung mit der Pressesprecherin des Heiligen Stuhls.

Mühsam schleppte er sich die Treppen hinunter. Jetzt benötigte er dringend einen extrastarken Caffè. Doch aus der Küche drang kein Geräusch. Er öffnete die Tür: Die

Küche war blitzsauber. Und leer. Normalerweise pflegte Immaculata schon ab fünf Uhr in der Frühe mit lautem Geklapper und demonstrativem Türenschlagen ihr Tagwerk zu verrichten. Aber auch auf dem Flur war sie nirgends zu sehen. Ratlos machte sich Francesco auf ins päpstliche Arbeitszimmer.

Petrus saß ungewöhnlicherweise nicht mit der Gazzetta dello Sport in seinem Lieblingsohrensessel, sondern mit Brille hinter dem Schreibtisch. Allerdings hatte er die Aktenberge auf den Fußboden verbannt, um Platz für seine Laubsägearbeit zu schaffen. Die ganze Tischplatte war schon mit Sägespänen übersät, und Petrus war gerade dabei, ein winziges Stück Sperrholz an ein winziges Wasserrad zu kleben.

Er war bester Dinge. «Immaculata ist heute krank – was sagst du dazu, mein Junge? Das gibt mir die Gelegenheit, mit meiner Krippenlandschaft noch vor Weihnachten voranzukommen. Ich habe mir von Anselmo, dem netten Gärtner aus den Vatikanischen Gärten, ein bisschen Grünzeug liefern lassen, damit ich auch gleich noch die Landschaft gestalten kann.»

Er strahlte.

Jetzt erst sah Francesco, dass die eine Zimmerecke samt Sofa überhäuft war mit Baumscheiben, Rindenstücken, Efeu, Pinienzapfen und Olivenzweigen.

«Eine wunderbare Aufgabe auch für einen Naturliebhaber wie dich, mein Sohn. Gemeinsam werden wir die schönste Krippe bauen, die der Vatikan je gesehen hat.»

«Wieso ist Immaculata krank?», fragte Francesco ehrlich besorgt. «Sie war noch nie krank, seit ich sie kenne.»

«Nun, irgendwann erwischt es jeden mal. Sie ist gestern bei dem fürchterlichen Unwetter durch den Regen nach

Hause gelaufen und hat sich wohl erkältet. Ich traf sie noch auf dem Flur. Sie war vollkommen durchnässt und sah ungewöhnlich blass aus.»

Das Telefon auf dem Schreibtisch klingelte.

«Pronto, hier spricht der Papst …», antwortete Petrus gut gelaunt.

«Nein, meine Liebe, in diesem Fall macht es gar nichts, wenn du dich verspätest. Du musst uns nämlich noch ein Frühstück besorgen … Nein, kein Ärger, Immaculata ist krank, und wir hungern … Ruhig ordentlich, du weißt ja, was ich gerne esse. Und einen doppelten Caffè. Ja, für Francesco auch.»

Keine Viertelstunde später stand Giulia mit Pappbechern und einem riesigen, verschnürten Paket zwischen Efeu und Schlingpflanzen.

Petrus war entzückt.

Francesco stand am Fenster und schaute demonstrativ auf den Petersplatz hinaus.

«Ich packe selber aus, wenn du gestattest. Man muss die Feste feiern, wie sie fallen», verkündete Petrus. «Und dass Immaculata freiwillig das Bett hütet, wird in den nächsten fünfundzwanzig Jahren nicht mehr vorkommen … Was haben wir denn da: Oh, Sfogliatelle mit Schokolade, Cornetti con crema, ah, und das hier sind gefüllte Bombette. Herrlich. Woher hast du denn all diese Köstlichkeiten?»

«Nachdem ich schon unterwegs war, konnte ich bei mir um die Ecke nichts mehr besorgen. Aber ich habe mich erinnert, dass es hier gleich nebenan in der Via Barletta diese Pasticceria gibt. Sie liegt im Keller, und man läuft leicht vorbei. Aber der Duft, der auf die Straße weht, ist unglaublich. Unten sind die Vitrinen vollgestopft bis obenhin, und es stehen immer jede Menge Leute an. Sie erschlagen einen fast, wenn man nicht in Blitzgeschwindigkeit sein Gebäck ordert. Übrigens hatten sie dort einen riesigen Panettone aus Schokolade als Krippenlandschaft gestaltet. Das wäre doch was für Sie, oder?»

Giulia warf einen amüsierten Blick auf Petrus' Bastelarbeit und schälte sich dann aus ihrer Winterjacke in knalligem Orange. Sie war neu. Und offensichtlich sündhaft teuer, wie Francesco sofort bemerkte.

Petrus machte es sich mit Caffè und einem Cornetto con crema in seinem Ohrensessel bequem. Francesco, bisher tief versunken in die Betrachtung der Touristenmassen auf dem Platz, drehte sich langsam um und setzte sich an den Schreibtisch. Er vermied jeden Blickkontakt mit Giulia, die bereits auf ihrem Lieblingsplatz saß: dem großen Sofa, geschmückt mit Immaculatas frommen Häkelkissen. Zur Fastenzeit waren sie mit Dornenkronen und Marterwerkzeugen bestickt; in der Adventszeit begnügte sie sich mit Tannenzweigen, deren Nadeln allerdings nicht weniger stachelig wirkten als die Dornen der Karwoche. Beide dienten demselben Zweck: Man sollte es sich nicht zu gemütlich machen.

Giulia schob die Kissen zur Seite und blickte erwartungsvoll zu ihrem Chef.

«Wir müssen das Weihnachtsfest besprechen», begann Petrus. «Den Ablauf des Festgottesdienstes im Petersdom – aber auch unsere häusliche Feier. Die Speisenfolge war in den letzten Jahren etwas … unbefriedigend. Doch zuvor möchte ich eine Angelegenheit klären, die meine Weihnachtsvorfreude empfindlich trübt. Ich spreche von den merkwürdigen Ereignissen im Palazzo meiner Schwestern.» Er blickte kurz auf. «Francesco, würdest du uns die Freude bereiten und unser bescheidenes Mahl mit uns teilen?»

Doch Francesco reagierte nicht, sondern schaute weiter abwesend vor sich hin.

Giulia hatte sich eines der Cornetti genommen und schien ganz und gar damit beschäftigt, das päpstliche Sofa möglichst wenig zu bekrümeln. «Ich war bei Eve», begann sie. «Der Schriftstellerin. Sie ist nicht unsympathisch, aber völlig verrückt.»

Giulia erzählte, während Petrus – mit geschlossenen Augen – eine der Sfogliatelle mit Schokoladencreme aß.

«Und du, Francesco?», fragte er, als Giulia geendet hatte.

Der päpstliche Privatsekretär berichtete von seinem Gespräch mit Lucia, von ihrer abweisenden Art und dem kleinen Buchladen. Und schaffte es, während der gesamten Zeit starr an Giulia vorbeizusehen.

«Ich habe mir schon den Barista vorgenommen», ergänzte Petrus. «Ein fanatischer Sammler alter Espressomaschinen. Ein komischer Kauz, völlig fixiert auf seine Schraubereien und Bastelarbeiten. Außerdem trägt er interessanterweise einen dicken Mullverband um den rechten Arm. Und nun?» Er blickte in die Runde. «Was schließen wir aus alldem?»

Giulia hatte inzwischen begonnen, sich über den waidwund blickenden Francesco zu ärgern. Dieser spürte, dass Giulia verärgert war – was ihn aber nur noch waidwunder blicken ließ. Petrus beschloss, diese Verstimmungen zu ignorieren, und straffte sich zu einer päpstlichen Ansprache.

«Fassen wir die Situation zusammen», begann er. «Ein junger Priester aus Spanien ist verschwunden. Er kann den Palazzo nicht verlassen haben – also befindet er sich noch dort. Entweder lebend. Oder, was ich allmählich befürchte, tot. In seinem Zimmer haben wir Blutspuren gefunden; seine Sachen wurden durchwühlt. Der Palazzo ist hervorragend gesichert – weder durch die Tür noch durchs Fenster kann man unbemerkt ins Gebäude gelangen. Folglich müssen wir seine Mitbewohner verdächtigen – als da wären: eine amerikanische Schriftstellerin, der Barista Bartolomeo und die Studentin Lucia.»

«Und Ihre Schwestern», ergänzte Giulia.

«Und meine Schwestern», wiederholte Petrus. «Die zu allem Möglichen fähig sind – aber wohl kaum zu einem Mord. Doch du hast recht, liebe Giulia. Der Vollständigkeit halber wollen wir sie erwähnen. Ich fahre also fort: Am Abend des 7. Dezember wurde Juan zuletzt gesehen. Am folgenden Morgen stellen meine Schwestern fest, dass Juan verschwunden ist. Irgendwann in der Nacht ist etwas geschehen. Alle Bewohner des Palazzos haben sich in dieser Nacht im Gebäude aufgehalten, keiner hat ein Alibi – falls ich eure Berichte richtig verstanden habe. Rein körperlich dürfte es Lucia und meinen Schwestern schwergefallen sein, mit einem jungen Mann fertig zu werden. Bei Eve scheint sich das anders zu verhalten. Trotzdem bleibt festzuhalten: Gelegenheit zur Tat hatte jeder.»

«Da ich nun schon mehrfach als weiblicher Dr. Watson an Ihrer Seite ermitteln durfte», bemerkte Giulia freundlich, «ahne ich, welche Frage Sie nun stellen werden: Welcher Mitbewohner hatte ein Motiv?»

«Sehr richtig.» Petrus untersuchte das Paket mit den restlichen Cornetti und wurde fündig. «Und wie lautet die Antwort?»

«Niemand hatte ein Motiv», fasste Giulia zusammen. «Alle mögen sich gern. Alle haben ein gut nachbarschaftliches Verhältnis. Niemand hatte mit den anderen viel zu tun – von gelegentlichen Festen mal abgesehen.»

«Es ist immer verdächtig, wenn sich alle gern mögen»,

sagte Petrus. «Meine Kardinäle mögen sich auch alle gern. Trotzdem haben wir in diesem Kreis immer wieder unerklärliche Todesfälle zu beklagen. Und das geht schon seit Jahrhunderten so. Beginnen wir bei Lucia. Francesco, hast du eine Idee, weshalb sie Juan nicht leiden kann?»

Francesco zuckte mit den Schultern. «Keine Ahnung. Ich glaube, sie kann Männer grundsätzlich nicht leiden.»

«Was für viele Frauen gilt und häufig an den Männern liegt», meinte Giulia gereizt.

«Der Barista ist ein Eigenbrötler und pflegt ein merkwürdiges Hobby. Ansonsten scheint er ein freundlicher Zeitgenosse zu sein. Und Eve?»

«Sie spinnt. Ein Motiv kann ich nicht erkennen. Aber eine Sache ist mir doch aufgefallen ...» Giulia verstummte, ließ sich in Immaculatas straff gefüllte und darum wenig weiche Kissen zurücksinken und versuchte, Francescos Blick einzufangen. Der Versuch misslang; Francesco fixierte weiterhin das Krippenzubehör auf dem päpstlichen Schreibtisch.

«Seit du mit Schriftstellerinnen verkehrst, neigst du zu unerträglichen Spannungsbögen und Cliffhangern», sagte Petrus gereizt. «Würdest du uns bitte mitteilen, was du entdeckt hast?»

«Mir ist aufgefallen, dass Juan genauso heißt wie der Held ihres Romans.»

«Mein Zahnputzbecher heißt auch genauso wie der Zahnputzbecher von Juan.» Francesco hatte sich zu einem Gesprächsbeitrag entschlossen. «Was soll man daraus schließen?»

«Wie heißt denn dein Zahnputzbecher?», erkundigte sich Giulia.

«Zahnputzbecher. Ich bin mir sicher, dass Juans Zahnputzbecher auch Zahnputzbecher heißt.»

«Sehr komisch.»

«Du vermutest», sagte der Papst, «dass Juans Verschwinden etwas … mit den Borgias zu tun hat?»

«Zumindest mit den Borgias in Eves Romanen.»

«Ist das nicht dasselbe?»

«Bestimmt nicht. Ich habe mich schon länger nicht mehr mit den echten Borgias beschäftigt – zuletzt im Studium. Aber die Borgias bei Eve sind noch blutrünstiger, machtgieriger und amoralischer als die echten Borgias.»

«Aber es gab einen Juan Borgia – in der Wirklichkeit?»

«Ja.»

«Und es gibt einen Juan Borgia in Eves Romanen.»

«Einen edlen, guten Juan – verfolgt von seinem bösen Bruder Cesare.»

«Und ein Juan lebte im Palazzo», sagte Petrus nachdenklich. «Ein merkwürdiger Zufall. Wir sollten uns darum kümmern. Würdest du das übernehmen, Giulia?»

«Was genau soll ich übernehmen?»

«Die Frage klären, was diese zwei Juans miteinander zu tun haben. Du solltest ein wenig über die historischen Borgias recherchieren – das wäre der erste Schritt. Und noch etwas mehr über Eves Roman herausbekommen. Vielleicht wäre es sogar möglich, das Manuskript zu studieren? Unauffällig, natürlich?»

«Ich werd's versuchen.»

«Aber es gibt eine noch viel zentralere Frage …»

«… wo ist die Leiche?», sagte Giulia. «Falls es eine Leiche gibt.»

«Richtig. Und da ich die Polizei nicht einschalten möchte, müssen wir uns selbst auf die Suche machen. Wenn wir Juan gefunden haben, dann haben wir vermutlich auch den Täter gefunden. Ein Renaissancepalazzo bietet viele

Möglichkeiten, eine Leiche zu verstecken. Bei einer polizeilichen Untersuchung würden wir möglicherweise fündig werden. Aber die möchte ich, wie gesagt, verhindern. Ich vermute, dass der Täter – oder die Täterin – nicht viel Zeit hatte, den Toten auf den Dachboden oder in den Keller zu schaffen. Es liegt nahe, dass Juan in einer der Wohnungen versteckt wurde – um ihn demnächst aus dem Haus zu schaffen. Ich gehe davon aus, dass eine solche Gelegenheit noch nicht bestand, da zurzeit alle Mitbewohner aufeinander Acht geben – ganz besonders gilt das für meine Schwestern.» Petrus seufzte.

«Wir müssen der Sache also auch weiterhin nachgehen. Du, liebe Giulia, übernimmst Eve. Und die Borgias. Francesco und ich kümmern uns um Bartolomeo und Lucia. Wenn niemand mehr etwas beizutragen hat» – Petrus musterte kritisch die gereizte Giulia und den resignierten Francesco – «können wir uns den Vorbereitungen des Weihnachtsfests zuwenden. In meiner Predigt möchte ich mich zum Weltfrieden äußern. Und für das Festessen habe ich diesmal eine ganz besondere Idee. Ich möchte ...»

Krachend flog die Tür auf.

Immaculata stolperte in den Raum, hielt sich schwankend am Türrahmen fest und torkelte in Richtung eines Sessels. Ihre verrutschte Nonnenhaube rahmte ein bleiches Gesicht, um den Hals trug sie eine bizarre Kette mit merkwürdigen Gegenständen. Mit ihr zog eine Duftwolke in den Raum, die teils aus Weihrauch, in erster Linie aber aus Knoblauch bestand.

«Niemand nimmt es dir übel, wenn du dich wieder hinlegst», sagte Petrus freundlich. «Du siehst – um es ganz offen zu sagen – fürchterlich aus.»

«Das Böse hat mich angefallen», keuchte Immaculata.

«Dämonische Kräfte wirken im Palazzo Ihrer Schwestern. Ich habe sie selbst gesehen. Rauch und Feuer und Schreie. Unheimliche Wesen, nicht von dieser Welt.»

«Du warst bei meinen Schwestern?», fragte Petrus misstrauisch. Aber seine Haushälterin antwortete nicht.

«Kann es sein, dass dir die beiden etwas angeboten haben, liebe Immaculata?»

Sie starrte ihn mit glasigen Augen an und nickte.

«Vermutlich von ihrem höllischen Kräuterlikör. Wenn man da aus Versehen einen Schluck zu viel erwischt, ist man für Tage erledigt. Meine Schwestern sind die besten Schwarzbrenner, die man sich denken kann. Wenn ich ein besonderes Geschenk für irgendeinen Bischof brauche, lass ich mir immer ein Fläschchen abfüllen. Sie nennen es ‹Klostergeist› oder ‹Heiliges Wässerchen› oder so ähnlich. Den Alkoholgehalt verschweigen sie dabei immer verschämt, aber ich schwöre: Das Zeug kann Tote auferwecken.»

Immaculata stierte noch immer vor sich hin.

«Ich habe das Böse gesehen», flüsterte sie. «Es hat den Priester verschlungen und wollte auch mich, die Braut Christi, vernichten, als ich durch den Palazzo schritt.»

«Nach dem Kräuterlikör meiner Schwestern kann von Schreiten keine Rede mehr sein», sagte Petrus.

«Doch ich habe mich geschützt», fuhr Immaculata fort. Allmählich wurde ihre Stimme kräftiger. «Weihrauch umhüllt meinen keuschen Leib. Der Knoblauch vertreibt die teuflischen Kräfte. Und um den Hals trage ich das Waffenarsenal des heiligen Exorzismus.»

Sie griff an die Kette und klimperte mit den Medaillons.

«O Herr», deklamierte sie dann, «vertreibe von mir alle Kräfte des Bösen, vernichte sie, zerstöre sie, halte fern von mir Verwünschungen, Verhexungen, schwarze Magie, schwarze Messen, Aberglaube, den bösen Blick, dämonische Belästigungen, teuflische Besessenheit, alle körperliche, seelische und geistige Krankheit.»

«Es gibt ein vorzügliches Mittel gegen diese Art von Besessenheit», meinte Petrus. «Man nennt es Aspirin.»

«Spottet nur», ächzte Immaculata. «Doch ich habe gesehen, was ich gesehen habe. Rauch und Feuer und Schreie. Und eine helle Gestalt, die durch die Räume schwebte. Ein Gespenst der Rache. In einem Mörderhaus!»

II

«Ein Juwel», sagte der Immobilienmakler. «Das Prunkstück in meinem Katalog. Treten Sie ein, Contessa!»

Giulia blickte die Fassade hinauf: spätes 19. Jahrhundert, Fin de Siècle. Vier Stockwerke, prachtvoller Schmuck, vom Smog des Corso völlig eingeschwärzt.

«Ein glänzendes Juwel stelle ich mir anders vor», sagte Giulia. Sie musste fast rufen; hinter ihr brausten die Autos und Motorini die Straße entlang. Bevor am Abend die Leichensuche anstand, hatte sie noch eine Wohnungsbesichtigung eingeschoben. Der Palazzo lag zudem passenderweise in der Nähe ihres Elternhauses, sodass sie sich später bei ihren Lieben noch kurz zurückmelden und in der Bibliothek ihres Vaters nach den Borgias forschen konnte. Ein straffes Programm.

«Das Gebäude steht auf den Fundamenten eines römischen Tempels.» Der Immobilienmakler ließ sich von Giulias skeptischem Blick nicht beirren. «Er war der

Aphrodite geweiht. Sie war die Göttin des Glücks. Und das spürt man auch heute noch, Jahrtausende später. Es liegt in der Luft, finde ich.» Er atmete tief ein. «Glück. Reines Glück. Die Menschen in diesem Haus sind Glückskinder, Jünger und Jüngerinnen der Aphrodite.»

«Was hier in der Luft liegt», sagte Giulia, «ist Kohlendioxid. Und Aphrodite ist keine römische, sondern eine griechische Göttin. Außerdem war sie nicht für das Glück zuständig, sondern für die Liebe. Lassen Sie uns reingehen.»

«Ohne Liebe kein Glück», seufzte der Immobilienmakler, schob seine verspiegelte Sonnenbrille ins Haar und folgte ihr. «Es ist alles eins.»

Ausgetretene Treppen aus edlem Holz, bröckelnder Stuck, ein verstaubtes Madonnenbild in einer Wandnische: verblichene Pracht.

«In der Beschreibung stand etwas von einem Fahrstuhl», sagte Giulia, als sie im Treppenhaus den dritten Stock erreicht hatten.

«In der Beschreibung stand: ‹Das geräumige Treppenhaus bietet genügend Platz für einen Fahrstuhl›», sagte der Makler. «Offenbar hat noch niemand daran gedacht, diesen Platz auch auszunutzen.»

Giulia betrachtete ihn von der Seite. Bronziert-blasierte Lässigkeit; alles an ihm glänzte: die handgefertigten Schuhe, die überladene Uhr, das Haar, mit Gel dicht an den Kopf geklebt. Giulia fand ihn komisch, aber nicht unsympathisch. Er gab sich immerhin Mühe und hegte offenbar eine tiefe Liebe zur Poesie, die von Seiten der Poesie allerdings nicht erwidert wurde. Vermutlich hätte er die Wohnung, wie jedes Gemäuer im «Centro storico», über ein Immobilien-Portal an irgendwelche Russen oder Araber verkaufen können, ohne seine edlen Loafer dem römischen Straßenstaub aussetzen zu müssen. Stattdessen nahm er sich Zeit und beschwor die alten Götter, um Giulia den Charme dieser Antiquität näherzubringen. Das war immerhin nett von ihm.

«Sagen Sie», fragte Giulia, als er den Schlüsselbund aus einer Aktentasche fingerte, «Sie hätten die Wohnung doch viel leichter an den Mann bringen können. Über ein Immobilien-Portal. Irgendein Oligarch hätte schon zugeschlagen – unbesehen.»

«Ich bin Patriot», sagte der Immobilienmakler. «Rom den Römern! Oder eben den Römerinnen! Außerdem langweilen mich diese Online-Geschäfte. Ich möchte meine Kunden begeistern. Vor Ort. In Rom gibt es keine Bauruinen, sondern nur antike Ruinen. Die Übergänge sind fließend. Vor allem, wenn man sie mit dem Auge eines Amerikaners betrachtet.»

Er schloss auf.

«Acht Räume», fasste er zusammen. «Unverbaut. Sie können die Räume völlig flexibel einteilen.»

Er wartete mit neutralem Gesichtsausdruck, bis sie seine Ausführungen übersetzt hatte.

«Unverbaut heißt: Es gibt keine Küche», dachte Giulia laut. «Und vermutlich auch kein Bad. Deshalb kann ich die Räume auch völlig flexibel einteilen.»

«Sie sind talentiert», sagte der Immobilienmakler freundlich. «Schade, dass Sie keinen Job brauchen. Sie hätten Chancen bei uns.»

Sie standen im größten Raum der Wohnung, einem hallenartigen Zimmer mit großen, völlig verstaubten Fenstern zur Straße hin.

«Ich sehe rauschende Feste», sagte der Immobilienmakler schwärmerisch. «Musik und Tanz. Ein Ball. Dafür wurde dieser Saal geschaffen. Das ist seine Bestimmung.»

«Schon in der Antike drehten sich hier Cäsar und Kleopatra im Dreivierteltakt», fuhr Giulia fort. «Der Glanz des alten Roms – er ist noch lebendig in diesen Mauern und wartet auf Menschen mit Grandezza und Geschmack, die ihn zu beschwören wissen.»

«Darf ich mir das notieren?», fragte der Immobilienmakler und zückte sein Smartphone. «Das ist großartig. Vielleicht möchten Sie sich inzwischen umsehen?»

Giulia spazierte einmal durch die Räume und kam in die Halle zurück.

«Ich vermute, dass dieses Haus auf den Fundamenten eines Neptun-Tempels erbaut wurde», sagte sie und deutete zur Decke, wo sich zwischen den Stuckrosetten große Schimmelflecken abzeichneten.

«Die Dachterrasse ist möglicherweise nicht ganz dicht», sagte der Immobilienmakler. «Ein Schönheitsfehler.»

«Ach ja, die Dachterrasse. Können wir mal raufgehen?»

Eine Wendeltreppe in einem der hinteren Zimmer führte nach oben. Der Immobilienmakler öffnete, sie traten hinaus in die Nachmittagssonne.

Der Anblick war atemberaubend. Rotbraune Hausfassaden, türkisblaue Kirchenkuppeln. Unten, in der Tiefe, rauschte der Verkehr; hier oben war es merkwürdig still. Auf den Dächern der Nachbarhäuser blühten selbst jetzt im Winter üppige Gärten, rankten Pflanzen in großen Kübeln.

Das Einzige, was fehlte, war die Dachterrasse.

Die weite Fläche war notdürftig mit Blech und Dachpappe abgedeckt, dazwischen reckten sich Antennen.

«Ich weiß nicht mehr genau, was in der Beschreibung

stand», sagte Giulia. «Aber ich habe es mir ungefähr so vorgestellt wie das dort drüben.»

Sie deutete auf das Nachbarhaus, wo Zitronen- und Orangenbäume eine schattige Laube bildeten.

Der Immobilienmakler zog das Exposé aus seiner Aktentasche und las vor: «Eine Terrasse über den Dächern Roms – da denkt man an stille Rückzugsorte im Großstadttrubel, an eine grüne, verzauberte Idylle. Wir laden Sie ein, mit uns diesen Traum zu träumen.»

«Ich bin gerade aufgewacht», sagte Giulia. «Nur aus Neugier: Was würde es mich monatlich kosten, diesen Traum zu träumen?»

«Achttausend kalt», sagte der Immobilienmakler freundlich. «Mit Vorkaufsrecht. Oder Sie kaufen gleich.»

«Und warm?»

«Das hängt von der Heizung ab, die Sie einbauen lassen. Wir haben darauf verzichtet, Ihre Kreativität und Gestaltungsfreude einzuengen. Und sei es durch eine Heizung, die vielleicht gar nicht Ihren Vorstellungen entspricht.»

«Ein Schnäppchen», sagte Giulia langsam.

«Mir ist bewusst, dass Sie als päpstliche Pressesprecherin kein Spitzengehalt beziehen. Und Ihre Familie gehört zwar zum ältesten römischen Adel, hatte aber ...»

«... in den letzten Jahrhunderten etwas Pech mit ihren Finanzgeschäften», ergänzte Giulia. «Warum haben Sie mir dann überhaupt eine Besichtigung angeboten?»

«Im Vertrauen auf Nicolas de Montvert.» Der Immobilienmakler strahlte.

Giulia starrte ihn an: «Woher wissen Sie von Nicolas?»

Der Immobilienmakler zog eine Ausgabe der Klatschzeitschrift «Chi» heraus. Eine Seite war eingeknickt; er schlug an dieser Stelle auf: «Bella Giulia und Nicolas de

Montvert beim Christmas-Shopping in New York: Ob es der schönen Contessa gelingt, den Traumprinzen der Upper East Side an den Tiber zu locken?»

«Darum habe ich den Termin bekommen.»

«Nicht nur.» Melancholisch packte er das Exposé ein. «Ich wollte mir eine Freude machen. Endlich eine kultivierte Kundin. Neureiche Russen sind unerträglich auf die Dauer.»

«Und – habe ich Ihre Erwartungen erfüllt?»

«Ich hätte Ihnen die Wohnung auch für siebentausendfünfhundert gegeben. Aber jetzt ist es zu spät.»

«Zu spät?»

«Ich habe vor fünf Minuten per SMS an irgendeinen Wassili verkauft. Gas und Öl. Irgendwo zwischen Platz 35 und 55 auf der Forbes-Liste. Mir war klar, dass Sie die Wohnung nicht nehmen.»

«Ich suche etwas Besonderes», sagte Giulia traurig. «Diese Wohnung ist ...»

«... auf jeden Fall besonders kalt», sagte der Immobilienmakler. «Sie können einbauen, was Sie wollen: Wirklich warm wird es hier nie. Aber ich hätte gerne an Sie vermietet. Sie hätten Glamour in das Haus gebracht. Ich hätte 20 Prozent auf die anderen Stockwerke aufschlagen können. Ein kleiner Wink beim Besichtigungstermin: Hier wohnen Contessa Giulia und Nicolas de Montvert. La grande bellezza e the big money.»

«Dann müssen Sie es eben weiter mit Aphrodite versuchen.»

«Wir haben noch viele weitere einmalige Gelegenheiten im Katalog», sagte der Immobilienmakler eifrig. «Vielleicht möchte Nicolas bei seinem nächsten Rom-Besuch bei uns vorbeischauen? Da wäre zum Beispiel ...»

«Ich weiß überhaupt noch nicht, ob Nicolas nach Rom kommt. Vielleicht ziehe ich ja auch bald nach New York.»

«Das wäre ein Verlust», sagte der Makler pathetisch, «den diese Stadt kaum verkraften würde.»

III

An der Hausecke hielten sie an. Vor ihnen lag der Platz mit dem Schildkrötenbrunnen. Niemand konnte sie hier sehen – vor allem nicht Bartolomeo in seiner Bar.

«Ich lenke ihn ab», sagte Petrus. «Und du versuchst, in seine Räume im Palazzo zu kommen. Falls du eine Leiche findest, machst du ein Foto.»

«Er wird aber doch sicher manchmal hinüber in den Palazzo gehen», sagte Francesco. «Um etwas zu holen. Frischen Kaffee oder so.»

«Notfalls simuliere ich einen Herzanfall. Dann muss er mich wiederbeleben. Aber mehr als eine halbe Stunde werde ich ihn nicht hinhalten können.»

Francesco nickte.

«Siehst du ihn in seiner Bar?», fragte Petrus. «Ich gehe jetzt hinein. Wenn du sicher bist, dass er dich nicht sieht, schleichst du dich in den Palazzo. Es würde ihn misstrauisch machen, wenn er wüsste, dass du dort bist. Zumindest dann, wenn er wirklich etwas zu verbergen hat.»

Die Bar war leer, nur Bartolomeo stand hinter der Theke und trocknete Espressotassen mit einem Tuch ab. Im Radio liefen Weihnachtslieder, die Girlande blinkte friedlich. Auf der Kaffeemaschine thronte ein Christbaum in Miniaturformat.

«Einen *doppio*, bitte», sagte Petrus.
Der Barista sah überrascht auf.
«Dass der Papst meine Bar besucht hat, war mein Highlight der letzten Woche. Ich konnte ja nicht ahnen, dass Sie jetzt alle paar Tage hier auftauchen. Es ist mir eine Ehre. Und geht natürlich wieder aufs Haus.»
Er drehte sich zu seiner Maschine um, einem silberglänzenden, blankgescheuerten Ungetüm.

In diesem Augenblick ging Francesco los. Rasch überquerte er den Platz. Vor dem Portal fingerte er den Schlüsselbund aus der Tasche, den Petrus seinen Schwestern abgeschwatzt hatte. Er schloss auf. Mit lautem Krachen fiel das schwere Portal hinter ihm zu.

Währenddessen klopfte Bartolomeo den Siebträger aus. Im spiegelnden Gehäuse der Espressomaschine sah er die massige Gestalt des Papstes, die blinkende Girlande und die große Fensterfront zum Platz. Er sah den Schildkrötenbrunnen. Und er sah den Mönch, der hektisch die Tür zum Palazzo aufschloss.
Bartolomeo klinkte den Siebträger ein, ließ den Kaffee durchlaufen und drehte sich um: «Ihr *doppio*, Heiliger Vater.»

Petrus hatte ihm den Weg beschrieben – und alles stimmte. Vor der nächsten Tür zog Francesco wieder den Schlüsselbund aus dem Habit. Die Schwestern, die bei Bartolomeo ab und zu putzten, hatten den Schlüssel mit einem Schildchen versehen, auf dem ein «B» stand. Es war der einzige Sicherheitsschlüssel am Ring.
Francesco schloss auf und trat ein.

«Großartig», sagte Petrus und stellte die Tasse ab. «Wieder einmal frage ich mich, warum nicht alle Baristi in Italien das so hinbekommen.»

«Verstehen Sie etwas von Espressozubereitung?»

«Ich beobachte. Ich schmecke. Ich vergleiche. Aber ich bin natürlich kein Barista, sondern Papst – falls Sie das meinen, mein Freund.»

«Die Qualität hängt von den vier magischen M ab», dozierte Bartolomeo. «Miscela – die Kaffeemischung. Macinacaffè – die Kaffeemühle. Macchina – die Kaffeemaschine. Mano – die Hand des Barista.»

«Schön», sagte Petrus, hob die Tasse an und sog einen letzten Hauch des Aromas aus dem Zuckersatz am Boden. Er hatte ein Thema gefunden. «Beginnen wir mit der Mischung.»

«Die Bohnen müssen frisch sein. Und in einer Bar braucht man eine unproblematische Mischung, mit der man immer einen guten Kaffee hinbekommt. ‹Barschlampe› – so sagt man auch. Eine Mischung, mit der man es immer machen kann. Bitte entschuldigen Sie diese Frivolität, Heiliger Vater.»

«Es gibt also auch frigide Mischungen?»

«Selbstverständlich. Es werden immer zwei Bohnensorten gemischt. Arabica: Das ist die elegante, sensible Bohne. Sie wächst nur im Hochland und gibt dem Kaffee die feinen Aromen. Und Robusta: Das ist die erdige, schlichtere Bohne. Sie ergänzt Körper und Fülle.»

«Je mehr Arabica – desto mehr zickt die Mischung?»

«So ungefähr. Aber Arabica ist nicht gleich Arabica. Ob man die Bohnen in Vietnam pflanzt oder in Brasilien – das ist ein großer Unterschied. Dann werden die frisch geernteten Früchte getrocknet – auch da kann man viel falsch machen. Und die getrockneten Kaffeebohnen werden geröstet – ein ganz entscheidender Schritt! Langes Rösten sorgt dafür, dass der Kaffee bitter-schokoladig schmeckt. Wer es fruchtig und blumig mag, sollte kürzer rösten. Drüben im Palazzo habe ich eine Röstmaschine. Wollen wir kurz hinübergehen? Dann zeige ich es Ihnen.»

«Nicht jetzt. Erzählen Sie mir lieber vom zweiten M – das war die Mühle, nicht wahr?»

«Richtig.»

Bartolomeo drehte sich um und wies auf das Prachtstück neben der Kaffeemaschine: In ihrer spiegelnden Oberfläche beobachtete er wieder den Platz.

Es war nichts zu sehen.

Überall, auf Tischen und Bänken, in Regalen und Schränken, standen Kaffeemaschinen. Wie seltsame schlafende Tiere sahen sie aus, die jeden Augenblick erwachen konnten, wenn man ihre Ruhe störte. Groß und wuchtig waren einige, mit vielen Hebeln und Knöpfen. Es gab schlanke, turmartige Gebilde mit Verzierungen und altmodischen Beschriftungen; kleine Haushaltsmaschinen standen neben futuristisch anmutenden Geräten für Spezialisten.

Nirgends war Platz, um eine Leiche zu verstecken.

Eine schmale Tür führte zu einem winzigen Zimmer, das überraschend gemütlich eingerichtet war. Ein Sofa, mit einem hellen Überwurf, das wohl auch als Bett diente. Ein Tisch, zwei Stühle, ein kleines Regal mit Lebensmitteln, Tellern, Töpfen und einer ganzen Sammlung bunter Espressotassen. Darunter zwei Kochplatten, ein Waschbecken. Hosen und Hemden hingen an einer Schnur quer durch den Raum. Hier gab es keine Verstecke.

Zurück in der Werkstatt näherte sich Francesco vorsichtig einem Schrank, der ungeheuer intensives Kaffeearoma verströmte. Ruckartig zog er die Tür auf. Auf den Regalbrettern stapelten sich Kaffeepackungen und -säcke, sorgsam geordnet nach Röstereien, soweit Francesco sehen konnte.

Er verschloss die Tür und drehte sich um.

Auf der anderen Seite des Raums, von einer gewaltigen Röstmaschine halb verdeckt, führte ein Vorhang zu einem Nebenraum.

Bartolomeo hatte inzwischen die Vorzüge seiner Mahlmaschine erläutert. Er hatte an dem kleinen Rädchen gedreht, den Mahlgrad verändert und Petrus vorgeführt, wie unterschiedlich das Kaffeepulver – je nach Einstellung – aus dem Mahlwerk fiel.

«Aber das Entscheidende», sagte Bartolomeo feierlich, «ist die Maschine. Sie ist ... wie die Stradivari für den Geiger. Wie das Rennpferd für den Jockey. Wussten Sie, dass eine Kaffeebohne ungefähr tausend Aromen enthält? Ein perfekt zubereiteter Espresso bewahrt ungefähr neunzig Prozent von ihnen. Dazu benötigt man etwa sieben Gramm Kaffeepulver. Man mahlt es in den Siebträger. Dann erzeugt man mit der Maschine einen Wasserdruck von möglichst genau neun Bar. Damit presst man heißes Wasser durch das Pulver – ungefähr fünfundzwanzig Sekunden lang. Das Wasser sollte knapp neunzig Grad heiß sein, wenn es aus dem Brühkopf kommt. In die Tasse gehören 25 Milliliter Flüssigkeit, inklusive Crema.»

«Eine Wissenschaft.»

«Eine Kunst!»

Francesco zog den Vorhang auf.

Eine kleine Abstellkammer. Metallregale, auf denen Werkzeug lag. Besen und Staubsauger. Zwei große schwarze Müllsäcke, prall gefüllt.

Keine Leiche.

Francesco ging zurück in das Museum. Es war dunkel, er hatte kein Licht gemacht. Die paar Sonnenstrahlen, die durch das verhängte Fenster hereinfielen, ließen die Geräte schimmern.

Hier war nichts.

Und trotzdem hatte er das Gefühl, etwas übersehen zu haben.

Er ging zurück in die Kammer und beugte sich über die Müllsäcke. Sie waren verknotet, aber nur leicht. Er nahm sich den einen vor, nestelte an den Bändern, vergrößerte die Öffnung und griff hinein. Quietschend drehten sich Styroporkugeln zwischen seinen Fingern. Verpackungsmaterial, vermutlich für die Prachtstücke im Nebenraum.

Dann nahm er sich den zweiten Sack vor. Er war straffer verknotet; nur mühsam löste er die Paketschnur. Er griff hinein und hatte das Gefühl, über Fell zu streicheln. Als er seine Hand herauszog, hatte er die Finger voller Haare.

«Man kann sich lange darüber streiten, welche Espressomaschine die beste der Welt ist», sagte Bartolomeo.

«Und Sie haben es herausgefunden?»

«Es gibt eine Spitzengruppe. Innerhalb dieser Spitzengruppe ist es – letztlich Geschmackssache. Es sind kleine Nuancen, die den Unterschied ausmachen. Man muss sich entscheiden, welche Details man für besonders wichtig hält.»

«Sie haben eine Faema gewählt.»

«Auch aus Traditionsbewusstsein. Diese Firma hat in den 1950er Jahren die E61-Brühgruppe konstruiert – eine Legende. Interessiert es Sie, warum?»

«Ich bin Theologe – kein Techniker. Fahren wir besser mit dem vierten M fort – Mano. Die Hand. Das erinnert mich an die Hand Gottes. ‹Hat nicht meine Hand dies alles gemacht?›, heißt es in der Apostelgeschichte.»

«Und so ist es auch bei der Kaffeezubereitung», sagte Bartolomeo feierlich. «Die Hand macht es. Der Mensch. Mit seiner Leidenschaft – und seinen Fehlern. Es gibt kleine Fehler, die der Espresso verzeiht. Einige Gramm zu viel – was macht das schon? Und es gibt große Fehler. Tödliche Fehler. Sie sind unverzeihlich. Dann ist der Espresso zerstört: verbrannt, weil das Wasser zu heiß war. Sauer, weil der Kaffee zu grob gemahlen war. Dieser Kaffee verdient es nicht zu leben. Er verdient es nicht, auf der Zunge seine wenigen erhaltenen Aromen zu entfalten. Man schüttet ihn weg. In den Ausguss. Schlechter Kaffee ist eine Beleidigung der Schöpfung.» Liebevoll strich er über seine Faema. «Möchten Sie noch einen?»

Kleine, feine Haare.

Hektisch zog Francesco die Mülltüte auf. Sie war gefüllt mit alten Putztüchern, die sich auflösten. Haarfeine Textilfädchen lösten sich ab und klebten an seinen Fingern. Er griff tiefer in den Sack – nichts.

Sorgfältig knotete er die Säcke wieder zu und richtete sich auf.

In dem Regal über den Müllsäcken, direkt auf Augenhöhe, standen große Kanister. Sie waren mit Totenköpfen bemalt, schwarz auf giftroten Feldern. Und beschriftet mit: *Salzsäure*.

Bartolomeo stand vor der Maschine. Er klinkte den Siebträger ein. Ein kurzes Schnaufen, dann rann die goldbraune Flüssigkeit in die Tasse.

Fünfundzwanzig Sekunden lang.

Nach fünf Sekunden sah er im spiegelnden Metall, wie die Tür zum Palazzo aufgerissen wurde und Francesco herausrannte. Nach zwanzig Sekunden hatte der Mönch die Bar erreicht. Als Bartolomeo dem Papst die dampfende Tasse auf die Theke stellte und die Zuckerdose hinüberschob, betrat Francesco die Bar.

«Für Sie auch einen Caffè?»

Francesco, schwer atmend, sah Bartolomeo an: das dichte dunkle Haar. Die schwarze Brille mit breitem Rand. Die tiefliegenden Augen. Das schmale Gesicht. Er sah seine Hände an: lang, feingliedrig. Er dachte an die Salzsäure und stellte sich vor, wie diese Hände den Kanister aufschraubten und die Säure ausgossen. In einen Zuber. In eine Wanne.

Über einen Körper.

«Ja. Gerne. Vielen Dank.»

Wieder fünfundzwanzig Sekunden. Bartolomeo ließ ihnen Zeit, nahm ein Wischtuch und säuberte die Tische am Fenster. Aus den Augenwinkeln sah er, wie Francesco hektisch auf den Papst einredete.

Als die letzten Tropfen in die Tasse fielen, stand Bartolomeo wieder an der Maschine.

«Hier, bitte.»

Petrus blickte ihn nachdenklich an.

«Sagen Sie», begann er, «um diese Dinger hier zu warten, braucht man vermutlich ein Ingenieursstudium.»

«Kleine Pannen kann jeder beseitigen. Aufschrauben sollte man sie nur, wenn man wirklich etwas davon versteht. Sonst bleibt immer etwas übrig, wenn man sie wieder zusammensetzt.»

«Was kann denn alles kaputtgehen?»

«Eine gute Maschine ist unverwüstlich. Aber sie hat einen natürlichen Feind: Wasser.»

«Wasser?»

«Wasser enthält Kalk. Kalk zerfrisst alles – sogar Kupfer oder Messing. Man muss kalkfreies Wasser verwenden und regelmäßig Entkalker hineinschütten. Keine Essigsäure, natürlich, sonst bildet sich Grünspan an den Kupferrohren.»

«Und wenn die Maschine doch einmal verkalkt?»

«Wenn alles verkalkt ist, muss man die Teile austauschen. Manchmal hilft auch Salzsäure.»

«Sie hantieren mit Salzsäure – in einer Bar?»

«Nicht hier. Drüben, im Palazzo. Aber ein guter Barista lässt es nicht so weit kommen. Regelmäßiges Entkalken – und die Maschine hat ein langes Leben.»

«Vielen Dank für den Caffè», sagte Petrus. «Und für den Vortrag. Ich habe viel gelernt.»

«Ich habe auch viel gelernt», sagte Bartolomeo, als Petrus sich zum Gehen wandte.

Der Papst drehte sich noch einmal um. «Sie auch? Worüber?»

«Über … die Hand Gottes. Sie schirmt und beschützt uns.»

«Gewiss, mein Sohn», sagte Petrus freundlich.

«Bis zu unserem Tod – nicht wahr?»

«Und danach. Gottes Macht waltet auch im Himmel. Falls man dort hinkommt. Für das Rösten – um bei unserem Thema zu bleiben – ist die Hölle zuständig.»

IV

Giulia knipste den Lichtschalter an.

Nichts geschah. Natürlich nicht. Die Birne in der Deckenlampe fehlte schließlich schon seit Jahren. Warum auch hätte sie jemand erneuern sollen?

Obwohl es erst früher Nachmittag war, lag der hohe Raum schon im Dämmerlicht. Ihr Vater hielt zudem die Läden geschlossen, um die Bücher vor dem Vergilben zu schützen. Vorsichtig tastete sie sich durch die Bibliothek. Weiter hinten, das wusste sie genau, stand ein Sofa, daneben eine Stehlampe.

Da!

Sie zog an der ausgefransten Troddel. Warmes, gelbes Licht strahlte auf. Weit reichte es nicht; die mächtigen Regale ringsum, die viele Meter in die Höhe ragten, lagen im Dunkeln.

Giulia liebte diesen Ort. In dem riesigen Palazzo, den ihre Familie seit Jahrhunderten bewohnte, gab es wunderbare Räume, Kammern voller Geheimnisse, prachtvolle Flure und niemals auffindbare Verstecke. Giulia kannte alle Ecken und Winkel des mächtigen Gebäudes, doch nirgends hatte sie sich als Kind so gerne aufgehalten wie hier. Ihr Vater, der Bücher liebte, hatte die Sammlung seiner Vorfahren gepflegt und weitergeführt. Wertvolle Folianten standen in den Regalen, die Giulia an besonderen Tagen mit ihrem Vater hatte durchblättern dürfen: Da gab es dicke Bände mit Stichen aus dem alten Rom, aufwendig illustrierte Legendensammlungen und natürlich, auf einem Stehpult unter dem Fenster, die alte Familienbibel – ein Prachtband aus dem 17. Jahrhundert. Von den Regalwänden mit den kostbaren, in Leder gebundenen Büchern zweigten Seitengänge und Nischen ab, in denen neuere Literatur aufbewahrt wurde, vor allem zur großen Vergangenheit Roms. Irgendwo dort, wusste Giulia, gab es ganze Regale mit Familiengeschichten: über die Barberinis und Borgheses, die Colonnas und della Roveres, die Farneses und die Pamphilis.

Über ihre eigene Familie, natürlich.

Und über die Borgias.

Giulia suchte nach dem richtigen Seitenabteil, fand es und musterte die Buchrücken in dem hohen Regal. Es war alphabetisch nach den Geschlechtern sortiert; die Borgias – mit B beginnend – standen ganz oben. Sie zog eine kleine Stehleiter heran, schlüpfte aus ihren Schuhen und kletterte hinauf. Es wackelte etwas; Giulia hielt sich an dem Regal fest, legte den Kopf schief und suchte nach einem Überblickswerk.

«Kann ich dir helfen, mein Liebes?»

Giulia blickte nach unten. Im Halbdunkel leuchtete die Glatze ihres Vaters.

«Ich interessiere mich für die Borgias.»

«Dort oben findest du alles, was du wissen möchtest. Oder wir setzen uns aufs Sofa. Ich spendiere dir einen Aperitif.»

«Ich bin sofort unten.»

Giulia kletterte hinunter, während ihr Vater den Martini aus seiner versteckten Bar holte.

Conte Santini schenkte ein und ließ sich aufseufzend in die Kissen sinken. Giulia betrachtete ihn: ein kluges Gelehrtengesicht, mehr Professor als Clanchef. Er hatte, so gut es ging, den Besitz der Familie zusammengehalten, hatte renoviert und erneuert und tapfer einen Kampf gegen Verfall, Staub und Schimmel geführt, der nicht zu gewinnen war.

«Ich muss die Glühbirne in der Deckenlampe austauschen», sagte er und trank einen Schluck. «Man findet sonst gar nichts hier.»

«Das ist egal», sagte Giulia. «Du hast doch ohnehin alles im Kopf.»

«Hoffen wir es. Was möchtest du denn wissen?»

«Ich habe zurzeit mit einer Autorin zu tun. Einer Amerikanerin. Sie schreibt historische Romane. Ihr neues Werk befasst sich mit den Borgias. Ich habe das Manuskript gelesen und frage mich, ob sie wirklich so schrecklich waren.»

«Es waren raue Zeiten», sagte ihr Vater. «Alle waren damals ein wenig schrecklich. Sogar unsere Vorfahren. Doch der schlechte Ruf der Borgias beruht nicht auf dem Lebenswandel der Familie, sondern auf Neid. Die Familie stammte nicht aus Rom, sondern aus Spanien, aus der Region Valencia. Für die hiesigen Familien war es unerträglich, dass Emporkömmlinge und Neureiche den Stuhl Petri bestiegen. Darum setzten die alten Clans Skandalgeschichten über die Borgias in Umlauf, sie lästerten und logen. Vieles davon wurde geglaubt und weitererzählt.»

«Die Borgias waren also eine liebenswürdige und fromme Familie aus der spanischen Provinz, die von eifersüchtigen und intriganten Römern weggemobbt wurden.»

Ihr Vater lachte. «Wir sehen die Renaissance vor allem als Epoche der Hochkultur: Michelangelo, Raffael, Leonardo. Kunst und Wissenschaft. Die Wiederentdeckung der Antike. Kein Zweifel – all dies trifft zu. Aber es war auch eine Epoche des Kriegs und der Grausamkeiten. Die Borgias verkörpern beide Seiten: Sie gaben herrliche Kunstwerke in Auftrag, pflegten Kontakt zu den großen Köpfen der Zeit – aber sie neigten auch zu Exzessen, zu Tabubrüchen und Amoral. Sie waren Kinder ihrer Zeit.»

«Apropos Kinder», sagte Giulia. «Papst Alexander VI. hatte drei, nicht wahr?»

«Er hatte wesentlich mehr. Aber drei kennt man heute noch: Juan, in Italien Giovanni genannt, Cesare und Lucrezia.»

«Cesare war der Älteste von ihnen.»

«Richtig. Bis heute gilt er als Monster. Grausam und sadistisch, herrschsüchtig und aufbrausend, anmaßend und ruhmsüchtig. Juan dagegen soll ein ausgeglichener Charakter gewesen sein.»

«Welchen der beiden mochte ihr Vater lieber?»

«Meinst du, man kann die Borgias und ihre Taten mit Küchenpsychologie erklären?»

«Du hast meine Frage nicht beantwortet.»

«Juan war der Liebling. So heißt es zumindest in den Quellen. Aber wer weiß, ob das alles stimmt? Vielleicht handelt es sich wieder nur um Gerüchte. Genau wie bei Lucrezia.»

«Ein echtes Miststück. Eitel, geldgierig, sexbesessen. Unterhielt inzestuöse Verhältnisse mit so ziemlich jedem Familienmitglied – einschließlich ihrer Brüder.»

«In der Geschichte Roms gibt es nur wenige Frauen, denen man so unrecht getan hat wie ihr. Lucrezia war gebildet und klug. Aber sie lebte in einer Welt, die von machtgierigen und rücksichtslosen Männern beherrscht wurde. Ihr Vater, der Papst, verheiratete sie an einen mächtigen Adligen. Als die Ehe dem Papst nicht mehr passte, musste sie sich scheiden lassen – angeblich, weil die Ehe nicht vollzogen worden sei. Aus Rache erfand die Familie ihres früheren Mannes Inzest-Gerüchte. In zweiter Ehe wurde sie mit dem König von Neapel verheiratet. Als auch diese Ehe dem Familienclan nicht mehr genehm war, wurde der arme König ermordet – obwohl Lucrezia ihn aufrichtig liebte. Erst als ihr Vater und vor allem Cesare tot waren, fand sie ihr Glück. Als Herzogin von Ferrara herrschte sie weise und wurde im Volk verehrt. Aber im Gedächtnis geblieben ist sie als Flittchen.»

«Ich muss mich also entscheiden: Lucrezia als Opfer der Männer – oder Lucrezia als blutschändendes Flittchen», sagte Giulia. «Da hat man es mit Cesare schon leichter, oder? Er war ganz eindeutig ein Unsympath.»

«Nach heutigen Maßstäben – zweifellos. Aber in der Renaissance dachte man anders. Man verehrte durchsetzungsstarke Männer, Machos der Macht.»

«Denen aber meist kein langes Leben beschieden war. Weil ihnen irgendein anderer Macho einen Dolch zwischen die Rippen rammte.»

«So war es jedenfalls bei Juan.»

«Erzähl mir die Geschichte noch einmal, Papa.»

«So wie früher?»

«Genau so.»

Giulia dachte an die langen Spaziergänge zurück, die sie mit ihrem Vater unternommen hatte. Hand in Hand waren sie am Ufer des Tibers entlanggewandert, viele Kilometer weit. Und Papa hatte erzählt: von Cäsaren und Gladiatoren, von Kaisern und Päpsten. Anfangs hatte er besonders blutrünstige Stellen ausgelassen, doch Giulia war ihm bald auf die Schliche gekommen und bestand auf der historischen Wahrheit.

«Es war im Jahr 1497», begann ihr Vater. «Papst Alexander VI. veranstaltete in den Weinbergen, nicht weit vor den Toren der Stadt, ein Picknick. Eine romantische Gegend: Olivenhaine, antike Ruinen und viel einfaches Volk. Die Mätresse des Papstes nahm teil – und seine Lieblingskinder: Juan, Cesare und Lucrezia. Es war schon dunkel, als Juan und Cesare aufbrachen. Was dann geschah, wissen wir nur von Cesare: In der Via del Pellegrino verabschiedete sich Juan. Er habe noch etwas vor, sagte er, müsse das aber allein erledigen. Cesare vermutete, der Bruder plane einen Damenbesuch. Das war nicht ungewöhnlich für einen hohen Geistlichen.»

«Da haben es die Kardinäle heute leichter. Sie bestellen sich die Damen in einer abgedunkelten Limousine in den Vatikan.»

Ihr Vater überhörte die Bemerkung.

«Er ritt davon und schickte auch seinen Diener weg. Am nächsten Morgen war er immer noch nicht im Vatikan. Allmählich machte sich der Vater Sorgen. Er sandte Suchtrupps aus – vergeblich. Wenig später meldete sich ein Holzhändler, er habe nachts beobachtet, wie eine Leiche in den Tiber geworfen wurde. Flussfischer fanden wenig später den Leichnam Juans. Man hatte ihm die Kehle durchgeschnitten und achtmal in die Brust gestochen.»

«Weiß man, wo er in der Zwischenzeit gewesen war?»

«Spekulationen gibt es in großer Zahl. Aber keine gesicherten Belege.»

«Dann spekulieren wir doch mal ein wenig ...»

«Zunächst könnte man an einen Raubmord denken. Aber diese Theorie scheidet aus: In den Taschen der Leiche fand man das gesamte Barvermögen, das Juan mit sich führte – 30 Golddukaten. Ein kleines Vermögen.»

«Vielleicht eine Messerstecherei unter Betrunkenen?»

«Die Stiche passten nicht dazu. Zunächst ein gezielter Schnitt durch die Kehle, dann die sinnlose Zerstörung des Körpers mit acht Stichen in die Brust. Da sieht einerseits nach Berechnung, andererseits nach wütender Grausamkeit aus.»

«Bleiben also niedere Motive: Neid, Eifersucht, Hass, Rache.»

«Unter den italienischen Adligen gibt es nur wenige, die nicht in Betracht kommen. Die Borgias haben vielen großen Geschlechtern Schaden zugefügt. Am meisten gelitten haben die Orsinis – aber mit denen hatten die Borgias gerade erst Frieden geschlossen.»

«Vielleicht der geprellte Ehemann der Lucrezia, den man in die Wüste geschickt hatte, um das Mädel wieder mit Gewinn zu verheiraten?»

«Auch eine Möglichkeit. Aber besonders häufig wird ...»

«... Cesare genannt», ergänzte Giulia. «Der eigene Bruder.»

«Er neigte zur Eifersucht. Nachweislich hat er Verwandte ermordet – zum Beispiel den zweiten Mann seiner Schwester. Aber hätte er es gewagt, sich gegen den eigenen Vater aufzulehnen? Juan war der Augapfel des Papstes.»

«Also ein ungelöstes Rätsel. Schade, dass Petrus keine Zeitreisen machen kann. Das würde ihn interessieren.» Sie trank ihren Martini aus. «Aber vielleicht muss er auch gar keine Zeitreise machen, um dieses Rätsel zu lösen.»

«Wie meinst du das?»

Giulia berichtete vom verschwundenen Juan, von Eve und ihrem Borgia-Roman, von dem alten Palast und seinen Geheimnissen.

«Und wo, sagst du, liegt dieser Palazzo?»

Giulia erklärte es ihm.

«Das ist interessant. Ich weiß, welches Gebäude du meinst. Und ich bin mir fast sicher – aber das muss ich nachlesen.»

«Wenn du dir bei etwas fast sicher bist, dann stimmt es auch. In römischer Geschichte macht dir so leicht niemand etwas vor. Also: Was vermutest du?»

«Ich bin mir sicher, dass der Palazzo den Borgias gehörte. Sie hatten viel Immobilienbesitz in Rom. Und dein Palazzo gehörte dazu, wenn ich mich nicht irre. Aber ich werde das überprüfen.»

«Wir haben es also mit einem verschwundenen Priester aus Spanien zu tun, der so hieß wie das Mordopfer Juan Borgia. Er ist in einem Palast verschwunden, der möglicherweise den Borgias gehörte. Und dort lebt eine verrückte Amerikanerin, die einen Roman über die Borgias schreibt.»

Giulias Vater lachte. «Das ist kurios. Aber es werden Zufälle sein. Falls diese Eve nicht fertig wird, könntest du sie unterstützen. Ganz offensichtlich neigst du ebenfalls zu Verschwörungstheorien.»

«Vielleicht wird Eve deshalb nicht fertig, weil sie bald im Knast sitzt.»

Ihr Vater lächelte milde. Dann blickte er plötzlich von seinem Glas auf. «Apropos Gefängnis: Man hört, dass du in festen Händen bist.»

«Ich werde ihn dir schon übermorgen Abend vorstellen. Mama wird begeistert sein.»

«Und ich – werde ich auch begeistert sein?»

Giulia überlegte. «Um ehrlich zu sein: Ich weiß es nicht. Es gibt Berührungspunkte. Aber er ist schon ziemlich anders als du.»

«Ich hatte es befürchtet.» Er seufzte. «Warum findest du nicht einen höflichen, bescheidenen, liebevollen, katholischen und traditionsbewussten Italiener, der Kinder mag und dir sein Herz zu Füßen legt?»

«Weil es diesen Mann nicht gibt, Papa.»
«Hast du denn nach ihm gesucht?»
«Ja. Und ich habe ihn gefunden. Aber es gibt Gründe – weshalb es nicht möglich war. Jetzt habe ich mich wieder entliebt und dafür Nicolas gefunden. Er ist ebenfalls großartig, auf seine Art.»
«Und der Italiener?»
«Vorbei, Papa. Für immer.»

V

Die Kathedrale von Valencia.

Petrus sah das Bild vor sich. Ein Postkartenmotiv: gotische Bauformen, helles Mauerwerk, darüber ein stahlblauer Himmel. So hing es zwischen Juans Fenstern. Neben dem Foto der älteren Frau.

Es war zwecklos, nach der Frau zu fahnden. Dann also die Kathedrale von Valencia. Auf dem Tischchen neben seinem Lieblingsohrensessel rückte er das Telefon zurecht (das letzte in Rom mit Wählscheibe, wie Giulia spottete). Daneben lag sein Telefonbüchlein, in das er die wirklich wichtigen Nummern einzutragen pflegte. Der Erzbischof von Valencia gehörte zu seinen Lieblingsbischöfen. Er jammerte nicht herum, hielt seinen Laden in Ordnung und hatte Interessen, die über das Studium theologischer Werke hinausgingen.

Petrus nutzte die Abwesenheit von Immaculata, die immer noch krank darniederlag. Er wählte und überwand mit Mühe die Sekretärin des Bischofs («Ich bin nicht der Witzbold vom Lokalradio. Ich bin wirklich der Papst. Wir haben in der Vatikanischen Bibliothek eine alte Prophezeiung gefunden, wonach heute Abend ein Komet auf Valencia trifft. Geben Sie mir sofort den Bischof. Sofort!!!»).

Sie stellte ihn durch.

«Ein Komet, Heiliger Vater?»

«In Valencia gibt es tatsächlich eine Katastrophe – aber die sitzt in deinem Vorzimmer, mein Freund.»

«Ich kann sie nicht ablösen. Sie hatte den Job schon unter meinem Vorgänger und weiß zu viel. Wenn ich sie rausschmeiße, fängt sie an zu reden. Aus Rachsucht.»

«Und dein Vorgänger hatte etwas zu verbergen?»

«Er hatte eine Haushälterin. Eine Nonne. Sehr, sehr jung – es gab viel Gerede in der Stadt. Aber er hat sich immer darauf berufen, dass sie schon volljährig wäre.»

«Und sie war gar nicht volljährig?»

«Vor allem war sie keine Nonne. Über ihre frühere Berufstätigkeit möchte ich nicht sprechen. Ich musste alle Spenden für die Orgelrenovierung verwenden, um sie loszuwerden. Und bei dir in Rom?»

Petrus referierte in Kürze den aktuellen Vatikanklatsch. Dann wandte er sich ernsteren Themen zu: «Was ist mit dem FC los? Tabellenplatz fünf und nur ein Unentschieden im Derby gegen Levante!»

«Verletzungspech. Und Größenwahn. Sie haben eine Stürmerkanone aus Uruguay geholt. Seit der letzten WM weiß man ja, was von denen zu halten ist. Aber jetzt ist er nicht mehr wild, bissig und gefährlich, weil er ständig abgelenkt ist.»

«Abgelenkt?»

«Von der Haushälterin meines Vorgängers. Mit dem Geld von den Orgelspenden hat sie sich äußerlich etwas verändert und heißt jetzt anders. Ihre Talente allerdings sind geblieben – sagt man. Aber in der Serie A läuft es auch nicht nach deinen Vorstellungen, oder?»

Petrus seufzte, erläuterte kurz die taktischen Fehler des aktuellen Trainers seines Lieblingsvereins, rang sich dann aber doch zu der Hoffnung durch, dass es für einen Europa-League-Platz reichen könnte.

«Warum rufst du eigentlich an?»

«Wegen Juan Barceló. Einem jungen Priester aus deiner Diözese. Er lebt zurzeit in Rom und betreibt irgendwelche Studien. Ich brauche Informationen über ihn.»

«Wir haben einige junge Leute in Rom. Das Auslandsjahr während des Theologiestudiums.»

«Er ist schon Priester.»

«Ich werde mich erkundigen. Im Augenblick sagt mir der Name nichts.»

«Ich wäre dir sehr dankbar.»

«Stimmt etwas nicht mit ihm?»

«Er ist verschwunden.»

«Das trifft für viele meiner Leute zu. Jedenfalls dann, wenn man sie bei der Arbeit erreichen will.»

«Er ist ganz verschwunden. Weg. Seine Wohnung ist verwüstet.»

«Ich werde alles über ihn herausfinden. Aber ich habe eine Bitte: Falls es wirklich ein handfester Skandal ist ...»

«... kommt er offiziell nicht aus Valencia. Versprochen. Bei der letzten Bischofssynode hat doch dein spanischer Amtsbruder aus Sevilla eine recht unerfreuliche Rede gehalten. Die Kirche müsse strenger werden. Frauen hätten zu viel zu sagen – diese Dinge. Erinnere ich mich richtig?»

«Es war der Erzbischof von Oviedo.»

«Real Oviedo spielt in der dritten Liga, nicht wahr?»

«Der Erzbischof auch.»

«Na schön. Wir einigen uns darauf: Du findest alles über Juan heraus – aber sehr unauffällig, bitte. Und ich verspreche dir: Falls Juan wirklich etwas angestellt hat, kommt er aus Oviedo.»

VI

Zauberhafte Klänge, Kampfgetümmel und keusche Küsse: Eine szenische Lesung mit der bekannten Bestsellerautorin Elisabeth Georgia de Valloncourt entführt Sie in die Welt der Renaissance.

Giulia hatte die Ankündigung schon am Tag zuvor im Programmheft «Roma c'è» entdeckt. Als Petrus die Leichensuche angeordnet hatte, war ihr der Termin wieder eingefallen. Die ideale Gelegenheit!

Lauschen Sie den Mandolinenklängen und erleben Sie eine berührende Liebesszene. Gespielt von der Autorin, mit Unterstützung der Laienschauspielgruppe Commedia Cultura. Buchhandlung Feltrinelli, Largo Torre Argentina. 10. Dezember, Beginn: 20 Uhr.

Giulia sah auf ihr Handy: 20.11 Uhr.

Perfekt.

Maria und Marta hatten sie eingelassen. Sie hatte einen Schluck heiße Schokolade und ein Stück frisch gebackenen Mandelkuchen probiert, sie hatte die Krippenlandschaft bewundert und den arroganten dicken Kater auf seinem Sessel ignoriert. Dann hatte sie sich mühsam verabschiedet und war mit einer großen Tüte selbstgemachter Cantuccini nicht zur Haustür hinaus, sondern heimlich hinunter in den ersten Stock geschlichen.

Das Zimmer des verschwundenen Juan sah genauso aus, wie Petrus es beschrieben hatte. Nur die Fensterflügel musste jemand in der Zwischenzeit geschlossen haben. Es roch muffig und unangenehm. Giulia rührte nichts an und schloss die Tür leise wieder. Sie hatte keine Zeit zu verlieren – auch wenn die Lesung mit allen Küssen und Kämpfen sicherlich zwei Stunden dauerte.

Die Wohnung der Schriftstellerin lag gleich nebenan. Die Tür war nur angelehnt – offensichtlich hatten die Hausbewohner untereinander grenzenloses Vertrauen. Giulia tastete sich durch den engen Durchgang mit Bücherregalen bis in den großen Salon. Ein süßlicher Geruch nach Räucherstäbchen hing in der Luft. Die Samtsessel standen an Ort und Stelle, allerdings kam es Giulia so vor, als würden sich noch mehr Bücher und Papiere auf dem Boden stapeln als beim letzten Mal.

Wo aber hätte Eve die Leiche Juans versteckt – falls sie seine Mörderin war?

Giulia wühlte sich durch die Kleiderständer mit Renaissancegewändern. Unter den bodenlangen Kleidern mit ihren schweren Schleppen hätte zweifellos ein Körper Platz gefunden – aber hier war nichts. Vielleicht unter den Sofas? Decken und Tücher in schillernden Farben hingen über den Polstern, stießen auf dem Boden auf und verdeckten den Blick. Giulia bückte sich und hob sie an: nur Staubwolken, die sich vermutlich seit der Renaissancezeit angesammelt hatten – sonst nichts. Schränke besaß Eve nicht. Die Kommoden sind zu klein, dachte Giulia, selbst für einen Spanier; hier würde allenfalls ein halber Juan Platz finden.

Ein halber Juan? Giulia dachte an das Schwert und erschrak. Es war von unglaublicher Schärfe und sicherlich geeignet, um einen kleingewachsenen Spanier nochmals zu verkleinern.

Vorsichtig zog sie eine Schublade nach der anderen auf, immer in der Erwartung, ein blutiges Etwas vor sich zu sehen – aber da war nichts. Schließlich klappte sie zur Sicherheit das Visier der historischen Rüstung auf, die hinten in einer Ecke lehnte. Auch hier kein Juan, weder ganz noch in Einzelteilen. Wo auch immer Eve die Leiche versteckt hatte, falls sie die Mörderin war – jedenfalls nicht in ihrer Wohnung.

Giulia näherte sich der Schreibmaschine in der Fensternische. Unvorstellbar, dass eine weltweit erfolgreiche Bestsellerautorin ihre Romane in eine altmodische elektrische Schreibmaschine hackte.

Auf dem eingespannten Blatt standen nur zwei Zeilen – offensichtlich war Eve in ihrer Inspiration unterbrochen worden:

und erschauerte. «Nie hätte ich gedacht, dich hier zu finden», rief sie. Und die Glut in ihren Augen sprach Bände ...

Giulia erschauerte ebenfalls.

Der Schreibtisch hatte nur eine kleine Schublade. Und dort lagen sie, die ersten 50 Seiten des neuen Werks von Elisabeth Georgia de Valloncourt. Giulia zog die Blätter vorsichtig heraus und breitete sie nebeneinander auf dem Boden aus. Sie sah auf die Uhr: 20.26 Uhr. Sie lag bestens in der Zeit. Wenn schon keine Leiche – dann wenigstens das Manuskript. Auch wenn Petrus ihre Beobachtungen abgetan und Francesco auch noch einen dummen Witz gerissen hatte.

Auf dem Boden kniend fotografierte sie mit ihrem Handy die Seiten ab, eine nach der anderen. Dazwischen lauschte sie auf Geräusche, aber der Palazzo schien, bis auf die beiden Schwestern, leer zu sein. Womöglich hatten die anderen Hausbewohner einen Gemeinschaftsausflug zur Buchhandlung unternommen, dachte Giulia amüsiert.

Eine der Seiten rutschte ihr aus der Hand und segelte unter die Chaiselongue. Giulia legte sich auf den Bauch und angelte blind nach dem Blatt, als ihre Hand gegen etwas Hartes stieß. Genauer: gegen etwas Großes, Schweres, Hartes, das zur Gänze in eine dicke Wolldecke eingewickelt war.

VII

Immaculata war immer noch krank. Das Gute daran: Es gab nichts Schlechtes zu essen. Das Schlechte daran: Es gab überhaupt nichts zu essen.

Den ganzen Tag war Petrus kaum zur Ruhe gekommen. Nach dem Telefonat mit dem Bischof von Valencia hatte er die Pilgergruppe aus der bayerischen Region Samerberg empfangen, die in diesem Jahr den Christbaum für den Petersplatz gespendet hatte. Er hatte Audienz in der Sala Clementina gehalten, die Samersänger hatten gesungen, die Vatikankapelle hatte gespielt, der Christbaum war am späten Nachmittag feierlich erleuchtet worden. Jetzt funkelte er vor seinem Fenster in großer Pracht. Und Petrus hatte Hunger.

Er ging die Möglichkeiten durch, die ihm blieben:
1. Plünderung des Kühlschranks. Er enthielt zum gegenwärtigen Zeitpunkt: ein Stückchen Mortadella, ein Glas Oliven, einen letzten Zipfel Fenchelsalami und eine Packung Milch. Das Bier hatte Immaculata ent-

fernt und an einen geheimen Ort gebracht. Mit dem Hinweis, Kardinal Rizzoli sei ja gerade erst da gewesen und würde sicher so schnell nicht wiederkommen.
2. Sich von der Schweizergarde unten am Eingang eine Pizza bringen lassen, die kalt war, bis sie bei ihm oben im apostolischen Palast angekommen war.
3. Seine Schwestern anrufen und um ein Abendessen bitten. Das war die günstigste und kulinarisch befriedigendste Lösung, denn seine Schwestern schafften es, binnen einer halben Stunde ein Fünf-Gänge-Menü zu zaubern. Allerdings verspürte er momentan wenig Lust, in den Palazzo zurückzukehren, wo womöglich noch irgendwo eine Leiche versteckt war.
4. Er konnte Francesco bitten ...

In dem Moment klingelte es. Stürmisch. Nachdem Immaculata nicht öffnen konnte, ging Petrus selbst zur Tür. Vor ihm stand Giulia – bestens gelaunt und triumphierend. Unter den Arm hatte sie einen länglichen, in Packpapier eingeschlagenen Gegenstand geklemmt.

«Du hast die Leiche gefunden?», fragte Petrus erfreut.

Giulia ignorierte seine Bemerkung. «Ich wusste ja, dass die Alte verrückt ist. Aber nun habe ich auch den Beweis.»

Sie drängte sich an ihm vorbei in den Flur und steuerte sein Arbeitszimmer an.

«Oho, Sie haben Großes geleistet», hörte er sie rufen. «Für diese Krippenlandschaft müssen Sie Tonnen an Sand und Erde verbaut haben.»

Petrus lächelte geschmeichelt.

«Kommode, Schreibtisch und Sofatisch sind immerhin schon belegt. Und wie ich sehe, sind Sie gerade dabei, den künstlichen Fluss zu gestalten. Mit Brücke!» Sie wies auf einige kleine Backsteine, die Petrus mit ein wenig Mörtel zu einer Brücke zusammengeklebt hatte.

«Ich setze mich mal vorsichtig hier auf den Rand.» Sie legte den länglichen Gegenstand auf den Fußboden.

«Ich war bei Eve. Keine Leiche weit und breit – nur irre Kostüme, Bücher, Krimskrams. Aber ich habe ihr Manuskript gefunden. Und fotografiert. Später mache ich einen Ausdruck.»

«Wie ich dich kenne», sagte Petrus, «war das noch nicht alles. Ganz offensichtlich steuerst du einem dramatischen Höhepunkt entgegen, der vermutlich mit diesem Ding hier zusammenhängt.»

Er deutete auf den länglichen Gegenstand auf dem Boden.

«Verderben Sie mir nicht den Spaß.»

«Das ist nicht meine Absicht.» Petrus, der die ganze Zeit abwesend auf seine Krippenlandschaft gestarrt hatte, zog vorsichtig einen Ast aus dem Sand, knickte kleine Zweiglein ab und steckte ihn wieder hinein.

«Die Bäume gefallen mir nicht», sagte er nachdenklich.

«Die Bäume?»

«Sie sind zu lang.» Er zog den Ast wieder heraus. «Ich werde sie kürzen.»

«Vielleicht damit?», sagte Giulia.

Petrus drehte sich um und starrte verblüfft auf das silbrig blitzende Kampfschwert, das ihm Giulia – mit grimmigem Amazonen-Blick – entgegenstreckte.

«Ein bisschen zu groß für die kleinen Bäumchen, meinst du nicht?» Petrus inspizierte misstrauisch die Klinge.

«Mag sein. Aber gerade richtig, um Juan um die Ecke zu bringen.»

«Du glaubst, dass es sich um die Mordwaffe handelt?»

«Sehen Sie sich den Fleck an.»

«Blut – kein Zweifel.» Petrus beugte sich über die braunrote Stelle. «Die Frage ist, ob es mit dem Blut auf den Laken identisch ist.»

«Um das herauszufinden, müssten Sie die Polizei einschalten.»

«Es geht auch ohne Polizei. Ich werde meine alten Kontakte etwas spielen lassen.» Petrus strich behutsam mit dem Finger über die Klinge. «Die Frage ist allerdings, wie Eve darauf reagiert, dass ihr Schwert verschwunden ist.»

«Die Tür zu ihrer Wohnung stand offen. Es könnte jeder gewesen sein. Natürlich wird es sie verunsichern.»

«Das macht nichts.» Petrus strich mit der Klinge an einem der dickeren Äste entlang. Sanft glitt der Stahl durch das Holz. «Nervöse Täter machen Fehler. Und davon profitieren die Ermittler. Reich mir bitte noch ein Bäumchen, Giulia. Dieses Schwert ist äußerst hilfreich – in jeder Hinsicht. Aber nun müssen wir uns dringend noch um eine andere Angelegenheit kümmern ...»

Giulia sah ihn fragend an.

«Unser Abendessen.»

Er nahm seinen Priestermantel vom Haken und war schon im Flur.

«Francesco, komm runter», rief er die Treppe hinauf. «Giulia nimmt uns in ihrem Wagen mit nach Trastevere.»

VIII

Was hatte er diesen Geschmack vermisst! Petrus säbelte sich voller Elan ein weiteres Stück von seiner Pizza Diavolo mit Sardellen und scharfer Salami ab. Wegen ihm konnte

Immaculata noch mindestens eine Woche im Bett bleiben. Wie gemütlich saßen sie hier in den Kellergewölben, gut versteckt in einer Nische. Das Summen und Brummen der anderen Gäste war zu hören, die lauten Rufe aus der Küche, der Geruch nach frittierten Reisbällchen und frischer Holzofenpizza waberte durch die Luft. An der Lampe hingen kleine rote Weihnachtsmänner, neben der Tür blinkte ein Christbaum. Bald war Weihnachten – und das Leben war gut zu ihm!

Giulia hatte sich ebenfalls eine Pizza bestellt, Sardellen und Zucchiniblüten. Sie war aufgekratzt von ihrer Suchaktion, heiter und gelöst, wie Petrus sie selten erlebt hatte. Nicht weiter überraschend, wie er fand: Schon heute Morgen war ihm der Ring an ihrem Finger nicht entgangen. Schmal und teuer. Mit einem blitzenden Brillanten. Das konnte auch der Grund dafür sein, dass Francesco gänzlich der Appetit vergangen war. Er nagte an einem einfachen Pizzabrot und vermied es beharrlich, Giulia anzusehen.

«Hat dieser romantische Hokuspokus in Eves Buch eigentlich irgendeine historische Grundlage? Ich meine: War das Leben und Treiben der Borgias tatsächlich so von Laster und Leidenschaft geprägt?»

«Das kann ich Ihnen noch nicht genau sagen, schließlich habe ich das Manuskript ja noch nicht gelesen. Doch mein Vater, ein echter Kenner auf dem Gebiet der römischen Geschichte, meint, dass es sich bei dem Palazzo Ihrer Schwestern sogar um einen ehemaligen Borgia-Unterschlupf handelt.»

«Was folgt daraus für unsere Ermittlungen?»

«Für mich ist diese Autorin hoch verdächtig. Womöglich spinnt sie wirklich – und verwechselt Fiktion und Wirklichkeit?»

«Eine sehr kühne These, meine Liebe», sagte Petrus.

Francesco, der bisher noch gar nichts gesagt hatte, blickte auf.

«Meiner Meinung nach ist das die Tat eines Mannes. Eines ... womöglich eifersüchtigen Mannes», sagte er nachdenklich. «Ich könnte mir vorstellen, dass Juan und Lucia vielleicht ein Paar waren, dass er sie geliebt hat und darüber in schwere Konflikte mit dem Zölibat gekommen ist.»

Petrus und Giulia sahen Francesco aufmerksam an. Er schien es gar nicht zu bemerken.

«Sie haben uns doch von seinem Notizbuch erzählt. Er muss Höllenqualen gelitten haben. Die geliebte Frau, so nah, im selben Haus, und doch unerreichbar. Das hat seine Sinne verwirrt. Vielleicht hat er ihr den Hof gemacht, vielleicht hat sie sich von ihm bedrängt gefühlt, vielleicht aber waren sie auch zusammen, haben sich heimliche Stunden gestohlen ...» Er stockte kurz. «Das Ganze hat dann der Barista bemerkt. Er ist ganz sicher in Lucia verliebt, das konnte sogar ich sehen. Er überrascht die beiden – und haben Sie nicht gesagt, die Blutflecken waren auf dem Bett?»

«Ihr entschuldigt mich bitte kurz?» Giulia stand auf und verschwand erstaunlich schnell Richtung Toilette. Petrus sah Francesco nachdenklich an.

«Das klingt schlüssig. Mord aus Leidenschaft. Aber müsste Lucia dann nicht davon wissen? Würde sie den Mörder decken, wenn es so wäre?»

«Vielleicht liebt sie ihn ja?», sagte Francesco ungewollt heftig. «Eine Frau zwischen zwei Männern. Aber was verstehe ich denn schon davon.»

I

Langsam stieg Francesco die Himmelsleiter zur Kirche Santa Maria in Aracoeli hinauf. 124 steile Stufen. Es war früh am Morgen, aber der Verkehr tobte schon rund um das Nationaldenkmal an der Piazza Venezia. Mit jedem Schritt nach oben, so schien es Francesco, wurde der Lärm etwas leiser. Er ging gerne hierher, wenn er Rat suchte. Die Kirche wurde von den Franziskanern betreut, von seinem Orden. Und schon als Kind hatte ihm seine Großmutter die Legende dieses Ortes erzählt: Als Kaiser Augustus einst im heidnischen Tempel betete, war ihm eine wunderschöne Frau erschienen. Sie trug ein Kind in den Armen und leuchtete so hell wie die Sonne. Die herbeigerufene Seherin, die weise Sibylle, deutete dem Kaiser die übersinnliche Erscheinung: Es werde ein Erlöser geboren, mit dem die Herrschaft des Himmels beginnen werde. Darauf ließ der Kaiser einen neuen Altar im Tempel errichten, einen Altar des Himmels – Ara Coeli.

Francesco liebte diese Geschichte.

Als Kind war er davon überzeugt gewesen, dass auch seine Großmutter, ähnlich wie die Seherin, prophetische Gaben besaß. Sie wusste immer Rat: Ärger mit dem Vater, eine zerrissene Hose, ein krankes Kätzchen – die Nonna konnte es richten. Vermutlich hätte sie ihm auch jetzt geholfen. Sie hätte eine kurze Moralpredigt gehalten – und dann einige lebenspraktische Ratschläge gegeben. Manchmal, so Francescos Eindruck, hatte es einen gewissen Widerspruch gegeben zwischen der Moralpredigt und den lebenspraktischen Ratschlägen. Solche Einwände hatte die Nonna ignoriert und ihn angewiesen, der Heiligen Jungfrau eine Kerze zu stiften – oder auch zwei, falls die Widersprüche besonders groß ausfielen.

Was hätte sie ihm jetzt geraten? Ein ganzes Kerzenmeer würde wahrscheinlich nicht ausreichen.

Auf dem Vorplatz zur Kirche drehte sich Francesco noch einmal um: Die Stadt Rom lag im grauen Morgenlicht; von Weihnachten war hier wenig zu spüren – wenn man den bombastischen Christbaum vor dem Nationaldenkmal einmal beiseiteließ.

Durch das Gewusel und Gemurmel im Kircheninnern schob er sich bis zu der kleinen Seitenkapelle neben der Sakristei, vor der sich viele Betende drängten. In einem gold glänzenden Kuppelschrein stand der Bambino Gesù, das Heilige Kind. Viele Legenden rankten sich um die Statue, sie könne Kranke heilen, Katastrophen fernhalten und Wünsche erfüllen. In feierlichen Prozessionen trug man das Jesuskind an Krankenbetten, setzte es in der Heiligen Nacht in eine überlebensgroße Krippe am Eingang und präsentierte es den Gläubigen zu Epiphanias am 6. Januar auf der Piazza del Campidoglio. Der Bambino Gesù hatte Pausbacken, braune Locken, war in Gold und Edelsteine gewickelt und blickte ernst zu den Betenden hinunter. Francesco wusste, dass es sich um eine Nachbildung handelte. Diebe hatten die Statue vor vielen Jahren entwendet. Aber ein Franziskanermönch hatte ursprünglich einmal das Original geschnitzt, aus einem Olivenbaum des Gartens Gethsemane in Jerusalem.

Ein Franziskanermönch – so wie er.

Ein Franziskanermönch, der geschworen hatte, in Keuschheit zu leben und einzig dem Herrn zu dienen – so wie er selbst.

Ein Franziskanermönch, der gelegentlich Schwierigkeiten hatte, diesen Verpflichtungen nachzukommen? Vielleicht hatte er beim Schnitzen die schöne Rebecca im Sinn gehabt. Oder Miriam. Oder Sarah. Vielleicht hatte er aber ausschließlich an die Geburt des Erlösers gedacht, den er gerade mit seinem Schnitzmesser aus dem Holz des Olivenbaums schälte. Ja, so wird es gewesen sein, dachte Francesco – denn sonst hätte er nie ein Kunstwerk geschaffen, das die Jahrhunderte überdauerte und noch heute von vielen Römern zur Weihnachtszeit aufgesucht wird.

In seinem Innern dagegen herrschte keine weihnachtliche Klarheit, sondern Chaos.

Francesco faltete die Hände und betete fünf Ave-Maria und drei Vaterunser. Dann blickte er auf Bambino Gesù: Wenn er Wünsche erfüllte, so hieß es, färbten sich seine Lippen rosig. Ansonsten blieben sie bleich. Francesco bat um Erleuchtung und richtete seine Gedanken fest auf die Ursache seiner Qual: Contessa Giulia, Pressesprecherin des Heiligen Stuhls, schönste und klügste Frau der Ewigen Stadt.

Als er nach Rom kam, vor wenigen Jahren erst, hatte er sich in sie verliebt – ohne sich dessen bewusst zu sein. Als junger, naiver und tiefgläubiger Franziskanermönch aus einem umbrischen Einödkloster war das vielleicht verständlich – fanden jedenfalls seine Beichtväter, von denen er mehrere verbraucht hatte, bis sein seelisches

Gleichgewicht wiederhergestellt war. Auszeiten in seinem Heimatdorf, Exerzitien in Lourdes und lange Gespräche mit Giulia auf ihrem Balkon hatten dazu geführt, dass sie sachlich zusammenarbeiten konnten, was bei der päpstlichen Pressesprecherin und dem päpstlichen Privatsekretär schlichtweg unvermeidbar war. Vermutlich waren sie so etwas Ähnliches wie befreundet, dachte Francesco. Und vermieden es, jemals darüber nachzudenken, was in einem Leben ohne Zölibat alles möglich gewesen wäre.

Francesco unterbrach seine Tagträumereien, schob ein Ave-Maria ein und nahm Blickkontakt zum Santo Bambino auf. Um ihn herum drängten sich, wie immer in der Weihnachtszeit, die Kinder. Zögernd näherten sie sich dem Gitter vor der Kapelle und schoben ihre Briefe an das Christkind unter den Stäben durch. Kleine Jungen mit Lazio-Rom-Pudelmützen und kleine Mädchen mit rosa Prinzessinnen-Haarreif. Um die Statue lagerten die Zettelchen in dicken Schichten. Und dazu kamen viele Waschkörbe voll Briefen aus aller Welt, wusste Francesco. Für einige Wochen wurden sie sorgsam aufbewahrt und dann verbrannt, ungelesen von menschlichen Augen. Doch der Santo Bambino, sagte man, hatte sie sehr wohl studiert. Nur darauf kam es ja an.

Ein Brief an den Bambino Gesù.

Warum eigentlich nicht, dachte Francesco.

Er stand auf, ging zu einer Bankreihe weiter hinten im Kirchenschiff und setzte sich. Aus seinem Habit zog er ein kleines, abgegriffenes Notizbüchlein hervor, an dem mit einer Schnur ein Bleistift befestigt war. Er blickte nach vorne, wo sich die Menge um die Seitenkapelle drängte, und begann:

Santo Bambino!
Du kannst in meinem Herzen lesen und weißt, wie es um mich steht. Damit bist du mir, ehrlich gesagt, etwas voraus. Sie ist meine Kollegin. Und eine Freundin ist sie mir auch. Ich dürfte nicht so fühlen, wie ich fühle. Ich müsste erleichtert sein, müsste mich freuen für sie, jetzt, da sie sich verlobt hat. Aber mir geht es noch schlechter als zuvor. Ich hätte es längst spüren müssen: Sie hat sich zurückgezogen.
Und nun ist bald Weihnachten. Dieses Jahr wird vielleicht alles anders sein. Aber trotzdem möchte ich ihr etwas schenken. Ich wünsche mir nichts für mich, Santo Bambino – außer vielleicht ein bisschen Seelenheil –, sondern nur eine gute Idee für sie! Ich bitte dich: Sende mir eine Inspiration, eine Eingebung, einen göttlichen Fingerzeig.
Das Geschenk sollte:
1. *zu meinem geistlichen Stand passen, aber nicht bieder sein;*
2. *ihr gefallen, aber völlig anders sein als der teure Kram, den ihr die Männer sonst zu Füßen legen;*
3. *auf gar keinen Fall offenbaren, was ich dir, lieber Santo Bambino, jetzt gestehe ...*
   Ach was, du weißt es ja auch so.
Dein Francesco

Er riss die Seiten aus dem Notizbuch und faltete sie zu einem kleinen Paket. Auf die Außenseite schrieb er: «Für den Bambino Gesù!» Dann ging er zu der Seitenkapelle, bückte sich und warf die Blätter mit Schwung in Richtung des Heiligen Kindes, sodass sie direkt vor seinen Füßen landeten.

Die Lippen der Statue, so schienen ihm, verfärbten sich zu einem ganz leichten Rot.

Der Santo Bambino würde ihm helfen.

Das spürte er deutlich.

II

Eigentlich war alles ganz einfach: Juan selbst war die Lösung, dachte Petrus. Er musste Juan verstehen, um das Rätsel zu erklären. Sein Leben, sein Verschwinden, sein Geheimnis.

Darum war er hier.

Draußen war es schon dunkel. Die Weihnachtsbeleuchtung, lange, glitzernde Fäden aus Aberhunderten Sternen, funkelte. Die Menschen schoben sich durch die Straßen mit Tüten und Paketen. Aber hier, an diesem Fenster, in diesem Palazzo, war es still, die Welt nur ein ferner Gesang. Petrus hatte sich nach einem Pastoralbesuch hier absetzen lassen und bei seinen Schwestern geklingelt. Sie hatten ihm ein üppiges Abendessen serviert, Pasta all'Amatriciana, ein Armeleutegericht, das er sehr liebte: mit ausgelassenem Speck, in Weißwein geschmort, mit Tomaten gegart und mit Pecorino bestreut. Unvergleichlich. Marta musste das Rezept ihrer Mutter ausgegraben haben, denn es schmeckte so wie früher, als sie noch alle zusammen in der Küche gesessen und seine kleinen Brüder mit den knusprigen Speckstücken unter dem Tisch verschwunden waren.

Schließlich war er nach unten gegangen. Allein. Juans Zimmer war immer noch geöffnet, die Tür nur angelehnt.

Die Läden waren vorgeklappt; durch die Lamellen fiel

das Licht der Straßenlaternen in den Raum. Petrus betrachtete die Gegenstände, roch die abgestandene Luft. Niemand hatte mehr gelüftet, seit Juan verschwunden war. Es war völlig still im Palazzo.

Beinahe unnatürlich still.

Petrus hatte eine ganze Weile auf Juans Schreibtischstuhl gesessen. Nun stand er auf und ging durch den Raum. Jetzt erst sah er, dass sich seit seinem letzten Besuch manches verändert hatte: Das Bett war abgezogen, die Decke lag ordentlich gefaltet obenauf. Die Scherben waren verschwunden, der Kamin gekehrt, die Kleider lagen zusammengefaltet im offenen Schrank. Seine Schwestern! Das durfte nicht wahr sein. Was hatten sie sich nur dabei gedacht? Hätte er eine polizeiliche Ermittlung durchzuführen, wäre er jetzt schon am Ende. Aber er war ja kein Polizist. Er war kein Ermittler. Nur ein Beobachter. Ein Mensch, der sich für das Leben – und womöglich das Sterben – eines anderen Menschen interessierte. Mehr nicht.

Mit den Händen strich er über einzelne Gegenstände: die Schreibtischlampe – ganz offensichtlich geklebt.

Der leere Bilderrahmen.

Die Bettkante.

Die glatte Tür des Kleiderschranks.

Hier hatte Juan gelebt. Diese Dinge hatte er berührt. Jeden Tag. All dies waren Zeichen, die auf seine Person verwiesen. Er musste sie nur lesen.

Vermutlich war es egal, wo er begann – warum nicht vor dieser Kommode. Er zog die Schubladen des antiken Möbels auf. Sie klemmten. Er nahm alles heraus und legte es vor sich auf den Boden. Überbleibsel eines Lebens: Unterwäsche und schwarze Socken in der obersten Schublade, spanische Sportzeitschriften und Tageszeitungen im mittleren Schubfach. Ganz unten: Schuhputzzeug, Putzmittel, Toilettenpapier, Kehrblech und Handfeger. Er nahm die Schubladen ganz heraus und setzte sie vorsichtig wieder ein. Als er sich bückte, um die unterste Schublade zurückzuschieben, fiel ihm ein Zettel entgegen, der auf der Unterseite klebte. Petrus löste das Papier ab und richtete sich mühsam auf. Es war der Lieferschein eines Gebrauchtwarenhändlers, ausgestellt im Sommer dieses Jahres. Dort hatte Juan seine Kommode gekauft.

Eine Spur, die zu seiner Persönlichkeit führte, zu seinen Interessen, seinen Entscheidungen und Plänen?

Wohl kaum.

Nur ein zerknitterter, schmutziger Zettel.

Petrus strich das Papier glatt und seufzte. Es würde ein langer Abend werden. Er musste wach bleiben. Aufmerksam für die kleinen Dinge am Rande dieses Lebens.

III

Nur einige hundert Meter Luftlinie entfernt stand Giulia auf ihrem Balkon und sah zu, wie die Marktleute auf dem Campo de' Fiori ihre Ware einpackten. Das Feuer der Gemüsehändler brannte schon, die Paletten und Kisten knisterten und verrauchten im Wind. Tiefhängende Wolken drückten auf die Stadt. Vom gold glänzenden Weihnachtsschmuck der Via Condotti, vom Lichterglanz der Barockkirchen war hier oben nichts zu sehen. Die Kuppeln wölbten sich dem römischen Himmel entgegen, wie sie es zu jeder Jahreszeit taten. Rom hatte vergessen, dass es Weihnachtshauptstadt dieser Welt war.

Giulia fröstelte.

Sie zog ihren brombeerfarbenen Kaschmirschal fester um sich – ein großzügiges Geschenk von Nicolas – und kletterte durch das Fenster wieder hinein. Auf dem Küchentisch stapelte sich das Borgia-Manuskript der irren Autorin. Sie hatte die Handy-Fotos vergrößert und ausgedruckt. Einige Aufnahmen hatte sie verwackelt, auf anderen irritierten Eves handschriftliche Anmerkungen. Aber die meisten Seiten waren gut lesbar.

Giulia goss sich ein gutes Glas Sangiovese ein – sie würde es brauchen können, vermutete sie – und wanderte mit dem Textstapel hinüber ins Wohnzimmer. Sie blätterte durch die Seiten und fing irgendwo in der Mitte an zu lesen:

Wie ein fleischgewordener Engel lag Lucrezia unter dem samtenen Himmel ihres Bettes. Die dicken Flechten ihrer rotblonden Zöpfe hatten sich gelöst und flossen über das Kissen. Ihre üppige Brust hob und senkte sich unter dem bestickten Linnen. Der Mond schien kalt durch das Fenster und beleuchtete die Schöne im Schlaf. Plötzlich wurde die Tür aufgerissen. Ein Pferd wieherte. Und Lucrezia schreckte hoch. Unzählige Fackeln erleuchteten flackernd den Raum. Eine weiße Gestalt stand vor ihr, ein Schwert in der Hand.

«Lucrezia», rief sie mit einer Stimme, die von weit her zu kommen schien. «Lucrezia, nun bist du mein.»

Das war noch schlimmer, als Giulia befürchtet hatte. Überall schwoll und loderte und floss es. Aber das verkaufte sich offensichtlich gut.

Lucrezia bebte vor Schrecken. Sie bedeckte ihre bloßen Brüste notdürftig mit ihren Händen. Doch die weiße Ge-

stalt riss ihr die Decke herunter. Und sie lag da, ihr weicher üppiger Leib schmiegte sich nackt in die Kissen.

«Du bist zu schön, um meine Schwester zu sein. Sei mein Weib», rief die Stimme.

Nun glaubte Lucrezia den Mann im Fackelschein zu erkennen. Sie richtete sich auf.

«Juan», keuchte sie mit heiserer Stimme. «Bist du es, mein Bruder?»

Im flackernden Licht stürzte er auf sie zu.

Giulia nahm einen tiefen Schluck aus ihrem Glas.

Juan also. Der tugendsame, edle Juan.

Sie legte das Manuskript weg, suchte auf ihrem Schreibtisch nach einem Stift und markierte die Stelle. Es passte nicht zu dem, was Eve von ihrem Helden berichtet hatte. Warum hatte sie behauptet, Cesare sei der Bösewicht und Juan das strahlende Gegenbild?

Und nun das?

Sie erinnerte sich an den Bericht ihres Vaters. Er hatte bestätigt, dass Cesare von den Zeitgenossen als Monster verdammt wurde, Juan dagegen – vor allem bei seinem päpstlichen Vater – als Hoffnungsträger galt.

Vermutlich, dachte Giulia, machte sie sich zu viele Gedanken und fiel auf die Tricks der Amerikanerin herein. Gleich würde der vermeintliche Juan seine Maske herunterziehen und sich als Cesare entpuppen. Oder als Don Juan. Oder als Hausmeister des Borgia-Palasts.

Sie übersprang die detaillierte Schilderung eines Turniers («Kampflust loderte in ihm auf») und eines päpstlichen Liebesabenteuers («Papst Alexander starrte sie an. Glühende Leidenschaft loderte in ihm auf»).

Dann ging es wieder um Juan.

Die Hufe seines Pferdes hallten wider in den engen Gassen. Und Juans Herz galoppierte im selben Takt. Er konnte es immer noch nicht fassen. Sollte sein Glück heute Nacht wirklich wahr werden? Als er den kleinen Platz erreichte, sah er die Fackeln hinter den Fenstern lodern. «Komm ganz in Weiß, du bist mein Bräutigam heute Nacht», hatte sie zu ihm gesagt. Er band sein Pferd am Brunnen fest.

Die Tore des Palazzos waren unverschlossen. Er stieg die Treppen hinauf, die Fackeln wiesen ihm den Weg. Noch im Gehen knöpfte er seinen Mantel auf, lockerte den Gurt. Durch mehrere Türen ging er hindurch, bis er vor der Pforte mit dem Medusenhaupt stand. Die Schlangen ringelten sich um den Kopf der Gorgonin, sie waberten im Fackelschein, tausend züngelnde Leiber, die ihn zu verschlingen drohten. Er zuckte kurz zurück, als wittere er Gefahr. Doch dann stemmte er sich mit aller Manneskraft gegen die Tür. Die schönste Belohnung wartete auf ihn. Was er sich bislang mit Gewalt genommen hatte – nun würde es ihm freiwillig gehören.

Der Kopf der Gorgonin.

Giulia sah das Schlangenhaupt genau vor sich. Es war ihr aufgefallen bei ihrem ersten Besuch, ein sehr gut gearbeitetes Renaissancerelief. Eve hatte die Szene in ihrem Palazzo angesiedelt – eigentlich naheliegend, denn dort kannte sie sich aus. Und es war immerhin vorstellbar, dass Juan dort sein Liebesnest eingerichtet hatte. Ihr Vater vermutete, dass der Palast den Borgias gehört hatte. Möglicherweise recherchierte Eve doch genauer über die Renaissancezeit, als man ihr zutraute?

Giulia ging in die Küche, um sich noch einmal nachzuschenken.

IV

Auf dem Schreibtisch hatte Petrus seine Fundstücke arrangiert.

Der Lieferschein. Ein Bibliotheksausweis. Verwackelte Fotos, die einen Strand zeigten. Ein T-Shirt, Größe L, auf dem die Freiheitsstatue aufgedruckt war. Der leere Bilderrahmen.

Was er nicht gefunden hatte: Computer und Handy. Adressbücher und Briefe. Persönliche Gegenstände, Erinnerungsstücke. Nahezu alles, was sich in der Wohnung fand, hätte in jeder Männerwohnung sein können: Stifte und Lineal in der Schreibtischschublade. Kleider, Bettzeug, Handtücher. Die Wohnung war eine leere Hülle, ein funktionaler Raum. Ganz offensichtlich hatte Juan alles mitgenommen, falls er sich – so unwahrscheinlich dies war – davongemacht hatte. Nichts von alledem hier schien ihm ein Wegweiser zu Juan, zu seinem Leben und seinen Eigenarten zu sein.

Es gab noch eine weitere Erklärung für diese unpersönliche Kälte: Irgendjemand hatte alles aus der Wohnung entfernt, das einen Rückschluss auf Juan zuließ. Schicht um Schicht war seine Persönlichkeit aus diesem Raum entfernt worden.

Aber warum?

Ein Lieferschein. Ein Bibliotheksausweis. Ein Foto. Ein T-Shirt. Ein Bilderrahmen.

Er konnte die Universitätsbibliothek befragen, welche Bücher Juan entliehen hatte. Er konnte den Gebrauchtwarenhändler aufsuchen und fragen, ob er sich an einen Spanier erinnerte, der eine Kommode erworben hatte. Er konnte nach der Herkunft des T-Shirts fahnden. Er konnte seine Schwestern fragen, ob sie sich erinnerten, welches Foto auf Juans Schreibtisch gestanden hatte ...

Petrus packte alles zusammen in seine alte Aktentasche, sah sich noch einmal um und wandte sich zur Tür.

Da hörte er den Schrei.

V

Giulia hatte gleich die ganze Flasche Sangiovese mitgebracht. Anders war dieser Roman nicht zu ertragen. Sie setzte sich wieder aufs Sofa und knipste die Lampe an. Lucrezia, das Flittchen – offenbar hatte sich Eve entschieden, dem Klischee zu folgen und nicht der historischen Wahrheit.

Im Fackelschein stand sie vor ihm – schöner, als er sie je gesehen hatte. Sie trug ihr Haar offen, im Lichterglanz leuchtete es golden auf. Ihr schlichtes, weißes Gewand betonte ihre Formen mehr, als es sie verbarg. «Wie Braut und Bräutigam», flüsterte sie. Von wilder Leidenschaft ergriffen, ging er auf sie zu. «Lucrezia, meine Schwester!»

«Nun nicht mehr», antwortete sie. «Diese Nacht wird uns für immer vereinen.»

Mit einem Ruck zerriss er ihr das dünne Gewand. Nackt stand sie vor ihm. Er verging fast vor Sehnsucht.

Sie aber nahm einen Streifen ihres Nachthemdes und verband ihm die Augen. Sie lachte leise und führte ihn zum Lager, bettete ihn auf das kühle Laken und begann ihn zu entkleiden.

In Erwartung ihrer vollen Lippen hob er den Kopf. Da, auf einmal, riss sie ihm die Augenbinde vom Kopf. Ver-

wirrt sah er sie über sich, sein eigenes Schwert in der Hand. «Diese Nacht wird für uns beide unvergesslich sein. Du wirst sterben wie ein Hund, du wirst bezahlen für all das, was du mir angetan hast, Bruder.» Und noch bevor Juan etwas erwidern konnte, stürzte die Klinge auf ihn nieder.

Giulia schob das Manuskript zusammen, trank den letzten Wein aus und stand auf. Sie ging zurück in die Küche, öffnete das Fenster zum Balkon und ließ kühle Winterluft herein. Sie machte kein Licht. Im Dunkeln fingerte sie nach der Streichholzschachtel, entzündete den Gasherd und setzte einen Kaffee auf.

Für einen Moment musste sie an Eve denken, wie sie in ihren bunten, wallenden Gewändern an ihrer antiken Schreibmaschine saß, am Ramazzotti nippte und blutrünstige Geschichten ersann. Stilistische Brillanz und psychologische Raffinesse waren nicht ihre Stärken – aber immerhin hatte sie eine neuartige und schillernde Theorie über Juans Tod ersonnen. Oder hatte sie sich gar nichts ausgedacht – sondern in dem alten Borgia-Palast Hinweise gefunden, die allen Forschern bisher entgangen waren? Hatte sie, inspiriert von ihrem Fund, die Grenze zwischen Fiktion und Realität überschritten?

Giulia nahm nachdenklich den Kaffee vom Feuer.

Oder hatte das alles womöglich mit einem wahren Verbrechen zu tun? Spiegelte sich das Schicksal des verschwundenen Priesters Juan in Eves phantasievollem Werk? Hatte der blutige Überfall ein Vorbild in der Realität?

Lucrezia sah den zerstörten Körper Juans. Sie sah das blutverschmierte Bett und das Schwert in ihrer Hand. Sie schrie auf. Und stieß noch ein letztes Mal zu.

VI

Der Schrei kam von oben.

Petrus stellte die Aktentasche ab, ging zur Tür und öffnete sie behutsam. Sie führte direkt in das große Treppenhaus. Petrus trat hinaus und hielt sich dicht an der Wand.

Nichts.

Es war dunkel. Die marmornen Balustraden, die Treppen und Galerien begrenzten, schimmerten weißlich; die Bilder verschwammen zu geisterhaften Schemen. Petrus ging langsam zur Treppe, hielt immer wieder inne, lauschte.

Nichts.

Juans Wohnung lag im ersten Stock. Daneben befanden sich die Zimmer der Schriftstellerin. Seine Schwestern wohnten im zweiten Stock. Wo Lucia lebte, wusste er nicht. Er nahm aber an, dass sie ihr Zimmer ganz oben hatte. Er konnte nicht sagen, aus welcher Richtung das Geräusch gekommen war. Er trat an die Balustrade und sah hinunter in die Halle, er blickte nach oben, wo sich die Treppen immer höher schraubten, Stockwerk um Stockwerk.

Nichts.

Völlige Stille. Er lauschte in alle Gänge und Säle des alten Palastes hinein.

Nichts.

Als er sich umwandte, um wieder ins Zimmer zurückzugehen, hörte er den Schrei erneut. Er kam aus dem obersten Stockwerk, wurde lauter und intensiver, brach dann ab. Es war kein Schmerzensschrei und kein Verzweiflungsschrei, es war kein Schrei des Erschreckens und kein Schrei der Angst.

Es war ein Wutschrei, unmenschlich und hasserfüllt.

Von oben hörte Petrus Schritte. Er sah hoch und sah Maria, den Kopf über die Balustrade gebeugt, eine Schürze umgebunden. Sie hielt einen Kochlöffel in der Hand. Über ihre Schulter blickte Marta, ein Häubchen auf dem grauen Haar.

«Was ist das denn für ein Lärm? Angelo, hast du das auch gehört …?»

«… Angelo, da schreit doch jemand – nicht wahr Maria, das war …»

«… ein echter Schrei, so unternimm doch etwas, Angelo …!»

«Wir haben es bis in unsere Wohnung gehört, da …»

«… muss doch jemand sein!» Maria wies mit dem Kochlöffel nach oben. Auf einmal riss Marta ihre Schwester zurück, die Tür krachte ins Schloss, Petrus stand allein auf dem Treppenabsatz und sah hinauf zu der Galerie im dritten Stock.

Im Dunkel glaubte er eine Gestalt zu erkennen, ganz in Weiß. Sie wirkte fast schwerelos, als ob sie schwebte.

Petrus setzte sich in Bewegung. Er war nicht mehr der Schnellste, aber er schaffte es erstaunlich zügig in den zweiten Stock. Jetzt sah er die Gestalt genauer: Sie schien von innen heraus zu leuchten. Und sie trug ein Schwert in der Hand.

Als er – schwer atmend – im dritten Stock angekommen war, herrschte wieder völlige Stille. Er rüttelte an den Türen ringsum. Sie waren verschlossen, niemand öffnete.

Er trat an die Balustrade und sah hinunter.

Stille.

Dunkelheit.

Nichts.

Petrus klopfte an der Wohnungstür seiner Schwestern.

Marta öffnete einen winzigen Spalt und ließ ihr Mäusegesicht sehen: «Und?»

«Nichts.» Petrus reichte ihr den Schlüsselbund. «Ich habe alle Räume durchsucht. Außer den Privatwohnungen. Da ist niemand.»

«Wir sind hier bald auch nicht mehr», sagte Marta und öffnete die Tür so weit, dass Petrus eintreten konnte. Im Hausflur standen vier große Koffer, dazwischen thronte königlich der Monsignore, in einem voluminösen Körbchen aus weichem Schaffell. Beide Schwestern trugen Mantel und Mütze.

«In diesem Spukhaus bleiben wir nicht länger, nicht wahr, Maria?»

«Bleiben wir nicht!»

«Erst verschwindet Juan ... dann kommt diese, diese Gestalt ... es ist nicht mehr geheuer hier ...»

Petrus sah seine Schwestern an. Entschlossene kleine Gesichter schauten ihm unter den Strickmützen entgegen. «Und wo wollt ihr hin?»

«Wir begeben uns in Gottes Hand ...»

«... an einen Ort, wo wir sicher sind vor den Übergriffen des Bösen.»

«Wir sind immer in Gottes Hand», sagte Petrus misstrauisch. «Darf ich erfahren, an welchen Ort genau ihr denkt?»

«An den Vatikan!», antwortete Maria strahlend. «Bei dir sind wir sicher. Du hast so eine große Wohnung ...»

«... da gibt es doch sicher ein Gästezimmer, nicht wahr ...?»

«... ein warmes Plätzchen für den Monsignore!»

«Wir helfen auch fleißig in der Küche mit ... und beim Putzen.»

«Wir sind uns für keine Arbeit zu schade, nicht wahr Marta?»

«Sind wir nicht!»

Petrus startete einen letzten Abwehrversuch: «Aber – was wird Immaculata dazu sagen?»

«Ach, die gute Seele …

«… wird sich bestimmt freuen, wenn sie etwas Hilfe bekommt.»

«So ein großer Haushalt – und es gibt doch noch so viel zu tun …

«… schließlich sind es nur noch zwölf Tage bis Weihnachten!»

Noch 12 Tage
bis Weihnachten

I

Schlagzeile war gar kein Ausdruck: «Geisterspuk im Schreckenshaus» und «Das Gespenst des unheimlichen toten Priesters?» lauteten nur zwei der Überschriften, die Petrus in seinem Arbeitszimmer entgegenprangten. Er beschloss, diese Ungeheuerlichkeiten vor dem ersten Caffè erst einmal zu ignorieren. Er saß in seinem Lieblingsohrensessel inmitten seiner Krippenlandschaft und wartete auf Immaculata. Und sein Frühstück.

Er wartete lange.

Die kleine hölzerne Krippe war fertig geleimt. Nun fehlten nur noch Tisch und Stühle für das Wirtshaus. Den Stall selbst hatte er noch aus den Kisten retten können, nur die Figuren sahen arg mitgenommen aus. Zwei der drei Heiligen Könige waren ohne Krone unterwegs. Petrus erinnerte sich dunkel daran, dass er und seine Brüder daran nicht ganz unschuldig waren. Trotz intensiver Suche hatte er das Jesuskind noch immer nicht finden können. Doch das war ja auch vergleichsweise klein.

Der blaue Schleier der Muttergottes wies einen langen Riss auf, Josef hatte weder Stock noch Hut, und den Hirten fehlte der Fellumhang. Nähen war nicht gerade seine Stärke. Ob er Immaculata bitten sollte, zumindest den

Riss zu stopfen. Wo sie nur blieb? Angeblich war sie ja wieder bei bester Gesundheit …

Aber bei sehr, sehr schlechter Laune, wie er feststellen musste. Sie stand vor ihm. Ohne Caffè und ohne Tablett, dafür mit hektischen, roten Flecken im Gesicht.
«WAS SOLL DAS BEDEUTEN?»
Petrus summte: «*Wahas soll das bedeuten, es taget ja schon.* Bist du schon weihnachtlich gestimmt, liebe Immaculata?»
«Ich bin bald sehr karfreitäglich gestimmt, wenn Sie mir nicht SOFORT erklären, was IHRE Schwestern in MEINER Küche machen.»
Oje, seine Schwestern! Die hatte er über den Schlagzeilen und seiner Weihnachtskrippe komplett vergessen.
«Was meine Schwestern in deiner Küche machen? Frühstück, hoffe ich.»
Ein verheißungsvolles Klirren, und Maria stand im Zimmer. Auf dem Arm balancierte sie ein ziemlich großes Tablett, das Petrus während seiner ganzen Amtszeit noch nicht zu Gesicht bekommen hatte. Hinter ihr erschien Marta, eine große Caffettiera in der Hand. Der Kater zwängte sich durch ihre Beine bis direkt vor den päpstlichen Lieblingsohrensessel.
«Angelo, Tesoro, wir haben gebacken …»
«… denn wir haben nur noch eine Packung mit trockenen Haferkeksen gefunden, und du brauchst doch für dein anstrengendes, hochheiliges Amt …»
«… eine angemessene Stärkung, mein Lieber.»
Mit Schwung setzte Maria das Tablett ab und präsentierte frischgebackene Croissants, einen kleinen Apfelkuchen und eine große Kanne mit geschäumter Milch.

Petrus strahlte. Ganz weihnachtlich wurde ihm plötzlich zumute. *Natale con i tuoi, Pasqua con chi voui*, hieß es ja. Weihnachten sollte man im engsten Familienkreise verbringen, Ostern mit wem man Lust hatte. Alte Sprichwörter hatten doch immer auch einen wahren Kern.

Immaculata verschwand geräuschvoll – das würde er noch büßen müssen. Genüsslich biss Petrus in sein noch warmes Aprikosen-Hörnchen. Der rot getigerte Monsignore kaute ebenfalls und blies die dicken Backen auf. Dann machte er es sich direkt auf Petrus' Füßen bequem.

«Oh, du Lieber, du hast ja endlich mit der Krippe begonnen. Die Landschaft ist aber noch lange nicht fertig ...»

«... und die Figuren müssen dringend neu eingekleidet werden», sagte Marta.

«Am besten, wir übernehmen das – Immaculata, deine gute Seele, hat ja so viel zu tun ...»

«... ja, selbst heute Morgen wirkt sie schon wieder sehr angespannt. Aber nun sind wir ja da, um ihr etwas zur Hand zu gehen. Schließlich kann man sie mit den Weihnachtsvorbereitungen ...»

«... und vor allem der Weihnachtsbäckerei nicht alleine lassen ...»

Als ob sich Immaculata schon jemals der Weihnachtsbäckerei gewidmet hätte, dachte Petrus. Dann stutzte er.

«Wollt ihr denn nicht so schnell wie möglich wieder in eure Wohnung zurück?»

«Ehrlich gestanden, liebster Angelo, ist uns sehr unwohl bei dem Gedanken ...»

«... ja, zwei alte, hilflose Frauen allein in einem Palazzo, in dem es spukt.» Maria riss die Augen auf.

«Wahrscheinlich ist wirklich etwas Schlimmes mit Juan passiert ...»

«... und nun spuken die Geister durch den alten Palazzo, um die böse Tat zu rächen.»

«Wir haben dir noch gar nicht erzählt, Angelo, Tesoro, dass wir in den letzten Nächten schon öfter etwas gehört haben ...»

«... ja, wir haben Geräusche gehört, Schränkerücken und ein seltsames Schleifen ...»

«... wir haben Fackeln gesehen, die durch die Gänge gezogen sind.»

«Oh ja, Feuer und Schwefel, Tod und Verderben. Der Teufel selbst ist in diesem Haus zu Gast.»

Immaculata war fast lautlos wieder eingetreten. Sie musste an der Tür gelauscht haben. «Auch ich habe es neulich erlebt: Böse Mächte walten in dem alten Palazzo. Böse Gedanken, böse Taten.» Sie sah die beiden Schwestern scharf an, die sich ängstlich auf dem Sofa aneinanderdrängten. «Ein Exorzist muss diesen Machenschaften ein Ende bereiten, muss die Verderbtheit ausrotten, die Schreckensschuld tilgen. Ich könnte ...»

Jetzt reichte es Petrus. Schließlich saß er noch beim Frühstück. «Ihr Lieben, ich habe in meinem bisherigen Leben die Erfahrung gemacht, dass übernatürliche Erscheinungen meist ganz irdische Verbrechen zur Ursache haben ...»

«... ob Spuk oder Verbrechen, das ist uns ganz egal», sagte Marta sehr energisch.

«So lange das nicht aufgeklärt ist ...»

«... bleiben wir hier», beendete Maria den Satz.

Petrus richtete sich in seinem Lehnstuhl zu voller päpstlicher Größe auf.

«Und wie, bitte, soll ich ein Verbrechen aufklären, zu dem ihr sämtliche Beweismittel vernichtet habt?»

«Wie ...?»

«Was ...?»

«Gestern war ich in Juans Wohnung. Wie ich gesehen habe, habt ihr gewaschen und geputzt, ihr habt das Bett abgezogen, die Teppiche ausgeklopft und die Scherben zusammengefegt. Nun sind alle Spuren vernichtet.»

«Dafür hat die Presse die Fährte aufgenommen», sagte Giulia, die eben mit einem Packen Zeitungen und in einem für die Jahreszeit viel zu kurzen Rock zur Tür hereingerauscht war.

«Wenn ich zitieren darf», sie schlug La Repubblica auf: «*Schreckensmeldung aus dem Stadtteil St. Angelo: In einem Palazzo der Renaissancezeit kam es in der Nacht zu ungeklärten Vorfällen. Nachbarn hatten Schreie gehört und die Polizei gerufen. Mehrere Augenzeugen berichteten, sie hätten Feuer und Flammen und sogar eine Geistererscheinung gesehen. Aus dem Palazzo soll vor einigen Tagen ein spanischer Priester spurlos verschwunden sein. Ein Verbrechen wird nicht ausgeschlossen. Die Polizei konnte noch nichts zur Aufklärung beitragen.*» Giulia warf Petrus einen Blick zu. «Da haben wir wieder mal ein Riesenproblem», sagte sie abschließend. «Ich mag gar nicht ins Pressebüro. Die Journalisten stehen sicher schon Schlange. Wenn ich nur wüsste, woher sie alle ihre Informationen haben – aber das kriege ich noch raus.»

Sie schob die Zeitungen wieder zusammen.

«Und eine andere Geschichte macht mir ebenfalls Sorgen ...»

«Sprich, meine Liebe!» Petrus klang erschöpft.

«Gestern Abend habe ich mich mühevoll durch das Manuskript der irren Autorin gekämpft. Sie hat doch tatsächlich eine Szene beschrieben, in der die liebreizende, vollbusige Lucrezia ihren Bruder Juan grausam meuchelt. Mit dem Schwert!»

Giulia machte eine kunstvolle Pause.

«Diese Theorie ist zumindest in der historischen Geschichtsschreibung neu. Und ich frage mich tatsächlich, ob Eve, die ihre Szenarien gerne in der Realität ausprobiert, bei der Ermordung Juans nicht selbst mit Hand angelegt hat ...»

Petrus betrachtete nachdenklich sein gerade fertig gestelltes Feld mit drei Hirten und einem Dutzend etwas zerzauster Schafe.

«Du wirst noch einmal hinmüssen und dich mit ihr unterhalten. Inzwischen wird sie gemerkt haben, dass ihr Schwert fehlt. Sie wird darüber zumindest beunruhigt sein. Ich fürchte, die Geschichte ist noch etwas komplizierter, als sie sich darstellt», sagte Petrus.

Er stand auf. Und lief unruhig in seinem Arbeitszimmer auf und ab. Darauf hatte der Monsignore nur gewartet und machte sich lautlos im päpstlichen Sessel breit.

II

Petrus ging zu seinem Bücherschrank. Der Monsignore war eingeschlafen und schnurrte friedlich. Giulia hatte sich verabschiedet, Maria und Marta waren in Richtung Küche verschwunden – dicht gefolgt von Immaculata, die offensichtlich beschlossen hatte, die beiden Schwestern nicht mehr aus den Augen zu lassen.

Im zweiten Regal von oben stand, kostbar in Leder eingebunden, ein zwölfbändiges «Lexikon der Theologie».

Dort staubte Immaculata nur sehr selten ab – weil sie vor allem dort putzte, wo es ihrer Meinung nach päpstliche Geheimnisse zu entdecken gab. Während sein Nachttisch, sein Schreibtisch und seine Kommode in der Sakristei blitzten, kümmerte sie sich um das Bücherregal nur selten.

Petrus zog die Bände F–H, I–L und M–P aus dem Regal. Dort lagerte das Schwert, in das blutverschmierte Betttuch gewickelt. Darum würde er sich auch noch kümmern müssen – obwohl er völlig sicher war, zu welchem Ergebnis eine Untersuchung führen würde. Heute war die kleine Kiste dran, in der er die Fundstücke aus Juans Wohnung aufbewahrte.

Mit Monsignores Schnurren als Hintergrundmusik breitete Petrus die Gegenstände auf dem Boden aus: ein Lieferschein. Ein Bibliotheksausweis. Verwackelte Fotos, die einen Strand zeigten; ein T-Shirt mit der Freiheitsstatue. Ein leerer Bilderrahmen.

Mit dem Foto war am wenigsten anzufangen. Grauer Himmel, hellweißer Sand, ein Meer in verwaschenem Blau. Die Szene konnte überall aufgenommen sein, am Mittelmeer oder auch im Norden.

Petrus legte das Foto zur Seite.

Als Nächstes griff er sich das T-Shirt. T-Shirts gab es an jeder Straßenecke, bedruckt mit Palmen und Ferraris, mit Giraffen und Sonnenblumen, dem Kolosseum – oder der Freiheitsstatue. Petrus drehte das Stück Stoff in den Händen und krempelte es um. Innen fand er ein «Made in China»-Etikett, aber kein Preisschild, das auf die USA hindeutete. Denn natürlich war es möglich, dass Juan das T-Shirt in Amerika gekauft hatte. Ein Spanier, der in Rom lebt und eine Reise nach New York macht – was konnte das bedeuten? Viele Erklärungen waren denkbar: Ein

Priester in einer Sinnkrise, der auf einer Tour durch die großen Metropolen nach sich selbst sucht. Oder ein junger Mann, der einem Geheimnis nachjagt ...

Petrus legte das T-Shirt zu dem Foto.

Es blieben ein Lieferschein und der Bibliotheksausweis.

Petrus nahm den Ausweis, ausgestellt auf den Namen des Spaniers, und sammelte Kraft für die große Aufgabe, die ihm nun bevorstand. Neben der Staatsverwaltung, der Stadtverwaltung und – schlimmer als diese beiden zusammen – der Kirchenverwaltung war zweifellos die Universitätsverwaltung eines der größten Bürokratiemonster in Rom. Er setzte sich einen Zeitrahmen von dreißig Minuten und wählte die Zentrale.

«Pronto?» Eine müde, gelangweilte Stimme. Vermutlich ein Student mit Nebenjob, der am Vorabend zu viel gefeiert hatte.

«Hier spricht der Heilige Vater. Ich benötige eine Auskunft.»

«Und hier spricht der liebe Gott», sagte die Stimme. «Schön, dass Sie sich mal wieder melden. Es gibt einiges zu besprechen.»

«Tatsächlich?»

«Aber sicher. Die Sache mit den Frauen ist noch nicht erledigt.»

«Die Sache mit den Frauen?»

«In unserem letzten Gespräch waren wir uns doch einig, dass diese verknitterten alten Priester niemanden in die Kirchen locken. Wir hatten vereinbart, dass in mindestens fünfzig Prozent aller Kirchen Priesterinnen eingesetzt werden: höchstens 30 Jahre alt, nach Möglichkeit blond, Körbchengröße C und D. Auch über den Kleidungsstil hatten wir uns verständigt. Und was ist passiert?»

«Wir arbeiten dran», sagte Petrus und legte auf. Gespräche, in denen er sich mit «Heiliger Vater» meldete, endeten meistens so. Er wartete fünf Minuten, rief wieder an und meldete sich mit dem Namen des Spaniers:

«Juan Barceló. Ich habe den Überblick über meine Buchbestellungen verloren.»

«Dann sehen Sie doch im Internet nach.»

Petrus seufzte. Wieder einmal dieses Internet. «Mein Internet ... habe ich gerade nicht zur Hand. Könnten Sie nicht schnell nachschauen? Nur die letzten fünf Bestellungen?»

«Na schön.» Es war wieder die gelangweilte Stimme von eben. «Wie lautet Ihre Ausweisnummer?»

Petrus las die Zahlen vor.

«Ich nenne Ihnen die letzten fünf Ausleihen. Erstens: ‹Genealogie des spanischen Hochadels in der Frühen Neuzeit›. Zweitens: ‹Paläste der Borgias in Spanien und Italien›. Drittens: ‹Papst Alexander VI. und seine Zeit›. Viertens: ‹Römische Stadtpläne der Renaissancezeit›. Fünftens: ‹Einführung in das Erbrecht›. Reicht Ihnen das?»

«Sie haben mir sehr geholfen. Der Tag ist gerettet! Jetzt müsste nur noch der Papst anrufen – dann wäre ich ein gemachter Mann.»

«Der Papst?»

«Haben Sie es nicht gelesen?»

«Was?»

«Die Aktion ‹Liebe deinen Nächsten›. Der Papst ruft heute die Gläubigen in Rom an und bittet sie um Hilfe. Wer freundlich und hilfsbereit ist, wird zur Belohnung in den Vatikan eingeladen und darf sich in den Schatzkammern etwas aussuchen. Keine richtig teuren Stücke, aber immerhin. Einige zehntausend Euro werden schon drin sein.»

«Holy Shit», stöhnte die Stimme.

Petrus legte auf, lächelte zufrieden und notierte die Buchtitel.

Er hatte nicht gedacht, dass es so einfach sein würde.

Nun war er einen großen Schritt weiter.

III

Der Strauß war etwas überdimensioniert, wie Giulia fand, aber ohne Zweifel beeindruckend. Nicolas de Montvert verschwand fast vollkommen hinter dem enormen Bouquet aus weißen Lilien und kunstvoll gezwirbelten Bambusstäben. Wusste der Himmel, wo er solch ein Kunstwerk aufgetrieben hatte – auf dem Campo de' Fiori jedenfalls nicht. Der dunkle Anzug von Yves Saint Laurent saß tadellos, die grau melierten Haare waren akkurat zurückgekämmt. Er sah aus wie dieser berühmte französische Schauspieler, dessen Name Giulia gerade nicht einfiel. Er lächelte sie an, und sie fühlte sich schwindlig vor Stolz und Aufregung.

«Salut, *ma chérie*», sagte er. Und küsste sie. Allerdings nur kurz, denn im selben Moment wurde die Tür aufgerissen, und ihre Mutter stand vor ihnen, gekleidet wie eine Operndiva aus dem 19. Jahrhundert. Sie trug ein rotes, tief dekolletiertes Samtkleid und eine ganze Juwelierauslage an Perlenketten auf ihrem wogenden Busen.

«Odoardo, sie sind da», flötete sie und breitete theatralisch die Arme aus. «Mein entzückender Goldschatz kommt uns nach so langer Zeit wieder einmal besuchen.»

«Mamma, ich war erst vorgestern zum Aperitif bei

euch», sagte Giulia gereizt. Immer musste ihre Mutter übertreiben. Das konnte ja ein heiterer Abend werden.

«Verehrte Contessa – enchanté», sagte Nicolas hinter ihr. Und vollführte eine perfekte Verbeugung. Signora Santini versank errötend im weißen Lilienmeer und bat sie mit einer großzügigen Geste einzutreten.

«Odoardo, wo bleibst du denn? Nimm doch unseren Gästen bitte die Jacken ab. Und eine Vase könntest du auch gleich besorgen. Am besten holst du eine dieser antiken Amphoren, die wir oben in der Galerie stehen haben.» Und zu Nicolas gewandt: «Unserem Personal haben wir nämlich heute den wohlverdienten Ausgang gewährt, sodass wir ganz ‹entre nous› speisen können. *N'est-ce pas?*»

Giulia zuckte unmerklich zusammen. Schon seit Jahren beschäftigten ihre Eltern aus Kostengründen kein Personal mehr, außer der alten Zugehfrau Antonella, die täglich zum Putzen, Aufräumen und Kochen kam, die man aber aufgrund ihres stark neapolitanischen Dialektes, ihrer herrischen Art und ihres robusten Selbstbewusstseins auf keinen Fall irgendwelchen Gästen zumuten konnte.

«Ma chère Madame, machen Sie sich doch bitte keine Umstände», sagte Nicolas. «Ich fühle mich geehrt, dass ich Sie in Ihrem wunderschönen Familiensitz besuchen darf. Giulia hat mir schon so viel von ihrem Elternhaus erzählt.»

«Ja nun», Signora Santini machte eine gespielt gleichgültige Geste, «so ein alter Kasten ist natürlich aufwendig im Unterhalt. Neulich erst hatten wir den Restaurator da, der sich die barocken Fresken von Annibale Carracci im kleinen Salon angesehen hat. Mon Dieu ... Na ja, andere haben einen Swimmingpool, den sie regelmäßig warten müssen.»

Giulia stürzte sich in die Arme ihres Vaters, um sich eine bissige Erwiderung zu sparen. Die Fresken von Carracci bröckelten schon seit Jahrhunderten vor sich hin. Und noch nie hatte sich ein Restaurator mit den Gemälden befasst. Ihre Eltern gehörten zur adligen römischen Oberschicht und besaßen wie selbstverständlich ein großzügiges Stadtpalais und einen weitläufigen Landsitz in den Colli Romani bei Frascati. Doch die Jahrhunderte, seitdem es zuletzt ein Mitglied der Familie Santini auf den Stuhl Petri geschafft hatte, waren nicht spurlos an Vermögen und Besitz vorübergegangen. Diverse Mesalliancen, teure Scheidungen, Finanzkrisen und verfehlte Spekulationen hatten die Familie schwer gebeutelt, hatten sie Villen, Schlösser, Landsitze, Gemälde, Skulpturen und Schmuck gekostet. Zeitweise mussten ihre Eltern sogar das Gartenhaus als Feriendomizil anbieten oder die Villa als Filmset für eine amerikanische Serie vermieten. Dennoch pflegten die Santinis ihren guten Namen mit größter Hingabe. Auf die «Bella Figura» kam es schließlich an, auf das prächtige Äußere – wie überall in Italien. Und ihre Mutter ließ es sich nie nehmen, bei passenden Anlässen zu repräsentieren, als würde man sich noch in der Barockzeit befinden.

«Kommen Sie nur herein», flötete sie. «Sie nehmen doch einen Aperitif, nicht wahr, Monsieur de Montvert – wie rede ich Sie denn mit Ihrem korrekten Adelstitel an?»

«Sagen Sie doch einfach Nicolas, verehrte Contessa, mit ihrem Stammbaum kann sich meiner sowieso nicht messen.»

«Aber, aber», Signora Santini lächelte geschmeichelt, «Sie zählen doch immerhin auch zu einer der angesehenen Familien Frankreichs – wir haben ein bisschen recherchiert, nicht wahr, Odoardo?»

«Du hast recherchiert, Liebes», sagte Odoardo resigniert und gab Nicolas die Hand.

«Und daher weiß ich auch, dass Sie, natürlich um mehrere Ecken, mit dem Sonnenkönig verwandt sind ...»

«Ach ja?» Nicolas wirkte etwas irritiert.

«Natürlich. Und dass Ihre Familie noch einige der alten Schlösser an der Loire besitzt. Ist das *romantisch*!» Sie seufzte.

Der große geschnitzte Holztisch im Esszimmer bog sich unter Austern, Kaviar, Langusten. Ihre Mutter schien sich einiges von diesem Abend zu erhoffen – und Giulia ahnte auch, was: eine baldige Traumhochzeit in Weiß mit allem Brimborium und sämtlichen Anverwandten der römischen Oberschicht. Und bald darauf jede Menge adliger und standesgemäßer Enkel, lauter kleine Gräfinnen und Grafen de Montvert ... Ob Nicolas überhaupt ahnte, auf was er sich da einließ?

«Chère Madame, ich hoffe doch sehr, Sie haben sich nicht nur für uns all diese Mühe gemacht – welch ein prachtvolles Essen, und welch ein entzückender Raum. Auch diese Fresken hier dürften echt sein, nicht wahr? Sind sie auch von Carracci?»

«Nein, diese hier sind von einem gewissen Salviati. Aber wenn Sie darüber Genaueres wissen wollen, können Sie bestens mit meiner Tochter fachsimpeln. Sie hat Ihnen doch sicher schon ihren Doktor in Kunstgeschichte, ihre Promotion in Philosophie und ihr Stipendium in Oxford unter die Nase gerieben. Außerdem natürlich ihre Sprachkenntnisse in Arabisch, Japanisch und Chinesisch ... Ich sage immer: Zu viel Bildung macht eine Frau nicht unbedingt attraktiver. Gott sei Dank kann unsere Giulia-Antonia diese sehr unsinnlichen Reize mit ihrer Schönheit und vor allem ihrer Herkunft ausgleichen. Wussten Sie übrigens, dass einer unserer Vorfahren mit dem berühmten Papst Julius II. verwandt war, der die Sixtinische Kapelle gebaut hat?»

Giulia fühlte, dass sie kurz vor der Explosion stand. Sie sah zu Nicolas, der ihr hinter dem Rücken ihrer Mutter liebevoll zuzwinkerte.

«Komm doch einmal her, Chérie, dann mache ich ein Familienfoto von euch allen. Hier, gleich hier, vor diesem wunderbaren Fresco und dem Diwan.» Nicolas zückte seine kleine Kamera, ein glänzendes und kostbares Spielzeug. «Meine Verehrung, gnädige Contessa. Wie Sie und Ihr werter Gemahl die Tradition bis in unsere Tage weitertragen ... Das ist sicher mit vielen Entbehrungen verbunden, denn ein Familiensitz wie dieser will auch gepflegt werden und ist natürlich auch nicht mehr wirklich auf das Komfortbedürfnis der heutigen Zeit ausgerichtet.»

«Da sprechen Sie ein wahres Wort, verehrter Graf Nicolas. Allein die Wartung dieser vorsintflutlichen Heizung ... und stellen Sie sich vor, in einigen Zimmern haben wir tatsächlich nur die gemauerten Kamine, die an kühlen Tagen wie heute immer geschürt werden müssen, ich sage Ihnen ...»

Giulia entschuldigte sich und verschwand für zehn Minuten im Badezimmer. Sie setzte sich auf den Badewannenrand. Wie sie den Abend überstehen sollte, war ihr noch nicht ganz klar. Sicher war jedoch: Noch nie hatte einer ihrer Verehrer so uneingeschränkte Begeisterung bei ihrer Mutter ausgelöst wie Nicolas. Kein Wunder: Er war weltgewandt, reich und adelig, er verkehrte in den höchsten Kreisen. Und er würde sie auf Händen tragen. Kaum zu glauben, dass sie ihn endlich gefunden hatte: Mr. Right. Nach so vielen Jahren der Irrwege.

Sie musste lächeln, als sie an den vergangenen Sommer dachte. Erst ein paar Monate war es her, und doch fühlte es sich an, als wären Jahre vergangen. Damals hatte ihr ausgerechnet ein frommer Franziskanerpater eine emotionale Höllenfahrt beschert. Mit seiner schwärmerischen Romantik und seinem Hundeblick. Sie sah Francesco wieder vor sich, bei diesem verhängnisvollen Straßenfest in Monti. Er hatte ihr von seinen heimlichen Träumen erzählt, von Familie und Kindern, er hatte sie nach Hause gebracht, zu Fuß durch die ganze Stadt. Sie waren einen Umweg gegangen, am Tiber entlang, im Stockdunkeln. Sie waren betrunken, vom Wein, von der Musik, vom Sommer. Sie hatten so viel gelacht wie noch nie. An ihrer Haustür waren sie stehen geblieben und hatten sich unterhalten, bis die ersten Marktleute mit ihren Kisten auf den Campo de' Fiori rumpelten. Sie hatten …

… aber es war müßig, darüber nachzudenken. Der vergangene Sommer kam ihr mindestens so weit weg vor wie ihre Studentenzeit. Jetzt war sie erwachsen. Sie war auf Reisen gewesen, sie war herausgekommen aus diesem Dorf, das sich Rom nannte, sie hatte einen aufregenden Mann kennengelernt. Bei Nicolas fühlte sie sich aufgehoben und geborgen, er war charmant, ironisch, witzig. Und, nicht zu vergessen: gnadenlos attraktiv. Sie hatte sich endgültig für den geradlinigen Weg entschieden: nicht für ein herzrasendes Hals-über-Kopf-Abenteuer mit Heimlichkeiten und unrealistischen Gefühlen, mit moralischen Zweifeln und stundenlangen selbstquälerischen Diskussionen.

Sie würde tatsächlich heiraten, zum ersten Mal konnte

sie es sich vorstellen. Es fühlte sich gut an. Und ausnahmsweise würde sogar ihre Mutter glücklich sein.

Wenn das kein Wink des Schicksals war …

I

Petrus mochte Weihnachten.

Er mochte auch den Brauch, sich etwas zu schenken. Als er noch einfacher Pfarrer gewesen war, hatte er seine Rundgänge im Stadtviertel gerne genutzt, um zwischendurch nette Kleinigkeiten für Familie, Freunde und arme Schlucker aus der Gemeinde zu besorgen.

Was er dagegen überhaupt nicht mochte, waren die zahlreichen Pflichtgeschenke – an Staatsoberhäupter, geistliche Würdenträger und viele andere Freunde des Heiligen Stuhls. Im Vorratsraum stapelten sich Kartons mit trockenem Panettone, neapolitanischem Torrone, apulischen Orangenkeksen. Leider sehr wenig Limoncello und Vin Santo aus klostereigenen Betrieben, wie Petrus fand. Schlimmer noch als die Geschenkberge waren aber die unzähligen Weihnachtsgrußkarten. Gott sei Dank besorgten Giulia und Francesco alles, was benötigt wurde; Gott sei Dank assistierte Immaculata beim Verpacken.

Doch völlig ohne ihn konnte die Versandaktion leider nicht bewältigt werden.

«Wir gehen wie folgt vor», sagte Giulia und blickte auf den Kartonstapel, der sich vor der Bücherwand auftürmte. «Ich habe hier die Liste mit allen lieben Menschen, denen der Heilige Vater etwas schenken möchte. Von dieser Liste rufe ich einen Namen auf und nenne das Geschenk. Francesco, du suchst das Geschenk heraus und bringst es Schwester Immaculata.»

Sie sah hinüber in die andere Ecke des päpstlichen Arbeitszimmers. Dort saß Immaculata und streckte, hoch konzentriert, eine blitzende Papierschere wie eine Waffe in die Luft. Um sie herum lagen dicke Rollen mit Geschenkpapier und Bändern.

«Während Schwester Immaculata einpackt, schreibt der Heilige Vater einige freundliche Zeilen auf eine Karte. Schwester Immaculata befestigt sie dann am Geschenk. Währenddessen kümmern sich Francesco und ich schon um das nächste Geschenk. Alles klar?»

Petrus, der in der Mitte des Raums an seinem Schreibtisch saß, nickte bekümmert. «Wer ist denn heute dran?»

«Wir haben wie immer drei Kategorien: Staatsoberhäupter – Kardinäle und andere wichtige Geistliche im Vatikan und in aller Welt – Promis jeder Art, die uns im Verlauf des Jahres irgendetwas geschenkt haben. Mit wem wollen wir anfangen?»

«Beginnen wir mit den Wichtigtuern hier im Haus», sagte Petrus. «Dann haben wir es hinter uns.»

«Die Kardinäle also», sagte Giulia. «Wir machen einen Testlauf.» Sie zog eine Liste hervor. «Kardinal Bonito. Auf Wunsch des Heiligen Vaters bekommt er ein Buch: ‹Geistliche Betrachtungen über die sieben Todsünden›.»

Francesco wühlte im Geschenkstapel und brachte das Buch zu Immaculata. Petrus nahm seinen Füller heraus, beschrieb eine Karte und las vor: «*Für Sünden hast du dich doch immer besonders interessiert, mein Freund! Buon natale – Petrus.*»

«Etwas doppeldeutig», meinte Giulia.

«Mindestens vier Todsünden kennt er schon sehr gut», meinte Petrus missvergnügt. «Da wäre es doch schade, wenn er nicht auch mit den anderen Erfahrungen sammeln könnte.»

Immaculata wählte ein kardinalrotes Geschenkpapier und befestigte einen Stechpalmenzweig so, dass man sich beim Auspacken fast zwingend verletzen musste.

Nach dem siebzehnten Paket klingelte das Telefon. Petrus, erfreut über die Ablenkung, griff zum Hörer.

«Buona sera, mein Freund! Wie geht es euch in Valencia?»

«Es wird Zeit, dass die Hinrunde endet. Der FC wird seinen Tabellenplatz nicht mehr lang halten können, wenn das so weitergeht. Aber deshalb rufe ich nicht an. Du hattest mich nach einem Priester aus meiner Diözese gefragt. Juan Barceló. Er soll sich in Rom aufhalten.»

«Und?»

«Es gibt keinen Priester mit diesem Namen, der sich in Rom aufhält. Wir haben alles überprüft.»

Petrus versprach dem Bischof einen kleinen Zuschuss des Heiligen Stuhls für die Orgelrenovierung, bedankte sich vielmals und legte auf.

«Sie haben den Bischof von Valencia als Hilfsdetektiv angestellt?», fragte Giulia.

«In Juans Zimmer befand sich ein Foto der Kathedrale von Valencia», sagte Petrus. «Darum hätte es gut sein können, dass er aus dieser Diözese stammt. Aber das scheint nicht so zu sein. Auch seine theologischen Interessen sind verwirrend. Ich hatte in seinem Zimmer Hinweise gefunden, dass er sich mit dem Zölibat beschäftigt. Darum war ich mir sicher, dass er in der Universitätsbibliothek vor allem Werke zu diesem Thema ausgeliehen hat. Aber das war nicht so.»

«Sondern?» Giulia hatte ihre Listen zur Seite gelegt und sich im päpstlichen Lieblingsohrensessel niedergelassen.

«Er hat vor allem Bücher über die Borgias ausgeliehen.»

«Valencia», sagte Giulia nachdenklich. «Und die Borgias. Das passt.»

«Wie meinst du das?»

«Die Ursprünge der Borgias liegen in Valencia. Bevor die Familie nach Italien umgesiedelt ist, um im Vatikan Karriere zu machen, hatten sie ihr Machtzentrum in Valencia.»

«Das passt natürlich sehr gut zusammen», sagte Petrus nachdenklich. «Und es könnte zu weiteren Schlussfolgerungen führen.»

«Wie meinen Sie das?», fragte Giulia.

«Juan hat sich nicht nur Bücher über die Borgias ausgeliehen, sondern auch ...»

«Wir haben noch einen langen Abend vor uns», unterbrach ihn Immaculata. «Ich möchte nicht, dass es so ausgeht wie im letzten Jahr.»

«Wie ging es denn im letzten Jahr aus?», fragte Francesco.

«Der Heilige Vater fand nicht die Ruhe, um sich dem Kartenschreiben zu widmen. Darum musste ich mich dieser Aufgabe annehmen. Ich habe es gerne getan und sehr schöne Formulierungen gefunden. Auch Ihre Unterschrift ist mir gut gelungen.»

«Machen wir weiter», seufzte Petrus. «Sonst rufen mich wieder die ganzen Weihnachtstage hindurch verstörte Menschen an und fragen, warum sie in Ungnade gefallen sind.»

«Eine Weihnachtskarte kann ruhig auch einen kleinen Anstoß enthalten», dozierte Immaculata. «Eine Inspiration. Einen liebevollen Hinweis, das eigene Leben zu überdenken. Wie schrieb ich einigen Staatsoberhäuptern so schön? *Hell brennen die Lichter am Weihnachtsbaum, aber hell brennt auch das Fegefeuer. Und dort werden keine Bratäpfel geröstet, sondern Sünder wie Sie.*»

II

Giulia blätterte in der Pressemappe. Neben dem Üblichen (Finanzskandale, Marienerscheinungen, Weihnachtsvorbereitungen, Spekulationen über Heiligsprechungen, Vatikanintrigen, Wunderheilungen) beherrschte das Spukhaus die Medien. Eine Boulevardzeitung hatte sogar einen Exorzisten interviewt:

Halten Sie es für möglich, dass seit den Tagen der Borgias ein Fluch auf dem Palazzo lastet?

Exorzist: *Selbstverständlich. Viele historische Gebäude sind verflucht. Häufig merken es die Bewohner nicht, weil sie die Geistererscheinungen nicht wahrnehmen. Computer und Fernseher mit ihren elektromagnetischen Schwingungen lassen uns abstumpfen; wir werden unsensibel für übersinnliche Wahrnehmungen. Trotzdem macht sich der Fluch natürlich bemerkbar: Die Bewohner werden häufiger krank, verlieren ihr Vermögen, ihren Ehepartner.*

In dem Gebäude ist möglicherweise ein Verbrechen geschehen. Ein junger Spanier ist verschwunden. Sehen Sie einen Zusammenhang?

Exorzist: *Ich halte das für sehr wahrscheinlich. Vermutlich sind in diesem Gebäude vor Jahrhunderten bereits Gewalttaten geschehen. Diese destruktive Energie ist in dem Gebäude sozusagen gespeichert und bricht immer wieder durch. Wenn der Palazzo das Töten gewissermaßen gelernt hat, wird er es nie vergessen.*

Kann man etwas tun, um den Fluch zu bannen?

Exorzist: *Es gelingt häufig, einen verfluchten Menschen zu heilen. Oder ein einzelnes Zimmer. Aber einen Palazzo, der seit Jahrhunderten unter dem Bann steht? Das ist eine Aufgabe, die viele erfahrene Exorzisten über Jahre beschäftigen wird. Und der Erfolg ist ungewiss. Ich empfehle den Bewohnern dringend, sich eine neue Wohnung zu suchen.*

III

Petrus suchte in seinem Notizbuch nach der Nummer des römischen Polizeipräsidenten. Signor Gonfio war ein stattlicher Mann, der es liebte, in Galauniform – über und über behängt mit Orden – an der Spitze von Paraden zu marschieren und leutselig in die Menge zu grüßen. Über seine Talente als Polizist gab es in Rom unterschiedliche Meinungen.

Über einige Umwege steuerte Petrus sein Thema an.

«Selbstverständlich werden wir ermitteln», dröhnte Signor Gonfio in den Hörer. «Eine Anzeige ist bislang nicht eingegangen. Aber natürlich werden wir von Amts wegen ermitteln. Immerhin ist ein junger Mann verschwunden – ein Priester, nicht wahr? Und es hat geraucht. An Spuk glaube ich natürlich nicht. Vermutlich steckt ein Verbrechen dahinter. In Kürze wird die Spurensicherung in dem Palazzo eintreffen.»

«Ich wollte noch eine andere Angelegenheit mit Ihnen besprechen», sagte Petrus schnell. «Kennen Sie den ‹Großorden der allerheiligsten Tempelritter am Grabe des Herrn zu Jerusalem›?»

«Ich habe davon gehört», sagte Signor Gonfio aufgeregt. «Die Nachfahren der alten Tempelritter, nicht wahr?»

«Sozusagen», antwortete Petrus. «Es handelt sich um eine Versammlung einflussreicher katholischer Männer. Italiener vor allem. Industrielle, Politiker und so weiter. Natürlich veranstalten sie keine Kreuzzüge mehr. Sie sammeln Spenden, gründen Krankenhäuser und dergleichen. Und veranstalten schöne Reisen in schöne Hotels. Eine illustre Gruppe. Gerade ist ein Platz frei geworden; der frühere italienische Botschafter in Washington ist verstorben. Und da habe ich mich gefragt ...»

«Ich fühle mich sehr geehrt!», trompetete Signor Gonfio in den Hörer.

«Die Mitglieder tragen ein schmuckes Ordenskreuz», fuhr Petrus fort. «Ein goldener Stern umrahmt ein silbernes Kruzifix. An einem blauen Samtband. Es sieht sehr würdevoll aus. Und das ist auch angemessen – denn die Mitglieder des Ordens sind Stützen des Glaubens. Sie schützen die Kirche vor Verfolgung und übler Nachrede.

Denn dazu kommt es immer häufiger in diesen Tagen. Nehmen Sie nur die Sache mit dem Palazzo: Sobald die Polizei ermittelt, werden die Medien noch mehr über den verschwundenen Priester spekulieren. Und wer weiß – vielleicht handelt es sich bei diesem Juan wirklich um ein verirrtes Schaf? Sofort werden sensationslüsterne Sender und Gazetten den Zeigefinger erheben und auf die Kirche zeigen. Und dann ...»

«In meiner Verantwortung für den katholischen Glauben», sagte Signor Gonfio würdevoll, «werde ich die Ermittlungen noch etwas, nun ja, hinausschieben. Natürlich kann ich sie nicht einfach einstellen. Ich habe ja auch eine Verantwortung vor dem Gesetz. Aber ich könnte etwas abwarten, sagen wir ...»

«... einige Monate?» Petrus lehnte sich, dankbar über Signor Gonfios rasche Auffassungsgabe, in seinem Lieblingsohrensessel zurück. «Möglicherweise ist dieser Juan bis dahin längst wieder da. Möglicherweise steckt auch keine Gewalttat dahinter. Möglicherweise hat sich Juan nur – wie soll ich sagen – eine kleine Auszeit gegönnt ...?»

«So betrachtet», sagte Signor Gonfio, «wäre es Verschwendung von Steuergeldern, wenn man ermitteln würde. Darum, Heiliger Vater, werde ich auf Ermittlungen ganz verzichten. Ein Diener Gottes ist verschwunden. Nicht die weltliche Macht soll ihn richten, wenn etwas vorgefallen ist, sondern der Herr selbst.»

«Amen», sagte Petrus.

IV

Die Hexen flogen mit lautem Gekrächze über ihre Köpfe hinweg. Struppig und langzahnig, mit geflickten, bunten Röcken und filzigen Haaren. Sie streiften Nicolas mit ihren Besen – und der zuckte erschrocken zusammen.

«Was ist denn das?», fragte er erstaunt und wies nach oben. «Ich dachte, das hier ist ein Weihnachtsmarkt – dabei geht es zu wie auf einer Halloweenparty ...»

«Nun, mein Lieber, dann lass dir von einer alten Römerin erklären, dass du gerade mit einer ‹Befana› zusammengestoßen bist. Der Legende nach hat die alte Hexe Christi Geburt verpasst. Sie konnte das Jesuskind nicht finden, weil sie zu spät aufgebrochen ist. Da waren die Heiligen Drei Könige schon weg und der Stern von Bethlehem erloschen. Seitdem sucht die Alte jedes Jahr wieder nach dem Christkind und steckt den italienischen Kindern am 6. Januar, also an ‹Epiphanias›, Süßigkeiten in den Strumpf. Voraussetzung allerdings: Sie waren brav. Sonst gibt es nur Kohle für die kleinen Bösewichter.»

Giulia hakte sich bei Nicolas unter.

«Aber die italienische Süßigkeitenindustrie hat auch für diesen Fall vorgesorgt», fuhr sie fort. «Siehst du hier?» Sie wies auf einen der kleinen Marktstände, die rings um die ovale Piazza Navona herumstanden. Zwischen all dem Marzipan und Weihnachtsnougat lagen in Tütchen verpackte, pechschwarze Kohlestückchen.

«Das ist ‹carbone dolce›, süße Kohle. Die Dinger sind wahnsinnig pappig und bestehen, glaube ich, vor allem aus Eiweiß und Zucker. Aber die Kinder sind ganz verrückt danach.»

«Mir ist auch schon ganz komisch von diesem ganzen

Zuckerwatte-Schmalzgebackenem-Glühwein-Gewaber», sagte Nicolas. «Dazu überall die knallbunten Luftballons, das Gedudel der Straßenmusikanten – und jetzt auch noch die Hexen. Weihnachten in Rom scheint ja eine recht schrille Angelegenheit zu sein.»

«Wie man es nimmt», sagte Giulia spitz. «Wenn du es besinnlicher willst, kannst du ja meinen Chef im Vatikan besuchen. Ich liebe den Markt hier, mit dem alten Karussell und den bunten Ständen.»

«Hey, Süße, du wirst mir doch nicht böse sein? Komm, ich lade dich ein auf einen Drink. Wo geht der römische Adlige denn hin um diese Uhrzeit, werte Contessa?»

«Der intellektuelle und kunstinteressierte römische Adlige geht natürlich ins Antico Caffè della Pace», sagte Giulia und zog Nicolas mit sich in eine Seitenstraße hinein.

Im Schatten der weißen Fassade der Kirche Santa Maria della Pace lag das mit Efeu überwachsene Café. Einige todesmutige Touristen saßen draußen auf der Straße unter Heizpilzen, aber Giulia schob Nicolas entschlossen ins Innere.

«Wow, das nenne ich aber mal einen Standortfaktor», sagte Nicolas, als sie an einem der kleinen Fenstertische Platz nahmen. «Das ist doch alles noch echter Jugendstil, oder?» Er wies einmal rundum, von der schweren Balkendecke bis zum pompösen Tresen mit den zierlichen Bronzefiguren. «Und das mitten in Rom. Zentraler geht's ja kaum. Das muss eine Goldgrube sein.»

«Ja, das ist es auch. Allerdings war es genau deswegen schon öfter von der Schließung bedroht. Der Eigentümer wollte ein Luxushotel daraus machen. Dabei ist das Café eine echte Institution in Rom: Federico Fellini ist hier ein und aus gegangen, diverse Päpste, Prominente und berühmte Filmstars …»

«Siehst du, Chérie, das sind alles Leute, die entweder tot oder wahrscheinlich steinalt sind. Aber so eine Location muss doch leben. Natürlich ist die alte Theke hier charmant. Aber der Rest müsste dringend mal restauriert werden. Draußen bröckelt der Putz und wird nur noch durch den Efeu zusammengehalten. Ich schätze die gesamte Immobilie auf einen Wert von, na ja, sagen wir …»

«Du redest immer nur von Wirtschaftlichkeit, von Kaufpreisen und Standortfaktoren. Aber hier schlägt das Herz dieser Stadt. Die alten Herren dahinten», Giulia deutete auf den Tisch in der Ecke, «kommen schon seit ihren Studientagen hierher, sie haben an diesen Tischen Marxismus und Leninismus diskutiert, sie haben Revolten angezettelt und für die Freiheit der Kunst gestritten. Nun sind sie immer noch jeden Tag hier und lesen Zeitung. Und wenn du dich zu ihnen an den Tisch setzt, kannst du noch erfahren, wie es damals wirklich war mit Marcello Mastroianni und Anita Ekberg und dem ganzen Dolce Vita …»

«Das Dolce Vita lebe ich hier und jetzt mit dir, meine Angebetete! Und deshalb frage ich dich jetzt auch, ob du in der Zwischenzeit schon ein schönes Heim für uns gefunden hast?»

«Oh, sprich mich nicht darauf an. Ganz so schlimm habe ich es mir nicht vorgestellt. Die Makler verkaufen einem wirklich jede Bausünde als antike Villa.»

«Neulich habe ich doch was gelesen, warte mal, jetzt erinnere ich mich: In der Zeitung stand etwas von einem alten Kasten im Zentrum …»

«Hör bloß auf mit diesem Palazzo. Ich träume nachts schon schlecht.»

«Wieso, was hast du denn damit zu tun?»

«Eine ganze Menge. Zufällig wohnen in diesem Palast nämlich die Schwestern meines Chefs.»

«Na und, bist du jetzt auch noch für die Familienpflege zuständig?»

«Nein, natürlich nicht. Aber in diesem Haus ist möglicherweise ein Mord geschehen. Angeblich spukt es, und der ein oder andere Bewohner könnte auch gut aus einem Gruselfilm stammen ...»

«Hey, wie aufregend, und so etwas verschweigst du mir? Du erzählst immer nur von Pressekonferenzen und Heiligsprechungen und Bischofsweihen. Und die wirklich interessanten Dinge behältst du für dich?»

«Sie sind ja auch nicht für die Öffentlichkeit bestimmt ...»

«Ach, und ich bin wohl die Öffentlichkeit ...»

«Du weißt doch, wie ich das meine. Die Sache ist streng geheim, wenn die Zeitungen noch mehr Wind von der ganzen Geschichte bekommen, haben wir wirklich ein Problem. Ich habe schon den ganzen Tag damit verbracht, herauszufinden, wer diese Informationen der Presse lanciert hat. Ein ‹anonymer Hinweis› sei eingegangen, dass es sich bei dem Palazzo um ein Mord- und Spukhaus handle. Du siehst mich nicht mal mehr am Abend, wenn das so weitergeht, weil ich dann vierundzwanzig Stunden täglich mit Schadensbegrenzung beschäftigt bin.»

«Und den Schwestern des Papstes gehört der Palazzo?»

«Nein, um Gottes willen. Maria und Marta wohnen da zur Miete. Wer der Eigentümer ist, weiß ich auch nicht. Aber das Gebäude ist jetzt schon heruntergekommen, und bald wird da auch niemand mehr wohnen wollen. Maria und Marta sind schon in den Vatikan gezogen. Schade eigentlich, denn zur Renaissancezeit war das ein prächtiges Gebäude. Es geht sogar das Gerücht, dass es früher mal der Familie der Borgias gehört hat.»

«Du machst mich neugierig, Chérie. Weißt du was, ich habe eine Idee: Ruf mich doch an, wenn du das nächste Mal hinfährst. Gern auch spontan. Ich habe ein Faible für diese alten Kästen ...»

«Und ich dachte schon, du hättest ein Faible für mich.»

I

Petrus hatte das Schwert aus dem blutigen Betttuch gewickelt und auf seinen Schreibtisch gelegt.

Auf dem silbernen Metall prangten braunrote Blutflecken.

Auf dem Leinenstoff ebenfalls.

Und damit stellte sich die Frage, ob es sich um dasselbe Blut handelte. Diese Frage konnte ihm die Polizei beantworten, die er aber aus dem Spiel lassen wollte. Und darum blieb nur sein alter Schulfreund, Dottore Frascati, der bis gestern im Skiurlaub in Cortina d'Ampezzo geweilt hatte.

Petrus wählte, erkundigte sich nach Frascatis Befinden und unternahm – geschickt getarnt, wie er fand – einen kleinen Vorstoß.

«Nein, mein Freund», sagte Dottore Frascati entschieden. «Heute nicht, morgen nicht und auch nicht übermorgen. Ich war zwei Wochen im Urlaub, die ganze Klinik ist voll, ich habe mehrere schwierige Operationen. Bitte versteh das.»

Petrus schnaubte missmutig in den Hörer.

«Ein gemütliches adventliches Beisammensein. Eine Flasche Wein. Anekdoten aus alten Zeiten.»

«In den Weihnachtstagen sehr gerne. Aber nicht jetzt.»

Mit Giovanni Frascati, dem Chefarzt der Gemelli-Klinik, war Petrus seit Kindertagen befreundet. Als Trastevere noch den Römern und nicht den italophilen Amerikanern und den schwerreichen Russen gehörte, hatten sie mit Giovannis geflicktem Lederball viele Stunden auf der Piazza gekickt. Er hatte Giovanni immer in seine Mannschaft gewählt: Der schmalbrüstige Brillenträger war, obwohl nicht gerade zweikampfstark, technisch sehr versiert; häufig gelangen ihm phantastische Freistöße. Später hatte Giovanni Medizin studiert und sich einen guten Ruf erarbeitet. Es lag nicht nur an seinem guten Kontakt zum Heiligen Vater, dass er schließlich zum Chefarzt der päpstlichen Gemelli-Klinik berufen wurde. Dort vollbrachte er regelmäßig medizinische Wunder, hatte aber kaum mehr Zeit für seinen Fürsprecher.

«Abgesehen davon ...», sagte Giovanni Frascati zögernd.

«Was meinst du?»

«Es steckt sicher wieder irgendetwas dahinter. Du brauchst etwas von mir, nicht wahr?»

Petrus zögerte. Es war schon einige Male vorgekommen, dass er Giovanni in besonderen, meist diskreten Fällen zu Rate gezogen hatte – bei dem üblen Anschlag auf seinen Freund Kardinal Rotondo beispielsweise. Und auch diesmal ging es ihm, wie Giovanni ganz richtig vermutete, nicht nur um eine vorweihnachtliche Plauderstunde über alte Zeiten.

«Wenn du nicht zu mir kommen kannst», sagte Petrus, «werde ich zu dir kommen.»

«Wie meinst du das?»

«Mach dich auf etwas gefasst. Morgen. Du wirst schon sehen.»

II

Nicolas fuhr bewundernd über das steinerne Treppengeländer und prüfte den Marmor mit seinen Füßen.

«Das ist ja wirklich superb, so riesig habe ich mir den Kasten gar nicht vorgestellt.»

«Damals hat man eben ein bisschen großzügiger gebaut und auch noch an die Aussicht gedacht.» Giulia wies nach oben, wo in verblichenen Farben das Deckenfresko vor sich hin bröckelte. Staub tanzte in der Morgensonne.

«Das ist ja großartig, das muss ich unbedingt für meinen Vater fotografieren. Mon père ist ja immer noch ganz verrückt nach alter Kunst.»

Nicolas zückte sein Handy.

«Oben im ersten Stock gibt es auch noch einiges zu sehen», sagte Giulia. «Über dem einen Portal ist sogar ein Medusenhaupt aus Marmor. Also, amüsier dich gut, Tesoro, aber bitte geräuschlos. Und bleib in der Nähe. Wenn ich um Hilfe schreie, hat mich die Autorin gerade mit ihrem Schwert gemeuchelt …»

Giulia stieg die Treppen weiter hinauf und betrachtete gerührt von oben, wie Nicolas, begeistert wie ein kleines Kind, die dicken Putten und Vasen an der Treppe fotografierte. Sie war froh, dass er mitgekommen war, Eve schien ihr doch etwas unberechenbar.

Schon auf dem Flur hörte sie das Klackern der alten Schreibmaschine. Die Tür war wie immer nur angelehnt. Nach einem kurzen Klopfen trat sie ein.

«Hallo, Signora Valloncourt – dürfte ich Sie kurz sprechen?»

Das Klackern verstummte.

«Ah, das Rehlein von neulich. Komm doch herein, Herzchen, setz dich zu mir. Darf ich dir einen kleinen Scotch anbieten?»

Noch bevor Giulia antworten konnte, hatte sie sich von ihrem Stuhl gehievt, die Flasche vom Servierwagen genommen und ihr – und vor allem sich selbst – einen großen Schluck eingeschenkt. Das Zimmer schien Giulia noch vollgestopfter als beim ersten Mal. Die Vorhänge waren fast ganz geschlossen, obwohl heute der Himmel leuchtete. Draußen saßen die Touristen auf der Piazza im Sonnenschein, drinnen saß Eve de Valloncourt im Halbdunkeln bei Kerzenlicht, eingewickelt in mehrere Lagen farbige Tücher, und erweckte die Gräuel der Familie Borgia zum Leben.

«Nun, Engelchen, du kannst wohl nicht genug bekommen von meinen Geschichten ...»

«Tatsächlich musste ich noch viel über Lucrezia, Cesare und den armen Juan nachdenken.»

«Der arme Juan.» Abwesend wiegte die Autorin den Kopf hin und her. «Stört es dich, wenn ich rauche, mein Zuckerschneckchen?»

Die Frage war rhetorisch gemeint, denn schon entzündete sie in einer schmalen Pfeife mit Löwenkopf ein eigenartig riechendes Kraut, das sie gierig in sich hineinsog.

«Warum sitzen Sie hier eigentlich im Dunkeln, während draußen die Sonne scheint?», fragte Giulia, die am liebsten zum Fenster gestürzt wäre, um die Flügel aufzureißen.

«Eine vortreffliche Frage, Sweetheart.» Sie sah Giulia an, als würde sie sie zum ersten Mal wahrnehmen.

«In meinen Büchern reise ich an fremde Orte und Zeiten, ich tauche ein in eine Welt, die nur in meinem Kopf existiert. Ich muss sie zum Leben erwecken, formen, nach meinen Vorstellungen. Ich muss das alles spüren, die Leidenschaft, die Gewalt, den Tod. Ich muss es so verinnerlichen, als hätte ich es selbst getan, als hätte ich selbst geküsst, geliebt, getötet.» Sie lächelte überlegen.

«Das verstehst du wahrscheinlich nicht, mein Kätzchen. Aber eben dazu brauche ich absoluten Rückzug, absoluten Schutz vor der Gegenwart da draußen, denn sie ist nicht meine Welt. Meine Leser spüren das, spüren, dass ich mit meinem Herzblut schreibe, mit meiner eigenen Wahrhaftigkeit, dass ich das, was ich wiedergebe, selbst erlebe.»

«Da sind Sie ja hier genau richtig: Es geht das Gerücht, dass dieser Palazzo tatsächlich einmal den Borgias gehört hat.»

«Bravo, meine Süße, du hast deine Hausaufgaben gemacht. Ja, dieser Palazzo war einmal im Besitz der Borgias, Papst Alexander hat ihn erbauen lassen – für seine Kinder. Ich habe das nach langer Recherche in einer alten Quelle entdeckt, es hat ewig gedauert, bis ich diesen Palazzo ausfindig machen konnte. Monate. Aber welch ein Glück, dass ich dann diese Wohnung hier mieten konnte. Ich schrieb damals noch an einem Buch über Kaiser Nero, über sein goldenes Haus, seine homosexuellen Neigungen und seine Liebschaft mit einem als Frau verkleideten Eunuchen: ‹Brennende Leidenschaft› – ein Riesenerfolg!» Sie strahlte. «Doch es dauerte nicht lange, da hatte der Geist dieses Hauses mich erfasst. Ich forsche über das Leben der Borgias, über die geheimen Lüste der Lucrezia und ...»

«... den schönen Juan, der so grausam sterben musste ...»

Eve sah sie für einen Moment irritiert an.

«Ja, Juan. Der Liebling seines Vaters, des Papstes. Davon sprachen wir ja schon beim letzten Mal. Aber weißt du, mein Schäfchen» – sie beugte sich vertraulich nach vorne, ihr Atem roch nach Alkohol – «manchmal sind die Dinge anders, als sie zunächst scheinen. Natürlich habe ich gedacht, die Geschichte wäre einfach zu erzählen: dort der grausame Cesare, hier sein tugendhafter Bruder Juan. Schwarz und weiß, wie ich es liebe. Und meine Leser im Übrigen auch. Aber dann ...»

Sie stand auf und fing an, im Zimmer herumzugehen, schlafwandlerisch fast, den Blick nach innen gerichtet, als wäre sie an einem ganz anderen Ort.

«... dann habe ich gesehen, dass Juan, meine Lichtgestalt, der Held meines Romans, dass Juan ein Opfer seiner eigenen Leidenschaft wurde. Er konnte nicht anders, er fühlte sich zu Lucrezia hingezogen, obwohl er es nicht durfte, und je mehr sie ihn abwies, umso mehr entflammte er für sie. Er bedrängte sie immer und immer wieder. Bis zum Äußersten ...»

Sie sah Giulia mit starrem Blick an.

«Ich habe es erlebt, ich habe es selbst gesehen, wie er über sie hergefallen ist.» Erschöpft sank Eve auf ihrem Sessel nieder. «Aber sie hat sich gewehrt. Sie hat es ihm heimgezahlt – und wer sollte sie dafür zur Rechenschaft ziehen?»

«Das wäre aber tatsächlich eine ganz neue Interpretation der historischen Borgia-Geschichte», sagte Giulia. Jetzt war der Moment gekommen, um einige provozierende Fragen zu stellen. «Und ich frage mich, was Sie dazu inspiriert hat.»

«Wie meinst du das, mein Engel?»

«War es vielleicht für Ihre Phantasie zu viel, als ausgerechnet in diesen Palazzo ein echter Spanier namens Juan einzog?»

«Aber, aber, Sweetheart ...!»

«Haben Sie die Wirklichkeit mit Ihrer Romanwelt vermischt?», fuhr Giulia fort. «Ist das Verbrechen möglicherweise nicht nur in Ihrem Buch, sondern auch im wirklichen Leben geschehen? Hier, nebenan, in diesem Palast?»

Eve sah sie überrascht an.

«Wie meinst du das, mein Mädchen?»

«Sie lieben es, sich in wirre Phantasien hineinzusteigern – das haben Sie doch vorhin selbst zugegeben. Wer sagt mir denn, dass Sie nicht die Kontrolle verloren und den echten Juan mit dem aus Ihrer Geschichte verwechselt haben?»

«Meinst du etwa, *ich* hätte ihn umgebracht – Juan, den Priester?» Sie lachte, ein lautes, röhrendes Lachen, verschluckte sich am Rauch und hustete, bis ihr Gesicht rot anlief.

«Schwerter haben Sie ja genug», sagte Giulia eisig.

«Ja, allerdings. Aber eins davon ist mir gestohlen worden.»

Die Autorin hatte sich wieder gefasst, kam auf Giulia zu und packte sie am Arm.

«Ich sage dir jetzt etwas, mein liebes Kind: Das Leben schreibt tatsächlich manchmal die besseren Romane. Auf die Beobachtungsgabe kommt es an. Und auf die richtigen Schlüsse, die man daraus zieht. Angenommen, es wäre wirklich so gewesen: Juan, der Spanier, zieht in dieses Haus.» Sie flüsterte nun und zog Giulia nah an sich heran. «Ein junger Mann, wild und ungezähmt. Ein Priester, Gott und dem Zölibat versprochen! Er verliebt sich, wie sollte er auch nicht, in einer fremden Stadt. Er verliebt sich, nein, er verfällt einem jungen Mädchen. Er ringt mit sich und seinem Glauben – und verliert. Für das Mädchen ist es ein Spiel, ein Zeitvertreib. Zu spät erkennt sie, wie ernst es ihm ist. Sie stößt ihn zurück – doch er ist schon verloren. Für ihn gibt es nur noch sie. Er nimmt sich mit Gewalt, was das Schicksal ihm verwehrt. Und die tragische Geschichte nimmt ihren Lauf ...»

Eve ließ Giulia ruckartig los.

«Angenommen, es wäre wirklich so gewesen – wäre das nicht eine phantastische Geschichte?»

III

Der Monsignore fühlte sich wohl im Vatikan.

Wie in seinem Renaissance-Palazzo konnte er ungestört durch gewaltige Säle und endlose Gänge tigern (nur die Alarmanlagen in den Vatikanischen Museen störten – das gab es im heimischen Palazzo nicht). Die Dachböden des päpstlichen Palasts boten einen vergleichbaren Mäusevorrat. Und auch hier gab es einen Menschen, der sich aufopferungsvoll um ihn kümmerte ...

«Er frisst nicht richtig», sagte Francesco besorgt. Von der hochwertigen biologischen Katzennahrung hatte Monsignore nur genascht, war dann in Francescos Zimmer marschiert und hatte es sich auf dem Bett gemütlich gemacht.

«Vielleicht der falsche Fressnapf?», sagte Marta. «Er frisst sonst immer aus seiner weißen Schüssel mit den roten Punkten ...»

«... ja, sie steht in der Küche, also bei uns im Palazzo, gleich neben dem Herd ...»

«Ich hole sie ihm», sagte Francesco eifrig.

«Wir geben Ihnen unseren Schlüssel ... Am besten, Sie fahren gleich hin, dann könnte er sein Abendessen schon wieder aus seinem gewohnten Napf einnehmen.»

«Und könnten Sie vielleicht bei der Gelegenheit die rosa Wolle holen ... im Strickkorb neben dem Fernseher ...»

«... und wenn es Ihnen nicht zu viel wird, vielleicht noch das Kochbuch unserer Mamma? Es ist braun, ein bisschen zerfleddert und liegt ...»

«... in der Küchenschublade.»

Mit der Vespa waren es nur wenige Minuten. Die Wintersonne stand schon tief und tauchte die engen Gassen in ein milchiges Licht. Im Treppenhaus huschte Lucia an ihm vorbei und ignorierte ihn vollkommen. In der Küche fand Francesco die rot gepunktete Schüssel, in der Schublade das Kochbuch, das fast auseinanderfiel. Und neben dem Fernseher die rosa Wolle. Vorsichtshalber packte er gleich den ganzen Strickkorb ein. Als er fast am unteren Treppenabsatz angekommen war, hörte er die Stimmen.

Irgendwo von oben.

Bartolomeo: laut und gereizt.

Lucia: wütend und verletzt.

Sie waren gut zu verstehen. Jeder, der durch das Treppenhaus ging, musste Zeuge des Gesprächs werden.

«... und ich sage dir, die geben nicht auf, und jetzt haben wir auch noch die Polizei am Hals.» Bartolomeo, unüberhörbar. «Allein dieser Auflauf neulich nachts ...»

«Jetzt beruhig dich doch mal ...»

«Ich soll mich beruhigen? Beruhigen soll ich mich?» Bartolomeo wurde noch lauter. «Das ist schon immer deine Taktik gewesen, oder? *Take it easy*. Wenn dir der junge Spanier feurige Augen macht: *Take it easy, Bartolomeo, wir leben doch nicht mehr im Mittelalter*. Wie der um dich herumscharwenzelt ist. *Stella* hier und *Stellina* da, und das alles in seiner lispelnden Aussprache. Ganz zu schweigen davon, was in der Nacht passiert ist, als ich euch zu zweit erwischt habe. *Oh, er wollte mir nur was in seinem Buch zeigen, Tesoro.* Von wegen. Die Hand hatte er schon auf deinem Rücken und war dabei, dich auszuziehen ...»

«Hey, jetzt mach aber mal einen Punkt.» Das war die Stimme Lucias, sie klang ziemlich aufgebracht. «Du mit deiner ewigen Eifersucht. Wir sind nicht verheiratet. Und es geht dich überhaupt nichts an, was ich mit ihm mache.»

«Was willst du überhaupt mit dem kleinwüchsigen Kerl?»

«Das geht dich auch nichts an.»

«Am liebsten würde ich ihn ...»

«Wenn man dich so hört, könnte man glatt denken, du hättest etwas mit Juans Verschwinden zu tun.»

«Vielleicht habe ich das ja auch.»

Schnelle Schritte.

Eine Tür knallte.

Francesco strich nachdenklich über den Rand von Monsignores Futternapf und wiederholte den Streit in Gedanken, um Petrus möglichst wortgetreu berichten zu können. Dann ging er leise zu der großen Tür, die auf die Piazza hinausführte. Sie knarrte laut, als er sie öffnete.

I

Es war für einen Papst nicht ohne Risiko, die Gemelli-Klinik aufzusuchen. Irgendjemand bemerkte es, informierte die Medien – und einen Tag später spekulierte die ganze Stadt und bald darauf auch der Rest der Welt, ob mit dem Schlimmsten zu rechnen sei. Doch diesmal hatte Petrus die Medien selbst informiert und fiel kurz darauf, begleitet von mehreren Geistlichen und einem Tross Journalisten, in die Klinik ein.

«Der Heilige Vater betet heute Vormittag mit den Kranken und sammelt Wunschzettel für das Christkind ein», erläuterte Contessa Giulia der Presse. «Außerdem hat er der Klinik ein Geschenk mitgebracht, das er später Dottore Frascati überreichen wird.»

Petrus, glänzend gelaunt, hatte sich schon durch zwei Stationen gearbeitet, als er am Ende eines Ganges Dottore Frascati erblickte. Um sich keine Blöße zu geben, ging er nicht auf ihn zu, sondern klopfte nochmals an einigen Türen. Mit einem kleinen Jungen einigte er sich auf einen frommen Weihnachtswunsch («Einverstanden: Juventus Turin wird in diesem Jahr nicht Meister. Der liebe Gott kann Juventus sowieso nicht leiden; er hat es mir kürzlich verraten!»). Ältere Damen beglückte er mit Rosenkränzen; ältere Herren mit dem Anblick von Contessa Giulia.

Schließlich schüttelte er Giovanni Frascati die Hand: «Großartig siehst du aus. Wie ihr Ärzte das nur immer anstellt ...»

«Kommt mit auf einen Caffè ins Chefarztzimmer», brummte Frascati. «Wenn du schon einmal da bist ...»

«Nur zu gerne», strahlte Petrus. «Ich habe dir außerdem etwas mitgebracht.»

Aus einer übergroßen Papiertüte von Louis Vuitton (Leihgabe seiner Pressesprecherin) zog er ein riesiges, längliches Paket, das Giulia in musizierende Weihnachtsengel gewickelt hatte.

Während Petrus beglückt seinen Caffè in Empfang nahm, widmete sich Giovanni Frascati seiner Bescherung.

«Kannst du mir verraten, was ich damit soll?» Ratlos blickte Frascati auf ein blutverschmiertes Tuch, in dem ein ebenfalls mit Blutflecken versehenes Schwert lag.

«Ich wusste nicht, wie ich diese Dinge unauffällig in die Klinik schmuggeln sollte», sagte Petrus, immer noch hochzufrieden über seinen Coup. «Es handelt sich um Beweisstücke. In einem Mordfall. Ich müsste bald wissen, ob diese Flecken wirklich Blut sind. Menschliches Blut. Und ob sie von ein und derselben Person stammen.»

«Warum fragst du nicht die Polizei?»

«Ich habe Gründe.»

«Also hatte ich recht. Du wolltest nicht nur über alte Zeiten plaudern.»

«Das will ich auch. Aber, wie du schon festgestellt hast: In den Weihnachtstagen wird es ruhiger. Einstweilen brauche ich nur das Ergebnis deiner Untersuchung.»

II

Giulia strich den Zettel glatt und überflog die Liste mit Weihnachtsgeschenken.

«Irgendetwas völlig Geschmackloses» hatte sie neben dem Namen von Tante Eugenia notiert. Zufrieden setzte sie einen Haken neben diesen Punkt und betrachtete den Aschenbecher in Form des Vesuvkraters, der rötlich aufleuchtete, sobald man Zigarettenasche an seinem Rand abstrich. Tante Eugenias Hochzeitsreise, irgendwann in den frühen siebziger Jahren, hatte in den Golf von Neapel geführt; bei Familienfesten pflegte sie ausufernd von ihren unvergessenen Reiseeindrücken zu berichten und kam auch gerne, sobald sie den dritten Sherry weggeputzt hatte, auf Onkel Ottavios vulkanische Höchstleistungen zu sprechen, zu denen er sich bei dieser Gelegenheit aufgeschwungen hatte. Im letzten Jahr hatte sie Eugenia mit einer Körperwaage erfreut, die den Triumphmarsch aus «Aida» spielte, sobald man ein bestimmtes Gewicht unterschritt. Ein Volltreffer – Eugenia hatte die Waage auf 120 Kilo programmiert und sang seitdem, wie Giulia von ihrem derzeitigen Lebensgefährten wusste, jeden Morgen lauthals im Bad mit, wenn sie ihre 118 Kilo auf das Messgerät stemmte.

27 Namen umfasste die Liste.
26 Häkchen hatte Giulia gesetzt.

Sogar für Nicolas hatte sie etwas gefunden – eine wunderbare, sündhaft teure Uhr. Nur bei Francesco fehlte ein Häkchen. Noch nicht einmal eine Geschenkidee hatte sie notiert.

Giulia verstaute den Zettel in ihrer Handtasche, bestellte noch einen Caffè und sah auf die Piazza di San Lorenzo in Lucina hinaus. Es hatte geregnet; das alte Pflaster glänzte nass. Hinter der Bar drehte der Kellner plötzlich das Radio auf. Natürlich: Antonello Venditti sang sein sentimentales Weihnachtslied: «Regali di Natale».

Das Lied war schon einige Jahre alt, aber immer noch ein Dauerbrenner zur Weihnachtszeit. Sie erinnerte sich dunkel an das dazugehörige Musikvideo, in dem ein Mann sein Herz erst an eine oberflächliche Schönheit verliert, um dann zu seiner wahren Liebe zurückzukehren. Sie fühlte sich plötzlich melancholisch.

Die Passanten draußen hasteten mit großen Tüten in Richtung Corso. Alle waren fündig geworden, hatten Kaschmirpullover, Sprechpuppen und Schnellkochtöpfe erworben und eilten zufrieden nach Hause. Aber die Aufgabe dieser erfolgreichen Geschenkejäger war einfach gewesen: Eltern und Schwiegereltern, Tanten und Onkel, Brüder und Schwestern, natürlich die Freunde – da galten klare Regeln, gab es gültige Maßstäbe.

Sie dagegen musste einen Franziskanerpater beschenken, der ein Armutsgelübde abgelegt hatte und sich aus Materiellem tatsächlich nichts machte.

Sempre resterai nella mia mente. Sempre, sempre tu sei il mio regalo e sei per sempre ... Immer wirst du in meinem Kopf sein. Immer, immer, du bist mein Geschenk, und du bist es für immer ...

Antonello Venditti ließ sich auch nicht abstellen.

Sie musste einen Franziskanerpater beschenken, der zugleich Privatsekretär des Papstes war und darum keine Zeit hatte, irgendwelchen Hobbys nachzugehen.

Sie musste einen Franziskanerpater beschenken, der für Herrenbekleidung, modische Accessoires und alle Lieblingsspielzeuge (Uhren!) des italienischen Mannes schon deshalb nichts übrig hatte, weil man das alles unter seinem Mönchshabit nicht sah. Der geistliche Stand Francescos machte es schon schwer genug, ihm das passende Päckchen unter den Baum zu legen. Doch das eigentliche Problem bestand darin, dass man zu Weihnachten nicht nur einen Gegenstand in buntes Papier wickelt, sondern auch eine Botschaft.

Die Botschaft für ihren Vater, befestigt an einer Seidenkrawatte, lautete: Du bist seriös, makellos und ein klein wenig langweilig – aber unbestritten der allerbeste Papa der Welt.

Die Botschaft an Tante Eugenia erglühte im Vesuvkrater und hieß: Schön, dass es noch ein schwarzes Schaf gibt in der Familie – ich bin Mitte dreißig und habe keinen Mann, du bist Mitte sechzig, warst fünfmal verheiratet und hattest mindestens vierzig Männer.

Wie aber lautete die Botschaft für Francesco?

Giulia dachte über einen dritten Espresso nach, entschied sich dann aber für einen Cocktail. Der Alkohol musste richten, was das Koffein allein nicht vermochte.

Francesco.

Das Geschenk musste persönlich sein – keine Frage. Er hatte ein Recht darauf, dass sie, die ihn vermutlich wirklich besser kannte als jeder andere Mensch in Rom, nicht irgendeinen Espressokocher für ihn erwarb. Aber es durfte auch nicht zu persönlich ausfallen. Denn dann würde alles wieder schwierig werden, ausgerechnet jetzt, wo es gerade ein wenig unkomplizierter geworden war.

Die Botschaft musste ungefähr so lauten: Mein lieber Francesco! Wer weiß, was geworden wäre, wenn du dich nicht für ein Leben als Mönch entschieden hättest! Ich mag dich wirklich sehr, aber auch nicht zu sehr und vor allem auch nicht auf die falsche Art und Weise. Darum schenke ich dir heute kein unscharfes Ultraschallfoto in Schwarzweiß, auf dem dir ein kleines, ungeborenes Wesen zuwinkt, sondern etwas neutral Nettes. Nämlich ...

Nämlich was denn?

Alle Geschenke mit religiösem Bezug fielen aus. Sie würde sonst beim Schenken an das erinnern, was zwischen ihnen stand: an das Keuschheitsgelübde. An das Zölibat. An diese unsinnige Vorgabe, dass man Gott nur dann richtig lieben konnte, wenn man zugleich auf die Liebe zu einer Frau verzichtete und im Kreise brummiger Männer hinter hohen Klostermauern lebte.

Beten und arbeiten – statt leben und lachen.

Natürlich, das war ungerecht. Giulia nahm einen Schluck von ihrem Manhattan, den ihr der Barista gebracht hatte. Er war perfekt. Sie nahm einen zweiten Schluck. Die Bar war voll; dicht gedrängt standen Abgeordnete des nahen Parlaments, Journalisten, Geschäftsleute und Geschenkejäger vor dem Tresen und debattierten.

Sempre, sempre, tu sei il mio regalo ...

Also kein Geschenk mit religiösem Bezug – aber auch keines, das allzu weltlich ausfiel. Denn dann würde die Botschaft lauten: Lieber Francesco, sieh doch, wie bunt und schön, edel und kostbar all das sein kann, worauf du verzichtest. Nein, sie war keine heidnische Göttin, die den frommen Pilger von seinem Weg zu Gott abbrachte.

Das Geschenk musste ungefähr so ausfallen: persönlich, aber nicht allzu vertraut. Voller Respekt vor Francescos geistlichem Stand, aber nicht bieder. Keinesfalls teuer, aber nicht wertlos.

Sie könnte ihm einen selbstgehäkelten Buchumschlag schenken, den er wahlweise um ein Gesangbuch, ein Tagebuch oder ein Kochbuch wickeln konnte. Mit vielen kleinen Keuschheitsgürteln verziert, im Kreuzstich.

Giulia spülte die Bitterkeit mit einem letzten Schluck hinunter.

Sie hatte sich entschieden – für einen anderen Weg, einen anderen Mann. Jetzt würde sie sich auch noch für ein Geschenk entscheiden. Und zwar am heutigen Abend. Keine Ausreden, kein Aufschieben.

Sie winkte dem Barista, zahlte und ging.

III

Eines Tages hatte der Band auf seinem Nachttisch gelegen: «Weg mit dem Winterspeck! Abendgymnastik für die dunkle Jahreszeit».

Eine billige Provokation von Immaculata, die man am besten ignorierte. Petrus hatte das Büchlein ganz hinten in seiner Nachttischschublade verstaut und vergessen. Jetzt, nach ungefähr zehn weihnachtlichen Altersheimbesuchen (mit gut gefüllten Plätzchentellern), zahllosen Weihnachtsfeiern in den Pfarreien der Diözese Rom (mit gut gefüllten Plätzchentellern) sowie einigen Krisengesprächen mit aufsässigen Kardinälen (mit Pralinenkisten als Mitbringsel, um ihn milde zu stimmen) fiel ihm das Buch wieder ein.

Er schloss die Zimmertür ab und holte es heraus. Ein rüstiger, braun gebrannter Senior im Sportdress zeigte allerlei Beug- und Streckübungen. Einige erschienen ihm für Herren seines Alters nicht mehr geeignet, andere (es waren sehr wenige) konnte man zur Not versuchen.

Petrus, in seinen gestreiften Lieblingspyjama gewandet, stieg aus seinen Pantoffeln und begann:

Beugen – strecken.

Beugen – strecken.

Immerhin: Man entspannte sich dabei. Die Gedanken beugten und streckten sich mit, begegneten sich, erzeugten neue Gedanken. Petrus dachte an den bevorstehenden Festgottesdienst, an den Tabellenstand der Seria A, an seine Geschenkeliste. Und an den verschwundenen Juan.

Bei diesem Thema verweilten seine Gedanken.

Er referierte alles, was ihm Giulia und Francesco über ihre Gespräche mit den Palastbewohnern erzählt hatten. Er ging die Beweisstücke durch (blutiges Schwert, blutiges Betttuch). Und er versuchte, aus seinen Fundstücken ein lebendiges Bild von Juan zu konstruieren: von seiner Wesensart, seinen Interessen, seinen Zielen. Allmählich verdichtete sich das Bild. Er hatte die Auskunft des Bischofs von Valencia, nun musste er nur noch das Ergebnis der Untersuchung von Dottore Frascati abwarten. Und sich mit dem Lieferschein beschäftigen, den er unter der Kommode gefunden hatte. Er würde ihn dorthin führen, wo Juan seine Möbel gekauft hatte. Vielleicht würde er jemanden finden, der mit Juan gesprochen hatte – jemanden, der nicht zu der obskuren Hausgemeinschaft gehörte. Er würde vielleicht erfahren, nach welchen Kriterien Juan seine Möbel ausgesucht hatte – oder irgendetwas anderes, was ihm half.

Beugen – strecken.

Beugen – strecken.

Als er fertig war, standen ihm kleine Schweißperlen auf der Stirn.

I

Der Makler erinnerte an George Clooney und sprach tiefen römischen Dialekt. Seine Uhr war etwas zu protzig für George, aber die Zähne leuchteten genauso strahlend. Giulia kannte diesen Typus inzwischen: Er würde strahlendweiß lächeln, solange er das Gefühl hatte, dass man ins Geschäft kam. Sobald die Provision außer Reichweite schien, würde er sie mit irgendwelchen Ausreden seiner Assistentin übergeben und das Weite suchen.

«Ich suche eine Wohnung», sagte Giulia freundlich. «Oder ein Haus. Elegant, aber nicht protzig. Repräsentativ, aber nicht neureich. Im Zentrum oder zentrumsnah, aber nicht laut und schmutzig. Geräumig, aber nicht zu groß. Die Immobilie sollte ... etwas Besonderes haben. Ein Haus mit Geschichte vielleicht.»

George machte sich Notizen. Giulia war sich nicht sicher, ob er sie erkannt hatte. Ganz bestimmt hatte er bemerkt, dass sie nicht unverbindlich nachfragte, sondern sehr konkrete Pläne verfolgte.

Dieses Wissen beflügelte ihn sichtlich.

«Es war eine gute Entscheidung, uns aufzusuchen», begann er mit Pathos. «Wir können Ihnen eine Reihe von Objekten anbieten, die genau Ihren Vorstellungen entsprechen.

Da hätten wir zum Beispiel die ‹Villa Rosario›. Azurblau spiegelt sich das Meer in der Sommersonne, wenn Sie den Blick von der Terrasse schweifen lassen. Ein Sommertraum. Tagsüber sind es nur wenige Schritte zum Meer. Abends, bei einem Glas Wein, genießen Sie den Sonnenuntergang.»

«Wo befindet sich der Sommertraum?»

«In der Nähe von Ostia. Etwas südlich. Zum Zentrum ist es ein Katzensprung. Dreißig, fünfunddreißig Minuten.»

«Oder auch sechzig, siebzig – zum Beispiel im Berufsverkehr.»

«Das verlängert die Vorfreude auf den Sonnenuntergang, Signora.» Er reichte ihr ein Tablet mit einer Bildergalerie. Giulia klickte sich durch die Aufnahmen: ein geschmackloses postmodernes Marmorscheusal, Neuschwanstein mit antiken Einsprengseln, erbaut in den frühen 1980er Jahren aus Beton, den Wind und Regen zerfressen hatten.

Sie reichte das Tablet zurück: «Im Grunde ist es das, was ich suche, aber …»

«Das ist ja großartig, Signora!»

«… aber mit einigen kleinen Abweichungen: Den Sonnenuntergang würde ich gerne von einer Dachterrasse im Stadtzentrum genießen. Mit ‹historisch› meinte ich den Zeitraum vom 15. bis zum 19. Jahrhundert. Und Beton eignet sich meiner Meinung nach mehr für Autobahnbrücken.»

Ungerührt nahm der Makler das Tablet entgegen. «Sie suchen das, was alle suchen.»

«Ich weiß. Aber im Unterschied zu vielen anderen weiß ich ein historisches Gebäude wirklich zu schätzen. Ich bin Kunsthistorikerin. Ich bin in Rom geboren. Ich kann mich auch für ungewöhnliche, exzentrische Wohnungen begeistern. Vergessen Sie luxusrenovierte Bäder und den ganzen Kram. Es soll einfach … schön sein, verstehen Sie?»

George betrachtete sie nachdenklich. Dann griff er wieder zu seinem Tablet.

«Ich hätte vielleicht etwas für Sie», sagte er zögernd und suchte nach dem richtigen Ordner. «Das Objekt ist noch nicht auf dem Markt. Die Besitzverhältnisse sind noch etwas ... unklar. Aber mein Partner hat mir bereits Bilder übermittelt. Eine ungewöhnliche Immobilie: ein Palazzo aus der Renaissance, zentral gelegen. Aber – ich will völlig ehrlich sein – nicht sehr gepflegt.»

«Darf ich die Fotos sehen?»

«Aber gerne.»

Ein Treppenaufgang.

Ein Saal.

Der Marmorfußboden.

Alles kam Giulia vertraut vor. Natürlich, die Palazzi dieser Zeit ähnelten sich, aber in diesem war sie selbst schon gewesen. Sie suchte nach unverwechselbaren Einzelheiten, nach Kunstwerken, nach einem Fresko mit Himmelsblick, nach grünen, samtbezogenen Sesseln. Doch das war gar nicht nötig: Eines der Fotos zeigte den Blick aus dem Fenster. Ein kleiner Platz, die Markise eines Cafés. Ein Brunnen, auf dessen Rand vier Schildkröten balancierten, als drohten sie herabzufallen.

II

«Du wartest im Auto», sagte Petrus zu Francesco. «Ich gehe allein rein. Ein Priester und ein Franziskanermönch – das ist etwas viel Klerus auf einmal.»

Francesco nickte.

Petrus musterte sich im Rückspiegel. Er hatte seine größte Sonnenbrille gewählt und die spärlichen Haarsträhnen nicht nach hinten gekämmt, sondern seitlich drapiert. Sein alter, verknitterter Priestermantel verbarg die weiße Soutane.

Petrus stieg aus und überquerte den schmutzigen Hof, auf dem ein Kleinlaster parkte. Der Gebrauchtwarenladen lag am Stadtrand zwischen Lagerhäusern und einem Schrottplatz. Eine große Halle mit rostigroter Eisentür, darüber ein Schild: «Möbel und mehr».

Petrus stieß die Türflügel auf, trat ein und stand in einer neonhell erleuchteten Halle, in der sich Esstische und Bürostühle, Wohnzimmerschrankwände und Küchenbuffets, Stockbetten und Sofatische, Gartenbänke und Zinkbadewannen stapelten. Schmale Gänge führten in das Labyrinth. Aus einem Verschlag trat ein kräftiger Alter mit Bart, der Petrus entfernt an den Weihnachtsmann erinnerte.

«Kann ich Ihnen helfen?»

«Kaufen Sie Möbel zurück, die sie verkauft haben?»

Der Bärtige grinste: «Ja. Aber nicht zum Verkaufspreis. Das werden Sie verstehen. Sind Sie nicht zufrieden?»

«Es geht nicht um mich. Ein … Mitglied meiner Gemeinde will die Möbel verkaufen. Ein junger Mann. Er muss überraschend zurück in die Heimat. Ich helfe ihm.»

«Das kommt häufig vor. Bei mir kaufen vor allem Studenten. Die sind immer auf dem Sprung. Um was handelt es sich?»

Petrus reichte ihm den Lieferschein. Der Weihnachtsmann verschwand in seinem Verschlag, kramte in einem Ordner und kehrte mit einigen Zetteln wieder zurück.

«In Ordnung. Haben Sie die Kommode dabei?»

«Ich lasse sie bringen.»

«Ich bezahle erst bei Wareneingang. Verkaufspreis minus dreißig Prozent. Das ist fair. Sie können es woanders versuchen – aber mehr werden Sie nirgends bekommen.»

«Einverstanden.»

«Geben Sie alle Möbel zurück – oder nur die Kommode?»

«Alle Möbel?»

Der Bärtige sah seine Zettel durch. «Die Kommode, das Bett, ein Nachttisch, ein Schreibtisch, ein Schreibtischstuhl, ein Sessel, ein Kleiderschrank.»

«Er hat nur die Kommode erwähnt», sagte Petrus. «Aber ich werde ihn nochmals fragen.»

«Warum sprechen Sie eigentlich dauernd von ‹ihm›», fragte der Bärtige.

«Ich verstehe Sie nicht.»

«Es war eine Frau, die das alles gekauft hat.»

III

«Dieses Gebäude interessiert mich sehr», sagte Giulia. Ihr war plötzlich ganz kalt, obwohl George Clooney herzerwärmend lächelte.

«Die Fotos haben Sie von Ihrem Partner – sagten Sie das nicht gerade?»

«Das ist richtig.»

«Und Ihr Partner verkauft das Gebäude?»

«Möglicherweise. Oder sagen wir besser: Ich gehe sehr sicher davon aus. Die Besitzverhältnisse sind noch nicht völlig geklärt.»

«Kann ich mit Ihrem Partner sprechen?»

«Ich sehe ihn jetzt gleich im Anschluss. Ich werde ihm vor Ihrem Interesse berichten. Sind Sie an dem Gesamtkomplex interessiert – oder an einer Wohnung in dem Palazzo?»

«An dem ganzen Gebäude. Es ist genau das, was ich suche.»

«Und der Zustand ...»

«... ist mir egal. Im Gegenteil: Er inspiriert mich. Ich mag es, wenn nicht alles perfekt ist. Wie sind meine Chancen?»

Clooney strahlte sie an. «Gar nicht so schlecht. Ich will ganz offen sein: Das Gebäude ist schwer verkäuflich – obwohl sonst Riesensummen für römische Palazzi gezahlt werden. Einige Interessenten haben schon abgesagt.»

«Wegen des Zustands?»

«Es ranken sich einige unheimliche Geschichten um den Palazzo.»

«Das stört mich nicht. Ich bin nicht abergläubisch. Morgen rufe ich Sie wieder an. Es würde mich sehr freuen, wenn wir handelseinig werden.»

Sie verließ die Agentur.

Auf der Via Nazionale tobte der Verkehr. Sie ging über die Straße, ertrug das wilde Hupen und steuerte ein kleines Fiat-Taxi an, das am Straßenrand stand. Der Fahrer hatte seinen Sitz nach hinten gestellt und schlief.

Giulia klopfte auf das Dach.

Der Fahrer wachte auf.

«Bitte, Signora!»

Giulia stieg ein. Das Wageninnere sah aus wie eine Mischung aus Kirche und Fußballstadion: Am Rückspiegel hingen mehrere Kruzifixe, hinter dem Lenkrad waren kleine Madonnenfigürchen aufgeklebt. Das Handschuhfach war mit dem aktuellen Kader von AS Rom tapeziert. Die Sonnenblende war mit einer Fahne in den Vereinsfarben – Rot und Gold – umwickelt.

«Wie heißen Sie?», fragte Giulia.

«Nennen Sie mich Matteo.»

«Hören Sie zu, Matteo: Sehen Sie auf der anderen Straßenseite die Immobilienagentur?»

«Natürlich.»

«Im Hintergrund ist ein Schreibtisch. Da sitzt ein Mann. Sehen Sie ihn?»

«Der Schwarzhaarige? Braun gebrannt, schlank, grauer Anzug?»

«Genau der.»

«Was ist mit ihm?»

«Er wird später irgendwo hingehen. Oder irgendwo hinfahren. Ich werde hier im Wagen auf ihn warten. Falls er zu Fuß losgeht, steige ich aus und folge ihm. Wenn er einen Wagen nimmt, fahren Sie hinterher. Er darf mich auf keinen Fall sehen. Hier haben Sie eine Anzahlung.»

Matteo nahm den Schein, drehte sich um und sah sie bekümmert an. «Wollen Sie sich das wirklich antun, Signora? Ist das nicht entwürdigend für Sie? Dafür gibt es doch Profis.»

«Wie meinen Sie das?»

«Privatdetektive. Die folgen ihm, machen Fotos von der Frau und … von allem anderen. Dann wissen Sie Bescheid und können tun, was Ihnen richtig erscheint: ihn rausschmeißen, sich scheiden lassen – was auch immer.»

«Ich möchte alles mit eigenen Augen sehen.»

«Wie Sie meinen.» Matteo kramte unter dem Beifahrersitz einen rot-goldenen Sonnenschutz hervor, auf dem das Wappen des AS Rom – die römische Wölfin, Romulus und

Remus säugend – prangte. Er befestigte ihn im Seitenfenster. «Jetzt sieht Sie keiner. Aber durch den schmalen Spalt können Sie alles erkennen.»

«Danke.»

Der Makler packte Unterlagen in eine Aktentasche und löschte das Licht.

«Es geht los, Signora!»

Matteo startete den Fiat und schlängelte sich in einem kühnen Wendemanöver auf die andere Straßenseite. Dort parkte er in zweiter Reihe. Währenddessen schloss der Makler die Agentur ab, ging zu einem Alfa Romeo und öffnete die Fahrertür. Er setzte sich, warf die Aktentasche auf den Beifahrersitz. Rücklichter flammten auf. Der Alfa schoss aus der Parklücke.

Matteos Taxi folgte ihm.

«Als ich meine Emilia geheiratet habe, sind wir zur Madonna gepilgert.» Matteo berührte kurz die kleine Statue hinter dem Lenkrad. «Wir haben sie angefleht: ‹Beschütze unsere Ehe, Heilige Jungfrau, damit wir immer zusammenbleiben.›»

«Hat es geholfen?»

«Immer wieder.»

«Wie meinen Sie das?»

«Ich bin immer wieder zu ihr zurückgekehrt.»

«Und dazwischen?»

«In meinem Beruf lernt man viele Menschen kennen, Signora. Alte und Junge. Arme und Reiche. Männer und ...»

«... Frauen.»

«Genau. Auch Frauen.»

«Ich verstehe.»

Der Alfa gab Gas. Matteo beschleunigte, hängte sich

aber nicht direkt hinter den Sportwagen, sondern ließ ein Auto dazwischen.

«Wichtig ist, dass Sie sich klug verhalten, Signora.»

«Was raten Sie mir?»

«Es hängt davon ab, mit wem er sie betrügt. Sie sind eine schöne Frau, Signora. Wenn es ein Flittchen ist, hat er keinen Respekt vor Ihnen. Er weiß nicht, was er an Ihnen hat. Dann sollten Sie ihn hinauswerfen. Ganz anders, wenn es auch eine schöne Frau ist: Dann macht er Ihnen ein Kompliment! Er sagt damit: Schau her, Bella, dich kann man nur mit einer Frau betrügen, die genauso schön ist wie du!»

«Und in diesem Fall ...»

«... machen Sie ihm eine Szene, die er nie vergisst. Ein dramatischer Auftritt. Meine Emilia hat mein Lieblingstrikot zerrissen. Auf der Piazza. Es waren die Unterschriften aller Spieler drauf. Es war furchtbar – ich werde es nie vergessen. Aber ich war entflammt von ihrer Leidenschaft!»

«Und Emilia ...»

«... hat mir natürlich verziehen. Das sollten Sie auch tun. Verdrehen Sie ihm den Kopf und schicken Sie ihn zur Beichte. Dann wird alles gut.»

Sie fuhren die Via Nazionale hinauf. In den Schaufenstern glitzerte der Weihnachtsschmuck.

«Matteo ...»

«Si, Signora?»

«Wäre es für Sie vorstellbar, dass Männer ihre Frauen ... gar nicht betrügen?»

«Wir sind in Italien, Signora. Italien ist ein Land voller Poesie und Romantik, ein Land der großen Gefühle und der Schönheit. In anderen Ländern entflammen die

Männer für eine Frau, heiraten – und dann flackert das Flämmchen armselig vor sich hin. Der italienische Mann entflammt immer wieder neu.»

«Und immer wieder für eine andere.»

Matteo antwortete nicht. Er umkreiste, immer dem Alfa folgend, den Brunnen auf der Piazza Barberini und bog dann in die Via Veneto ein.

«Übrigens ist er nicht mein Mann», sagte Giulia.

«Nicht Ihr Mann?»

«Nein. Und ich habe auch nichts mit ihm. Es ist ... etwas Geschäftliches.»

«Ach!» Matteo schien enttäuscht.

«Aber Ihre Tipps waren trotzdem sehr interessant. Ich werde bald heiraten. Zumindest hatte ich das bis vor kurzem noch vor. Nach Ihren Erläuterungen frage ich mich allerdings, ob das so eine gute Idee ist.»

«Tun Sie es, Signora! Sie werden es nicht bereuen.»

«Aber alle Männer betrügen ihre Frauen – falls es stimmt, was Sie sagen.»

«Das kann nicht anders sein. Auch Ihr Verlobter ist ein Betrüger.»

Der Alfa fuhr langsamer und bog unvermittelt in eine Parklücke ein. Matteo überholte, dann hielt er rechts in zweiter Reihe und sah in den Rückspiegel.

«Er steigt aus», berichtete Matteo. «Er schließt den Wagen ab. Jetzt geht er zum Hotel Excelsior. Sie müssen sich beeilen, Signora! Sonst ist er weg!»

«Vielen Dank, Matteo. Reicht die Anzahlung?»

«Es ist doppelt so viel.»

«Der Rest ist für die guten Ratschläge.»

IV

Der Makler sprach kurz mit dem Portier und ging zu den Aufzügen. Giulia wartete in der Lobby, bis sich die Türen hinter ihm geschlossen hatten. Dann trat sie an den Tresen.

«Buona sera. Ich möchte gerne wissen, was der Herr vorhat, mit dem Sie gerade gesprochen haben.»

«Sie werden verstehen, dass ich Ihnen darüber keine Auskunft geben kann.»

Der Empfangschef sah so betrübt aus, als bedaure er dies wirklich.

Giulia beugte sich vor und fixierte den Portier. Dann sagte sie mit einer Stimme, in die sie alle unterdrückte Wut legte, zu der sie fähig war: «Ich weiß, Signore, dass dieser Kerl mich betrügt. Und ich bin eine italienische Frau. Wissen Sie, zu was italienische Frauen fähig sind? Wissen Sie, was ich das letzte Mal getan habe, als ich ihn mit einer anderen erwischt habe? Ich habe das Trikot seiner Lieblingsmannschaft zerrissen. Mit den Autogrammen aller Spieler. Öffentlich. Auf der Piazza.»

Der Empfangschef bemühte sich, seinen professionellen Gesichtsausdruck zu wahren. Es fiel ihm schwer. Giulia beugte sich noch weiter über den Tresen. Dabei sah sie, dass der kleine Bildschirm nicht etwa das Buchungssystem des Excelsior anzeigte, sondern die Seite der Gazzetta dello Sport.

«Sie sind ein Fußballanhänger, Signore?»

«Ja», hauchte der Empfangschef, inzwischen sichtlich verängstigt.

«Welcher Verein?»

«Lazio Rom.»

«Mein Mann ist auch Lazio-Fan. Wissen Sie, wann Lazio zuletzt Meister war?»

«Im Jahr 2000 ...»

«Es war das Trikot der Saison 1999/2000. Als ich damit fertig war, bestand es nur noch aus blau-weißen Fetzen. Ich habe es auf der Piazza zerrissen, vor aller Augen. Mein Mann war am Boden zerstört. O mein Gott, wie hat er gelitten. Dann ging er in die Kirche und dankte der Madonna. Wissen Sie, wofür er ihr dankte?»

Der Empfangschef schüttelte stumm den Kopf.

«Er dankte ihr, dass ich nur das Trikot in kleine Stücke zerfetzt habe – und nicht ihn.»

Der Empfangschef nickte.

«Sie werden mir jetzt sagen, was er in diesem Hotel tut. Wenn Sie es mir nicht sagen, werden Sie hier eine Szene erleben, Signore, die dieses Hotel noch nie gesehen hat. Eine große, eine gewaltige Szene. Ich werde ...»

«Signora», unterbrach sie der Empfangschef. «Es liegt ein Missverständnis vor. Der Herr trifft sich gar nicht mit einer Frau.»

«Ach?»

«Er trifft sich mit einem Herrn.»

«Wollen Sie damit sagen, dass mein Mann – was bilden Sie sich eigentlich ein, Signore! Mein Mann ist nicht ...»

«Ich bitte Sie! Es ist ... geschäftlich. Ganz sicher! Ein Geschäftspartner Ihres Mannes wohnt hier im Hotel. Er hat immer wieder Besuch, von verschiedenen Damen und Herren. Es geht um ... um Immobilien, glaube ich.»

«Wie heißt der Mann?»

«Die Suite wurde von einer Firma angemietet. Als Geschäftssitz, für einige Wochen. Ich weiß nicht, wie der Herr heißt.»

«Sie lügen. Sie wollen ihn schützen. Er hat sie bezahlt, geben Sie es zu!»

«Ich mache Ihnen ein Angebot, Signora. Der Herr wohnt in der Suite 403. Gegenüber ist Zimmer 401. Im Augenblick wohnt dort niemand. Ich lasse Sie dorthin bringen. In der Tür ist ein Guckloch. Sie können alles sehen, den ganzen Gang. Und vor allem die Tür von Suite 403. Luca und Carlo werden Sie hinaufbegleiten.»

Er verschwand kurz und kam mit zwei Gepäckträgern wieder. Sie trugen rote Uniformen, die sich straff über ihren Muskelpaketen spannten.

«Die beiden Herren werden Ihnen den Weg zeigen.»

«Einer würde doch reichen, Signore.»

«Luca und Carlo werden Sie ... unterstützen. Falls Sie ... die Kontrolle verlieren.»

«Sollte ich dort oben die Kontrolle verlieren, helfen auch Luca und Carlo nicht», sagte Giulia hoheitsvoll und ging, eskortiert von den Muskelgebirgen, zum Aufzug.

Oben hatte sie für Luca und Carlo schnell eine Lösung gefunden: Die beiden Aufpasser lagen auf dem Hotelbett, aßen – auf ihre Kosten – Chips aus der Minibar und sahen fern.

Fußball.

Giulia stand am Guckloch und beobachtete den Gang.

Gäste kamen und gingen, Etagenkellner brachten Getränke, Zimmermädchen schoben Reinigungswagen über den roten Teppich – die Tür zu Suite 403 blieb geschlossen.

Giulia zog ihr Handy heraus, googelte das Excelsior und wählte.

«Hier ist Zimmer 401. Spreche ich mit dem Lazio-Fan am Empfang?»

«Wie kann ich Ihnen behilflich sein?»

«Zimmer 403 öffnet nicht. Unternehmen Sie etwas, aber pronto, Signore. Bringen Sie ihm irgendetwas, das er nicht bestellt hat. Oder lösen Sie einen kleinen Feueralarm aus.»

«Ich kann Ihnen versichern, Signora, dass bald geöffnet wird. Eben haben sich wieder zwei Gäste angemeldet. Immobilienmakler – wie Ihr Mann.»

Kurz darauf öffnete sich die Tür von Zimmer 403 tatsächlich. George Clooney kam heraus und verabschiedete sich von jemandem, den Giulia allerdings nicht sehen konnte. George ging den Gang hinunter, und die Tür schwang ganz auf – der Bewohner wollte überprüfen, wo die nächsten Gäste blieben.

Im Türrahmen stand, perfekt gekleidet wie immer, Nicolas de Montvert.

V

Ein unglaublicher Geruch hing in der Luft, schwer und süß zugleich. Es roch nach Zimt und Orangen und Nüssen, nach Wein und Schokolade. Francesco war eigentlich nur aus seinem Zimmer gekommen, um sich noch ein Glas Wasser zu holen. Er ging den Flur hinunter bis zur Küche. Hier war der Duft so intensiv, dass es ihm fast den Atem nahm. Hinter der Tür hörte er ein Klappern und Plappern – unmöglich konnte Immaculata hier ihr Unwesen treiben. Noch bevor er klopfen konnte, wurde die Tür aufgerissen und der rot getigerte Kater schoss fauchend an ihm vorbei. Er sah aus, als wäre er samt Schnauze und Schnurrbarthaaren einmal in flüssige Schokolade getaucht worden.

Hinter dem Monsignore erschien Marta mit hochrotem Gesicht.

«Ach Sie sind es, Francesco, kommen Sie nur herein, wir mussten gerade unseren Monsignore aus der Schüssel mit der Schokoladenkuvertüre ziehen, und in der Küche ...»

«... verstehen wir keinen Spaß», rief Maria von innen.

«Aber biete dem armen Padre doch ein Gläschen von unserem Weißwein an, wir haben noch etwas übrig.»

«Ja, genau, setzen Sie sich doch ein bisschen zu uns, Sie sind sowieso so mager ...»

«... er ist sowieso so mager, er sollte schon mal ein bisschen vom Teig probieren.»

«Aber was machen Sie denn hier, mitten in der Nacht?», fragte Francesco.

«Was heißt denn mitten in der Nacht, es ist gerade mal elf Uhr ...»

«... und der Teig muss doch die ganze Nacht im Kühlschrank ruhen, sonst verbinden sich die Nüsse und Rosinen nicht mit dem Honig zu einer homogenen Masse, und dann ist er nicht gut ...»

«... der Panpepato», strahlte Marta.

Francesco sah sich fassungslos in Immaculatas sonst immer porentief reinen Küche um: Der riesige, normalerweise blank gescheuerte Holztisch in der Mitte war von einer dunklen Masse verklebt. Überall fanden sich Spritzer getrockneter Schokolade. Mehrere Backbleche lagen nebeneinander auf dem Boden, darauf lagen geröstete Nüsse und gebackene Rosinen, in einem hohen Topf mit Weißwein schwammen Orangenschalen, und Maria steckte bis zu den Ellenbogen in einer hohen Schüssel, in der sie mit den Händen Schokolade, Mehl und flüssigen Honig vermengte. Sie trug eine rüschenbesetzte Schürze, die bereits über und über bekleckert war, und auch auf ihren rosigen Wangen zeigten sich deutliche Spuren des Teiges.

«Es ist höchste Zeit für das weihnachtliche Früchtebrot, den Panpepato. Immaculata …»

«… die gute Seele, ist offensichtlich noch nicht dazu gekommen. Das versteht sich ja auch, bei all den Aufgaben, die sie als päpstliche Haushälterin bewältigen muss. Aber der Panpepato …»

«… muss zwingend mehrere Tage ruhen, und nun geht es schon auf Weihnachten zu, und Heiligabend ohne Panpepato …»

«… ist gar kein Heiliger Abend.»

Marta schob ihm einen Löffel direkt in den Mund. Die Masse war zäh und klebrig, ungeheuer süß und scharf zugleich. Francesco musste husten.

«Ja, ja, das ist der Pfeffer. Manche lassen ihn ja inzwischen weg, aber ein Panpepato muss unbedingt gepfeffert sein …»

«… das weckt die Lebensgeister …»

«… und die Manneskräfte …» Beide kicherten.

Francesco fühlte sich etwas unwohl mit den beiden aufgekratzten Damen, die gar nicht daran dachten, ihn schnell wieder aus ihren Fängen zu lassen.

«Und hier kommt noch ein Schlückchen Wein», zwitscherte Marta und schenkte ihm aus einer der offenen Flaschen ein gutes Glas voll.

«Der Panpepato wird erst kurz vor Weihnachten richtig durchgezogen sein, aber morgen backen wir noch ein paar Bleche Mostaccioli, die werden Ihnen schmecken, Padre.»

«Was sind denn Mostaccioli?», fragte Francesco in dunkler Vorahnung.

«Oh, er fragt, was Mostaccioli sind, dabei hat Immaculata …»

«… die gute Seele, doch sicher auch zum letzten Weihnachtsfest Mostaccioli gebacken. Aber wir werden sie in diesem Jahr mit dem Rezept unserer seligen Mamma überraschen …»

«… und natürlich unseren liebsten Angelo auch. Die Plätzchen sind eine römische Spezialität. Sie werden mit viel Honig, Schokolade und Walnüssen gemacht, traditionell zum Fest. Man gibt sie auch den Reisenden als Abschiedsgeschenk mit, da sie sich lange halten. Unsere allerdings sind immer schnell weg, nicht wahr, liebste Maria? Wir haben damit sogar schon einmal den nationalen Backwettbewerb gewonnen …»

«Ach ja, das muss der von 1982 gewesen sein, denn 1985 sind unsere Orangenplätzchen prämiert worden …»

«1987 der Mandelkuchen, 1991 die Torta alla Nonna und 1996 die Espressotorte mit dem dazugehörenden Likör …»

«Nach den ersten Plätzen 1997, 1999, 2002, 2006 und 2009 dürfen wir leider nur noch außer Konkurrenz mitmachen.»

«Seitdem verwöhnen wir nicht mehr die Jury, sondern nur noch liebe Freunde und Verwandte. Und natürlich …»

«… die Nachbarn. Juan hat besonders für unsere Plätzchen geschwärmt, für die Cantuccini und die hausgemachten Schokoladenkekse.»

«Oh, Marta, davon haben wir doch noch welche, ich habe sogar daran gedacht, eine Dose mitzunehmen, für Angelo zu seinem Caffè.»

«… davon müssen Sie unbedingt probieren, Padre, denn Maria hat eine geheime Zutat, die sie niemandem verrät, nicht wahr, Maria Dolores?» Marta ging zum Vorratsschrank und entnahm ihm eine silberne Dose, auf deren Deckel ein Bild des heiligen Padre Pio prangte.

Beide kicherten wieder, und Francesco hatte den dringenden Verdacht, dass mindestens die Hälfte des Weißweins nicht im Teig gelandet war. Er stand auf.

«Ich muss jetzt schlafen gehen.»

«Hier», Marta drückte ihm noch ein Glas mit einer honigfarbenen Flüssigkeit in die Hand, «dann nehmen Sie wenigstens noch einen Schlummertrunk mit nach oben. Hilft auch ...»

«... gegen Traurigkeit», sagte Maria und lächelte ihn an. Auf einen kleinen Teller häufte sie ihm noch drei Schokoladenkekse aus der Dose. Leise stieg Francesco die Stufen zu seiner Kammer nach oben. Leise, um nicht etwa Immaculata zu wecken und frühzeitig in ihre komplett verwüstete Küche zu treiben. Das würde ein Donnerwetter biblischen Ausmaßes provozieren. Die Tür stand noch offen, geräuschlos glitt er in sein Zimmer.

In seinem Bett, vom Mondschein beschienen, lag der Kater.

Und schnarchte.

Noch mehr als Schokoladenkekse half der Monsignore gegen die Traurigkeit. Der Kater war, seitdem Francesco mit Giulia kaum mehr ein Wort wechselte, zu seinem engsten Vertrauten geworden. Er schnurrte, wenn Francesco seine Gebete sprach; er schnurrte, wenn Francesco über Giulia lamentierte; er schnurrte, wenn Francesco die päpstliche Post durchsah. Das Schnurren klang mal aufmunternd und mal tröstend, je nach Bedarf, fand Francesco. Besonders gefiel es ihm, dass ihn der Monsignore sogar verteidigte: Als Immaculata gestern seine Kammer putzen wollte (was sie regelmäßig tat, seit Petrus einmal mit dem Versuch gescheitert war, hier seine Biervorräte zu verstecken), hatte der Kater sie wütend angeknurrt und mit der Pfote nach dem Schrubber geschlagen.

Wenigstens einer, der zu mir hält, dachte Francesco.

I

Der Himmel war schwarz. Schwarz von den Staren, die in einer dichten Wolke über den Petersplatz flogen, Richtung Engelsburg und über den Tiber hinweg. Es war so kalt geworden, dass Petrus am offenen Fenster fror. Er machte versuchsweise drei Kniebeugen. Als er sich umdrehte, stand ein Tablett mit Caffè und einem Stück Zwieback auf seinem Bett. Daneben hatte sich Immaculata mit unbewegter Miene aufgebaut.

«Ich bringe Ihnen Ihren Kaffee diesmal ausnahmsweise ans Bett, Heiliger Vater. Verstehen Sie das nicht falsch: Es geht mir nicht darum, Ihnen hier besondere Privilegien zukommen zu lassen. Aber ich kann es Ihnen schlicht nicht zumuten, nach unten zu gehen: Ihre Schwestern haben den gesamten Hauswirtschaftstrakt okkupiert, sie haben sich mit ihren Tiegeln, Töpfen, Pfannen ausgebreitet. Überall stehen Behälter mit klebrigem Teig herum.»

Sie blickte angeekelt.

«Ihr Arbeitszimmer», fuhr sie anklagend fort, «ist übersät mit Stoffen und Stecknadeln, offensichtlich haben sich Ihre Schwestern vorgenommen, die Heilige Familie, die sich Armut und Keuschheit zur Pflicht gemacht hat, in Samt und Seide auszustaffieren. Womöglich schleppen sie als Nächstes noch einen heidnischen Tannenbaum ins Haus – mit religiösen Empfindungen hat das ganze Weihnachtstheater jedenfalls nichts zu tun.»

«Freu dich, meine liebe Immaculata. In dulci jubilo, drum singet und seid froh. Meine Schwestern feiern das heilige Fest, das Fest der Liebe übrigens, auf ihre eigene, vielleicht etwas kindlich-naive Art. Aber dafür umso herzlicher.»

«Die Vorlieben Ihrer Schwestern und ihre kindlich-naive Freude sind auch ein Grund, aus dem ich mit Ihnen sprechen möchte. Ich halte es für meine Pflicht, Heiliger Vater, Sie auf eine Merkwürdigkeit hinzuweisen.» Sie hob ihre Stimme leicht an. «Wie Ihnen ja vielleicht nicht entgangen ist, pflegen Ihre Schwestern ein etwas eigenartiges Verhältnis zu jungen Männern. Unterbrechen Sie mich bitte nicht. Ich hatte ja nun vor einigen Tagen noch einmal Gelegenheit, mich in ihrer Wohnung umzusehen. Die Bilder, die dort an der Wand hängen, übersteigen jedes Gefühl für Anstand und Moral ...»

Sie schluckte kurz, dann fasste sie sich wieder.

«Nun habe ich gestern mit einiger Verwunderung zur Kenntnis genommen, dass Ihre Schwestern sich ein neues Opfer gesucht haben.» Sie legte eine kunstvolle Pause ein. «Nämlich Ihren Privatsekretär!»

Petrus konnte es grundsätzlich nicht leiden, vor dem ersten Caffè angesprochen und dann auch noch mit Problemen überhäuft zu werden.

«Liebe Immaculata, nun lass bitte einmal die Kirche im Dorf: Meine Schwestern sind vielleicht etwas verwirrt, aber sie sind aufrichtige und herzensgute alte Damen. Und sie befinden sich in einer schwierigen Lage. In ihrem Haus ist möglicherweise ein Mord geschehen ...»

«... an dem sie womöglich nicht ganz unschuldig waren!»

Petrus sah seine Haushälterin gereizt an. «Du willst doch nicht allen Ernstes behaupten, dass ...»

«Ich stelle nur fest», sagte Immaculata spitz, «dass Ihre Schwestern auffällig viel Zeit mit dem Herstellen von ungesunder, kalorienreicher und alkoholhaltiger Nahrung verbringen. Und wer mit Alkohol hantiert ...»

«... muss ja des Teufels sein, liebe Immaculata. Bedenke aber: Jesus hat Wasser in Wein verwandelt – und nicht umgekehrt.»

«Aber es ist nicht überliefert, dass Jesus nach dem Genuss besonders üppiger Schokoladenplätzchen plötzlich tot umgefallen ist!», sagte Immaculata und hielt triumphierend eine mit Heiligenbildchen verzierte Blechdose in der Hand.

«Du hast im Zimmer meiner Schwestern spioniert.» Petrus wurde ärgerlich. Immaculata hatte den Kampf gegen die haushälterische Konkurrenz aufgenommen, nun gut, aber das hier ging wirklich zu weit.

«Natürlich nicht.» Immaculata klang beleidigt. «Diese Dose befand sich in MEINER Küche. Zufällig, nur zufällig habe ich gestern mitangehört, dass Ihre Schwestern Ihrem Privatsekretär von den Schokoladenplätzchen angeboten haben. Sie sagten, es seien dieselben, die auch Juan so gerne gegessen habe.»

«Meine liebe Immaculata!» Petrus legte, so gut das im Schlafanzug ging, päpstliche Autorität und Würde in seine Stimme. «Ich würde dir empfehlen, dich mit meinen Schwestern gutzustellen. Sie werden noch eine ganze Weile bei uns wohnen. Und, wer weiß», setzte er maliziös lächelnd hinzu, «vielleicht nehme ich ja auch meine Pflichten als Oberhaupt der Familie wahr und hole sie für immer zu mir.»

Das saß.

Immaculata hatte die Drohung verstanden. «Ich jedenfalls weiß, was ich zu tun habe», erklärte sie hoheitsvoll. «Und ich weiß nun auch, welche Bedeutung Sie meiner Haushaltsführung beimessen. Sie dürfen gewiss sein, dass ich daraus meine Konsequenzen ziehen werde.»

Wie eine dunkle Gewitterwolke rauschte sie, den Staren gleich, zur Tür hinaus. Der Kaffee war längst kalt geworden. Petrus hoffte auf ein üppiges Frühstück eine Etage tiefer.

II

Das Schnurren und Brummen hatte ihn bis in den Schlaf verfolgt. Francesco hatte es nicht gewagt, den dicken Kater aus seinem Bett zu schieben. Der Monsignore schien einen überaus erholsamen und tiefen Schlaf zu haben, und Francescos einziger Versuch, unter seinen flauschigen Bauch zu greifen und ihn behutsam hochzuheben, war mit einem sehr unwilligen Grunzen und einem kurzen, aber gezielten Schlag mit der Tatze quittiert worden. Francesco lag die Nacht über eingequetscht zwischen Wand und Kater, der seine Gliedmaßen maximal ausgestreckt hatte.

Zu seiner Überraschung war der Monsignore am nächsten Morgen immer noch da, saß auf der Bettdecke und putzte sich. Er hatte eulenhaft große Augen, mit denen er Francesco unverwandt ansah, und als dieser sich aufrichtete, schmiegte der Kater sich mit einer raschen Bewegung an ihn. Er maunzte vorwurfsvoll.

«Natürlich, du hast Hunger», sagte Francesco. «Aber da musst du leider ein paar Stockwerke tiefer gehen. Ich habe gar nichts da, was ich dir geben könnte.»

Er blickte sich in seinem schlichten Kämmerchen um. Auf dem Nachttisch stand noch der kleine Teller mit den drei Schokoladenkeksen, die ihm Maria und Marta am gestrigen Abend mitgegeben hatten. «Hilft auch gegen Traurigkeit», hatten sie gesagt. Wie seltsam. Als ob sie gewusst hätten, dass er tatsächlich tieftraurig war. Untröstlich, bis in den letzten Winkel seines Herzens. Sein Wunschzettel für den Santo Bambino hatte nichts, aber auch gar nichts gebracht.

Der Kater beobachtete ihn aufmerksam, legte den Kopf schief und blickte von ihm zu dem kleinen Teller und wieder zurück.

«Na los, alter Knabe, weil Weihnachten ist», sagte Francesco, nahm einen der Kekse und brach ihn entzwei. Der Kater hüpfte auf ihn zu, schnurrte und schlang die erste Hälfte hinunter. Ehe Francesco reagieren konnte, hatte er ihm auch die andere Hälfte aus der Hand stibitzt und den zweiten und dritten Keks ebenfalls gegessen. Er rieb seinen Kopf an Francescos Arm, nahm dann Anlauf und sprang vom Bett mit den Vorderpfoten auf die Türklinke.

Mit einem riesigen Satz war er im dunklen Hausflur verschwunden.

III

Sie war übernächtigt, verwirrt, wütend. Und fühlte sich komplett aus Raum und Zeit gefallen. Nicolas hatte ihr eine liebevolle SMS geschickt. Aber sie hatte ihre abendliche Verabredung abgesagt. Sie brauchte Zeit für sich und ihre Gedanken.

Und sie brauchte absolute Sicherheit.

Deshalb war sie hier.

«Ich interessiere mich für römische Palazzi», sagte Giulia bestimmt. «Aus der Renaissance- oder der Barockzeit. Egal, in welchem Zustand.»

Die elegante Maklerin – Fendi und Facelifting – zog die Augenbrauen hoch. «Solche Objekte gibt es nicht auf dem Markt.»

«Ich bin Kunsthistorikerin, verstehen Sie, und interessiere mich für Design. Ich möchte einen Palast kaufen, renovieren und einrichten.»

«Und dann verkaufen – nehme ich an ...»

«Man kann astronomische Summen dafür verlangen. So heißt es jedenfalls.»

«Und so ist es auch. Ich will ganz ehrlich sein, Signora: Ein solcher Abschluss – und dank der Provision hätte ich ausgesorgt. Aber es ist hoffnungslos.»

«Excelsior», flüsterte Giulia.

«Wie bitte?»

«Im Excelsior dealt jemand mit Palazzi – heißt es.»

«Woher wissen Sie davon?»

«Ich möchte eines dieser Objekte kaufen.»

«In der Tat, Signora», sagte die Maklerin, sorgfältig jedes Wort abwägend, «dort bietet jemand Palazzi an. Jemand, der nicht selbst auf dem Markt in Erscheinung treten will. Er kooperiert mit römischen Immobilienmaklern.»

«Aber nicht mit Ihnen ...»

«Selbstverständlich auch mit mir, Signora. Eines dieser Objekte vertrete ich. Gegenwärtig verhandle ich mit einem

Interessenten aus Weißrussland und einem Investor aus Hongkong.»

«Das Höchstgebot bekommt den Zuschlag?»

«So ist es.»

«Ich möchte einsteigen. Darf ich das Dossier sehen?»

«Wir bewegen uns natürlich im achtstelligen Bereich.»

«Darf ich das Dossier sehen?»

«Na schön.» Die Maklerin schob eine Mappe über den Tisch. Giulia öffnete sie, blätterte. Und schloss kurz die Augen.

«Es hat Ihnen die Sprache verschlagen, nicht wahr?» Die Maklerin lächelte nachsichtig. «Mir ging es ähnlich, als ich die Aufnahmen sah.»

«Haben Sie das Objekt schon … besichtigt?»

«Leider nein. Die Besitzverhältnisse sind noch nicht völlig geklärt. Aber der Herr im Excelsior ist sich sicher, dass er bald über das Objekt verfügen kann.»

Giulia nickte.

Es war ein prachtvolles Anwesen – vielleicht renovierungsbedürftig, aber wunderschön.

Es war ihr Elternhaus.

I

Bekümmert sah Petrus auf den Petersplatz hinaus, wo sich die Touristen drängten. Der Christbaum leuchtete. Aber die große Krippe war noch immer von Planen verhängt. Sie wurde erst am Heiligen Abend eröffnet. Noch sechs Tage – und die Stimmung war so schlecht wie lange nicht mehr:

Immaculata ignorierte ihn.

Francesco verlor sich in Melancholie.

Giulia war gestern, als sie eigentlich den weihnachtlichen Festgottesdienst hatten besprechen wollen, kaum ansprechbar gewesen und hatte geistig völlig abwesend gewirkt.

Seine Schwestern verbreiteten zwar fröhliche Weihnachtsstimmung, gingen ihm aber mit ihren ständigen Rufen auf die Nerven: Der Monsignore war offensichtlich auf Mäusejagd im Vatikan, und weil sie ihn schon seit vorgestern Abend nicht mehr gesehen hatten, riefen sie alle Viertelstunde nach ihm. Was auf der Scala Santa im Treppenhaus besonders schön hallte und Immaculatas Zorn noch weiter vergrößerte.

Petrus setzte sich an seinen Schreibtisch und sah auf das Blatt, auf dem er notiert hatte, was bis Weihnachten unbedingt zu erledigen war:

1. Weihnachtsgeschenke besorgen.
Nun, das konnte warten. Die besten Ideen hatte er immer kurz vor Weihnachten – und dieser Zeitpunkt war frühestens in fünf Tagen erreicht.
2. Weihnachtspredigt vorbereiten.
Er hatte große Lust, in diesem Jahr auf den Klassiker «Weltfrieden» zu verzichten. Bei der gereizten Stimmung im päpstlichen Haushalt würde ihm dazu ohnehin nur wenig einfallen. Diese Frage musste er mit Giulia klären, die ein untrügliches Gespür dafür hatte, welche Botschaften von ihm erwartet wurden. Aber Giulia hatte er schon den ganzen Morgen nicht erreicht. Nun, dann musste die Weihnachtspredigt eben warten. Notfalls würde er improvisieren.
3. Aussprache für «Urbi et orbi» üben.
Den jährlichen Weihnachtsgruß an die Christenheit mochte er gerne. Die Menschen auf dem Petersplatz jubelten und schwenkten begeistert ihre Nationalflaggen, wenn er ihnen in ihrer jeweiligen Landessprache «Frohe Weihnachten» wünschte. Auf dem Blatt hatte er einige besonders schwierige Grußformeln in Lautschrift notiert. Er ging sie durch, redete sich ein, durchaus Fortschritte zu machen, und wandte sich dann dem letzten Punkt zu.
4. Juan finden.
Ja, es wurde Zeit. Die Presse verlor sich täglich in neuen, immer absurderen Spekulationen. Er musterte seine Notizen: *Blutiges Schwert, blutiges Laken.*
Das war so weit erledigt. Frascati würde sich bald melden. Und Petrus war sich ziemlich sicher, welches Ergebnis seine Untersuchungen haben würden.
Zölibat.

Der Streit, den Francesco mitangehört hatte, ließ vermuten, dass Juan aus seiner Kritik am Zölibat gewisse Konsequenzen gezogen hatte. Dass er schwach geworden war.

Juans Interesse am Erbrecht.

Neben Fachliteratur über die Borgias, über römische Palazzi und die Renaissance hatte der junge Spanier ein Werk über Erbrecht ausgeliehen. Über dieses merkwürdige Interesse dachte Petrus schon länger nach, war aber zu keinem Ergebnis gelangt. Die einzig schlüssige Erklärung erschien so abwegig, dass er sie verworfen hatte. Oder sollte Juan eben doch …? Das Foto der Kathedrale von Valencia konnte ein Hinweis sein. Nun, er würde die Frage klären müssen. Dazu war es erforderlich, der Geschichte des Palazzos nachzuspüren. Vor allem musste er klären, wem das Gebäude eigentlich gehörte.

Salzsäure.

Francescos Fund war interessant – wirklich bemerkenswert aber war die Reaktion des Barista gewesen. Dieser Spur würde er nachgehen müssen. Dazu war es erforderlich, nochmals den Palazzo aufzusuchen. Und auch der nächste Aspekt erforderte einen Hausbesuch.

Lucias Wohnung.

Der Gedanke allerdings, die Wohnung einer jungen Frau zu durchsuchen, bereitete ihm Kopfzerbrechen. Wenn man ihn dabei erwischte, konnte er sich einen neuen Job suchen. Normalerweise würde er Giulia bitten – aber die war ja nicht zu sprechen.

Es klopfte.

Kurz, hart, herrisch: Immaculata!

Natürlich, überlegte Petrus, warum habe ich daran noch nicht gedacht! Er könnte zwei Probleme auf einmal lösen: Lucias Wohnung in Augenschein nehmen lassen – und Immaculata versöhnen.

«Herein!», rief Petrus, auf einmal glänzend gelaunt.

II

Diese Aufgabe konnte nur sie bewältigen: zuverlässig. Schnell. Kompetent. Es war nur allzu verständlich, dass Petrus auf sie zurückgegriffen hatte. Schließlich war gar nicht daran zu denken, dass der Papst oder Francesco das Zimmer einer jungen Dame betraten, dass sie Schränke öffneten und in persönlichen Sachen herumwühlten. Mit Genugtuung dachte sie an die Worte des Heiligen Vaters: «Immaculata», hatte er gesagt, «die Durchsuchung eines Haushalts kann nur von einer Frau geleistet werden, die sich mit Haushaltsführung auskennt. Nur sie vermag die geheimen Botschaften eines Wäschekorbs zu lesen, die Geheimnisse eines Kleiderschranks zu deuten.» Wie recht er doch hatte! «Wir werden uns zu dem Palazzo fahren lassen. Ich selbst werde mich nochmals in der Wohnung des Spaniers umsehen. Und du wirst dich um Lucias Wohnung kümmern. Meine Schwestern haben Lucias Wohnungsschlüssel – sie gießen immer die Blumen, wenn Lucia auf Reisen ist. Mach einen Zeitpunkt ausfindig, an dem Lucia nicht zu Hause ist – ich verlasse mich auf dich.»

Immaculata hatte sich von ihren umfangreichen Pflichten freigemacht, hatte die Überwachung in der Mangelstube, das Kündigungsgespräch mit dem Lieferanten für Bier und andere alkoholhaltige Getränke verschoben. Nach einigen Telefongesprächen hatte sie Gewissheit: Am Abend fand in Lucias kleinem Buchladen ein Weihnachtsverkauf mit Glühwein und Keksen statt. Die Studentin war also sicher nicht zu Hause. Eine ideale Gelegenheit!

Noch niemals hatte sie im Wagen neben Petrus sitzen dürfen. Die dunkle Limousine des vatikanischen Fahrdiensts brachte sie rasch in die Nähe des Palazzos. Petrus ließ einige Straßen vorher halten («Wir dürfen kein Aufsehen erregen, liebe Immaculata! Der Palazzo ist jeden Tag in der Presse. Möglicherweise lungern dort Fotografen herum»). Es war ein wenig schade, dass er einen alten Priestermantel trug, eine Sonnenbrille aufsetzte und darauf bestand, dass auch sie sich hinter einem Schal verbarg.

Aber gut – um der Sache willen.

Vor dem Haus war niemand zu sehen. Petrus zog den Schlüsselbund seiner Schwestern aus der Tasche und öffnete die schwere Holztür. Das Treppenhaus wirkte genauso melancholisch wie die Piazza. Es war völlig still im Gebäude – keine Stimmen, keine Tritte auf alten Holzbohlen, kein Türenschlagen. Er erläuterte ihr kurz die Aufteilung der Wohnungen.

«Um 22 Uhr treffen wir uns hier in der Halle. Viel Erfolg!»

Lucias Zimmer lag im obersten Stockwerk. Immaculata wartete ab, bis Petrus in den Räumen des Spaniers verschwunden war, und stieg ebenfalls die Treppe hinauf. Natürlich, sie würde ihre Pflicht tun und sich in der Wohnung der jungen Frau umsehen. Aber vor allem würde sie, nachdem sie nun schon einmal hier war, die Räume von Marta und Maria durchsuchen. Hier – und nur hier – war die Lösung des Rätsels zu finden. Ihr konnte man nichts vormachen, *sie* wusste, dass die Schwestern keineswegs so harmlos waren, wie sie immer taten. Und sie würde es beweisen.

Der Flur war dunkel und roch nach Katze, wie Immaculata fand. Ohne Licht zu machen, tastete sie sich ins Wohnzimmer, wo tatsächlich noch der Christbaum blinkte. Eine enorme Energieverschwendung. Kurz entschlossen zog Immaculata den Stecker. Sie ging nach nebenan in die Küche, sie bemühte sich, keinen Lärm zu machen, damit Petrus ein Stockwerk weiter unten nichts hören konnte. Auf dem Küchentisch standen Schüsseln mit Mehl und Zucker, dazu ein großes Glas Honig und eine Schale mit Schokostreuseln. So als ob die Schwestern mitten in einer ihrer Backorgien panisch die Flucht ergriffen hätten.

Immaculata sah sich kurz um, öffnete zielstrebig einen hohen Schrank und entnahm ihm einen großen Besen. Mit diesem bewaffnet, drang sie wieder ins Wohnzimmer vor. Sie kroch auf den Knien herum, stocherte unter dem Sofa: ein hellblaues Wollknäuel, ein zerbrochener Stickrahmen, ein angebissener Schokoladenkeks. Unter den Sesseln: ein abgenagter Gummiball, eine Stoffmaus ohne Schwanz, zwei angebissene Schokoladenkekse. Unter der Schrankwand: eine Lesebrille, eine Hutnadel, ein angebissener Schokoladenkeks, ein zerlesenes Exemplar von Boccaccios Decamerone.

Sie ging hinüber ins Schlafzimmer, das sich die beiden Damen teilten. Schleiflack und roséfarbene Bordüren. An den Wänden standen links und rechts die beiden Betten, mit geblümten Überwürfen überzogen. Wer auf welcher Seite schlief, ließ sich unschwer erkennen. Während auf Martas Nachtkästchen Stricknadeln, Rosenkranz und Gebetbuch lagen, verschwand Marias Schränkchen fast unter einem riesigen Stapel Kochbücher. Obenauf stand eine schwere Kristallschale, die klebrige englische Bonbons enthielt. Immaculata setzte ihre Untersuchung unter den Betten fort. Sie fand ein verstaubtes Seidenrosenbouquet und ein spitzenbesetztes Nachthäubchen unter Martas Bett. Und jede Menge glitzernde Bonbonpapiere und einen ganzen Stapel Krimis unter Marias Bett. In der Mitte des Raumes thronte ein opulent aufgepolsterter Katzenkorb mit Samtkissen und grünen, seidenen Troddeln. Immaculata schüttelte sich vor Abscheu.

Nun kam sie zum Höhepunkt ihrer hochprofessionellen Durchsuchung. Entschieden näherte sie sich der Truhe im Wohnzimmer. Vorsichtig räumte sie die Krippenlandschaft ab, setzte Kamele, Schafe, Hirten und die ganze Heilige Familie auf den Boden und öffnete die Klappe. Sie tastete mit den Fingern über kühle Seide und raue Leinenstoffe, über holprige Spitzenborten und erhabene Stickereien. Doch plötzlich spürte sie etwas Hartes. Sie griff mit beiden Händen zu, sie tastete deutlich den Umriss eines Kopfes, sie befühlte eine starre Nase. Und tote Augenhöhlen.

III

Petrus öffnete die Tür zu Juans Zimmer und ging, seiner Sache völlig gewiss, durch den Dienstbotengang ins Bad. Wieder fiel ihm die unglaubliche Ordnung auf: Zahnbürste, Zahnpaste und Kamm lagen akkurat auf dem Brettchen unter dem Spiegel; das Handtuch hing perfekt gefaltet über dem Halter. Im obersten Regal lagen weitere Handtücher. Er versuchte, die Regalfläche abzutasten, gab es dann aber auf. Er war zu klein.

Es musste eine Spur geben.

Und er wusste bestimmt, dass sie leicht zu finden sein würde.

Er zog den Badewannenvorhang beiseite. Auf dem Rand standen Duschgel und Shampoo aufgereiht. Petrus ging in die Knie, schnupperte, untersuchte die glänzende Emaillewanne im spärlichen Licht des kleinen Badezimmers. Dann richtete er sich ächzend auf und öffnete den schmalen Badezimmerschrank. Es gab vier Fächer: unten lagen Handtücher, im nächsten Fach Toilettenpapier und Taschentücher, im zweitobersten Fach ein Föhn und ein Nageletui. Ganz oben bewahrte Juan seine Medikamente auf: Kopfschmerztabletten, Tropfen gegen Durchfall, Pflaster und Verbandszeug.

Hatte er sich doch geirrt?

Er öffnete den Toilettendeckel, zog die Toilettenbürste aus der Halterung. Natürlich, der Mülleimer! Petrus trat auf das Pedal, der Eimer sprang auf. Wieder ging er in die Knie, schüttete den Inhalt auf dem Fußboden aus: zerknüllte Taschentücher, eine leere Zahnpastatube, ein Rasierwasserfläschchen. Er schraubte es auf und ließ einige Tropfen auf ein Taschentuch fallen: nichts.

In der Kommode hatte er kürzlich Kehrschaufel und Handfeger gesehen. Er holte beides, bückte sich und kehrte den Inhalt des Mülleimers zusammen. Eine Zahnbürste war unter das Badezimmerschränkchen gerutscht; Petrus stocherte mit dem Besen danach und bemerkte, dass noch etwas anderes darunter lag. Er ging ganz auf die Knie, sah im Dunkeln einen kleinen Kanister liegen und zog ihn hervor.

Auf giftgrünem Untergrund prangte ein Totenkopf. Darüber stand in großen Buchstaben: SALZSÄURE. Mit dem Besenstiel hob Petrus den Kanister behutsam an. Er war leicht – ganz offensichtlich enthielt er keine Flüssigkeit mehr.

Genau, wie ich erwartet habe, dachte Petrus.

IV

Die Klappe der Truhe drückte auf ihre Oberarme. Immaculata zog ihre Hände heraus und räumte fieberhaft die letzten Steine und Zweige von der Krippenlandschaft beiseite. Jetzt konnte sie den Deckel ganz öffnen. Was sie sah, nahm ihr den Atem: Dunkle Locken umrahmten ein bleiches Gesicht. Als sie vorsichtig daran zog, hatte sie den ganzen Kopf in der Hand. Er war ganz leicht. Sie schrie entsetzt auf – und ließ ihn fallen. Ein schönes Stück, lebensecht, perfekt geformt – aus Wachs.

Der Kopf Johannes' des Täufers. Auf einem silbernen Teller. Wie er der schönen Salomé präsentiert worden war. Eine Reliquie für den Hausgebrauch. Die Schwestern hatten sie wahrscheinlich auf irgendeinem Kirchenflohmarkt erstanden. Immaculata zog ihn noch einmal heraus. Die schmalen Lippen, die braun bemalten Glasaugen tief in den Höhlen – so hätte der Spanier auch aussehen können.

Sie beugte sich wieder über die Truhe, fand noch ein flammendes Herz in einem Glaskästchen, einen silbernen Abendmahlskelch mit persönlicher Gravur des Papstes und ein Amulett mit einem kleinen Knochensplitter unbekannter Herkunft. Sie räumte alles wieder zu den Tischdecken und Tüchern, schloss die Truhe, setzte Maria und Josef widerwillig an ihren Platz und stand enttäuscht auf.

Nicht die kleinste Spur.
Und sie hatte noch eine ganze Wohnung vor sich.

Der helle, große Raum, in dem Lucia wohnte, war überwuchert von Pflanzen, wie ein tropisches Gewächshaus. Palmen, Schlingpflanzen, Hängeampeln. Durch ein hohes, schräges Fenster fiel das Licht herein wie in ein Maleratelier. Um den Raum in unterschiedliche Bereiche aufzuteilen, hatte Lucia mehrere Paravents aufgestellt. Bunte, große Sitzkissen lagen in einem Kreis auf dem Boden. In dem hohen Bücherregal an der Wand standen neben mehreren Bildbänden zwei kleine Buddhastatuen aus Stein und ein sitzender Elefantengott aus Messing.

Alles Götzen und heidnischer Kram.

Immaculata schüttelte sich.

Es gab hier keine verschlossenen Schränke, nur offene Regale, in denen Ordner, Unterwäsche, Schmuck und Tücher bunt durcheinanderlagen. Einen kleinen verschnörkelten Metalltisch nutzte Lucia offensichtlich zum Schreiben. Er war bedeckt von lauter beschriebenen und bunt bemalten Zetteln. Auf dem Boden stapelten sich große Zeichenmappen. Immaculata schlug eine davon auf und sofort wieder zu: Aktzeichnungen zeigten ein Mädchen mit langen lockigen Haaren. Den Rest wollte sie sich gar nicht genauer betrachten. Sie umfasste ihr Kreuz und das Medaillon an ihrem Hals und murmelte ein schnelles Ave-Maria.

Wo auch immer der arme, spanische Priester hingekommen war, hier fand er sich jedenfalls nicht.

Weder tot noch lebendig.

Immaculata wollte sich gerade zum Gehen wenden, als sie auf einem der Papierstapel den Umschlag eines Fotogeschäfts entdeckte. Mit spitzen Fingern zog sie ihn zu sich heran und öffnete ihn. Die Fotos zeigten alle dasselbe Mädchen, das sie schon auf den Zeichnungen gesehen hatte: mit langen, rotblonden Locken, die mehr enthüllten als verdeckten. Obenauf lag ein Bild, das offensichtlich für einen runden Bilderrahmen zurechtgeschnitten war. Es war leicht verkratzt. Darauf zu sehen war die junge Frau.

Vollkommen nackt.

I

Ein letzter Anlauf – schlimmer konnte es ja nicht mehr werden.

«Excelsior», sagte Giulia zu dem distinguierten Herrn.

«Wie bitte?», antwortete dieser.

«Excelsior», sagte Giulia noch einmal. «Ich interessiere mich für alte Palazzi. Renaissance oder Barock. Angeblich kommen solche Objekte auf den Markt. Man hat mir geraten, in den besten Agenturen der Stadt das Stichwort ‹Excelsior› zu nennen.»

Sie fühlte sich am Ende ihrer Kräfte. Sie war gestern den ganzen Tag lang ziellos durch die Stadt gelaufen, hatte alle Anrufe weggedrückt und versucht, sich einen Reim auf das alles zu machen.

«Mir gehört eine der besten Agenturen der Stadt, Contessa», antwortete der Makler. «Aber ich möchte Sie ausdrücklich bitten, dieses Stichwort nicht zu nennen.»

«Ich verstehe Sie nicht.»

«In unserer Branche gibt es einige schwarze Schafe – aber ich gehöre nicht zu ihnen. Ich habe meine Grundsätze. Was gegenwärtig in Rom passiert, halte ich für eine Katastrophe. Ein geheimnisvoller Investor – der Herr im Excelsior – erscheint auf dem Markt und versucht, alteingesessenen Familien ihre Wohnsitze zu rauben. Mit üblen Methoden. Er bietet sie über Makler an, vor allem an Ausländer. Zu astronomischen Preisen. Und er verfügt über hervorragende Kontakte auf dem Markt. Man munkelt sogar, er habe Beziehungen bis in die römische Aristokratie. Nein, Contessa, daran beteilige ich mich nicht. Und Sie sollten es auch nicht tun. Schließlich stammen Sie aus den Kreisen, die gerade um ihren Besitz gebracht werden.»

Giulia nickte ergeben. «Ich habe in den letzten Tagen mit vielen Maklern gesprochen. Sie sind der Erste, der nicht bereit ist, mit dem Herrn im Excelsior Geschäfte zu machen. Ich möchte es übrigens auch nicht tun.»

«Warum sind Sie dann zu mir gekommen?»

«Ich recherchiere.»

«Mit welchem Ziel?»

«Irgendjemand muss diesen Herrn stoppen. Ich bin Römerin. Ich stamme aus altem Adel. Aber es geht nicht nur um meine sogenannten Kreise. Es geht auch nicht um meine Familie. Es geht darum, was mit dieser Stadt geschieht. Es ist unsere Stadt. Unsere Kultur. Unsere Geschichte.»

Der Makler reichte ihr eine Karte. «Wenn Sie glauben, dass ich Sie unterstützen kann, Contessa, stehe ich zu Ihrer Verfügung.»

Giulia nahm die Karte, bedankte sich und ging.

Ja, es ging ihr um Rom. Es ging ihr um die Würde dieser Stadt, um die Ehre ihrer Familien. Aber vor allem ging es um sie selbst – um das, was sie für eine große Liebe gehalten hatte.

Nach hundert Metern konnte sie nicht mehr.

Sie öffnete das Portal zu einer kleinen Kirche am Straßenrand, setzte sich in die hinterste Gebetsbank. Und weinte.

II

«Meine Leute halten mich für wahnsinnig», brummte Dottore Frascati in den Hörer. «Ein blutiges Tuch, ein blutverschmiertes Schwert und keine Erklärungen – einige meiner Kollegen fragen sich sicher schon, welchen lästigen Patienten ich mit diesem Mordinstrument ins Jenseits befördert habe.»

«Falls du derartige Ambitionen hast, kannst du das Schwert gerne noch behalten.»

«Es gibt diskretere Methoden, solche Patienten loszuwerden.»

«Davon bin ich überzeugt. Bei uns im Vatikan kennt man sich mit solchen Methoden ebenfalls gut aus. Was hast du herausgefunden?»

«Es handelt sich um Blutflecken. Sowohl auf dem Tuch als auch auf dem Schwert. Und noch etwas ...»

«Ja?»

«Das Blut stammt von ein und demselben Menschen.»

III

«Einen Caffè», sagte Petrus. «Und später machen Sie mir bitte noch einen.»

Der Barista hantierte an seiner Maschine. Als er sich mit

dem fertig gebrühten Tässchen umdrehte, stand auf dem Tresen der Bar, direkt neben der silbernen Zuckerschale, ein Kanister mit einem giftgrünen Etikett.

«Das Zeug würde ich an Ihrer Stelle nicht in den Caffè tun», sagte der Barista. «Nicht sehr magenfreundlich. Was wollen Sie denn damit?»

«Wir sprachen kürzlich darüber, wie man verkalkte Kaffeemaschinen reinigen kann.» Petrus klopfte auf den Kanister. «Geht es damit?»

«Das können Sie nehmen.» Der Barista wischte ungerührt den Tresen sauber. «Ist Ihre Maschine kaputt? Sie können sie gerne bei mir vorbeibringen. Mit der Salzsäure muss man aufpassen. Sonst haben Sie am Ende eine kaputte Maschine und kaputte Hände.»

Petrus schaufelte Zucker in die Tasse, rührte um und trank aus.

«Wissen Sie, wo dieser Kanister herkommt?», fragte er dann.

«Aus dem Fachhandel, vermute ich. Daher beziehe ich die Dinger.»

«Sie verwenden also dasselbe Gemisch?»

«Glaube schon. Der Kanister kommt mir bekannt vor.»

«Ich habe ihn nicht aus dem Fachhandel. Sondern aus dem Palazzo.»

Misstrauisch sah der Barista auf. «Sie waren in meiner Werkstatt?»

«Nein. In Juans Wohnung.»

«Juan hatte keine Kaffeemaschine. Da bin ich mir sicher.» Der Barista nahm ein Handtuch und begann, Tassen abzutrocknen und auf der Maschine zu stapeln.

«Der Kanister war auch nicht in seiner Küche, sondern in seinem Bad», sagte Petrus.

«In seinem Bad?»

«Unter dem Badezimmerschrank. Als ob ihn jemand in Eile dorthin geschoben hat. Um ihn zu verstecken.»

«Warum hätte Juan das tun sollen?»

«Wer sagt denn, dass es Juan war?»

Der Barista legte das Handtuch beiseite, beugte sich über den Tresen und sagte langsam: «Was, Heiliger Vater, wollen Sie damit andeuten?»

«Juan ist verschwunden. Es kann sein, dass er sich davongemacht hat – aber dafür spricht wenig. Es kann sein, dass er getötet wurde. Dann stellt sich die Frage, wo sich die Leiche befindet.»

«Und Sie meinen, dass jemand mit der Salzsäure …»

«Eine klassische Methode, um eine Leiche verschwinden zu lassen. Natürlich setzt sie voraus, dass sich der Täter mit Salzsäuren auskennt.»

«Jetzt verstehe ich. Sie wollen mir etwas anhängen.»

«Ich will Ihnen nichts anhängen. Ich möchte wissen, was mit Juan passiert ist.»

«Jeder in diesem Palazzo hatte Zugang zu meiner Werkstatt», sagte der Barista langsam und mit Nachdruck. «Jeder konnte sich dort Salzsäure organisieren. Ich weiß nicht, ob es jemand aus dem Haus war. Aber ich weiß sehr genau, dass ich es nicht war. Und ich sage Ihnen eines: Wenn Sie weiter solche Beschuldigungen verbreiten, werde ich die Polizei einschalten. Die Suche nach Vermissten ist nämlich nicht Aufgabe des Heiligen Vaters, sondern der Carabinieri.»

Er nahm das Handtuch, knüllte es zusammen, warf es neben die Spüle. «Warum haben Sie die Sache eigentlich nicht gleich der Polizei überlassen? Ich will es Ihnen sagen, Heiliger Vater: Weil sich die Polizei dann auch mit Ihren

Schwestern befasst hätte. Ein gefundenes Fressen für die Medien. Das wollen Sie verhindern, nicht wahr? Und darum suchen Sie einen Sündenbock!»

Petrus hatte den Zornesausbruch ungerührt beobachtet. «Es stimmt: Ich möchte meine Schwestern schützen. Aber nicht nur vor den Medien. Vor allem möchte ich verhindern, dass sie die nächsten Opfer werden.»

«Ich habe nichts gegen Ihre Schwestern.»

«Aber gegen Juan.»

«Das geht Sie nichts an.»

«Sie haben ein Motiv», beharrte Petrus. «Wer sonst im Haus hätte ein Interesse daran gehabt, ihn aus dem Weg zu räumen?»

«Keine Ahnung. Der Palazzo ist voll von Verrückten. Und damit meine ich nicht nur Ihre Schwestern.»

«Sondern?»

«Haben Sie mal mit der Amerikanerin gesprochen?»

«Etwas ... exzentrisch», sagte Petrus. «Aber eine Mörderin?»

«Sie hat sich intensiv um Juan gekümmert – wussten Sie das? Ich weiß nicht, was sie in ihm gesehen hat. Aber sie hat sich ständig ... an ihn herangemacht.»

«Wollen Sie damit sagen, dass Eve ... ein Verhältnis mit Juan hatte? Oder ein Verhältnis angestrebt hat?»

«Nein, darum ging es nicht. Es war eher so, dass sie ihn – wie soll man das beschreiben? – erforscht hat. Ja, erforscht. Sie hat ihn beobachtet. Wie ein Forscherin, die ihre Laborratte beobachtet.»

«Und am Ende hat die Forscherin die Ratte getötet. Ist es das, was Sie andeuten wollen?»

«Wissenschaftler töten ihre Versuchstiere irgendwann, oder?»

Petrus legte einige Münzen auf den Tresen. «Der Palazzo dort drüben wird mir immer rätselhafter. Eine harmonische und bunte Hausgemeinschaft – so dachte ich am Anfang. Aber wenn ich mit den Bewohnern spreche, bin ich mir nicht mehr so sicher. Jeder – ausnahmslos jeder – macht über irgendeinen Mitbewohner seltsame Andeutungen.»

«Wir sind ein wenig durcheinander», sagte der Barista. «Es waren aufregende Tage.»

«Es werden noch weitere aufregende Tage kommen», sagte Petrus. «Das kann ich Ihnen versprechen.»

IV

Francesco hatte es eilig.

Er hastete die Stufen nach unten, sein Vespahelm klackerte gegen das Geländer. Währenddessen versuchte er, sich einen Winterschal um den Hals zu wickeln. Heute war sein freier Nachmittag, er hatte nicht viel Zeit.

Noch fünf Tage bis Weihnachten.

Noch fünf Stunden Zeit, um ein Geschenk für Giulia zu finden.

Er war fast an der Haustür – aber er hatte nicht mit Schwester Immaculata gerechnet. Sie stand mitten im Flur, einen silbernen Altarleuchter im Arm, ein Putztuch in der Hand. Und es war überhaupt nicht daran zu denken, ihr zu entkommen.

«Meine Gebete sind erhört worden», sagte sie melodramatisch.

Francesco stutzte. Einen kurzen Moment nur, doch der wurde ihm zum Verhängnis.

«Wie ich sehe, lieber Francesco, sind Sie wohlauf», flötete Immaculata.

«Warum sollte ich nicht wohlauf sein? Ich habe es nur etwas eilig, ich muss noch ...»

«Nichts ist eilig, wenn es darum geht, vor den Herrn zu treten.»

«Ich habe meine Gebete gerade schon gesprochen, jetzt wollte ich ...»

«Von Gebeten rede ich gar nicht. Eher davon, dass wir dem Himmelreich manchmal näher sind, als wir denken.»

«Liebe Immaculata, Sie sprechen in Rätseln. Wir können uns gerne heute Abend noch über die Wege des Herrn unterhalten. Jetzt würde ich sie gerne gehen ...»

«Zuerst habe ich noch eine Frage an Sie – und danach entscheiden Sie, ob Sie mir vielleicht Gehör schenken möchten. Bitte treten Sie doch ein ...»

Sie stellte den Kerzenhalter ruckartig auf einer Kommode im Flur ab und öffnete die Küchentür. Ein intensiver Geruch nach Kernseife und Bohnerwachs schlug Francesco entgegen. Die Küche glänzte wie noch nie.

«Haben Sie die hier schon einmal gesehen?» Immaculata hielt Francesco eine silberne Dose unter die Nase, auf der das Abbild Padre Pios glänzte.

Francesco sah sie verwirrt an. «Vielleicht, mag sein, ist das nicht die Plätzchendose von Maria und Marta?»

Immaculata drehte den Deckel auf. Sofort schlug ihm ein intensiver Geruch nach Schokolade, Caffè und bittern Mandeln entgegen.

«Ja, natürlich. Davon haben sie mir neulich ein paar mit aufs Zimmer gegeben.» Er musste lächeln. *Gegen die Traurigkeit*, hatten sie gesagt.

Immaculata blickte ihn entsetzt an.

«Sie haben sie doch nicht etwa gegessen?»

«Schwester Immaculata, ich weiß ja, dass Sie Süßigkeiten in der Regel ablehnen. Aber zur Weihnachtszeit wird doch wenigstens ...»

«Haben Sie sie nun gegessen oder nicht?»

Immaculatas Stimme klang scharf.

«Nein, um ehrlich zu sein, ich kam gar nicht mehr dazu. Der Kater, er hat in meinem Bett übernachtet und die Kekse am Morgen einfach aufgefressen. So schnell konnte ich gar nicht reagieren.»

«Der dicke Kater?» Immaculatas Gesicht hellte sich augenblicklich auf. «Sie sagen, dieses fette Tier hat die Kekse gefressen? Alle?»

Sie blickte ihn hoffnungsvoll an.

Francesco wurde langsam ungeduldig.

«Ja, alle, es waren ja nur drei. Aber könnten Sie mir nun bitte einmal erklären, was dieses Verhör eigentlich soll? An meinem freien Nachmittag? Ich muss wirklich los, zur Abendmesse muss ich schon wieder zurück sein ...»

«Ich hoffe, Sie frönen nicht dem gottlosen Konsum, dieser unsinnigen Sitte des Weihnachtsgeschenke-Kaufens in den Tempeln des Mammons?»

Francesco sah verlegen zur Seite.

«Aber nun, da Sie mir die Geschichte mit dem Kater erzählt haben, können Sie ruhig gehen», sagte Immaculata zufrieden. «Wo ist er überhaupt?»

«Keine Ahnung, ich habe ihn seitdem nicht mehr gesehen. Wahrscheinlich schleckt er sich noch immer die Schnurrbarthaare.»

«Ich denke nicht, dass er das tut», sagte Immaculata. «Dieser gefräßige Kater hat nun seinen Frieden gefunden. Gott sei mit ihm.»

«Wie meinen Sie das?»

«Nun, mein Lieber», erklärte Immaculata kühl, «ich gehe davon aus, dass diese Schokoladenkekse vergiftet waren. Ich habe intensiv über diese ganze haarsträubende Geschichte mit dem armen spanischen Priester nachgedacht und bin zu dem Schluss gekommen, dass Maria und Marta ihn umgebracht haben.»

Francesco sah sie fassungslos an, aber Immaculata ließ sich nicht aus der Ruhe bringen.

«Die beiden sind den ganzen Tag damit beschäftigt, neue gefährliche Rezepte auszuprobieren. Sie hantieren mit Alkohol und Zucker wie gemeine Schwarzbrenner. Natürlich verdächtigt niemand zwei so liebenswerte alte Damen. Aber wenn man genauer hinsieht, erkennt man, wie alles zusammenhängt.» Immaculata war nun in Fahrt. «Sie sammeln giftige Kräuter an der Via Appia Antica, sie locken junge, gut aussehende und keusch lebende Männer mit Kuchen und Süßigkeiten zu sich – wie die Hexe aus dem Märchen. Auch Juan ist schließlich immer wieder von ihnen eingeladen worden. Wenn sie ihr Opfer genügend eingelullt haben, schlagen sie zu. Sie mixen ihre giftige Tinktur, sie töten die frommen Männer. Und dann ...»

«Aber warum, Immaculata, warum sollten sie das denn um Gottes willen tun?» Francesco war fassungslos. «Die Schwestern des Papstes sind die beiden gutherzigsten Damen, die ich in meinem Leben kennengelernt habe – meine Nonna einmal ausgenommen. Warum sollten sie wahllos fremde Männer morden?»

«Oh nein, nicht wahllos. Sie suchen sich ihre Opfer genau aus. Was haben Juan und Sie gemeinsam?»

«Wir sind ... beide Geistliche.»

«So ist es!», sagte Immaculata triumphierend. «Die

Mächte des Bösen gegen die Mächte des Guten! Das ewige Ringen von Anbeginn an. Haben Sie nicht gehört, dass es in dem alten Palazzo spukt? Haben Sie sich noch nicht gefragt, ob da nicht teuflische Mächte am Werk sind?»

«Das höre ich mir nicht länger an.» Francesco setzte seinen Helm auf. Dumpf hörte er Immaculatas Stimme durch die Polsterung.

«Ach ja? Und wo ist dann der Kater abgeblieben? Sie werden sich noch an meine Worte erinnern. Die Tiere ziehen sich zurück, wenn ihr Ende naht. Sie verkriechen sich. Und warten auf den Tod!»

I

Der Anruf kam von der hinteren Pforte. Immaculata reichte ihm den Hörer: «Der Gärtner.»

Als Petrus sich abwandte, damit Immaculata nicht alles verstehen konnte, schaltete sie unauffällig den Lautsprecher ein.

«Heiliger Vater, ich ... ich muss mich entschuldigen.» Es war Signor Maurizio, Chef der vatikanischen Gärtnerei, Herrscher über die kunstvollen Parkanlagen hinter dem Petersdom.

«Wenn Sie noch nichts gesagt haben, müssen Sie sich auch für nichts entschuldigen», brummte Petrus ins Telefon.

Er war gerade dabei gewesen, die Aufstellung für das Derby der beiden römischen Fußballrivalen zu studieren, um sich ein wenig von seiner Weihnachtsansprache abzulenken. Mit der er sich dringend, sehr dringend, befassen musste. Eine Unterbrechung konnte er da gar nicht brauchen.

«Aber ... vielleicht wäre es Ihnen möglich, für einen Moment herunterzukommen, in den Garten.» Signor Maurizio klang aufgeregt. «Hier sind, äh, zwei Damen, die sich mit dem Gärtner nicht einigen können ...»

Petrus sah kurz auf und blickte direkt in Immaculatas triumphierendes Gesicht.

«Ich bin gleich bei Ihnen», sagte er. Und legte auf.

«Gibt es Ärger und Ungemach?», flötete Immaculata. «Ich habe es mir doch gleich gedacht, als ich Ihre Schwestern heute Morgen losziehen sah ...»

«Meine liebe Immaculata. Ich selbst habe die beiden losgeschickt», schwindelte er. «Und jetzt», schnaufte er, «hole ich sie wieder herein.»

An der hinteren Pforte wartete bereits der Schweizergardist, der ihn zu einem völlig echauffierten Gärtner führte. Signor Anselmo, ein älterer Herr mit silbergrauem Haar und akkurat gebügelter Schürze, normalerweise die Ruhe selbst, war außer sich.

«Heiliger Vater, so geht es nicht, die ganze Flora und Fauna ist durcheinander, alles, was ich mühsam in den letzten zwölf Jahren angepflanzt habe, ist hin, einfach hin.»

Vor ihm standen Maria und Marta und sahen sehr zerknirscht aus. Zwischen sich trugen sie einen großen Henkelkorb mit gelb leuchtenden Zitronen, doch vor ihren Füßen stand noch ein weiterer kleinerer Korb, der Signor Anselmo offensichtlich ein Dorn im Auge war.

«Sehen Sie hier.» Er hielt ein verkümmertes kleines Pflänzchen in die Luft. «Ein Venusfarn. Hoffnungslos verloren. Und hier, der ‹Schwiegermuttersessel›» – er deutete auf einen kleinen, kugelförmigen Kaktus, «brutal aus seiner angestammten Umgebung gerissen.» Er konnte sich gar nicht mehr beruhigen.

Petrus blickte erst verständnislos auf die Stachelkugel, die ihn irgendwie an Immaculata erinnerte, und dann fragend zu seinen Schwestern.

«Angelo, es ist nicht so, wie es aussieht ...»

«... ist es nicht. Wir waren nur hinten im Garten, um Zitronen zu ernten, für unsere ...»

«... Zitronenkekse, die du immer so gerne isst. Sie sind jetzt gerade reif, sieh mal, so schöne bekommt man nicht mal auf dem Campo de' Fiori, und wie sie duften ...» Maria hielt ihm eifrig eine der Früchte hin.

«Ja?»

«Na ja, und da haben wir gesehen, dass gleich nebenan ...»

«Mitten im eigens angelegten Felsengarten!», sagte Signor Anselmo empört.

«... dass hier kleine Moose und Pflanzen wachsen, die wir dringend ...»

«... für *deine* Weihnachtskrippe brauchen.» Marta klang nun ebenfalls aufgebracht.

Petrus streckte sich ein bisschen, um autoritärer zu wirken.

«Verehrter Signor Anselmo, ich schlage vor, dass meine Schwestern die Kakteen eigenhändig wieder einpflanzen, wenn die Weihnachtszeit vorbei ist ...»

Signor Anselmo sah immer noch wütend auf den Korb.

«Außerdem werden sie Ihnen und Ihrer sehr verehrten Frau sicher einige ihrer köstlichen Biscotti vorbeibringen.»

Die Miene der Gärtners entspannte sich.

«Und ihr beiden ...», sagte er nun streng zu seinen Schwestern, «folgt mir bitte in mein Arbeitszimmer, ich habe mit euch zu reden.»

Er ging voraus, den Korb mit den Pflanzen nahm er vorsichtshalber selbst. Oben saß Immaculata starr auf ihrem Stuhl an der Tür und häkelte.

Hartnäckig.

«Immaculata, meine Liebe, Kardinal Rizzoli hat vorhin

angerufen, er möchte den heutigen Abend mit mir verbringen, um das vergangene Fußball-Derby zu besprechen. Wie du weißt, haben wir ja eine Tippgemeinschaft, und unsere Konkurrenten, Bischof Segafreddi und Kardinal Ruffini, liegen nur vier Punkte hinter uns. Nun passt es mir aber schlecht, ich muss ja die Weihnachtsansprache vorbereiten und habe außerdem noch die Anprobe der Gewänder vor mir. Würdest du die Verabredung bitte auf morgen verschieben?»

«Rizzoli?» Immaculata erhob sich augenblicklich. «Schon wieder? Ich sollte dringend mit seiner Haushälterin sprechen. Sie muss erfahren, dass der Kardinal hier im Vatikan zur Sünde verführt wird, dem Glücksspiel verfällt und dem Alkohol frönt ...»

«Ach apropos, das Bier ist auch alle ...», rief ihr Petrus noch nach, während Immaculata türenknallend verschwand.

«So.» Er wandte sich zu seinen Schwestern. «Da wir nun unter uns sind, möchte ich euch etwas Wichtiges fragen. Und», er hob die Hand, «erst rede ich, dann ihr.»

Vor diesem Gespräch hatte er sich lange gedrückt, aber es musste wohl sein.

«Ich habe einige Dinge bei Juan im Zimmer gefunden, zu denen ich nähere Informationen brauche. Unter anderem», er zog das kleine rote Büchlein aus der Schreibtischschublade, «dieses Notizbuch hier.»

Marta öffnete den Mund, aber Petrus hob wieder die Hand.

«Darin finden sich, unter anderem, recht aufschlussreiche Notizen zum Zölibat.» Er blickte seine Schwestern nun scharf an, die auf dem Sofa hinter Königen und Kamelen seiner Krippe hervorlugten.

«So wie es aussieht, hat sich der gute Juan damit etwas gequält ...»

«Jawohl, gequält.» Bei Marta gab es nun kein Halten mehr.

«Der gute, gute Junge, hatte es schwer ...»

«... aber das war nicht seine Schuld ...»

«... nein, war es nicht. Man muss sich nur mal vorstellen, so ein junger Mann, alleine in einer fremden Stadt. Er stammt nämlich ...»

«... aus einem sehr behüteten, strengen und katholischen Elternhaus.»

«Nun ist der Palazzo, in dem ihr lebt, ja nicht gerade ein Sündenpfuhl», sagte Petrus aufmunternd.

«Oh, Angelo, wenn du wüsstest.» Die beiden wechselten einen kurzen Blick. Und wieder musste Petrus daran denken, wie sie als Kinder schon immer zusammengehalten hatten. Nichts und niemand konnte ihnen ein Geheimnis entlocken, wenn sie nicht wollten. Nicht einmal seine Mutter hatte das je geschafft.

«Also, wir ... wir haben dir noch nicht alles erzählt.»

«Nämlich, und das ist nicht die Schuld von Juan, der eben ein gut aussehender junger Mann war ...»

Petrus wurde langsam ungeduldig. «Wie gut aussehend Juan war, weiß ich inzwischen.»

«... und so attraktiv ...»

«... dass er natürlich unmoralische Angebote bekam.»

«Wir haben ja schließlich Augen im Kopf, und uns ist nicht entgangen ...»

«... wenn im Treppenhaus nachts die Türen gingen. Wenn wir Schritte auf den Stufen hörten. Und wenn die Nachbarin länger bei ihm zu Besuch blieb, als es eigentlich schicklich ist.»

«Ihr meint Lucia.»
Beide nickten.
«Aber wir hätten natürlich nie gedacht ...»
«... natürlich nicht, so etwas kann man sich gar nicht vorstellen ...»
«... wo er doch Priester ist ...»
«... wirklich ein schöner Mann ...»
«... mit so einem gepflegten Dreitagebart ...»
«... und wir mussten doch wirklich ein bisschen auf ihn aufpassen ...»
«... ja, so unerfahren, wie er war ...»
«... und ihn vor dem falschen Weg bewahren.»
Jetzt nickten beide wieder. Energisch diesmal.
Petrus sah verwirrt von einer zur anderen. «Was wollt ihr mir eigentlich genau sagen?»
«Also, wir haben uns ja schon länger unsere Gedanken gemacht. Aber an dem Abend, als wir ... also, wir sind noch einmal zu ihm hinuntergegangen ...»
«... wegen der Schokoladenkekse, du erinnerst dich?»
«Marta, habe ich gesagt, Marta, vielleicht gehen wir zu zweit ...»
«... und als wir unten vor der Tür standen, da haben wir sie gesehen ...»
«Wen habt ihr gesehen?» Petrus blickte unruhig von einer zur anderen. «Könnt ihr bitte ein einziges Mal in ganzen Sätzen reden ...»
«Wir haben sie beide gemeinsam gesehen, verstehst du?»
«Sie waren ganz allein, Lucia und Juan ...»
«... wo er doch Priester ist ...»
«... in seinem Schlafzimmer. Und sie hatte die Haare für ihn gelöst ...»
«... stell dir vor, was soll er denn da machen ...»

«… und ich glaube sogar, sie hat ihm Wein mitgebracht …»

«… Rotwein, und sie ist vor ihm gestanden … wie wenn sie …»

«… und er hat sie so angesehen, dass wir uns einig waren, dass wir etwas unternehmen müssen.»

«Ja, denn schließlich hat er es gelobt vor Gott …!»

II

«Also noch einmal», sagte Petrus. «Lucia hat ganz offenbar eine besondere Strategie, um mit lästigen Gesprächspartnern fertig zu werden. Sie findet die jeweilige Schwachstelle heraus, besonders bei Männern – und dann schießt sie sich genau auf diese Schwachstelle ein. Aber wir haben eine Gegenstrategie.»

Petrus, Giulia und Francesco standen gegenüber von Lucias kleinem Buchladen. Giulia sah grau im Gesicht aus, wie Petrus fand. Sie trug eine riesige, dunkle Sonnenbrille und lutschte beständig Halsbonbons. Ein bedenklicher Zustand, vor allem, wenn er bedachte, dass sie ihren neuen Ring mit dem Brillanten offensichtlich daheim vergessen hatte. Aber diese kleine Aktion würde sie ablenken.

«Gegen Lucias Psychotricks gibt es keine Strategie», sagte Francesco und zupfte nervös an seinem Habit.

«Unsere Strategie besteht darin, dass wir zu dritt kommen», sagte Petrus gelassen. «Sie kann sich auf ein Gegenüber einschießen – aber nicht auf drei. Außerdem haben wir eine Frau dabei. Da wird es ihr schwerfallen, mit ihrem Männer-Feindbild zu arbeiten. Also los!»

Sie überquerten die Straße. Die Glöckchen über dem Eingang klingelten, als Petrus die Ladentür aufstieß. Lucia stand neben der Kasse und packte Buchpakete aus. Sie sah kurz auf, verzog das Gesicht und wandte sich wieder den Päckchen zu.

«Buon giorno», grüßte Petrus freundlich.

«Was wollen Sie?»

«Wir suchen Literatur zum Thema ‹Partnerschaft›», sagte Giulia. «Beziehungsfragen aus weiblicher Sicht. Sie wissen schon.»

«Haben wir jede Menge», sagte Lucia und deutete mit dem Kopf auf ein Regal, über dem eine Fotomontage hing, die Cristiano Ronaldo – mit nacktem Oberkörper – beim Kloputzen zeigte.

«Oh, Sie haben auch eine Leseecke», sagte Petrus und ließ sich auf einem wackligen Klappstuhl nieder. Auf einem Tischchen daneben standen Bio-Kekse und Kräutertee bereit. «Giulia, würdest du uns eine passende Auswahl bringen?»

Francesco, mutig geworden, wandte sich an Lucia: «Ich interessiere mich für weibliche Spiritualität. Maria als Muttergöttin. Jesus und seine Jüngerinnen.»

«Dort hinten.» Das Regal war mit einem Schriftzug versehen: *Mutter unser, der du bist in den Himmeln.*

«Danke.»

Giulia zog einige Bände aus dem Regal und setzte sich neben Petrus.

«Wir stehen vor einer schwierigen Frage», wandte sich Petrus an Lucia. «Wir machen uns Gedanken, ob eine Frau auch mehrere Männer haben kann.»

«In vielen Kulturen gibt es ja den Fall, dass ein Mann mehrere Frauen hat», erläuterte Giulia. «Warum nicht auch im Christentum? Und warum nicht auch umgekehrt? Der Heilige Vater ist dabei, ein grundlegend neues Konzept von Partnerschaft zu entwerfen. Polygamie statt Monogamie. Dafür suchen wir Inspiration.»

«Wusstet ihr, dass Gott eine Frau ist?», rief Francesco hinter einem Buchregal hervor. «Das Gebären ist nämlich das urweibliche Prinzip. Darum ist auch die Welt selbst von einer Frau geboren worden. Also ist Gott eine Frau. Steht hier!»

«Sehen Sie», sagte Giulia. «Die Kirche erlebt gerade einen Modernisierungsschub. Auch das Zölibat wollen wir bei dieser Gelegenheit abschaffen. Kurz: Jeder soll heiraten können, wen und wie viele er mag.»

«Natürlich wissen wir», sagte Petrus ernst, «dass es große Hindernisse geben wird, wenn man die Polygamie einführt. Eifersucht zum Beispiel. Immer wieder gibt es Kleingeister, die sich daran stören, wenn ihre Frau – oder ihr Mann – einen anderen Partner hat.»

«Aber es gibt auch ermutigende Gegenbeispiele», rief Francesco hinter dem Regal hervor.

«Richtig!», strahlte Giulia. Sie kam langsam in Fahrt. «Moderne Lebensgemeinschaften, wo unter einem Dach alles möglich ist. Wir hatten in den letzten Tagen die große Freude, ein solches Beispiel kennenzulernen.»

«Mitten in Rom gibt es einen Palazzo, in dem eine reizende junge Frau wohnt, die zugleich mit zwei Männern aus dem Haus liiert war», sagte Petrus.

«Und es schien zu funktionieren! Jedenfalls eine Zeitlang.»

«Es ist völlig unpassend, diese Frau als ‹reizend› zu bezeichnen», tönte Francesco hinter dem Regal. «Frauen sollten nicht länger auf ihre Reize reduziert werden. Sie haben bedeutende spirituelle Fähigkeiten. Ich blättere gerade in dem Band ‹Tantra – eine Chance für das Christentum?›. Hier wird sehr deutlich, dass ohne Frauen ...»

«Schluss jetzt!», schrie Lucia. Sie hatte rote Flecken im Gesicht und sah hektisch von einem zum anderen. «Raus mit Ihnen. Alle!»

«Wir haben einige Fragen», sagte Petrus freundlich. «Wenn sie beantwortet wurden, gehen wir. Bis dahin trinken wir ein Tässchen Kräutertee mit Ihnen und knabbern Kekse. Sie sehen nach Immaculatas Backkünsten aus, aber man soll sich nicht von Äußerlichkeiten täuschen lassen.»

«Was haben Sie für Fragen?»

«Trifft es zu», sagte Giulia, «dass Sie mit dem Barista Bartolomeo und dem Priester Juan zugleich ein Verhältnis hatten?»

«Was geht Sie das an?»

«Wir werden viele gemütliche Stunden in diesem Laden verbringen», sagte Petrus.

«Jesus hatte keine Erleuchtung auf dem Berge», referierte Francesco seine Lesefrüchte. «Vielmehr hat ihn dort Maria Magdalena besucht. Und weil die Evangelisten etwas prüde waren, wurde das ... Geschehen als Erleuchtungserfahrung dargestellt.»

«Es stimmt», sagte Lucia leise.

«Warum hat Ihnen der Barista nicht genügt?»

«Bartolomeo ist ein feiner Kerl. Und auch ein kluger Kopf. Juan dagegen war ... ist ... geheimnisvoll. Obwohl er Priester ist, hat er sich aus den ganzen Kirchenritualen wenig gemacht, all diese Messen, diese Rosenkranzgebete, all das war ihm fremd. Es war ihm viel wichtiger, über die großen Fragen nachzudenken: Sinn des Lebens, Erkenntnis Gottes – solche Sachen. Er war chaotisch, vielleicht. Ein kreativer Kopf. Romantisch. Und er hat ... gelitten. An seinem Schicksal.»

«Leidende Männer», sagte Giulia, «üben auf manche Frauen eine ungeheure Anziehungskraft aus. Glauben sie zumindest. Bei mir funktioniert das nicht – aber ganz offenbar bei Ihnen?»

«Er kam mit dem Zölibat nicht klar», sagte Lucia wütend. «Und das ist mehr als verständlich. Das Zölibat ist ein menschenfeindlicher, leibfeindlicher Unsinn aus dem Mittelalter.»

«Und die Begegnung mit Ihnen hat diesen Konflikt noch verschärft», sagte Petrus.

«Ja. Danach wusste er, was das Leben zu bieten hat – wenn man das Leben liebt.»

«Und der Barista?» Giulia hielt ein Buch hoch: *Darf ich Ihnen meine Frau vorstellen? Männliches Besitzdenken im 21. Jahrhundert.*

«Hat getobt vor Eifersucht.»

«Das war Ihnen egal?»

«Er hat keinen Anspruch auf mich. Wir hatten etwas miteinander. Aber daraus kann er keine Rechte ableiten.»

«Es ging ihm nicht um Rechte», warf Francesco ein. «Es ging ihm um Gefühle.»

«Mit denen muss er klarkommen», sagte Lucia. «Das müssen wir alle.»

«Vielleicht ist er aber nicht mit seinen Gefühlen klargekommen.» Petrus tunkte einen Keks in den Tee, biss ab und verzog das Gesicht. «Vielleicht hat er einen radikalen Weg gewählt, um seine Gefühlsprobleme zu lösen.»

«Das kann sein», sagte Lucia.

Petrus legte den abgebissenen Keks an den Rand. Giulia

hörte auf, in dem Beziehungsratgeber zu blättern. Francesco streckte den Kopf hinter dem Spiritualitäts-Regal hervor.

«Wie meinen Sie das?», fragte Petrus langsam.

«Sie wollen doch wissen, ob Bartolomeo Juan umgebracht hat?»

«Das wollen wir wissen – in der Tat», sagte Petrus.

«Ich weiß es nicht. Aber wenn Sie wissen wollen, ob ich es ihm zutraue: Ja. Er ist ein Nerd, ein zurückgezogener Spinner. Ein bisschen irre. Wir hatten etwas miteinander – und er hat sich prompt in mich verknallt. Kann schon sein, dass er durchgedreht ist.»

«Wo haben Sie sich aufgehalten, als Juan verschwand?»

«Ich war in dieser Nacht bei ihm. Und bin dann nach Mitternacht wieder in mein Zimmer gegangen.»

«Wusste Bartolomeo davon?»

«Weiß ich nicht. Kann sein. Vermutlich. Ist mir auch egal. So, jetzt wissen Sie alles. Würden Sie dann bitte gehen?»

«Natürlich wäre es auch möglich», sagte Petrus langsam, «dass Sie Juan umgebracht haben.»

«Und warum hätte ich das tun sollen?»

«Eine berechtigte Frage. Sie haben – streng genommen – kein Motiv. Es sei denn …»

«Kennen Sie Eves Manuskript?», fragte Giulia.

«Sie spricht von nichts anderem. Aber gelesen habe ich es nicht.»

«Wissen Sie, dass dort auch ein Juan vorkommt – aus der Familie der Borgias? Er ist hinter seiner Schwester her und wird zudringlich. Aus Rache lockt sie ihn in eine Falle und bringt ihn um.»

«Es wäre ja möglich», erläuterte Petrus freundlich, «dass

sich Eve diese Geschichte nicht ausgedacht hat. Vielmehr könnte es sein, dass sie das alles *beobachtet* hat.»

Lucia drehte sich von der Kasse weg und antwortete nicht.

Hinterher interessierte Petrus vor allem Lucias Gesichtsausdruck in dem Moment, als er ihr die Frage nach Eve gestellt hatte.

Vom Regel mit Spiritualitäts-Literatur aus hatte Francesco den besten Blick gehabt. Lucia habe weder nervös gewirkt noch ängstlich, berichtete er. Eigentlich sei ihr Gesichtsausdruck sehr ruhig und klar gewesen, als würde sie konzentriert über etwas nachdenken.

«Hat uns das weitergebracht?», fragte Giulia.

«Sehr», sagte Petrus.

«Ach?»

«Es zeigt sich wieder einmal, dass die Hausgemeinschaft nicht ganz so gut ist, wie es zunächst schien. Wenn es eng wird, ist jeder Bewohner des Palazzos sofort bereit, schlecht über die anderen zu reden und Gerüchte zu streuen.»

«Sie meinen», fragte Francesco, «dass wir uns der Lösung des Rätsels nähern? Dieses Gefühl habe ich nämlich gar nicht.»

«Wir sind noch nicht am Ziel», sagte Petrus. «Die meisten Punkte von meiner Liste habe ich abgehakt. Aber einer fehlt noch. Ein ganz entscheidender.»

«Und der wäre?»

«Juan hat ein Buch über Erbrecht ausgeliehen. Und das führt mich zu der Frage, wem der Palazzo eigentlich gehört.»

III

Die Hausverwaltung «La Casa» befand sich in einem unscheinbaren, aber gepflegten Altbau nahe der Via Nazionale. Petrus hatte seine Altherren-Sonnenbrille aufgesetzt, trug den alten Priestermantel und das überheblich-mürrische Gesicht eines standesbewussten Pfarrers, der sich mindestens zum Bischof berufen fühlt.

«Sie haben eine unglaubliche Ähnlichkeit mit dem Heiligen Vater», sagte Signor Curatore, der Geschäftsführer. Er war ein älterer, weißhaariger Herr, dessen Verhandlungsstrategie – wie Petrus schnell begriff – darin bestand, lästige Mieter mit milder Freundlichkeit an sich abprallen zu lassen.

«Das höre ich öfter», sagte Petrus. «Aber der Papst ist viel ... korpulenter.»

Der Hausverwalter musterte ihn: «Tatsächlich? Nun, mag sein. Ich habe ihn noch nie von nahem gesehen.»

«Schon im Fernsehen sieht man doch, wie sich die Soutane über seinem Bauch spannt», ereiferte sich Petrus. «Davon kann keine Rede sein bei mir.»

Der Hausverwalter sah ihn überrascht an und wechselte das Thema: «Sie kommen wegen Ihrer Schwestern? Das sagten Sie doch am Telefon.»

«Richtig. Signor Curatore, nach meiner Kenntnis verwalten Sie das Haus, in dem die beiden Damen zur Miete leben.»

«Wir kümmern uns um Hunderte von Gebäuden», sagte Signor Curatore. «Ich kenne sie nicht alle. Dafür habe ich meine Leute.»

«Es handelt sich um einen Palazzo in Tiber-Nähe.»

«Und Ihre Schwestern möchten ausziehen, sagten Sie?»

«Im Gegenteil. Sie möchten die Wohnung kaufen.»
Der Hausverwalter lächelte milde und zog die Augenbrauen hoch. «Die Damen haben geerbt?»

«Sie sind nicht arm.»

«Das wird nicht genügen», erklärte Signor Curatore. «Ist Ihnen bekannt, wie sich der römische Immobilienmarkt entwickelt hat?»

«Natürlich.»

«Dann wird Ihnen klar sein, dass ein Palazzo in Tiber-Nähe – wie soll ich sagen – ein Rohdiamant ist.» Er suchte in seinem Computer nach dem Gebäude. «Ah, hier haben wir es. Etwas restaurierungsbedürftig, sicher, aber beste Lage und großes Potenzial. Irgendwo habe ich kürzlich von diesem Objekt gelesen – aber ich kann mich gerade nicht erinnern …»

«Und diesen Rohdiamanten – um Ihre Worte aufzugreifen – möchten Sie schleifen?»

«Ich? Wo denken Sie hin, Padre. Ich bin Hausverwalter. Ich kümmere mich allerhöchstens einmal um eine defekte Heizung. Ich nehme die Miete entgegen und reiche sie an den Eigentümer weiter. Ich bin ein Dienstleister, nicht mehr. Aber natürlich beobachte ich den Markt. Ich sehe, wie sich Rom verändert. Immer mehr alte Palazzi werden zu Geld gemacht. Und diese Immobilie – da bin ich mir sicher – wartet nur darauf, veredelt und sehr teuer verkauft zu werden. Ich befürchte allerdings, dass Ihre Schwestern nicht als Käufer in Betracht kommen.»

«Meine Schwestern wohnen seit Jahrzehnten dort.»

Signor Curatore seufzte. Milde Anteilnahme lag in seinem Seufzen. «Ich höre das öfter. Und ich verstehe es gut. Aber ich bitte um Verständnis, dass ich keinen Einfluss habe auf die Entscheidungen des Eigentümers.»

«Ich möchte den Eigentümer sprechen.»

«Bedaure.»

«Wie heißt der Eigentümer?»

«Bedaure.»

«Warum wollen Sie mir keine Auskunft geben?»

«Der Eigentümer hat kein Interesse an Verkaufsgesprächen mit Mietern. Falls er verkaufen will, wird er sich bestimmt bei Ihren Schwestern melden.»

«Um ihnen ein Angebot zu machen? Aber genau darum bin ich doch hier!»

«Um ihnen eine Abfindung vorzuschlagen», sagte Signor Curatore. «Kann ich noch etwas für Sie tun?»

«Sie können mir sagen, wie viel Zeit meine Schwestern noch haben.»

«Wenig, vermute ich», sagte Signor Curatore mit Milde. «Sehr wenig.»

I

«Das Doppelte», sagte Petrus. «Egal, wie hoch die bisherigen Gebote sind: Ich biete das Doppelte.» Er hatte ein Taschentuch über die Sprechmuschel gelegt und bemühte sich um einen möglichst entschiedenen Investorentonfall.

Am anderen Ende der Leitung war es still. Signor Curatore, Geschäftsführer der Hausverwaltung «La Casa», brachte ihn ganz offenbar nicht mit dem Priester in Verbindung, der ihn gestern besucht hatte.

«Wer sind Sie?», fragte er lauernd.

«Ein Kaufinteressent. Es spielt keine Rolle, ob Sie mich kennen.»

«Sie können nicht wissen, wie hoch die bisherigen Gebote sind. Das Doppelte kann sehr viel sein.»

«Das ist mir egal», sagte Petrus.

«Der Immobilienmarkt in Rom ist attraktiv», sagte Signor Curatore mit vorsichtiger Milde. «Aber vielleicht ist er auch überhitzt. Sie wollen das Doppelte zahlen und trotzdem Gewinn machen. Ein riskanter Plan.»

«Es geht mir nicht um Gewinn», sagte Petrus. «Es geht mir um den Palazzo. Ich möchte ihn besitzen. Genau diesen. Keinen anderen.»

«Ich verstehe», sagte Signor Curatore gedehnt. «Sie sind

kein Investor. Sie sind … sozusagen … ein Liebhaber alter Gebäude.»

«Wer auch immer ich bin: Ich möchte den Eigentümer sprechen.»

«Das möchten viele», sagte Signor Curatore. «Aber der Eigentümer ist sehr zurückhaltend. Er pflegt nur dann Geschäftskontakte, wenn sie mit hoher Gewissheit zum Ziel führen.»

«Das ist der Fall.»

«Ich möchte Ihnen nicht zu nahe treten», sagte Signor Curatore, «aber ich bitte um Verständnis, dass der Eigentümer sich nicht auf Ihre bloße Zusicherung verlassen kann.»

«Das verstehe ich.»

«Möglicherweise haben Sie auch eine Vorstellung, wie dieses Problem gelöst werden kann?»

«Sie benötigen einen Nachweis, dass ich ein solventer Interessent bin. Geht es darum?»

«Ein solcher Nachweis wäre hilfreich.»

«Ich schicke einen Boten zu Ihnen», sagte Petrus. «Jetzt gleich. Er wird einen größeren Geldbetrag mit sich führen. Verstehen Sie diesen Betrag als … Vermittlungsprovision. Diese Provision wird Sie überzeugen, dass ich ein seriöser Interessent bin und Sie mir guten Gewissens ein Gespräch mit dem Eigentümer vermitteln können.»

«Ihr Vorschlag leuchtet mir ein», sagte Signor Curatore milde. «Wie kann ich Sie erreichen?»

«Ich melde mich bei Ihnen. In zwei Stunden.»

Petrus legte auf und wählte die Nummer der Vatikanbank. Draußen hörte er schon wieder seine Schwestern nach dem Kater rufen. Der Monsignore war nun schon seit fünf Tagen in den Katakomben des Vatikans verschwunden, was Petrus nicht weiter beunruhigte. Und Immaculata erfreute. Seine Schwestern aber hatten sich in eine Hysterie gesteigert und waren kurz davor, die Räume bis hinunter zum Petrusgrab umzugraben. Er musste warten, bis sie mit ihrem Rufen fertig waren. Er musste sich konzentrieren. Denn es würde ein schwieriges Gespräch werden. Die päpstliche Privatschatulle war gut gefüllt – doch die Buchhalter der Bank waren kleinlich und würden ihn nach einem Verwendungszweck fragen.

Am besten, dachte Petrus, versuche ich es mit Weihnachtsgeschenken.

II

«Heute Abend», sagte Signor Curatore. «Um sechs Uhr. Mein Auftraggeber bittet Sie, einen Treffpunkt Ihrer Wahl vorzuschlagen.»

Petrus überlegte.

Es musste ein Ort sein, der sich für eine vertrauliche Unterredung eignete. Doch zugleich musste er Giulia oder Francesco gestatten, den geheimnisvollen Eigentümer zu beobachten. Sie würden Fotos benötigen – falls der Eigentümer seine Identität nicht preisgab und sie weitere Nachforschungen würden anstellen müssen.

Ein Restaurant? Zu intim.

Eine Piazza? Zu unpersönlich.

Eine Kirche! Das war die Lösung. Falls der Eigentümer genau der Erzkapitalist war, den Petrus vermutete, würde ihn das verunsichern. In einer Kirche waren viele Menschen; Giulia und Francesco würden nicht auffallen.

Aber welche?

«Sind Sie noch dran?», fragte Signor Curatore.

«San Giovanni in Laterano», sagte Petrus. «Im Kreuzgang.»

«Ein ungewöhnlicher Ort», sagte Signor Curatore. Seiner Stimme war anzumerken, dass er tatsächlich verblüfft war.

«Ich bin auch ein ungewöhnlicher Interessent», sagte Petrus.

«Wie wird der Eigentümer Sie erkennen?»

Petrus überlegte kurz. «Am Rosenkranz. Ich werde einen Rosenkranz beten.»

Dann legte er auf.

III

Mutter und Haupt aller Kirchen der Stadt Rom und des Erdkreises – so lautete der Ehrentitel von San Giovanni in Laterano. Sie war die eigentliche Bischofskirche des Papstes, die ranghöchste der Patriarchalbasiliken. Petrus hing an ihr. Nichts gegen den guten alten Petersdom, pflegte er zu sagen, aber manchmal ist er mir zu vornehm und könnte sich vom volksnahen Laterano etwas abschauen.

Petrus ging langsam durch das weit gespannte Kirchenschiff, über ihm die goldene Balkendecke, in den Seitenschiffen tausend Kerzen vor den Altären und Heiligenbildern. Eine feierliche Stimmung herrschte, als ob sich die Kirche auf Weihnachten freute. Niemand erkannte ihn in seinem alten Priestermantel. Er ging leicht gebeugt, hatte die Hände gefaltet, schien ein Gebet zu murmeln: ein alter

Priester, vielleicht auf dem Weg, um die Beichte abzunehmen.

Im Kreuzgang war niemand. Neben dem in Santi Quattro Coronati war es der schönste Kreuzgang Roms, fand Petrus: An vier Seiten zogen sich Wandelgänge, die sich zum Hof hin öffneten. Doppelreihige Säulen, jede einzigartig und ein Kunstwerk für sich, begrenzten die Galerien. Eine große Stille lag über dem Hof. Eigentlich war der Kreuzgang um diese Zeit schon geschlossen, aber Petrus hatte dafür gesorgt, dass die Tür im linken Seitenschiff der Basilika heute offen blieb. Petrus trat kurz durch einen Bogen in den Innenhof und blickte nach oben: Die ersten Sterne leuchteten über der Ewigen Stadt und sandten ihr Licht bis zu ihm hinunter. Zurück im Wandelgang zog Petrus einen Rosenkranz aus der Tasche, nahm seine Wanderung auf und murmelte das uralte Gebet:

Gegrüßet seist du, Maria, voll der Gnade.
Der Herr ist mit dir.

Die Tür zur Kirche öffnete sich, ein Pärchen trat heraus. Sie versuchte, ihm etwas zu erklären, er fotografierte. Ganz offensichtlich nicht die Eigentümer des Palazzos.

Du bist gebenedeit unter den Frauen.
Und gebenedeit ist die Frucht deines Leibes: Jesus.
Heilige Maria, Mutter Gottes,
bitte für uns Sünder
jetzt und in der Stunde unseres Todes.

Und wieder von vorne. Ganz hinten erkannte er einen Schatten: Francesco, der den Auftrag hatte, den unbekannten Verkäufer nach dem Gespräch zu verfolgen.

Gegrüßet seist du, Maria, voll der Gnade.
Der Herr ist mit dir.

Bei der zweiten Umrundung des Gevierts wurde Petrus unruhig: Vielleicht wartete sein Kontakt in Santi Quattro Coronati? Hatte er sich im Kreuzgang geirrt? Dann hörte er den Glockenschlag und wusste, dass er zu früh gewesen war. Also weiter:

Du bist gebenedeit unter den Frauen.
Und gebenedeit ist die Frucht deines Leibes: Jesus.

Erneut öffnete sich die Tür. Petrus war weit entfernt, konnte aber durch die Säulenreihen alles erkennen. Eine Frau offenbar, denn sie trug einen Rock. Nein, keine Frau: ein Kleriker in der Soutane, schlank, groß. Mit schnellen, fast stechenden Schritten eilte der Priester den Gang entlang, eine Aktentasche unterm Arm, und sah sich suchend um.

Als er näher kam, erkannte ihn Petrus: Es war niemand anders als Monsignore Portafoglio, Leiter der Abteilung «Immobiler Besitz» der Vatikanbank höchstselbst. Rasch schritt er auf Petrus zu. Gleich würde er ihn erreicht haben. Sollte er sich abwenden, in den Innenhof flüchten, Versunkenheit im Gebet vortäuschen?

Zu spät: Portafoglio hatte abgebremst, irritiert auf Petrus gesehen. Nun kam er langsam auf ihn zu.

«Heiliger Vater?»

Unter Portafoglios glatten Haaren wölbte sich eine sehr hohe Stirn. Er hatte schmale Lippen und zeigte gelegentlich ein maliziöses Lächeln. Aus seinem Blick sprachen ausgeprägte analytische Intelligenz und eine gewisse Herablassung, die auf Menschen mit geringerem Selbstbewusstsein einschüchternd wirkte.

Auf Petrus nicht.

«Willkommen an diesem heiligen Ort», sagte Petrus freundlich. «Ich suche Ruhe und Frieden. Davon ist im

Vatikan wenig vorhanden. Und Sie sind ebenfalls auf der Suche nach seelischer Erbauung?»

Portafoglio, immer noch irritiert, sah sich um. «Nein. Ich bin ... aus anderen Gründen hier.»

«Tatsächlich? Warum denn?»

Früher – vor gar nicht so langer Zeit – war Portafoglio ein Star der Mailänder Finanzwelt gewesen. Nach seinem Studium in St. Gallen und London hatte er schnell Karriere gemacht, führte bald eine Abteilung in einer Großbank, jettete zwischen London, New York und dem Fernen Osten hin und her. Ein großer Deal brachte ihm einen Bonus in unvorstellbarer Höhe ein – führte aber auch dazu, dass in Italien Zehntausende von Kleinsparern ihre Altersvorsorge verloren. Es traf Portafoglio hart, als er erfuhr, dass auch seine geliebte Nonna zu den Opfern zählte. Er fuhr in ihr Dorf in den Marken, um ihr den Verlust aus eigener Tasche zu ersetzen, hatte aber nicht mit der Prinzipientreue seiner Großmutter gerechnet: Sie ließ ihn nicht in ihr Haus, verfolgte ihn wüst schimpfend bis auf den Dorfplatz und ließ alle, vom Bürgermeister bis zum Barista, wissen, dass sie ihn für einen Halunken und Wegelagerer hielt. Brennen werde er dereinst im Fegefeuer, falls ihn der Höchste nicht gleich in die Hölle verfrachten werde. Portafoglio, tief getroffen, kündigte bei der Bank, wurde Mönch und wollte sich so lange um Arme und Kranke kümmern, bis seine Nonna ihm verziehen hatte. Die Ordensleitung beobachtete diese Talentverschwendung mit Misstrauen. Sobald die Nonna gestorben war (auf dem Totenbett hatte sie ihn noch gesegnet), wurde Portafoglio zum Wirtschaftsleiter des Ordens ernannt, dann vom Mailänder Erzbischof als Finanztalent entdeckt und bald in die Vatikanbank berufen. Hier machte er im Wesentlichen dasselbe wie früher –

aber diesmal auf der richtigen Seite. So sah es jedenfalls die Spitze des Vatikans. Auch Petrus hatte gelegentlich mit Portafoglio zu tun, meistens dann, wenn es um die Sanierung heruntergekommener Bistümer ging.

«Ich bin aus geschäftlichen Gründen hier», sagte Portafoglio.

«Geschäftlich also», sagte Petrus. «Darf man fragen, worum es geht?»

«Um ein Immobiliengeschäft.»

«Solange Sie nicht die Lateranbasilika samt Kreuzgang verkaufen wollen ...»

«Gewiss nicht.» Portafoglio lächelte sein maliziöses Lächeln. «Es geht um einen alten Palazzo.»

«Und den wollen Sie kaufen?»

«Verkaufen», sagte Portafoglio.

Petrus hatte es als Papst zu erheblicher Selbstbeherrschung gebracht. Auch jetzt gelang es ihm, seine Überraschung hinter einer freundlich-wohlwollenden Miene zu verbergen.

«Für dieses Geschäft haben Sie sich einen ungewöhnlichen Ort ausgesucht», sagte Petrus.

«Nicht ich, sondern der Kunde.»

«Ich wusste gar nicht, dass wir Immobilien verkaufen», sagte Petrus. «Haben wir denn zu viele?»

«Sie scherzen», sagte Portafoglio und lächelte bemüht.

«Jede Menge Kirchen samt Pfarrhäusern», zählte Petrus auf. Diese Gelegenheit war günstig, um einen gesprächsbereiten Insider auszuhorchen. «Natürlich den Vatikan – aber der ist unverkäuflich. Und einen Haufen Klöster. Aber sonst?»

«Ihr Augenmerk als Papst gilt der Seelsorge», sagte Portafoglio steif. «Das schätzt die Welt an Ihnen. Sie kümmern sich um die Menschen – und nicht um die Reichtümer der Kirche. Dafür sind Sie bekannt. Papa Buono, der gute Papst, nennt man Sie. Deshalb ...»

«... verstehe ich nichts vom Geld – das wollen Sie mir doch sagen?»

«Deshalb wissen Sie nicht, wie groß der Immobilienbesitz der Kirche hier in Rom ist.»

«Offenbar gehört mir doch etwas mehr als der Vatikan und ihr alter Palazzo.»

«Ein Viertel aller römischen Immobilien», sagte Portafoglio langsam und mit Nachdruck, «gehört der Kirche.»

«Ein Viertel?»

«Mindestens.»

«Das glaube ich nicht.» Petrus war ehrlich verblüfft. Natürlich wusste er von den Reichtümern der Kirche. Und natürlich wusste er, dass Rom auch deshalb «Heilige Stadt» genannt wurde, weil an jedem Platz, an jeder Straßenecke eine Kirche stand. Aber ein Viertel? Wieder einmal nahm er sich vor, den Finanzen des Heiligen Stuhls noch mehr Aufmerksamkeit zu schenken. Er hatte in der Vergangenheit einige Aufräumarbeiten geleistet. Den früheren Leiter einer wichtigen Finanzabteilung hatte er zum Bischof von Alaska ernannt; einige seiner luxusverliebten Mitarbeiter waren, um einer Gefängnisstrafe zu entgehen, in Bettelorden eingetreten. Aber wirklich ein Viertel?

«So ganz genau weiß es niemand», sagte Portafoglio. Er stellte seine Aktentasche ab, zog ein Tablet heraus und klickte einige Male. «Aber es gibt mehrere hundert Klöster in Rom. Häufig sind es riesige Palazzi, in denen kaum noch Mönche und Nonnen wohnen. Dazu dreihundert Pfarreien, zweihundertfünfzig katholische Schulen, zweihundert Kirchen ohne Pfarrei, neunzig religiöse Institute, fünfundsechzig Pflegeheime, fünfzig Missionen, dreiundvierzig Kollegien, zwanzig Altersheime und ebenso viele Seminare, achtzehn Krankenhäuser, sechzehn Konvente, dreizehn Oratorien, zehn Bruderschaften und sechs Hospize. Insgesamt gibt es ungefähr zweitausend kirchliche Einrichtungen in Rom. Sie sind Eigentümer von etwa zwanzigtausend Grundstücken und Gebäuden.»

«Ich verstehe ja», sagte Petrus, «was wir mit Kirchen, Schulen und Krankenhäusern tun. Aber der ganze Rest …?»

«Mit dem Rest verdienen wir Geld», sagte Portafoglio. «Viel Geld. Nehmen Sie allein die Hotels.»

«Ich bin Hotelier?», fragte Petrus erstaunt.

«Selbstverständlich. Was sollen wir denn tun mit all den Klöstern, Konvikten und Konventen? Wir wandeln sie in Hotels um. Im Grundbuch der Stadt Rom bleiben es natürlich kirchliche Einrichtungen.»

«Das verstehe ich nicht.»

«Die Kirche muss für ihre Immobilien keine Grundsteuer zahlen. Darum ist es sinnvoll, dass unsere Hotels – genauso wie unsere Restaurants, unsere Geschäfte und so weiter – im Grundbuch nicht als Hotels, Restaurants, Geschäfte und so weiter eingetragen sind.»

«Aber sie dienen doch kommerziellen Zwecken – und nicht der Religion?»

«Wenn diese Immobilien ausschließlich kommerziellen Zwecken dienen, muss auch die Kirche Steuern zahlen. Aber unsere Hotels dienen doch nicht ausschließlich kommerziellen Zwecken! Sie haben alle eine Kapelle. Und sie werden häufig von Nonnen betreut. Daran sieht man, dass es sich um religiöse Einrichtungen handelt, nicht wahr?»

«Und der Palazzo, den Sie heute verkaufen möchten?»

«Wir haben viele Immobilien, die sich ... wie soll ich sagen ... irgendwie durch die Jahrhunderte gemogelt haben. Dieser Palazzo ist auch so ein Fall: geschichtsträchtig, aber baufällig. Irgendwelche armen Schlucker wohnen dort und zahlen so gut wie keine Miete. Was soll man damit machen?»

«Sie könnten ein Hotel eröffnen.»

«Daran dachten wir auch schon. Wir könnten den Palazzo einem Nonnenorden überschreiben und ein Hotel eröffnen – steuerbefreit. Aber in dieser Gegend haben wir schon mehrere Häuser. Wir würden uns unnötig Konkurrenz machen. Also liegt es nahe, die Bude zu verkaufen.»

«Rom ist für junge Familien unerschwinglich», sagte Petrus. «Warum vermieten wir nicht an Leute, die auf dem freien Markt keine Wohnung finden?»

«Ich habe einen Auftrag», sagte Portafoglio feierlich. «Er lautet: Verdiene mit dem Besitz der Kirche so viel Geld wie möglich, damit die Kirche damit Gutes tun kann. Natürlich vermieten wir auch; die Kirche ist einer der größten Vermieter Roms. Aber wir vermieten an zahlungskräftige Herrschaften – zu marktüblichen Preisen. Ich könnte sonst meinen Auftrag nicht erfüllen.»

«Ich verstehe.» Petrus sah sich um. «Aber Ihr Kaufinteressent scheint nicht zu kommen.»

«Das überrascht mich nicht», sagte Portafoglio. «Er war mir von Anfang an nicht geheuer.»

«Weshalb?»

«Wissen Sie, welches Erkennungszeichen er angegeben hat? Einen Rosenkranz. Der Käufer wollte einen Rosenkranz beten. Aber mit Leuten, die Rosenkränze beten, kann die Kirche keine Geschäfte machen. Leute, die Rosenkränze beten, haben schlichtweg zu wenig Geld.

Aber das macht nichts, Heiliger Vater. Ich sehe es so: Wir sprechen betuchte Menschen an. Wir machen Geschäfte mit ihnen. Dabei verdienen wir sehr viel Geld. Und dieses Geld verschafft uns den Freiraum, um selbst Rosenkränze zu beten. Ich mache das ausgesprochen gerne. Nach Geschäftsschluss.»

Er zog eine Perlenkette aus seiner Soutane.

«Ich habe viel gelernt von Ihnen», sagte Petrus. «Bei Gelegenheit werden wir dieses Thema vertiefen. In den letzten Jahren hatte ich viel zu tun und konnte mich um meine Hotels zu wenig kümmern. Und auch nicht um meine Finanzen.»

«Ein faszinierendes Gebiet, Heiliger Vater. Die Kirche muss stark sein – das sagen alle. Aber stark ist die Kirche nur, wenn sie reich ist. Und im Augenblick ist sie sehr reich.»

Noch 2 Tage bis Weihnachten

I

Viel zu lang hatte er gewartet. Darauf, dass ihm jemand das Ganze abnehmen würde. Immer wieder hatte er Bemerkungen gemacht – aber niemand hatte reagiert. Die Tage waren nur so verflogen, seit jedem unseligen 8. Dezember. Und jetzt, heute, an diesem frühen Morgen war es so weit. Er hatte sich schon seit Tagen eingelesen. Über die richtige Methode. Das schnellste Verfahren. Er hatte die dicken Folianten aus der päpstlichen Privatbibliothek in sein Schlafzimmer geschleppt und die Pläne studiert. Er hatte einen langen Fußmarsch vor sich. Und es war kalt geworden.

Petrus zog eine dicke weiße Wollstrickjacke (ein vorweihnachtliches Geschenk seiner Schwestern) unter den alten Priestermantel. Im Fundus von Papst Johannes XXIII. hatte er noch eine pelzgefütterte Mütze gefunden, die er sich kurz entschlossen auf den Kopf stülpte. Er öffnete leise die Schlafzimmertür, durchquerte den Flur und betrat seine Privatkapelle. Vor dem Altar bekreuzigte er sich und ging direkt weiter in die Sakristei. Dort, im großen Wandschrank mit den barocken Putten, hatte er neulich nach einem neuen Weihrauchfass gesucht. Und dabei eine erstaunliche Entdeckung gemacht: Ganz unten lagerten offensichtlich mehrere antike Marterwerkzeuge ungeklärter Herkunft. Da gab es einige phantastische handgeschmiedete Eisennägel – allerdings leicht verrostet. Die Hälfte eines kleinen Dornenrades, aus dem die meisten Zacken – wohl nach intensiver Nutzung – herausgebrochen waren. Daneben eine voll funktionsfähige Zange, die man sicher im päpstlichen Haushalt bei Reparaturarbeiten noch gut einsetzen konnte. Und – zu seiner besonderen Freude – eine schwere Axt, die, leicht abgeschmirgelt, ihren Dienst tun würde.

Als er das Marterwerkzeug am Stiel herauszog, seufzte er kurz. Er hatte überlegt, ob er Francesco einweihen sollte, aber der hätte bestimmt Skrupel gehabt. Nein, er musste es ganz alleine tun. Niemand würde ihm diesen Gang ersparen. Christus hatte ein ganzes Kreuz geschleppt, da würde er ja wohl mit einer Axt fertig werden.

Er schulterte das Monstrum und machte sich leise auf den Weg. Die Treppen hinunter ging es noch ganz gut. Am hinteren Ausgang allerdings stand auch um diese nächtliche Stunde die Schweizergarde. Aber sie würde den Papst ja wohl passieren lassen. Ein kleiner morgendlicher Spaziergang in den Vatikanischen Gärten war schließlich erlaubt.

Er schob die Axt so gut es ging unter seinen Mantel, grüßte betont heiter («Na, kühl heute, nicht wahr, mein Sohn») und schritt bedächtigen Schrittes durch den Torbogen ins Freie. Kurz sah er sich um, ob er irgendwo den Monsignore entdeckte. Allmählich vermisste er den Kater sogar. Er hatte es sich gemütlich vorgestellt, mit ihm zusammen Weihnachten zu feiern. Aber er konnte das Tier auch jetzt nirgends entdecken.

Am Rondell mit der Bronzestatue des heiligen Petrus

vorbei machte er sich auf den Weg. Der Mond schien hell und kreisrund über ihm. Der Kies leuchtete weiß und knirschte verräterisch unter seinen Füßen. Ansonsten war es still. Der Gärtner hatte die Brunnen abgestellt, kein freundliches Plätschern begleitete ihn. Es sollte Frost geben in den nächsten Tagen. So kalt war es schon lange nicht mehr gewesen in Rom.

Der Rosengarten stand kahl, einige der Stöcke waren mit grauen Säcken abgedeckt. Überall Lorbeer und Pinien und sogar Mammutbäume gab es. Er durchquerte das Buchsbaumlabyrinth des italienischen Gartens: Zypressen und Kanarenpalmen, wohin das Auge sah. Außerdem hundertjährige Ölbäume, Zedern, Lorbeerkirschen und, Höhepunkt von allem: ein taiwanesischer Reispapierbaum. Ein Reispapierbaum!

Er hatte die Pflanzenordnung sehr sorgfältig studiert und sich dazu vom Gärtner Anselmo, der sich inzwischen wieder beruhigt hatte, eigens Pläne in sein Arbeitszimmer bringen lassen. Der Felsengarten, der italienische Garten, der Garten rund um das Äthiopische Kolleg – all das gab nichts her. Aber im französischen Garten war er schließlich fündig geworden. Beglückt blieb Petrus stehen, neben dem Olivenbaum, den sein Vorgänger, der heilige Papst Johannes XXIII., eigenhändig eingepflanzt hatte. Er sah sich um: Irgendwo hier in der Nähe mussten sie sein, die Weißtannen und die Schwarztannen, ein Geschenk aufmerksamer Pilger aus der Steiermark.

Die Statue der Heiligen Muttergottes von Guadeloupe sah ihm von ferne zu, als er einen schulterhohen Baum ins Visier nahm und sich an die Arbeit machte. Es war schwieriger, als er sich vorgestellt hatte. Er kam ins Schwitzen in seiner Wolljacke und zog den Priestermantel aus. Nachdem er eine halbe Stunde verbissen und schweigend gewerkelt hatte, gab der Baum schließlich nach. Er zog seinen Mantel wieder an und schulterte die Tanne. Seine Finger waren sofort klebrig vom Harz, die Zweige kratzten ihn an der Wange und rissen ihm beinahe seine historische Pelzmütze vom Kopf.

Langsam schlich er an der Mauer entlang zurück zum Apostolischen Palast. Das Gewicht des Baumes spürte er kaum, eine wilde, kindliche Freude machte sich in seinem Inneren breit. Dies würde ein Weihnachten werden, wie es der Vatikan noch nicht gesehen hatte. Mit Tannenbaum und Lichterglanz. Und der taiwanesische Reispapierbaum sollte von ihm aus ruhig weiterblühen, den ganzen Winter hindurch, bis ins kommende Frühjahr hinein.

II

Francesco stapelte den letzten Teller in den Küchenschrank, als es klopfte.

«Herein!»

Es war Giulia.

«Ach, du bist es», sagte sie. «Ich wollte eigentlich zu Marta und Maria. Was machst du denn in der Küche?»

«Abwaschen. Die Schwestern haben wieder gebacken und ein völliges Chaos hinterlassen. Der Weihnachtsfrieden wäre akut gefährdet, wenn das alles so bliebe.»

«Das ist nett von dir. Ich habe mich schon immer gefragt, warum Petrus keine Spülmaschine kauft.»

«Immaculata weigert sich. Sie fürchtet alle Haushaltsgeräte – weil sie Angst hat, überflüssig zu werden. Je weniger Hilfsmittel es gibt, desto mehr kann sie auf ihre Unersetzlichkeit hinweisen und lamentieren. Was willst du von den Schwestern?»

«Den Schlüssel zum Palazzo.»

«Willst du das Gespenst fangen?»

«So ähnlich.»

«Die Schwestern sind im Arbeitszimmer und schmücken die Krippe. Giulia …»

«Ja?»

«Ist alles in Ordnung? Du siehst – offen gesagt – ziemlich merkwürdig aus. Ist dir nicht gut?»

«Nicht wirklich. Aber bald geht es mir besser. Ciao, Francesco.»

Francesco war sich nicht sicher, ob er sich getäuscht hatte – aber zum ersten Mal seit Wochen hatte sie ihn für einen kurzen Augenblick mit einer Miene angesehen, die so etwas wie ein Lächeln war. Ein sehr trauriges Lächeln – aber immerhin.

Verwirrt und beunruhigt wandte er sich den Tassen zu. Irgendetwas stimmte nicht. Er hängte sein Geschirrtuch an den Haken und ging rasch zu seinem Zimmer. Mit dem Vespahelm unter dem Arm rannte er die Treppe hinunter. Wenig später raste er durch das Sankt-Anna-Tor hinaus, die Via Conciliazione entlang, über die Tiber-Brücke. Und bog scharf nach rechts Richtung Palazzo.

Währenddessen holte Giulia die Schlüssel («Ich muss etwas für Petrus überprüfen – wegen Juan») und versprach den Schwestern, bei dieser Gelegenheit nach den Blumen zu sehen. Als sie den Flur der päpstlichen Wohnung hinterging, hielt sie bei der Hauskapelle kurz inne und öffnete die Tür.

Immaculata hatte die Kerzenleuchter auf Hochglanz poliert und eine frische Altardecke aufgelegt. Das kleine Altarbild aus der Raffael-Schule passte zu Weihnachten: Vom Arm der Gottesmutter lächelte ein pausbäckiges Jesuskind.

Giulia schloss kurz die Augen («Ein kurzes Stoßgebet hilft immer», pflegte Petrus zu sagen). Dann nahm sie ihr Handy aus der Tasche und tippte eine SMS: «Möchte dir unser neues Zuhause zeigen. In einer Stunde beim Palazzo? G.»

Wenige Sekunden später kam schon die Antwort: «Freue mich so sehr! In Liebe – Nicolas.»

III

«Ich möchte hier an der Bar stehen», sagte Francesco zu Bartolomeo, «und dabei unauffällig den Palazzo beobachten. Wäre das möglich? In bin gerne bereit, jede halbe Stunde einen Caffè zu trinken.»

«Sie können auch umsonst hier stehen», sagte Bartolomeo. «Wenn Sie nur endlich aufhören würden, absurde Gerüchte über mich zu erfinden. Sie und Ihr Chef.»

Er stellte ihm einen Espresso auf den Tresen und schob die Zuckerdose herüber.

«Was möchten Sie denn beobachten?»

«Später kommt eine Frau. Ich ... ich mache mir Sorgen um sie. Sie hat ... etwas vor. Etwas, das nicht gut ist.»

«Falls das ein neuer Versuch ist, aus unserem Palazzo ein verfluchtes Gespenster-Haus zu machen ...»

«Ich mache mir wirklich Sorgen.»

«Man sieht es Ihnen an», sagte Bartolomeo. «Wann kommt sie denn?»

«Ich weiß es nicht genau. Aber eigentlich glaube ich nicht, dass es lange dauert.»

«Warum warten Sie dann nicht drinnen?», fragte Bartolomeo. «Sie haben doch einen Schlüssel. Von Marta und Maria.»

«Den hat die Frau, auf die ich warte.»

«Ich mache Ihnen ein Angebot, mein Freund», sagte Bartolomeo. «Ich schließe Ihnen auf. Sie können im Treppenhaus warten. Oder in der Wohnung von Juan.»

«Das würden Sie für mich tun?», fragte Francesco. «Und als Gegenleistung?»

«*Una mano lava l'altra*», sagte Bartolomeo. «Eine Hand wäscht die andere. Sie haben Einfluss auf den Heiligen Vater, nicht wahr? Er kommt uns – wie soll ich sagen? – etwas zu nahe. Sorgen Sie dafür, dass er den Palazzo wieder in Ruhe lässt. Juan ist verschwunden – na gut. Aber allmählich ist es an der Zeit, dass Gras über diese Angelegenheit wächst.»

Francesco zögerte kurz.

«In Ordnung», sagte er dann.

Sie gingen über die Piazza. Bartolomeo schloss auf.

«Am besten», sagte er, «Sie gehen ganz nach oben. In der Nische vor Lucias Zimmer sieht Sie niemand. Und Sie bekommen alles mit, was in der Halle vor sich geht. Ganz oben, dritter Stock. Glauben Sie mir», grinste er, «ich kenn mich aus.»

IV

«Genau so!», sagte Giulia.

«Wie meinst du das, Liebling?»

«Genau so stelle ich mir unser Zuhause vor.» Giulia deutete auf den Palazzo. Im weichen römischen Winterlicht sah er zwar stark renovierungsbedürftig, aber gleichzeitig sehr ehrwürdig aus.

«Du hast Geschmack», sagte Nicolas. «Aber das wusste ich ja schon.»

«Nicht zu groß und nicht zu klein. Repräsentativ, aber nicht protzig. Renaissance, aber nicht in allen Ecken. Wir können also einrichten und umbauen, ohne uns dauernd mit dem Denkmalschutz herumschlagen zu müssen. Und vor allem: Platz für ganz viele Kinderzimmer!»

Nicolas lachte. «Und der Borgia-Fluch schreckt dich überhaupt nicht?»

«Ich vertraue auf Papst Petrus. Er wird mit einem Eimer Weihwasser durch alle Räume marschieren und die Gespenster vertreiben – falls sich hier wirklich welche breitgemacht haben.»

«Praktisch, wenn man einen Papst zur Hand hat», sagte Nicolas. «Wie ich dich kenne, hast du in Gedanken schon alles eingerichtet.»

«So ungefähr. Aber du hast noch Verhandlungsspielraum. Soll ich es dir zeigen?»

«Ich bitte darum. Aber du siehst etwas müde und abgespannt aus ... Wir können das auch verschieben ...?»

«Spätestens in einer Stunde geht es mir besser», sagte Giulia und schloss auf.

Der Eingangsbereich im Erdgeschoss, von dem aus sich die Treppe nach oben schraubte, lag im Dämmerlicht.

«Hier unten ist es ziemlich dunkel», sagte Giulia. «Aber mehr Licht bekommen wir nicht hinein. Die Fenster können wir nicht vergrößern – das wäre ein Verbrechen an der Renaissance.»

«Was schlägst du vor?»

«Erst einmal reißen wir die Holzverkleidungen raus. Die stammen nicht aus der Renaissance, sondern aus dem 19. Jahrhundert. Damals stand man auf dunkel und muffig. Auch der schwere Kronleuchter kommt weg. Ich bin mir ziemlich sicher, dass das Treppenhaus im 16. Jahrhundert ganz hell gestrichen war, vermutlich weiß. Die Fresken müssten natürlich renoviert werden. Ich möchte die ursprüngliche klare Raumwirkung wieder herausarbeiten.»

«Du willst in einem Museum wohnen?»

«Eben nicht! Ich möchte eine Art ‹white cube› – einen klaren, hellen, weißen Raum. Und in diesem Raum präsentieren wir zeitgenössische Kunst – was meinst du? Eine Skulptur in der Mitte der Halle und Großformate an den Wänden – Fotokunst, Gemälde, was auch immer.»

«Ich habe einen völlig anderen Plan!», sagte Nicolas.

«Ach?»

«Du erzählst mir immer, dass es in Rom kaum Kinder mehr gibt: Junge Paare bekommen keine Kinder, weil die Lebenshaltungskosten so hoch sind, vor allem die Mieten. Oder sie ziehen weg, in preiswertere Gegenden. Es fehlt an Raum für Kinder. Darum richten wir hier ein Spielzimmer ein! Für unsere Kinder und alle Nachbarskinder. Dort oben, an der Treppe, hängen wir einen Basketballkorb auf. Hier unten vielleicht ein Fußballtor? Nur Softbälle, natürlich, keine Sorge. Hier ist genügend Platz, um Riesenstädte aus Lego zu bauen. Oder eine Theateraufführung zu machen. Oder …»

«Wie viele Kinder möchtest du denn haben?»
«Untergrenze vier – was meinst du?»
Giulia sah ihn lange an und sagte nichts.

V

Francesco, in seine Nische gepresst, hörte ihre Stimmen.
Er vernahm nicht alles, aber einzelne Worte.
Er verstand – und verstand doch nicht.
Giulia sprach von Familie, von Kindern, von ihrem Haus. Nicolas lachte, bestätigte, ergänzte, lobte.
Da war keine Trauer mehr bei Giulia.
Aber ihre Stimme wirkte schleppend, müde. Sie plauderte nicht, sie referierte. Sie sagte einen auswendig gelernten Text auf, sie spielte Theater.
Oder wollte er nur, dass sie Theater spielte?
Verzweifelt drückte er sich noch enger in die Nische und lauschte.
Die Stimmen kamen näher.

Und ein schwarzer Schatten glitt heran. Unbemerkt von Francesco. Unbemerkt von Giulia und Nicolas. Über die Dächer war er gekommen, nahm Besitz von seinem Palazzo. Lange war er fort gewesen.
Jetzt war er wieder da.

VI

«Der Palazzo ist ziemlich klar aufgebaut», sagte Giulia. «In der Mitte ist das große Treppenhaus, links und rechts geht je ein Trakt ab. Im Erdgeschoss ist es recht kühl. Dort könnten wir Arbeitsräume und Büros unterbringen – rechts für dich, links für mich.»

«Du willst aufhören beim Heiligen Vater?»

«Wenn Kinder da sind – ja. Ich möchte wieder etwas mit Kunst machen. Wie früher. Eine Galerie oder so.»

«Und im ersten Stock?»

Francesco hörte ihre Schritte auf den Steintreppen. Sie stiegen hinauf.

«Im ersten Stock», sagte Giulia, «werden die Kinderzimmer sein.»

«Rechts meine Kinder – links deine Kinder?»

Francesco konnte Giulias Lachen hören – unecht klang es in seinen Ohren.

«Das Medusenhaupt ist etwas unheimlich», sagte Nicolas. «Aber vielleicht hält es das Borgia-Gespenst von den Kinderzimmern fern.»

«Falls wir aus der Halle doch kein Spielzimmer machen», sagte Giulia, «brauchen wir schon etwas Platz für unsere Großfamilie.»

«Na schön. Außerdem brauchen die Nannys auch einige Zimmer.»

«Die Nannys?»

«Na, die Kinderfrauen – oder wie sagt man bei euch?»

«Eigentlich wollte ich mich selbst um die Kinder kümmern», sagte Giulia.

«Natürlich.» Nicolas lachte. «Aber doch nicht die ganze Zeit, oder? Und im zweiten Stock?»

«Da kommt meine Bibliothek hin», sagte Giulia. «Die füllt locker das ganze Stockwerk aus.»

Wieder das Klackern auf den Steinfliesen.

Jetzt waren sie ganz oben, nahe an seiner Nische. Fast schien es Francesco, als könnte er sie atmen hören. In seinem Kopf malte er das Bild zu den Geräuschen:

die Galerie, begrenzt von marmornen Balustraden.

Das Deckengemälde mit dem goldenen Apoll.

Der schwere Kronleuchter aus Muranoglas. Darunter die Halle, im Dämmerlicht.

Und auf der Galerie Giulia. In ihrem hellen Wintermantel. Bestimmt legte Nicolas gerade seine Hand auf ihren Arm, beschützend und gönnerhaft.

«Hier im dritten Stock», sagte Giulia, «wohnen wir. Hinter der mittleren Tür ist Platz für ein großes Esszimmer. Ich wünsche mir ein offenes Haus – viele Einladungen, viele Feste. In den Räumen rechts könnte man ein Musikzimmer unterbringen. Dann ein Wohnzimmer – oder auch umgekehrt? Und links die Schlafräume.»

«Mit ein bis zwei begehbaren Kleiderschränken», sagte Nicolas. «Darling, dein Plan ist perfekt. So werden wir es machen.»

«So hätten wir es machen können.»

«Wie meinst du das?»

«So hätten wir es machen können – wenn alles wahr gewesen wäre: deine Geschichte. Deine Pläne. Und deine Liebe. Wenn du mich nicht angelogen hättest.»

«Sag mal – wovon redest du eigentlich?»

«Ich wollte dir zeigen, wie dein Leben hätte sein können. Mit mir. Und jetzt werde ich dir zeigen, wie dein Leben stattdessen sein wird – ohne mich.»

«Was ist denn bloß in dich gefahren?» Nicolas' Stimme

klang besorgt, wie die Stimme eines Arztes. «Geht es dir nicht gut?»

«Excelsior», sagte Giulia. «Die Suite. Ich weiß alles.»

Stille.

«Du bringst – mit allen Tricks – römische Immobilien an dich», sagte Giulia. Jetzt klang sie gar nicht mehr schleppend. Francesco hörte die unterdrückte Wut in ihrer Stimme. «Du kaufst sie, du erschwindelst sie, du erpresst sie. Du trittst niemals selbst in Erscheinung, sondern arbeitest über Mittelsmänner – über Makler vor allem. Ich habe gründlich recherchiert, Nicolas. Du bist der Mann im Hintergrund, die Spinne im Netz. Du machst diese Stadt zu Geld, zu deinem Geld. Und wenn du alles zu Geld gemacht hast, dann ziehst du weiter, in die nächste Stadt, die du zu Geld machen wirst. Du warst schon an vielen Orten, in vielen Branchen. Und vermutlich hast du viele Namen getragen und viele Geschichten erzählt. Du bist ein Monster, Nicolas, ein gieriges Monster. Es liegt auf der Hand, warum du dich an mich herangemacht hast: Ich komme aus einer alten römischen Familie mit vielen Kontakten – eine ideale Informationsquelle über die Immobilien dieser Stadt. Und ich arbeite im Vatikan – noch besser. Ich war deine Eintrittskarte für diese Stadt, deine Geschäftsgrundlage. Dieser Palazzo war auch nur ein Objekt für dich. Vermutlich hast du Juan um die Ecke gebracht und den Borgia-Spuk inszeniert – damit die Mieter verschwinden und du freien Zugriff hast.»

Nicolas lachte. «Aber, Chérie – nun halte doch einmal an dich. Traust du mir wirklich zu, dass ich hier einen Gespensterspuk inszeniere? Das ist doch *ridicule*, wie sagt man, lächerlich. Es gibt andere Möglichkeiten, lästige Mieter zu vertreiben, glaub es mir. Zugegeben: Ich hatte mir ein gutes Geschäft versprochen mit diesem Kasten – aber das hat nicht funktioniert. Der ganze Geisterspuk ist ein echtes Verkaufshindernis, *mon amour*. Niemand will einen Palazzo kaufen, in dem Verbrechen geschehen und Gespenster herumflattern. Die Chinesen wollen kein schlechtes Qi oder wie das heißt, die Russen sind abergläubisch, und die Amerikaner hassen Klatsch. Dieser Palazzo hier ist ein echter Ladenhüter – sagen mir die Makler. Also nimm Vernunft an und hör auf mit deinen Phantasien!»

«Mag sein, dass du mit dem Verschwinden Juans nichts zu tun hast. Aber der Rest ist wahr. Du bist ein Verbrecher, Nicolas.»

«Meine Süße, ich bin in allererster Linie einmal Geschäftsmann. Und sei einmal ehrlich, du hast mir dies alles auf dem Silbertablett präsentiert. Diesen Palazzo, dein Elternhaus und noch weitere, in denen wir gemeinsam zu Gast waren. Was willst du eigentlich von mir?»

Er klang amüsiert.

«Wir sind ein gutes Team, Giulia. Ich habe genau hingesehen, schon bei den wenigen Einladungen, zu denen du mich geschleppt hast: verblasster Reichtum überall, schwindende Einkünfte, Angst vor dem Abstieg. Wie gerne wird man dort mit mir ins Geschäft kommen! Ich bin kein kalter Investor, ich gehöre zu Rom – dank dir. Ich bringe Geld mit und Perspektiven. Na schön, irgendwann werde ich wieder von hier verschwinden. Eher früher als später. Und meine schöne Trophäe nehme ich mit.»

«Lass mich los. Rühr mich nicht an, Nicolas, nie wieder, hörst du? Du hast mich unterschätzt. Von Anfang an. Diese Stadt ist meine Stadt, Rom ist mein Rom. Ich werde nicht zulassen, dass du die Ewige Stadt verscherbelst. Ich werde den Menschen die Augen öffnen – meiner Familie, allen Familien, natürlich dem Heiligen Stuhl. Niemand wird einen Palazzo an dich verkaufen. Du wirst diese Stadt verlassen und nie wieder hier auftauchen. Und ich werde noch etwas tun.»

«Oh, là, là, mein Chérie ist böse mit mir.»

Nicolas schien immer noch bester Laune zu sein.

«Dabei habe ich dich gerade zu meiner Geschäftspartnerin auf Lebenszeit ernannt. Du bist mein Goldschatz – im wahrsten Sinne des Wortes. Das war mir klar von der ersten Sekunde unserer Begegnung an. Du bist schön, gebildet, klug. Du verschaffst mir durch deine Herkunft Kontakte, von denen ich bisher nur träumen konnte. Ich finde dich anziehend. Und sehr, sehr attraktiv – voilà. Da wäre ich doch blöd, wenn ich mein Goldfischchen wieder von der Angel ließe … Und jetzt komm mir bitte nicht mit Sentimentalitäten, Giulia. Der großen Liebe etc. pp. Das ist alles völlig überbewertet. Und statistisch gesehen spätestens nach vier Jahren vorbei. Du bist ein kluges Mädchen. Du weißt das alles. Und du weißt genau, was du willst. Das schätze ich an dir. Gemeinsam können wir da ein großes Ding aufziehen. Und ein Leben führen, um das uns alle beneiden werden.»

«Du hast mir nicht richtig zugehört, glaube ich. Aber wahrscheinlich sprechen wir auch einfach nicht dieselbe Sprache. Ich will kein *großes Ding* aufziehen, ich will ein echtes Leben führen, eines mit Kindern, mit Freunden und Familie. Mit *Liebe*. Und eines weiß ich sicher: Dass man die Welt vor Menschen wie dir schützen muss. Ich bin Pressesprecherin, Nicolas. Ich arbeite für einen der einflussreichsten Menschen der Erde. Meine Kontakte sind exzellent – und viele Journalisten sind bereit, mir einen Gefallen zu tun. Ich werde einige ausgewählte Medien über dich informieren: über deine Praktiken, über deine Ziele. Man wird über dich recherchieren. Man wird deine Geschäfte aufdecken. Irgendwann wird man über dich schreiben. Die Welt wird dich durchschauen, sie wird dir die Maske vom Gesicht reißen. Es ist vorbei, Nicolas. Noch nicht jetzt – aber bald.»

Nicolas antwortete nicht.

Francesco hörte seine Schritte.

«Sei nicht dumm, Liebes. Es ist noch lange nicht vorbei», sagte Nicolas. «Rom wird mich nicht verjagen, Rom wird mich betrauern. Was für eine Tragik, wird Rom sagen – und was für eine große Liebe!»

«Bleib mir vom Leib!»

«Was soll ich machen, wenn du so übertrieben reagierst – versetz dich doch mal in meine Lage. Nein, mein Schatz. Das macht mich zwar sehr, sehr traurig. Aber ich kann schließlich nicht zulassen, dass ein hysterisches Weibchen meine Existenz vernichtet.»

Nicolas' Stimme wurde immer leiser, Francesco konnte ihn kaum mehr verstehen.

«Wirklich eine Tragödie: Nicolas de Montvert besichtigt sein künftiges Heim – den Ort, an dem er seine Kinder großziehen wollte. Mit seiner schönen, zukünftigen Frau, Contessa Giulia. Und dann: dieses Unglück! Ein Sturz von der Galerie im zweiten Stock, hinab auf den Steinboden! Eine Römerin stirbt – und mit ihr eine große Liebe. Ich werde untröstlich sein. Ich werde leiden. Aber ich werde allen sagen, dass nur die eine große Liebe meines Lebens gestorben ist. Die andere lebt: Rom! Das wird mir Türen öffnen, die bisher verschlossen waren. Große Familien mit großen Häusern werden mich aufnehmen. Vielleicht werde ich mich doch noch binden in Rom? Man wird sehen.

Es ist wirklich jammerschade. Aber du selbst zwingst mich zu diesem Schritt. Arrivederci, Giulia!»

Giulia schrie.

Und Francesco sprang aus dem Nichts auf Nicolas zu. Doch der reagierte sofort. Mit einer schnellen Bewegung stieß er Giulia zur Seite. Sie stürzte, rutschte über den Marmorboden, prallte gegen die Wand und blieb benommen liegen.

Francesco wollte ihn packen. Doch Nicolas wich aus. Er sprang vor und brachte Francesco mit einer geschickten Bewegung zu Fall. Dann war er über ihm, riss ihn hoch, versetzte ihm einen Kinnhaken – und Francesco brach zusammen. Durch einen roten Schleier nahm er noch wahr, wie der andere sich über ihn beugte.

Seine Stimme klang nun fast heiter. «Oho, die Geschichte nimmt eine neue Wendung. Wer hätte das gedacht. Der junge Franziskanerpater ist eifersüchtig. Eifersüchtig auf den strahlenden Geschäftsmann aus Paris. Eifersüchtig auf seine schöne Frau.»

Nicolas löste Francescos Gürtel und fing an, ihn zu verschnüren wie ein Paket.

«Er stürzt sich in den Tod, kurz bevor das glückliche Paar das zukünftige Heim betritt. Contessa Giulia, zartfühlend, kann nicht mit diesem Unglück leben. Und folgt ihm nach. Ein Skandal.»

Mühsam zerrte er Francesco Richtung Balustrade.

«Oder doch kein Skandal? Weil der Vatikan das Schweigen des einzigen Zeugen erkauft – mit kirchlichen Immobilien in bester Lage?»

Francesco versuchte, seine Fesseln zu lösen, mit den Füßen zu treten, sich aufzubäumen. Aus den Augenwinkeln nahm er eine Bewegung war. Spürte einen Luftzug. Er versuchte, seinen Blick scharfzustellen. Und da sah er ihn, hoch aufgerichtet auf einer der Laternen am Treppenlauf: den Monsignore.

Der mächtige Kater sträubte sein rotes Fell und fuhr die Krallen aus.

Nicolas wuchtete Francesco hoch, trat ihm die Beine weg. Und wollte ihn gerade über das Geländer schieben. Da klirrte der Kronleuchter aus Muranoglas. Der Kater war mit einem riesigen Satz hinübergesprungen. Nicolas blickte kurz auf und ließ vor Schreck den Padre los. Mit elegantem Sprung war der Monsignore vom Kronleuchter auf Nicolas heruntergestürzt, stieß die Krallen in seine Kopfhaut, verbiss sich in seinem Gesicht.

Nicolas schrie und versuchte, sich das Tier vom Kopf zu reißen.

Wild mit den Armen in der Luft rudernd, stürzte er über die Balustrade hinunter in die Halle.

VII

«Ich hatte mir Sorgen gemacht», sagte Petrus. «Meine Schwestern sagten, Giulia sei … merkwürdig gewesen. Unruhig und verstört. Ich wollte nach dem Rechten sehen. Aber ich bin offenbar zu spät gekommen.»

Bartolomeo, der ihm aufgeschlossen hatte, untersuchte Nicolas.

«Er lebt», sagte der Barista, zog sein Handy aus der Tasche und rief den Notarzt.

«Aber der Monsignore hat ihn übel zugerichtet. Den Rest hat der Marmorboden erledigt. Und ich bin mir nicht sicher, ob er jemals wieder gehen kann», sagte Bartolomeo.

«Du kanntest den Herrn?», fragte Petrus.

Giulia stand neben ihm, weiß wie das Borgia-Gespenst.

«Hat er etwas mit Juan zu tun?»

«Ich dachte es. Aber er hat es bestritten. Und ich glaube nicht, dass er mich angelogen hat – das hatte er in diesem Moment nicht nötig.»

«Der Monsignore konnte ihn offenbar nicht leiden.»

«Der Monsignore kann vor allem Francesco gut leiden», sagte Giulia.

«Daran solltest du dir vielleicht ein Beispiel nehmen», sagte Petrus.

I

Giulia fror in ihrer dünnen Daunenjacke. Es war kalt geworden, so kalt wie sonst nie im Dezember, und die äußere Kälte betäubte die in ihrem Innern.

Sie hatte kaum geschlafen.

Sie war nicht zum Arzt gegangen.

Sie hatte ihre Eltern nicht informiert.

Sie hatte Nicolas nicht im Krankenhaus besucht, auch nicht, nachdem er wieder aufgewacht war.

Sie würde ihn nie wiedersehen.

Sie wollte nur in der Stadt herumlaufen, in Rom, ihrer Stadt.

Und sie wollte Weihnachtsgeschenke besorgen – für diejenigen in ihrem Leben, auf die sie wirklich zählen konnte.

Die Leute drängelten und schoben um sie herum, riesige Plastiktüten in der Hand. Eine Combo aus Schwarzafrikanern spielte Reggae, doch niemand, wirklich niemand hatte hier gute Laune. Da war sie wenigstens nicht alleine. Über die Engelsbrücke und durch das kleine Gässchen Vicolo dei Marchegiani ging sie an der mächtigen Barockfassade von San Salvatore in Lauro vorbei. Die riesigen Säulen waren mit grünen Girlanden umwickelt. Weihnachtsmusik drang hinaus auf den Platz: *Tu scendi dalle stelle.* In der Via dei Coronari nahm die Dichte an Pelzmänteln zu, und die Tüten in den Händen waren nicht mehr aus Plastik, sondern aus Karton. In der engen Straße blinkte die Weihnachtsbeleuchtung gleich teurer, hier reihte sich ein Antiquitätengeschäft an das andere. Viele Läden waren inzwischen ganz auf Touristen eingestellt, aber es gab noch ein, zwei Ausnahmen, die tatsächlich kleine Schätze zu verkaufen hatten. Man musste sie nur suchen.

Giulia drückte eine schmale Tür auf, die mit einem dicken roten Vorhang gegen Zugluft geschützt war. Mehrere Glöckchen klingelten gleichzeitig, und sie fiel zwei Stufen tief in den Laden hinein. Hinter dem Verkaufstisch am Eingang, halb verdeckt durch einen Bücherstapel und einige Teetassen aus blau bemaltem Porzellan, saß ein älterer Herr mit runder Brille in einen Katalog vertieft. Sein Gesicht war faltig wie das einer sehr alten Schildkröte. Er sprang sofort auf und kletterte von seinem hohen Stuhl, als er sie hereinstolpern sah.

«Contessa, welche Ehre, warten Sie, ich helfe Ihnen. Ich müsste wirklich mal ein Schild wegen der Stufen anbringen. Schon meine selige Mutter hat immer gesagt, die Damen ruinieren sich hier nur ihre Absätze und kommen nie wieder …»

«Signor Martini, wie schön, Sie zu sehen. Was macht Ihr Rheuma?»

«Wissen Sie, Contessa, wenn ich hier sitze, zwischen meinen Büchern, meinen Bildern und Vasen, merke ich die Schmerzen gar nicht. Hier bin ich wie in einer anderen Welt. Es fängt erst wieder an, wenn ich auf die Straße hinaustrete. Deshalb verlasse ich meine Höhle so selten wie möglich.» Er lächelte fein.

Signor Martini war wie immer korrekt gekleidet, er trug

eine Weste und eine Fliege, die Anzugjacke hatte er über seinen Stuhl gehängt. Er war kleinwüchsig und schien Giulia noch mehr zusammengeschrumpft zu sein seit ihrem letzten Besuch. Aber trotz seines Alters bewegte er sich flink wie ein Kobold in seinem dämmrigen, vollgestopften Laden, in dem es nach Staub und Weihrauch, nach alten Holzmöbeln und vergilbten Buchseiten roch. An dünnen Goldfäden hingen barocke, neapolitanische Engel von der Decke. Holzgeschnitzt, mit weit gebauschten, seidenen und brokatbestickten Gewändern. Sie zitterten leise in der Heizungsluft.

«Was kann ich für Sie tun, Contessa? Wissen Sie, ich mache Ihnen erst einmal eine Tasse Tee, Sie sind ja ganz verfroren.»

Er drehte sich zu einem altmodischen Wasserkocher um, schraubte an einem Rädchen, und das Gerät setzte sich mit Schnauben und Gurgeln in Gang. Er nahm Giulia ihre Jacke ab und nötigte sie in einen schweren, ebenholzschwarzen Stuhl, dessen Armlehnen kleine Drachenköpfe zierten.

«Bitte sehr, meine Liebe.» Er baute ein kleines Tabletttischchen neben ihr auf (England, spätes 19. Jahrhundert) und servierte den Tee aus den blau geblümten Porzellantassen. Er selbst setzte sich mit seiner Tasse neben sie, auf den Fußhocker.

Giulia saß benommen in ihrem Stuhl und hätte am liebsten angefangen zu weinen. Die Wärme löste nicht nur ihre kalten Glieder, sondern auch ihre Anspannung. Und der so reizend um sie besorgte Signor Martini gab ihr den Rest.

«Ich suche etwas ganz Besonderes, etwas Wunderbares», sagte sie.

«Da sind Sie bei mir richtig», sagte Signor Martini und goss noch etwas Tee nach.

«In der Stadt war ich schon überall, aber es gibt immer nur diesen billigen, nachgemachten Plunder.»

Signor Martini sah sie aufmerksam an.

«Kurz, ich suche ein Jesuskind, für eine sehr schöne, holzgeschnitzte Krippe. Diese Krippe ist ein Unikat, der Vater meines ... meines ... Onkels hat sie selbst geschnitzt.»

«Ihr Großvater also», stellte Signor Martini fest.

«Nein, also, um ehrlich zu sein: Ich suche ein Jesuskind für den Papst.»

«Für den Heiligen Vater!» Auch das war mehr eine Feststellung. Signor Martini schien nicht wirklich beeindruckt.

«Es sollte in etwa so groß sein», sie zeigte ihm die Größe mit Daumen und Zeigefinger, «und eben besonders fein gearbeitet. Es muss einfach zu den anderen Figuren passen.»

«Sehen Sie, Contessa, ich glaube, ich habe etwas für Sie. Wenn Sie mir bitte nach hinten folgen wollen.»

Signor Martini bahnte sich vor ihr einen Weg durch das Halbdunkel des Ladens, der tatsächlich einer Höhle ähnelte. Auf den ersten Raum folgten noch zwei weitere, ähnlich groß, bis unter die Decke vollgestopft mit alten Koffern, mit Leinen, Lampen, Puppenköpfen. Am Ende des dritten Zimmers schlüpfte Signor Martini durch eine niedrige Tür. Giulia musste sich bücken, um hindurchzugehen.

«Hier hinten bewahre ich die besonderen Dinge auf: antiken Schmuck und Uhren, wertvolles Geschirr und Kupferstiche. Kommen Sie, Contessa, kommen Sie.»

Der Raum war viel kleiner als die vorhergehenden. Zwei große Vitrinen standen hier und mehrere kleine Kommoden mit Schubladen. Herr Martini knipste eine

Stehlampe an und bedeutete Giulia, sich auf einen der Hocker zu setzen. Er summte leise vor sich hin, öffnete ein, zwei Schubladen, schüttelte den Kopf und fand schließlich, was er gesucht hatte. Er zog eine große Pappschachtel heraus, öffnete sie und knisterte mit Seidenpapier.

«Sehen Sie, Contessa: Hier finden Sie einige kleine Jesuskinder, alle antik. Einige sind aus Porzellan, aber die meisten sind aus Holz geschnitzt und bemalt.»

Vorne im Laden klingelten die Glöckchen.

«Bitte sehen Sie sich die Figürchen in aller Ruhe an, ich komme gleich wieder zu Ihnen.» Damit trippelte er durch die Tür davon.

Giulia wickelte ein Jesuskind nach dem anderen aus dem Seidenpapier. Schöne und hässliche Kinder, mit klobigen Beinchen oder pompösen Heiligenscheinen. Nichts, was ihr auf Anhieb gefiel.

«Gehen Sie nur nach hinten durch, Padre», hörte sie von Ferne die Stimme Martinis.

«Ich bin mir ganz sicher, dass Sie dort finden, was Sie suchen.»

Die Tür schwang auf – und Francesco stand im Raum.

«Was … was machst du denn hier?», fragte er völlig verblüfft. Sogar im Halbdunkel konnte Giulia erkennen, dass er rot geworden war.

«Dasselbe könnte ich dich auch fragen. Aber schön, ich zuerst: Ich kümmere mich um den Nachwuchs im Vatikan.»

Er sah sie so verblüfft an, dass sie lachen musste.

«Und jetzt du.»

«Ich dachte, ich wollte … eigentlich ein Weihnachtsgeschenk für Papst Petrus aussuchen. Wie du weißt, fehlt ihm ja noch das Jesuskind in der Krippe, und ... Aber wenn du dich gerade hier umsiehst, kann ich gerne später noch einmal wiederkommen ...»

«Nicht nötig, du kannst mir gleich helfen, ich suche nämlich dasselbe wie du.»

Noch bevor Francesco antworten konnte, wuchs Signor Martini wieder neben ihnen aus dem Boden.

«Und, Contessa, haben Sie denn das Richtige schon gefunden?» Er sah sie aufmerksam durch seine Brillengläser an.

«Nein, um ehrlich zu sein, da ist keins dabei, das ich sofort nehmen würde.»

«Ich habe hier noch etwas, das ich Ihnen gerne zeigen würde.» Er klappte die Lehne eines Stuhles um, der sich dadurch augenblicklich in eine Leiter verwandelte, und kletterte hinauf.

Er öffnete die Glasscheibe einer Vitrine und zog aus dem obersten Regal ein einfaches, hölzernes Kästchen.

«Dieses Jesuskind lag hier schon, als mein Großvater noch den Laden hatte. Angeblich, es muss noch vor dem Ersten Weltkrieg gewesen sein, hat er es auf einem Straßenmarkt irgendwo in Rom gekauft. Das Besondere daran, so hat es jedenfalls der Verkäufer behauptet, es ist aus demselben Olivenholz geschnitzt, wie der Santo Bambino in der Aracoeli-Kirche.»

Signor Martini kletterte wieder herunter. Er lächelte.

«Das lässt sich natürlich nicht mehr nachprüfen, denn der Santo Bambino ist ja vor einigen Jahren gestohlen und durch eine Kopie ersetzt worden. Aber man muss zugeben, dass dieses Jesuskind ihm tatsächlich sehr ähnlich sieht.»

Er öffnete das Kästchen, entfernte etwas Wolle und holte mit vorsichtigen Fingern das Figürchen heraus.

«Geschnitzt von einem Franziskanermönch – wenn die Geschichte stimmt.»

Das Christkind hatte dunkle Locken und dunkle Augen. Es breitete die Hände zu einer Segensgeste aus. Und erinnerte Francesco tatsächlich an den Santo Bambino, vor dem er noch vor kurzem gekniet und gebetet hatte. Er dachte an seinen Wunschzettel, er dachte daran, dass an der Legende vielleicht doch etwas dran war. Er sah Giulia an, und zu seiner großen Überraschung wurde auch sie über und über rot.

«Genau so habe ich es mir vorgestellt», sagte sie.

II

«Wir beenden es hier», sagte Petrus. «Wo es begonnen hat.»

Juans Zimmer, eigentlich sehr geräumig, erschien überfüllt. Giulia lehnte am Fenster und streichelte Monsignore, der auf dem Fensterbrett thronte, als wäre er die Hauptperson. Lucia hatte sich demonstrativ auf das Bett geworfen. Bartolomeo stand unruhig in der Nähe der Badezimmertür und trat von einem Bein auf das andere. Auf den wackeligen Stühlen neben dem kleinen Esstisch saßen die Schwestern des Papstes und kicherten nervös. Eve hielt Hof auf einem altertümlichen Sessel, den Bartolomeo aus ihrer Dichterklause – wie sie ihre Wohnung nannte – herübergetragen hatte.

«Was soll der Zirkus?», fragte Lucia trotzig.

«Ein Mann ist verschwunden», erläuterte Petrus freundlich. «Und sein Verschwinden hat Verwirrung und Zorn hervorgerufen. Nun steht Weihnachten vor der Tür, ein

Fest des Friedens. Es ist an der Zeit, dass auch in diesem Hause Frieden einkehrt. Ich danke euch, dass ihr alle zu dieser Zusammenkunft erschienen seid. Juans Verschwinden geht euch alle an. Ich bitte euch sehr, bis zum Schluss dieser Unterredung hierzubleiben. Sollte sich jemand dafür entscheiden, deutlich früher zu gehen ...»

«Ich werde *jetzt* gehen», sagte Lucia.

«... nun, dann wird Francesco entscheiden, ob dieser Abschied möglich ist – nicht wahr, Francesco?»

Der Padre stand vor der Zimmertür. In seinem Mönchshabit sah man ihm normalerweise nicht an, dass er aus Umbrien stammte und als Jugendlicher viele Jahre auf dem Bauernhof gearbeitet hatte. Nun – hoch aufgerichtet, breitbeinig – erkannte man deutlich seine kräftigen Muskeln unter dem dunklen Stoff und hätte ihm auch eine Laufbahn als Schweizergardist zugetraut.

Lucia blieb sitzen.

«Ihr alle kanntet Juan. Ihr alle hattet – auf die eine oder andere Weise – eine besondere Beziehung zu ihm. Und ihr alle», sagte Petrus mit Nachdruck, «hättet einen Grund gehabt, ihn zu töten.»

Niemand widersprach.

Lucia blickte starr vor sich hin.

Bartolomeo kaute an seinen Fingernägeln.

Eve lehnte, die Augen geschlossen, in ihrem Sessel.

Die Schwestern sahen Petrus erschrocken an.

«Beginnen wir mit Ihnen, Eve», sagte Petrus. «Sie sind Schriftstellerin und schreiben einen Roman über die Borgias. Ein faszinierender Stoff – mit einem Bösewicht namens Cesare Borgia, mit einem edlen Renaissancefürsten namens Juan Borgia. Eines Tages mietet sich ein Spanier hier ein. Er heißt ebenfalls Juan. Ist es die Namensgleichheit, die Sie inspiriert hat? Oder die spanische Herkunft? Sein gutes Aussehen, sein Priestertum? Sie beobachten ihn, Sie spüren ihm nach. Er ist kein frommer Theologe, sondern ein Mann mit Zweifeln und Sehnsüchten, eine zerrissene Persönlichkeit. Juan Borgia und der junge Priester verschmelzen zusehends in Ihren Phantasien. Der edle Juan in Ihrem Roman nimmt düstere Züge an, verzehrt sich nach Frauen, schließlich nach seiner Schwester. Irgendwann wird Ihnen klar, dass er sterben muss – jedenfalls in Ihrem Roman. Aber Juan Borgia und Juan Barceló sind eins geworden in Ihrem Kopf, ihre Schicksale lassen sich nicht mehr trennen. Sie neigen dazu, Eve, Vergangenheit und Gegenwart zu vermischen. Nachts wandeln Sie in Renaissancegewändern durch dieses Haus; Ihre Räume sind ein Borgia-Museum. Also musste Juan – der echte Juan – sterben, weil auch Juan Borgia sterben musste. Wie fühlt es sich an, Eve, wenn ein historisches Schwert durch einen Körper fährt? Das wollten Sie wissen. Und darum haben Sie getötet. So könnte es doch gewesen sein, oder?»

«Beweisen Sie, dass es so war», sagte Eve.

«Das Blut auf dem Schwert und das Blut auf dem Betttuch sind identisch.»

«Ach – *Sie* haben mein Schwert gestohlen?»

«Ich war es», sagte Giulia. «Und ich habe auch Ihr Manuskript kopiert.»

«Sie sind ein gerissenes Miststück, mein Engelchen», sagte Eve anerkennend. «Ich habe es gleich gespürt. In meinem nächsten Roman bekommen Sie eine Hauptrolle. Aber bewiesen ist damit überhaupt nichts. Wenn die Lady hier das Schwert stehlen konnte, um irgendwelche Blutspuren zu sichern, dann konnte es auch jeder andere stehlen, um damit zu töten. Und vor allem: Wo ist die Leiche?»

«Vielleicht sind auch Sie die Mörderin, Lucia», fuhr Petrus fort. «Eigentlich haben Sie kein Motiv. Aber das Manuskript von Eve bietet einen Anhaltspunkt, warum sie als Täterin in Betracht kommen. Ich frage Sie: Wäre es möglich, dass sich Juan in Sie verliebt hat? Oder, weniger romantisch: Dass er Sie begehrt hat? Er war ein sensibler, ungefestigter Mensch. Er zweifelte an seiner Entscheidung für das Zölibat. Wir können beweisen, dass Sie mit ihm ... sagen wir: in Kontakt standen. Sie haben es uns gegenüber selbst zugegeben. Ich erinnere außerdem an den Streit, den Sie mit Bartolomeo hatten. In Ihrer Wohnung haben wir ein Foto gefunden, das Sie zeigt – in eindeutig privater Pose. Zurechtgeschnitten für einen runden Bilderrahmen. Und hier, in Juans Zimmer» – er deutete auf den Schreibtisch – «befindet sich ein runder, zersplitterter Bilderrahmen. Ein Zufall? Meine Schwestern haben bestätigt, dass Sie in der Mordnacht bei ihm im Zimmer waren. Könnte es sein, dass Sie ihm – trotz aller Sympathie – verweigert haben, was er sich leidenschaftlich wünschte? Wäre es möglich, dass er sich schließlich mit Gewalt genommen hat, was er unbedingt haben wollte?»

«Sie sind verrückt», sagte Lucia.

«Und aus Rache haben Sie ihn getötet. Mit Eves Schwert.»

«Beweisen Sie es.»

«Eve beschreibt die Tat in ihrem Manuskript.»

«Und das nennen Sie Beweis?», fragte Lucia spöttisch. «Die Phantasien einer Autorin?»

Petrus wandte sich an die Schriftstellerin: «Und? Haben Sie gesehen, was Sie beschrieben haben?»

Eve lächelte milde. «Ich bin Künstlerin. Und ich werde mich hüten, die Quelle meiner Inspirationen preiszugeben.

Nichts ist langweiliger als ein Roman, der sich als billiger Abklatsch der Wirklichkeit erweist.»

«Außerdem», wandte Lucia ein, «fehlt die Leiche. Wo hätte ich Juan denn verstecken sollen?»

«Kommen wir zu Ihnen, Bartolomeo», sagte Petrus. «Ihr Motiv liegt auf der Hand: Eifersucht. Lucia gehörte Ihnen, bevor Juan hier auftauchte.»

«Ich gehöre niemandem», sagte Lucia ärgerlich. «Nicht Bartolomeo. Nicht Juan. Mit Verlaub, Heiliger Vater: Ihr Frauenbild stammt aus dem letzten Jahrhundert. Wie Ihr ganzes Weltbild. Und aus diesen überholten Irrlehren ziehen Sie abenteuerliche Schlüsse und zwingen uns, Ihnen zuzuhören. Können wir jetzt gehen?»

«Sie leben ein zurückgezogenes Leben, Bartolomeo. Ihre Liebe gilt nicht den Menschen, sondern den Maschinen – so scheint es zumindest. Aber Sie sind kein kalter Techniker, kein emotionsloser Maschinenbauer. Sie sind Ästhet. Sie begeistern sich für die Geschmackswelten des Kaffees. Und für die Eleganz und Schönheit der Geräte, mit denen man ihn zubereitet. Darum sind Sie auch in der Lage, sich in eine Frau zu verlieben. Leidenschaftlich! Doch auf einmal zeigt sich ein Problem, eine Störung. Eben sagte ich, dass Sie kein *kalter* Techniker sind. Aber ein Techniker sind Sie eben doch. Und darum reagieren Sie wie ein Ingenieur: Sie beseitigen die Störung. Die Störung war Juan. Sie haben ihn getötet – und Ihre Liebe war repariert. Natürlich weiß ich, was Sie mich jetzt fragen werden.»

«Ich frage Sie», sagte Bartolomeo, «wie Sie diesen Wahnsinn beweisen wollen.»

«Ihr seid meine Schwestern», sagte Petrus zu Marta und Maria. «Ich habe mich lange geweigert, gegen euch zu ermitteln. Aber Immaculata hat darauf bestanden.»

«... Das hätten wir nicht von ihr gedacht ...»

«... niemals hätten wir das von ihr gedacht ...»

«Natürlich stellt sich die Frage, weshalb ihr Juan ...» Petrus suchte nach Worten.

«... weshalb wir ihn hätten töten sollen, den armen Jungen?»

«Traust du uns das wirklich zu, Angelo?»

«Dabei war er so ein gut aussehender Junge, der liebe Juan, selten ...»

«... sieht man so etwas am Altar ...»

Alle sahen auf die beiden Schwestern. Marta drehte ihren Rosenkranz unschlüssig in den Händen, Maria sah versonnen vor sich hin.

«... so jung und so gut aussehend und dem Herrn ganz und gar versprochen ...»

«... aber er wollte nicht auf uns hören ...»

«... wollte er nicht ...»

«... und konnte die Finger nicht von Lucia lassen. Das ist uns nicht entgangen, nicht wahr?»

«Nein, das ist es nicht.»

«Und darum», sagte Petrus, der sich wieder gefangen hatte, «habt ihr Gegenmaßnahmen ergriffen. Ihr habt ihn vor der Sünde bewahrt – für alle Ewigkeit. Er sollte keusch sterben, wie all die Heiligen, die eure Wohnung schmücken. Schöne, junge Männer. Meistens unbekleidet.»

«Also Angelo, wirklich ... wenn Mamma dich hören könnte ...»

«... also, wenn Mamma dich hören könnte, also wirklich ...»

«... aber du meinst es ja nicht so, nicht wahr ...»

«Eine faszinierende Persönlichkeit, unser Juan», sagte Petrus langsam. «Was er alles auslösen konnte bei seinen

Mitbewohnern! Mordphantasien in einer Schriftstellerin, Rachegelüste in einer jungen Frau, Eifersuchtsqualen in einem jungen Mann, Schutzbedürfnisse in zwei alten Damen. Dabei haben wir noch gar nicht alle Facetten seiner Biographie ausgeleuchtet.»

Aus seiner Tasche zog er Juans Bibliotheksausweis.

«Er interessierte sich für das Zölibat. Seine Zweifel und seine Kritik notierte er in einem Büchlein, das wir hier, in diesem Raum, gefunden haben. Aber in der Bibliothek lieh er sich keine Bücher über Keuschheit und Enthaltsamkeit aus – sondern über die Borgias! Und, viel bemerkenswerter: über Erbrecht! Lasst mich ein wenig spekulieren – ihr wisst ja, dass ich an vagen Verdachtsmomenten und haltlosen Theorien viel Freude habe! Juan stammt aus Valencia. Er ist aber – das habe ich überprüft – kein Priester aus dieser Diözese. Nehmen wir einmal an, dass er überhaupt kein Priester war! Nehmen wir außerdem an, dass ihm das Zölibat völlig egal war – und er in Wirklichkeit ganz anderen Interessen nachging! Und nehmen wir schließlich an, dass ihr, seine Mitbewohner, dies herausbekommen habt!»

«Das ist doch albern», bemerkte Eve. «Warum hätten wir ihn ermorden sollen, nur weil er sich für die Borgias interessierte? Dann hätten meine lieben Mitbewohner mich schon längst um die Ecke bringen müssen.»

«Juan wollte keinen Roman schreiben. Er wollte auch keine historischen Forschungen betreiben. Aber er wollte möglicherweise sein Erbe antreten – er, der aus Valencia kam, wie die Borgias. Warum sonst hätte er sich Bücher über Erbrecht ausleihen sollen?»

«Na schön», sagte Lucia, «dann war er eben ein Borgia. Warum hätte jemand von uns den Ururur-und-so-weiter-

Enkel des durchgeknallten Borgia-Papstes umbringen sollen?»

«Wir leben in Rom», sagte Petrus. «In der teuersten Stadt Europas – gemessen an den Einkommen, die man hier erzielen kann. Nirgendwo sonst ist das Verhältnis von Mietpreis und Einkommen so ungünstig wie in der Heiligen Stadt. Wer einen Schlupfwinkel gefunden hat, der will ihn behalten. Um jeden Preis.»

Petrus war aufgestanden. In dem schmalen Raum zwischen Tisch und Bett ging er auf und ab, fixierte mal die scheinbar vor sich hin dösende Eve, mal seine ins Gebet versunkenen Schwestern.

«Ich will euch noch eine Geschichte erzählen. Sie handelt von fünf Menschen, die in einem alten Palazzo leben, mitten in Rom. Er bietet wenig Komfort – aber sie zahlen nur sehr wenig Miete. In Rom, der teuren Metropole, ist das ein Privileg. Wo sonst findet ein Sammler von Espressomaschinen genügend Raum, um sein Privatmuseum unterzubringen? Wo können zwei alte Damen geräumig leben? Und eine politisch aktive Studentin, die mit ihrem Job in der Buchhandlung keine Reichtümer verdient? Dann taucht Juan auf – ein junger Priester. Er hat nur wenig Einkünfte und passt perfekt in die ungewöhnliche Wohngemeinschaft.»

«Bis jetzt stimmt alles», sagte Lucia gereizt.

«Aber nach und nach kommen den Hausbewohnern Zweifel. Juan interessiert sich nur wenig für den Glauben – aber umso mehr für die Borgias. Vielleicht erkundigt er sich nach den Mietverhältnissen? Vielleicht schnüffelt er im Palazzo herum? Oder recherchiert auf dem Immobilienmarkt? Seine Mitbewohner werden misstrauisch. Und irgendwann begreifen sie, was ihn antreibt: die Hoffnung, den Palazzo in Besitz zu nehmen – als Nachfahre einer großen Dynastie, der versucht, seine Erbansprüche zu beweisen. Ihnen, Lucia, ist natürlich klar, was das zu bedeuten hat. Juan würde als Eigentümer kein Interesse daran haben, in seinem riesigen Palazzo nur zwei alte Römerinnen, einen Barista und eine Studentin mit Nebenjob wohnen zu lassen. Er würde eine ganz andere, zahlungskräftigere Klientel anlocken. Er würde das Gebäude sanieren, vielleicht verkaufen, auf jeden Fall zu Höchstpreisen vermieten. Er, der Eindringling! Er, der sich das Vertrauen seiner Mitbewohner erschlichen hat!»

«Sie sollten es in meiner Branche versuchen», sagte Eve entspannt. «Ihr Talent für rührselige Geschichten ist bemerkenswert.»

«Vermutlich waren Sie es, Lucia, die den Plan fasste, Juan aus dem Weg zu räumen. Nach und nach weihten Sie alle ein – und alle wollten mitmachen. Warum Sie, Eve, dabei sein wollten, weiß ich nicht. Vielleicht aus reiner Abenteuerlust? Jedenfalls beteiligte sich jeder mit seinen besonderen Talenten. Lucia becircte den jungen Spanier. Warum er sich darauf einließ? Vielleicht, weil er so noch mehr über den Palazzo und seine Besitzverhältnisse herauszubekommen hoffte? Am Abend des Mordes brachten meine Schwestern Plätzchen vorbei, versehen mit einem Betäubungsmittel. Lucia, die in dieser Nacht bei ihm war, sorgte dafür, dass Juan sie auch aß. Als er das Bewusstsein verloren hatte, schritt Eve zur Tat. Die blutende Leiche wurde mit vereinten Kräften in die Badewanne geschleppt, wo Bartolomeo – der Experte für Salzsäure – für die Beseitigung des Toten sorgte.»

Petrus sah einen nach dem anderen an.

Niemand sagte etwas.

«Dann wurden Marta und Maria zu mir geschickt.

Warum? Weil ich meine schützende Hand über den Palazzo halten würde, um die Ehre meiner Familie zu retten – und damit den guten Ruf meines Pontifikats. Ganz hat es nicht funktioniert, denn die Medien haben Wind bekommen von dem Mord. Wer hat sie informiert? Ich weiß es nicht. Aber ich habe Sie im Verdacht, Eve. Eine kleine Plauderei zu später Stunde, in irgendeiner Bar? Mit einem Journalisten am Nebentisch? Die Sache wurde aufgebauscht, auf einmal spukte es sogar. Aber das wird nicht lange andauern. Die Zeitungen werden neue Sensationen entdecken, die Sache wird im Sande verlaufen. Und in dem alten Borgia-Palazzo werden immer noch Lucia und Bartolomeo wohnen, Eve und meine Schwestern. So könnte es gewesen sein, nicht wahr?»

«Natürlich könnte es sein, dass Ihre Geschichte stimmt», sagte Lucia langsam. «Aber sie ist nicht zu beweisen – oder?»

«Nein. Alle Spuren wurden beseitigt – meine Schwestern haben ganze Arbeit geleistet bei ihrer Putzaktion. Das Blut auf dem Schwert wird keinen Richter überzeugen. Juan aus Valencia ist eben verschwunden, untergetaucht – warum auch immer. Ein ewiges Rätsel.»

«Und der Palazzo», sagte Eve, «wird zum Mythos. Ein Spukhaus, mitten in Rom. Ein unheimlicher Ort, in dem ein junger Spanier verschwand. Der Fluch der Borgias. Wenn mein Roman erscheint, wird der Rummel erst richtig losgehen.»

«Die ganze Geschichte», sagte Petrus ruhig, «hat nur einen Haken.»

«Ach ja?», sagte Eve. «Nun bin ich aber gespannt. Diese Geschichte ist perfekt – vom Anfang bis zum Ende.»

«Sie ist falsch», sagte Petrus. «Sie ist eine Lüge. Vom Anfang bis zum Ende.»

III

Niemand sagte etwas. Nur Monsignore – der dicke Kater hatte inzwischen auf Marias Schoß Platz genommen – schnurrte leise.

«Jeder Mensch», sagte Petrus, «ist ein Rätsel, unlösbar für seine Mitmenschen. Unsere Eltern und Kinder, unsere Freunde und Kollegen – was wissen wir von ihnen? Im Laufe vieler Jahre lernen wir sie kennen. Wir wissen um ihre Stärken und Schwächen, ihr Glück und ihre Traurigkeit. Wir gewinnen ein Bild von ihnen, vielfältig und bunt, aber niemals vollendet. Denn der Mensch verändert sich. Er zeigt Widersprüche, gerät in Krisen, rappelt sich auf. Manchmal wird er weise, manchmal verirrt er sich. Er ist, wie gesagt, ein Rätsel. Aber immer, selbst bei den komplizierten Menschen, scheint sein Wesenskern durch, sein Mittelpunkt. In jedem Menschen, und sei er noch so rätselhaft, kann man irgendwann erkennen, wie Gott ihn gemeint hat. Nun, dann sehen wir uns einmal Juan Barceló an! Wie hat Gott ihn gemeint? Wo ist seine Mitte, sein Kern? Der Schlüssel zu seiner Persönlichkeit?»

Petrus setzte sich wieder.

«Wir wissen wenig von ihm. Es gibt kein Foto, das ihn zeigt, nur eure Beschreibungen. Demnach war er ein schöner Mann, ein stolzer Spanier. Meine Schwestern haben seinen kräftigen Bartwuchs erwähnt, immer schmückte ihn ein Dreitagebart. Stellen wir uns vor, wie er morgens in diesem Zimmer erwacht. Er steht auf, streckt sich, geht ins Bad. Vermutlich will er sich rasieren. Es ist ein bisschen merkwürdig, dass nebenan, im Bad, kein Rasierapparat vorhanden ist, kein Rasiermesser, kein Schaum. Aber vielleicht zieht er es vor, sich beim Friseur rasieren zu lassen?

Ungewöhnlich für einen armen Priester – aber möglich. Sein Bad hat er ungeschickt eingerichtet: Er ist klein, das hat Bartolomeo Lucia gegenüber erwähnt. Trotzdem hat er seine Handtücher ins oberste Fach gelegt, zu dem er sich immer strecken muss – ich selbst habe es kaum geschafft, dorthin zu langen. Offenbar ein unpraktischer Mensch? Wer dieses Zimmer untersucht, gewinnt einen anderen Eindruck: Die Kommode ist pedantisch eingeräumt, genauso der Schreibtisch. Marta und Maria, habt ihr nicht erwähnt, dass er ein ordentlicher, gut organisierter Mensch war? Lucia hat ihn offenbar anders erlebt: Sie beschreibt ihn als Philosophen, als Träumer. Er sei ganz anders als Bartolomeo, hat sie mir erklärt: Bartolomeo sei rational, ein Techniker. Ein guter Organisator, der seine Bar im Griff hat. Juan dagegen habe nächtelang diskutiert, sei etwas verwirrt gewesen, aber sehr romantisch. Passt das zu seiner Zimmereinrichtung? Eigentlich nicht. Aber gut, er hatte eben verschiedene Seiten. Und vielleicht hat jeder im Palazzo genau den in ihm gesehen, den er sehen wollte?»

Petrus stand auf, klopfte gegen die Kommode, öffnete eine Tür des Kleiderschranks.

«Was verrät uns seine Zimmereinrichtung? Ordentliche, nicht mehr ganz neue Möbel, gekauft irgendwo am Stadtrand bei einem Gebrauchtwarenhändler. So macht man das als Student. Aber halt! Die Möbel wurden nicht von einem Mann gekauft, sondern von einer Frau – ich habe es überprüft. Waren Sie das, Eve? Oder Sie, Lucia? Nein? Hatte er noch andere weibliche Bekanntschaften? Ein weiteres Rätsel.»

Petrus hielt die Fotografie der Kathedrale von Valencia hoch.

«Das einzige aussagekräftige Bild im Zimmer zeigt eine Kirche. Das überrascht nicht – schließlich war er Geistlicher. Vielleicht hat er in der Kathedrale von Valencia die Stimme des Herrn vernommen, der ihn zum Priester berief. Aber in der ganzen Diözese Valencia gibt es keinen Priester namens Juan, der sich in Rom aufhält. Der Bischof hat es mir bestätigt. Ein kleines Büchlein bezeugt seine Glaubenszweifel, sein Leiden am Zölibat. Warum gibt es sonst keine Spur, die zu diesem Thema führt? Keine Bücher? Überhaupt Bücher: Wie kann es sein, dass ein Priester keine Bücher besitzt? In der Universitätsbibliothek hat er sich einige Bände über die Borgias bestellt. Sonst wissen wir kaum etwas über seine geistigen Interessen. Meine Schwestern wussten, dass er häufig zur Messe ging – was man von einem Priester erwarten sollte. Lucia hingegen freute sich, dass er mit diesen altbackenen Ritualen wenig zu tun hatte. Wie passt das zusammen?»

«Schon als Kind warst du so, Angelo ...», sagte Maria.

«... immer musstest du alles in Frage stellen ...»

«... immer!»

«Schließlich verschwand Juan», sagte Petrus. «Ohne Abschied. Ein Mord? Vielleicht. Wir haben Blutspuren im Bett gefunden, auf Eves Schwert. Niemand hat die schwere Eingangstür gehört – also kam der Täter nicht von außen, sondern wohnt im Palazzo. Alle haben ein Motiv, alle haben eine Gelegenheit. Doch wo ist die Leiche? In Bartolomeos Werkstatt haben wir Salzsäure gefunden. Wir haben Bartolomeo damit konfrontiert, er hat alles abgestritten. Doch kurz darauf finden wir einen Kanister hier nebenan, im Bad. Und damit nicht genug: Es beginnt zu spuken! Der Geist Lucrezia Borgias, die ihren Bruder Juan getötet hat? Oder Juan Barceló, der ruhelos durchs Haus wandert, um seine Mörder anzuklagen? Ich habe den Spuk selbst gesehen; ein Irrtum ist nicht möglich. Kein Wunder, dass meine Schwestern nicht mehr hier wohnen wollten, nicht wahr? Überrascht hat mich nur, dass ihre Koffer schon gepackt waren, als es spukte. Hatten sie damit gerechnet? Bald wissen auch die Zeitungen vom Verschwinden Juans, vom Geisterspuk im Palazzo. Wer hat es ihnen verraten?»

«… schon als Kind …»

«… nie konnte man ihm etwas vormachen, nicht wahr, Angelo …»

«… immer wusstest du alles besser.»

«Ich habe euch heute schon viele Geschichten erzählt», sagte Petrus. «Keine hat euch überzeugt. Und keine hat *mich* überzeugt. Ich will einen letzten Versuch unternehmen. Sie handelt von einem Phantom, von einem Menschen, den es nicht gibt. Sein Name ist Juan Barceló. Er hat ein eigenes Zimmer, eine eigene Vergangenheit und, was noch mehr zählt, einen eigenen Tod. Aber es gibt ihn nicht. Er wurde erfunden. Hier, in diesem Palazzo. Von Eve und Lucia. Von Bartolomeo und meinen Schwestern. Sie haben ihn gut erfunden – aber nicht perfekt. Sie haben Schöpfer gespielt und einen Menschen erschaffen, aber das konnte nicht gelingen. Ich habe mich lange mit Juan Barceló beschäftigt. Und ich sage euch: Er ist kein Mensch wie wir. Wir alle haben ein Geheimnis, aber Juan besteht nur aus Widersprüchen. Er hat kein Zentrum, keine Mitte. Es gibt viele Zeichen, die auf ihn verweisen. Aber dort, wo sie hinzeigen, dort ist nichts – nur Leere.»

«Diese Geschichte ist genauso schlecht wie Ihre anderen Geschichten», sagte Lucia. «Und Sie können sie genauso wenig beweisen.»

«Ich vermute, dass Juans Biographie von Ihnen erfunden wurde, Eve. Sie haben nicht Ihren Roman nach der Wirklichkeit, sondern die Wirklichkeit nach Ihrem Roman konstruiert. Sie, Lucia, haben die Möbel gekauft und diese Wohnung eingerichtet. Bartolomeo hat sein Blut beigesteuert, das Blut auf dem Laken, im Zimmer, auf dem Schwert – kürzlich trugen Sie noch einen Verband, mein Freund. Meine Schwestern haben mir von Juans Verschwinden erzählt. Und alle anderen haben diese Geschichte weiter ausgeschmückt. Immer wieder fanden wir etwas – weil wir es finden sollten. Wie die Salzsäure. Francesco fuhr, im Auftrag meiner Schwestern, in den Palazzo, um etwas aus der Wohnung zu holen – prompt belauschte er einen Streit. Ihr habt es streng vermieden, dass der Verdacht auf einen bestimmten Bewohner des Palazzos fiel. Immer wieder beschuldigtet ihr euch gegenseitig. Und es gab ja auch so viele Motive! Hätte es nicht sogar sein können, dass alle beteiligt waren? Aber beweisen ließ sich nichts. Wie soll man auch den Mord an einem Menschen aufklären, den es nie gab?»

«Aber warum, Holy Father, hätten wir das alles tun sollen?», fragte Eve.

«Von Anfang an machte es mich misstrauisch, dass die Zeitungen über Juans Verschwinden berichteten. Ganz offenbar wollte der Täter, dass die Öffentlichkeit davon erfuhr. Der Palazzo wurde genau beschrieben – jeder in Rom konnte erkennen, welches Gebäude gemeint war. Warum hätte der Täter das tun sollen? Wäre es nicht sinnvoller gewesen, Juan diskret verschwinden zu lassen? Immer düsterer wurde der Palazzo in den Medien dargestellt. Kaum jemand hatte gewusst, dass er einst den verrufenen Borgias gehörte – auf einmal wussten es alle. Der Palazzo wurde zum Mörderhaus, zu einem verfluchten Ort. Er war nicht nur baufällig und verrottet, sondern verbarg in seinem Inneren ein Verbrechen.»

«Home, sweet home», sagte Eve. «Warum hätten wir aus unserer bescheidenen Behausung ein Mördernest und Spukhaus machen sollen?»

«Die Welt hat sich verändert», sagte Petrus. «Und mit ihr Rom. Die Reichen werden immer reicher – und die Armen immer ärmer. Die Finanzmärkte spielen verrückt, die Währungen zerbrechen. Rom gehörte einmal den Römern – jetzt gehört es den Investoren. Araber, Russen, Amerikaner kaufen unsere Palazzi, steigen für wenige Tage im Jahr hier ab oder vermieten zu Preisen, die sich niemand mehr leisten kann. In den letzten Jahren, in den letzten Monaten wurde es noch schlimmer. Nicolas de Montvert hat den Markt weiter angeheizt, aber vor ihm waren andere da, und nach ihm werden andere kommen. Das alles wusstet ihr. Und ihr wusstet, dass es nur eine Frage der Zeit war, bevor dieser Palazzo auf den Markt kommen würde. Also habt ihr dafür gesorgt, dass niemand ihn kaufen will. Eine Bruchbude kann man renovieren – aber ein Mörderhaus bleibt ein unheimlicher Ort. Romantischen Spuk schätzen zumindest die Briten – aber wer will in der Tradition der verfluchten Borgias stehen? Ihr wusstet, dass ich die Polizei fernhalten würde. Denn ihr konntet darauf vertrauen, dass der Heilige Vater gewisse Mittel und Wege kennt, um seine Schwestern zu schützen. Und mit ihnen seinen Ruf. Die Medien hatten ihre Informationen vermutlich von euch – sie waren erstaunlich gut informiert. Ein raffinierter Plan.»

«Beweisen können Sie Ihre Theorien nur, wenn Sie die Polizei einschalten», sagte Bartolomeo. «Sie kann das Blut untersuchen und mit meinem Blut vergleichen. Sie kann nach einem Juan Barceló fahnden. Aber wenn Sie die Polizei einschalten, wird auch gegen Ihre Schwestern ermittelt.»

«… werden uns ordentlich Häkelwolle mit ins Gefängnis nehmen …»

«… und dem Koch einige Tipps geben … nicht wahr, Maria?»

«Natürlich habe ich kein Interesse daran, dass die Polizei nach Juans Mörder sucht», sagte Petrus. «Aber ich habe auch kein Interesse daran, dass die Medien noch länger über den verfluchten Borgia-Palazzo schreiben.»

«Sie werden es nicht verhindern können», sagte Lucia. «Der Borgia-Fluch schützt dieses Haus vor Investoren. Aber das kann er nur, wenn hier gelegentlich ein Mord passiert. Oder ein Gespenst erscheint.»

«Habt ihr eigentlich nie versucht, den Eigentümer dieses Hauses zu finden?», fragte Petrus. «Vielleicht lässt er mit sich reden.»

«Natürlich haben wir das versucht.» Lucia sah wütend aus. «Aber man kommt nicht an ihn ran. Bei der Hausverwaltung ist Schluss.»

«Ihr wart nicht ausdauernd genug», sagte Petrus lächelnd. «Ich habe es ebenfalls versucht. Um herauszubekommen, ob der Borgia-Nachfahre Juan Erbansprüche geltend machen kann.»

«Sie haben wirklich Talent», gluckste Eve. «Wie Sie den Spannungsbogen immer weiter ausreizen … Aber wem gehört die Bude denn nun?»

«Mir», sagte Petrus schlicht.

Endlich Weihnachten!

I

Der Schrei war bis in sein Schlafzimmer zu hören. Ein wütender, tobender, rasender Schrei.

Petrus zählte leise vor sich hin und bewegte dabei die Zehen wohlig unter der Bettdecke: *eins, zwei, drei, vier, fünf, sechs, sie...* Die Tür wurde aufgerissen, und mit einem eisigen Zug aus dem Flur wehte Immaculata herein. Schürze und Haube gestärkt, von blendendem Weiß. Ein intensiver Geruch nach Kernseife und Weihrauch schwappte mit ihr ins Zimmer. Das Aroma von frischem Kaffee dagegen fehlte völlig.

«Das ist nicht Ihr Ernst, dort unten.» Immaculata war ehrlich entsetzt.

Petrus stopfte sich ein Kissen in den Rücken, um sich während der folgenden Diskussion nicht zu überanstrengen.

«Auch dir einen wunderschönen Weihnachtsmorgen, meine liebe Immaculata.»

«Nicht genug, dass Sie mich seit Wochen schon mit Ihrer Krippengestaltung quälen, dass Sie mit Ästen, Erde, Steinen, Kies mein Reich verschmutzen...»

«... mein Reich, liebe Schwester.»

«... aber das ist der Höhepunkt. Ein echter, nadelnder

Tannenbaum. Ein heidnisches Symbol in meinem Arbeitszimmer ...»

«... meinem Arbeitszimmer ...»

«... noch dazu geschmückt mit Kugeln und Lametta, mit WEIHNACHTSMÄNNERN und WEIHNACHTSHEXEN ...»

«Da ich über keinen eigenen Christbaumschmuck verfüge, musste ich mich darauf verlassen, was Contessa Giulia in der Kürze der Zeit noch auftreiben konnte. Sie hat mit Francesco die ganze Nacht lang geschmückt, während ich die Weihnachtspredigt vorbereitet habe. Und ich muss sagen: Ich bin mit dem Ergebnis mehr als zufrieden.»

«Und wie erklären Sie mir bitte die lange, mit WEINGLÄSERN und SEKTKELCHEN geschmückte Tafel, die sich einmal durch das ganze Zimmer zieht? Wen um Himmels willen erwarten Sie denn noch?»

«Erst kürzlich habe ich in der Bibel wieder den schönen Spruch gelesen: *Bereite den Tisch im Angesicht deiner Feinde.* Durch deine Gegenwart bekommt er eine ganz neue Bedeutung, meine Liebe ... Aber lass dich doch einfach überraschen. Zu Christi Geburt kam meines Wissens auch jede Menge unangemeldeter Besuch. Meine Schwestern haben seit Tagen gekocht, gebacken und gebraut – es wird schon für alle reichen. Und nun muss ich mich fertig machen. Wie du weißt, würde es mir meine kleine Gemeinde heute nicht verzeihen, wenn ich nicht rechtzeitig in Erscheinung treten würde. Am Nachmittag muss ich die Krippe auf dem Petersplatz eröffnen, meine Friedenskerze am Licht von Bethlehem anzünden. Ich muss beten. Und feiern. Und nebenbei noch eine kleine Mitternachtsmette im Petersdom abhalten.»

Petrus lauschte noch kurz, bis sich Immaculatas Schritte

auf der Treppe entfernten. Dann schlug er die Decke zurück.

«Frohe Weihnachten, mein Alter», sagte er.

Und der Monsignore streckte sich in den neuen Tag.

II

Die goldenen Leuchter. Die weißen Rosen und Lilien. Die glänzenden Trompeten. All die Pracht und Herrlichkeit für ein winziges Kind. Petrus legte das hölzerne Jesulein in die Krippe vor dem Altar. Er küsste es, stand auf, trat an das Pult und musterte die Menge.

Ganz vorne saßen die Kardinäle und wisperten. Kardinal Bonito, aus gut betuchtem Hause stammend, führte sein Weihnachtsgeschenk vor – eine diamantbesetzte Armbanduhr. Er hatte sie sich selbst geschenkt und präsentierte sie seit Tagen jedem, dem er im Vatikan begegnete. Kardinal Chiellini checkte unauffällig seine E-Mails auf dem Handy. Kardinal Miller betrachtete mit Wohlgefallen den jungen Priester, der Petrus am Altar assistierte.

Petrus seufzte und begann. Einige unverbindliche Einleitungsworte – dann nahm er die Menge scharf in den Blick, straffte sich und änderte die Stimmlage.

«Wenn wir ehrlich sind», sagte er, «predige ich seit Jahren dasselbe. Und noch nie hat es jemanden interessiert.»

Erst war es sehr still im Petersdom. Dann setzte ein leises Raunen ein.

«Heute Morgen habe ich mir durchgelesen, was ich in den letzten Jahren gesagt habe. Ihr müsst wissen, meine Freunde, dass ich mir wirklich Mühe gebe mit diesen Ansprachen. Und trotzdem, so musste ich feststellen, zeigen sich gewisse Wiederholungen. Letztlich waren es drei Themen, über die ich gepredigt habe, jedes Jahr wieder. Wichtige Themen, ohne Frage. Aber keine dieser Predigten hat dazu beigetragen, dass die Welt besser, klüger oder frömmer geworden ist. Gehen wir die Themen kurz durch.»

Zufrieden bemerkte er den irritierten, sogar verängstigten Gesichtsausdruck einiger Kardinäle.

«Erstens: der Weltfriede. Jedes Jahr appelliere ich an die Großen dieser Welt, ihre sinnlosen Kriege einzustellen. Meint ihr, es würde mich daraufhin irgendein Diktator anrufen und sagen: Ich wusste gar nicht, Heiliger Vater, dass Sie etwas gegen Kriege haben – aber wenn das so ist, höre ich natürlich sofort damit auf? Zweitens: der Materialismus. Unsere Welt, so predige ich jahraus, jahrein, huldigt dem Götzen Geld. Ein oberflächlicher Konsumrausch ist das Weihnachtsfest geworden. Geschenkberge türmen sich in den Wohnzimmern. Das Weihnachtswunder – nur Dekoration. Die Menschen hören sich das an. Dann gehen sie nach Hause – zu den Geschenkbergen. Und packen aus. Wisst ihr übrigens, was ich später tun werde, nach dieser Christmette? Ich gehe hinüber in meine Wohnung. Und packe ebenfalls aus. Geschenkberge sind es nicht gerade – dafür sorgt schon meine Haushälterin. Aber es sind nicht nur selbstgebastelte Gaben meiner Enkel, die ich ja sowieso nicht habe. Letztes Jahr bekam ich die Schuhe geschenkt, die Paolo Rossi im WM-Finale 1982 trug. Meine Freunde haben sie für mich ersteigert. Ich habe mich sehr darüber gefreut, wirklich. Aber, wenn wir ehrlich sind: Auch das ist Materialismus. Ich brauche diese Schuhe nicht. Ich könnte mich an meinen Erinnerungen freuen. Sind sie nicht mehr wert als altes Leder? Kommen wir zum dritten Klassiker:

Nächstenliebe. Das hatten wir im letzten Jahr, erinnert ihr euch? Ihr erinnert euch nicht? Seht ihr – genau das meine ich.»

Er schwieg.

Ratlosigkeit, wohin er sah.

«Sie wickelte ihn in Windeln und legte ihn in eine Krippe, weil in der Herberge kein Platz für sie war. So heißt es in der Weihnachtsgeschichte. Maria kommt nach Bethlehem, schwanger, und findet kein Zimmer. Mit Josef, ihrem Mann, zieht sie in den Stall. Diese Geschichte trug sich zu vor zweitausend Jahren. Und sie trägt sich jeden Tag wieder zu, an jedem Ort auf der Welt. Seht euch Rom an, die Heilige Stadt! Noch vor fünfzig, sechzig Jahren war es eine Stadt der Kinder. Heute leben keine Kinder mehr im Centro storico, keine Familien. Sie können die Mieten nicht bezahlen – und darum ziehen sie weiter, an den Stadtrand, in die Trabantenstädte. Weil in der Herberge – bei Mamma Roma – kein Platz für sie ist. Platz ist hier nur für Reiche. Sie kaufen die alten Häuser auf und steigen für einige Tage hier ab, wenn sie in Rom zu tun haben, als Zwischenstation zwischen New York und Shanghai. Für einige Tage wird die Klimaanlage angeschaltet – und dann geht es weiter. Luxuriöse leere Häuser, zwischen denen sich Touristenmassen hindurchschieben. Meine lieben Freunde, ich sehe es auf euren Gesichtern: Jetzt fühlt ihr euch wohl bei meiner Predigt! Denn scheinbar bin ich wieder bei einem meiner Klassiker angelangt – dem Materialismus. Aber so einfach möchte ich es mir nicht machen in diesem Jahr. Ich habe die Lust am Predigen verloren. Ich möchte etwas tun.»

Petrus zog einen Zettel aus dem Ärmel seiner weißen Soutane.

«Kürzlich traf ich einen jungen Priester. Er kümmert sich um den Immobilienbesitz der Römischen Kirche. Unglaubliche Dinge wusste er zu berichten. Wisst ihr, meine Lieben, dass der Kirche ein Viertel dieser Stadt gehört? Hier, auf diesem Zettel, stehen die Zahlen verzeichnet. Auf den Grundstücken stehen Klöster und Konvikte, Verwaltungsgebäude, Wohnhäuser, sogar Hotels. Viele dieser Gebäude werden kaum genutzt. Riesige Klöster, in denen zwei, drei Nonnen wohnen und nicht wissen, wie sie den Kasten erhalten sollen. Andere Häuser werden genutzt, die Wohnhäuser und Hotels zum Beispiel – damit die Römische Kirche noch reicher wird. Ich kann euch gar nicht sagen, liebe Freunde, wie sehr mich das betrübt: Junge Familien verlassen die Heilige Stadt, weil sie zu teuer geworden ist – und ich, der Heilige Vater, verfüge über Raum in Fülle! Darum habe ich einen Entschluss gefasst.»

Erwartungsvolles Flüstern.

«Ich möchte den jungen Familien dieser Stadt eine Freude machen. Eine echte Weihnachtsfreude. Ich möchte ihnen keine Worte spenden in dieser Christnacht, sondern Taten. Ich möchte, dass die Welt in dieser Nacht besser, klüger und frömmer wird. Deshalb ordne ich an: Alle kirchlichen Gebäude dieser Stadt, die nicht zwingend für Gottesdienst, Bildung und Krankenpflege benötigt werden, stehen ab sofort für junge Familien zur Verfügung.»

Unruhe kam auf. Verhaltene Beifallsrufe waren zu hören.

«Einige Verwaltungsgebäude werden wir auch noch brauchen – na meinetwegen. Aber alles andere bauen wir um. Wohnungen sollen entstehen. Und die vermieten wir. Zu anständigen Preisen!»

«Bravo», rief jemand.

«Ein Viertel dieser Stadt gehört mir, liebe Freunde – stellt euch das vor! Es werden wieder Kinder in das alte Stadtzentrum ziehen. In den Parks werden wir junge Mütter sehen, nicht nur Touristen. Die Heilige Stadt wird wieder eine Stadt des Lebens, nicht nur eine Stadt der toten Altertümer. Das, liebe Freunde, ist mein Geschenk an euch. Das ist meine Weihnachtspredigt. Gleich nach den Festtagen werden wir beginnen. Der Heilige Stuhl wird vorangehen – und andere werden folgen.»

Petrus blickte in die Runde seiner Kardinäle und sah, dass ihm dort nur wenige folgten.

«Ganz besonders freue ich mich, dass meine Kardinäle mit gutem Beispiel vorangehen. Wie kann es sein, so sagte mir kürzlich Kardinal Bonito, dass er eine 250 Quadratmeter große Wohnung mit Dachterrasse bewohnt, während sich arme Familien in einem kleinen Raum zusammendrängen? Er will dort ausziehen und künftig in einem armen Kämmerlein hausen, wie es einem Diener des Herrn wohl zu Gesicht steht!»

Applaus, immer lauter werdend. Kardinal Bonito starrte wutentbrannt zu Petrus. Als er merkte, dass die Kamera zu ihm schwenkte, faltete er die Hände zum Gebet und schloss demütig die Augen. Die Festgemeinde im Petersdom jubelte ihm zu.

«Die Heilige Stadt, eine Stadt des Lebens und der Kinder – so sei es!», rief Petrus. «In den Herbergen der Kirche soll wieder Platz sein für sie, für ihre Mütter und Väter! Amen.»

III

«*Ambo*». Aufgeregt sprang Petrus auf und riss dabei einen Stechpalmenzweig vom Tisch herunter. «*Ambo!*»

Zwei Zahlen in einer Reihe beim traditionellen Bingo-Spielen.

Besser als gar nichts.

Quer über den Tisch zog er den kleinen Stapel mit Zehn-Cent-Münzen zu sich. Ihm gegenüber thronte Immaculata mit rosigen Wangen bereits hinter mehreren Geldtürmen.

«Ich hätte nie gedacht», sagte Giulia zu Immaculata, «dass Sie so gerne Bingo spielen. Eine solch oberflächliche und banale Beschäftigung an diesem hohen Feiertag! Sind Glücksspiele nicht ein Werk des Teufels?»

«Das Bingo-Spiel am Heiligen Abend», erklärte Immaculata mit Würde, «ist eine alte Tradition. Alle Italiener spielen an diesem Abend Bingo. Außerdem lehrt uns dieses Spiel christliche Tugenden.»

«Ich habe vier, dreizehn, fünfundzwanzig, neununddreißig und siebzehn.» Petrus zog neue Zahlenplättchen aus dem Beutel und kreuzte drei auf seinem Zettel an. «Jetzt bin ich aber gespannt, liebe Immaculata», sagte er.

«Demut», sagte Immaculata und zählte ihren Gewinn. «Es lehrt uns Demut. Bingo ist wie das Leben: Mal gewinnt man – und mal verliert man. Außerdem hatten wir verabredet, dass alle Münzen gespendet werden, nicht wahr?»

«An wen spenden wir eigentlich?», fragte Francesco.

«An meinen Orden», sagte Immaculata zufrieden.

Auch Giulia hatte bereits einige Runden gewonnen, während Francesco vergeblich seine Sparbüchse geplündert hatte. Trotzdem wirkte er nicht unglücklich. Ganz im

Gegenteil: Er strahlte mit dem lamettabehangenen Weihnachtsbaum um die Wette. Sein seliges Lächeln machte Petrus zwar mehr als misstrauisch. Aber schließlich war ja heute Weihnachten, die Mitternachtsmesse war vorbei, und die Freude über die Geburt des Herrn ergriff eben auch einen Franziskanerpater. Vor allem beim Anblick der weihnachtlich gestimmten Pressesprecherin des Vatikans, die allerdings in ihrem roten Samtkleid und mit den offenen dunklen Haaren nicht gerade wie die Heilige Jungfrau Maria wirkte.

«Angelo, nun nimm doch mal die Zahlenkarten vom Tisch, ich habe ja gar keinen Platz für die Platten …»

«… und der gute Fisch verkocht doch, wenn er nicht gleich gegessen wird, nicht wahr, Marta?»

«… und du nimmst bitte die Schnauze aus der Schüssel – Immaculata, meine Liebe, würden Sie bitte den Monsignore kurz vom Tisch heben?»

Immaculata hob angewidert den Kater vom Tisch, während Maria und Marta den gefühlt zehnten Gang dieser Nacht auf den Tisch brachten. Wie es die Tradition wollte, gab es Fisch in allen Variationen. Das große Essen, das «Cenone», am Heiligen Abend war streng fleischlos. Und etwas anderes wäre Maria und Marta auch nie in den Sinn gekommen. Nach Bruschetta mit Stockfisch und Olivenpasteten, den eingelegten Sardellen und Scampi, dem Meeresfrüchtesalat, der Minestrone und der Pasta Vongole mit Knoblauch, Petersilie und Peperoncino, trugen sie nun große filetierte Fische auf: Dorade und Schwertfisch, Forelle und Hecht. Dazu gab es verschiedene Soßen und frisch gebackenes Weißbrot, frittierte Artischocken und Zucchiniblüten.

«Du lieber Himmel, wer soll das denn alles essen?»,

fragte Giulia, als es auf dem Flur plötzlich raschelte und polterte.

«Der Weihnachtsmann», sagte Petrus trocken. «Die Befana kommt ja erst am 6. Januar. Dabei hatte ich immer geglaubt, dass es den Weihnachtsmann gar nicht gibt.»

Ein Kichern. Und ein lautes, sehr lautes Lachen. Dann wurde die Tür aufgerissen. «Buon Natale!»

«Auguri!»

«Merry Christmas!»

Bartolomeo, Lucia und Eve kamen zur Tür herein. Sie schleppten ein riesiges, offensichtlich mächtig schweres Paket mit rosafarbenen Schleifen und Bommeln hinter sich her. Und konnten gar nicht mehr aufhören zu lachen. Eve hatte außerdem eine sehr große Flasche Spumante dabei, die schon geöffnet war, was auch die überaus gute Laune des Trios erklärte.

«Frohe Weihnachten! Frohe Weihnachten, Heiliger Vater!»

«Wir wollten ja eigentlich nicht stören, denn Christmas ist ja das Fest der Familie, nicht wahr, Sweetheart? Aber dann haben wir unser Weihnachtsgeschenk ausgepackt. Und wir waren so happy, so außer uns vor Freude, dass wir einfach vorbeikommen mussten.» Eve, ganz in Gold gewandet, sah aus wie ein voluminöser Rauschgoldengel. Und leuchtete wie eine Christbaumkugel.

Gemeinsam hievten die drei ihr Paket auf das Sofa. Dorthin, wo schon die anderen Weihnachtsgeschenke auf die Bescherung warteten.

Petrus wirkte gerührt.

«Setzt euch doch mit an die Tafel, es ist genug für alle da – und reicht wahrscheinlich auch noch für ein paar Touristenbusse.»

«Darf man sich nach dem Grund für Ihre gute Laune erkundigen?», fragte Immaculata spitz.

«Der Heilige Vater hat uns das größte Geschenk der ganzen Welt gemacht!», sagte Eve. «Er hat uns unseren Palazzo auf Lebzeiten als Wohnhaus vermacht. Und allen unseren Kindern und Kindeskindern. Davon allerdings profitiere ich weniger – andere dafür umso mehr.»

Lucia, die Bartolomeo die ganze Zeit über an der Hand gehalten hatte, errötete leicht. Sie trug ein langes, ungewöhnlich weites Trägerkleid im Hippiestil. Und Giulia schob ihr sofort einen Stuhl entgegen.

Petrus klopfte gegen ein Glas. «Greift zu, meine lieben Gäste. Doch noch bevor meine Schwestern den traditionellen Panettone servieren, finde ich, sollten wir uns zügig an die Bescherung machen. Schließlich muss ich morgen ... äh ... heute Mittag schon wieder oben am Petersplatz stehen und die Weihnachtsgrüße ‹urbi et orbi› in allen Sprachen verlesen.»

«So war er schon immer, nicht wahr, Maria? Nie konnte er sich zurückhalten ...»

«... wenn es Geschenke gab. Und Süßigkeiten. Immer war er der Erste in der Schüssel. An wen erinnert uns das denn? ...»

«Ja, an wen wohl? ... Liebster Angelo, nach allem, was wir dir in den letzten Wochen zugemutet haben, wollten wir dir besonders danken ...»

«... ja, und dich auch beschenken, nicht wahr? Du hast doch Geschenke so gerne, und da ...»

«... kurz, damit du nicht so einsam bist, wenn wir wieder weg sind, haben wir gedacht, es macht dir vielleicht Freude, wenn wir dir ...»

«... den Monsignore hierlassen. Er hat ja auch in Francesco einen besonderen Freund gefunden. Und wir haben so viel zu tun und bekommen nach Weihnachten ...»

«... auch wieder zwei neue kranke Kätzchen, sodass wir uns um den Monsignore gar nicht richtig kümmern könnten. Und hier hat er mit unserer ...»

«... lieben Schwester Immaculata ja eine aufopferungsvolle Pflegerin.»

Maria legte ihrem Bruder den dicken Kater in den Arm. Und Petrus war tatsächlich gerührt. So schnell er konnte, stand er auf und stellte sich Immaculata in den Weg, die gerade wutentbrannt das Zimmer verlassen wollte.

«Ich danke euch sehr. In der Tat pflegen der Monsignore und ich einige Gemeinsamkeiten – und ihr könnt ihn jederzeit besuchen kommen. Hier, Francesco, wenn du mein Geschenk einmal kurz übernehmen würdest. Dann fahren wir doch gleich mal mit dem Geschenkereigen fort ...»

Er räusperte sich kurz.

«Liebe Immaculata, ich weiß, du hast es nicht immer leicht mit mir, aber Gott hat mich nun einmal zum Papst gemacht, und nun müssen wir miteinander auskommen, du und ich. Damit du wenigstens eine kurze Erholungspause einlegen kannst, schenke ich dir hiermit» – er bückte sich nach einem großen Briefumschlag – «eine zwanzigtägige Pilgerreise ins Heilige Land. Damit du nicht allein fahren musst, wird dich die Haushälterin von Kardinal Rizzoli begleiten. Und die Vorzimmerdame des Bischofs von Valencia. Beide Herren werden mir während deiner Abwesenheit hier Gesellschaft leisten – wir sind dann ja gewissermaßen Strohwitwer, nicht wahr?»

«Die Pilgerreise startet zur nächsten Fußball-EM», flüsterte Giulia Francesco zu. «Ein raffinierter Schachzug ...»

Alle klatschten so laut, dass Immaculata tatsächlich ein Lächeln über die strengen Mundwinkel huschte.

«Auch ich habe mir Gedanken gemacht, wie ich euch allen eine Freude machen kann», sagte sie gnädig. «Für dich, liebe Giulia, habe ich einen gehäkelten Teewärmer angefertigt und einen passenden Spruch aus der Offenbarung des Johannes daraufgestickt: *Ach, dass du kalt oder heiß wärst! So aber, weil du lau bist und weder kalt noch heiß, werde ich dich ausspeien aus meinem Mund.* Sehr passend für eine gute Tasse Tee, wie ich finde.» Sie lächelte zufrieden.

«Für Francesco habe ich ein paar Handschuhe gestrickt, mit dem Gebet des heiligen Franz von Assisi auf der Innenseite. Die lieben Schwestern des Papstes, Maria und Marta, werden von mir mit einer Tischdecke bedacht, darauf ein passender Sinnspruch aus Jesaja: *Es ist nicht gut, dass wir das Wort Gottes verlassen und die Tische bedienen.* Und Sie, lieber Heiliger Vater, bekommen ein neues Kissen für ihren Lieblingslehnstuhl: *Faulheit versenkt in tiefen Schlaf, und eine lässige Seele wird hungern.* Sprüche, Kapitel 19. Und Ihnen hoffentlich zu allen Tageszeiten eine Mahnung.»

«Da möchte ich natürlich nicht zurückstehen!» Giulia sprang auf und belud sich mit mehreren Paketen, die sie vom Sofa holte.

«Lieber Heiliger Vater, Francesco und ich haben Ihnen ja schon ein Geschenk in Ihre wunderbare Krippe gelegt – Punkt Mitternacht, wie es die Tradition verlangt.»

Petrus strahlte. Und betrachtete liebevoll seine ausufernde Krippenlandschaft. Sogar das Wasserrad drehte sich wieder. Die Heilige Familie war komplett neu eingekleidet, die Stalllaterne brannte. Und darunter leuchtete das neue Jesuskind.

«Für euch, liebe Maria, liebe Marta, habe ich hier die neuesten Krimis ausgesucht – damit ihr nicht wieder heimlich welche kaufen müsst.»

«Oh, Marta, sie weiß es, hast du ihr etwas gesagt?»

«Vielen Dank, meine Liebe, ich mache mir ja nicht so viel aus diesen Dingen. Aber Maria – oh, sieh an, der neue Camilleri ...»

«Auch für dich, liebe Immaculata, haben Francesco und ich etwas Besonderes ausgesucht. Ab Montag erhältst du jeden Monat die neue Ausgabe der Zeitschrift ‹Exorzismus in Heim und Haushalt. Wie Sie den Teufel erkennen und besiegen›.»

«Mit dem Erkennen hatte ich noch nie Schwierigkeiten», sagte Immaculata würdevoll.

«Und für dich, lieber Francesco», sie bückte sich und holte unter dem Tisch ein kleines Töpfchen mit einer sehr kleinen Pflanze hervor, «habe ich ein Olivenbäumchen von meinem Balkon. Damit du nicht immer so Heimweh nach Umbrien hast», setzte sie leise hinzu.

Francesco nahm sie in den Arm, etwas zu lange, wie Petrus schien, aber Weihnachten war ja das Fest der Nächstenliebe.

Maria trug in diesem Augenblick einen kuppelförmigen Panettone herein, einen enormen Weihnachtskuchen von goldgelber Farbe. Marta kam mit einem Tablett voller Gläser und einer Karaffe mit Süßwein und trug noch das traditionelle Früchtebrot, den Panpepato, hinterher.

«Für euch, meine Lieben, die ihr mir in jeder Stunde unersetzlich wart, habe ich mir natürlich auch etwas ausgedacht», sagte Petrus. «Du, liebe Giulia, bekommst wieder eine kleine Zeichnung aus der Vatikanischen Sammlung ...»

«Oh, eine Skizze von Giudo Reni! Die wird ihr Museumskustode aber vermissen.»

«Unsinn, da unten liegt noch jede Menge. Diese Blätter hat seit Jahrhunderten keiner mehr angeschaut, da fällt es noch nicht einmal auf, wenn etwas fehlt. Und ich finde es immer so schade, wenn die schönen Dinge nicht gewürdigt werden.»

«Und Francesco, für dich, mein Sohn, habe ich einen neuen Helm, damit du Bella Figura machen kannst, wenn du mit mir – oder mit wem auch immer – auf der Vespa unterwegs bist.»

Er nahm sich eine große Scheibe vom Panettone.

«Meine lieben Schwestern bekommen von mir ‹Das große, illustrierte Märtyrerlexikon in Farbe›. Damit ihr euren geheimen Leidenschaften weiter frönen könnt. Und jetzt, meine Lieben, nach diesem letzten Stück Panettone, lasst mich ins Bett gehen. Ihr wisst schon: urbi et orbi ...»

«Halt, halt, Heiliger Vater, Sie haben unser Geschenk noch gar nicht ausgepackt.»

«Ja», sagte Bartolomeo. «Dabei werden Sie es morgen früh gut brauchen können ...»

Aus der riesigen Verpackung mit Bommeln und Schleifen zog Petrus einen großen Karton. Darin lag eine kleine, feine Kaffeemaschine. Glänzend und spiegelnd, mit einer kreisrunden Luftdruckanzeige, kleinen Schaltern und Hebeln, die Petrus sofort beglückt hin und her schnalzen ließ.

«Eine Quickmill. Von mir wieder hergerichtet und poliert.» Bartolomeos Augen leuchteten vor Stolz. «Sie ist so klein, sie passt sogar ins Schlafzimmer – sollte sie aus irgendeinem Grund in der Küche keinen Platz mehr finden.» Er warf einen irritierten Seitenblick auf Immaculata, die ihn böse ansah.

«Oh, im Schlafzimmer. Eine großartige Idee. Caffè im Bett – das habe ich mir schon immer gewünscht. Ich danke euch allen, ihr Lieben. Ich gehe jetzt ganz offiziell mit dem Monsignore ins Bett. Und wünsche euch schöne, gesegnete Weihnachten!»

IV

Er hatte zu viel getrunken. Aber es war ihm ganz egal. Er hatte seine Vespa stehen lassen, die Straßen waren zu glatt. Die Kälte schnitt ihm ins Gesicht. Nichts davon nahm er wahr. Er brachte Giulia nach Hause, er hatte seinen Arm um sie gelegt, um sie vor dem eisigen Wind zu schützen. Sie hatten nicht geredet, hatten schweigend den Tiber überquert, waren in die Via Giulia, die Via del Pellegrino und schließlich in die kleine und enge Via dei Cappellari eingebogen. Doch jetzt waren sie da, der Campo de' Fiori öffnete sich vor ihnen. Die letzte Gelegenheit in der Christnacht. Er musste es wagen. Jetzt.

«Ich ... ich habe dir noch gar nicht mein Weihnachtsgeschenk gegeben.»

Giulia blieb stehen.

«Du musst mir nichts schenken, Francesco, bitte nicht. Du hast mir das Leben gerettet. Gleich zweimal. Das reicht für alle Weihnachtsfeste, die noch kommen werden.»

«Trotzdem habe ich mir etwas überlegt.» Sie waren vor Giulias Haustür angelangt, und Francesco ließ sie los.

«Ich habe lange überlegt. Mein Geschenk für dich sollte etwas sein, was zu meinem geistlichen Stand passt, aber nicht bieder ist. Es sollte dir gefallen, aber nicht von materiellem Wert sein. Und es sollte dir auf keinen Fall sagen, dass ... ich meine, es sollte dich auf gar keinen Fall unter Druck setzen.»

Francesco dachte an seinen Wunschzettel in Santa Maria in Aracoeli. Er dachte an den kleinen hölzernen Bambino Gesù, der nun nicht mehr hinter Glas stand, sondern von den Mönchen um Mitternacht in die Krippe gelegt worden war. Er dachte daran, dass sich die Lippen des Kindes tatsächlich rot verfärbt hatten, dass seine Wünsche erhört worden waren. Alle. Auch die unausgesprochenen.

«Nun habe ich dir all die Monate und Jahre, die wir uns nun schon kennen, immer von Umbrien erzählt, von meinem Heimatkloster in Rieti. Von dem Ort, an dem der heilige Franziskus gelebt hat. Ich habe mir überlegt ... also ich würde dir das gerne einmal alles zeigen. Das Kloster. Und Greccio, den Ort ganz oben im Wald, an dem Franziskus zum ersten Mal das Weihnachtsgeschehen nachgespielt hat. Mit einer lebendigen Krippe. Ich würde mit dir so gerne dorthin fahren. Sogar mit meiner Vespa. Ich würde mir wünschen, dass du das alles einmal siehst. Dass du mich ... dass wir uns gegenseitig verstehen.» Oh Gott, was redete er da eigentlich. Aber jetzt musste er es zu Ende bringen. Er musste.

«Ich kenne deine Familie, deine Eltern, sogar deine Tante Eugenia. Nun würde ich dir gerne meine Heimat zeigen. Den Ort, wo ich aufgewachsen bin. Weißt du, ganz früher, noch bevor ich in den Orden eingetreten bin, habe ich mir sogar einmal vorgestellt, ich würde irgendwann zurückkehren nach Umbrien, eine Olivenplantage bepflanzen, wie meine Eltern. Ich würde dort leben und dort bleiben, für immer. Mit meiner Frau und meinen vielen Kindern.» Er lächelte. Er war wirklich betrunken.

«Ich meine, was ich sagen wollte ... ich möchte einfach mit dir dorthin fahren. Das ist mein Geschenk für dich. Und zugleich mein Weihnachtswunsch. Würdest du mich begleiten, Giulia? Würdest du mit mir nach Hause fahren?»

6. Januar – Tag der Befana

I

Kein Geräusch.

Nichts, was ihn hätte stören können.

Petrus lag reglos und blickte ins Schwarze. Er spürte seine Hände, bewegte die Finger, berührte den Fischerring an seiner rechten Hand. Er lauschte, aber die Stille war vollkommen.

Benommen richtete er sich auf.

Er sah die Pfosten seines Himmelbettes. Die Umrisse seines Sessels in der Ecke. Er sah die weinroten, schweren Vorhänge, die sich ins Zimmer bauschten. Vorsichtig tastete er mit seinen Füßen nach den Pantoffeln, aber er fand sie nicht. Kälte durchzuckte ihn, als seine nackten Sohlen auf den Marmorboden trafen. Vorsichtig stand er auf, vorsichtig lief er zum Fenster und zog die Vorhänge auseinander.

Die Helligkeit traf ihn unvorbereitet.

Unter ihm lag der Petersplatz. Doch die Stufen, die Brunnen, die Heiligenfiguren auf den Kolonnaden, der Obelisk in der Mitte – alles, alles war weiß. Gleißend. Glänzend. Der Schnee musste bestimmt schon einen halben Meter hoch liegen. Und es schneite immer noch. Er blickte nach oben: Der Himmel schüttelte weiße, wirbelnde Sterne auf die Erde. Der Schnee begrub die Kirche, den Platz, ganz Rom unter einer weißen Decke.

Petrus war glücklich.

Schnee in Rom – das grenzte an ein Wunder. Seit seiner Kindheit hatte er das nicht mehr erlebt.

Er ging zurück zum Bett, schubste den jetzt tief schnarchenden Monsignore zur Seite, wickelte sich in seine Decke und betrachtete den Tanz der Flocken. Wohlig war ihm zumute. Er schloss die Augen, döste ein wenig, öffnete die Augen, sah den Flocken zu und schloss die Augen wieder.

Da sah er die Befana.

Plötzlich war sie im Zimmer – sie musste hereingeschwebt sein, er wusste nicht, wie sie anders hergekommen sein sollte. Sie stieg vom Besen, stellte ihn in die Ecke und setzte sich auf den Bettrand.

«Es gibt dich wirklich», sagte er und zog die Bettdecke fester. «Ich hatte dich immer für einen Mythos gehalten. Für eine Erfindung.»

Die Befana hatte struppige Haare, trug ein kariertes Kopftuch und hatte eine lange, gebogene Nase. Tiefe Runzeln überzogen ihr Gesicht. Petrus riskierte einen Blick auf ihre Finger – als kleiner Junge hatte er sich immer vor ihren langen Hexenkrallen gefürchtet. Aber sie hatte die Hände in die weiten Ärmel ihres Flickenkleids geschoben.

«Das ist mal wieder typisch für dich und deinen Verein», sagte die Befana verärgert. «Du lebst in einem Palast voller schräger Geschichten, die angeblich alle wahr sind – und ausgerechnet ich soll eine Erfindung sein!»

«Wie meinst du das?»

«Eine Jungfrau wird schwanger. Wasser wird zu Wein.

Tote erheben sich aus dem Grab. Und dann die sogenannten Heiligen mit ihren Wundern! Nur von einer alten Hexe will niemand etwas wissen ...»

«Du bist eben kein Vorbild», sagte Petrus tadelnd. «Schließlich hast du das Weihnachtswunder verpasst. Der Stern sollte dich zur Krippe führen, aber du bist zu spät aufgebrochen. Seitdem eilst du ruhelos von Haus zu Haus und suchst das Jesuskind.»

«Immer diese alten Geschichten», seufzte die Befana. «Denk mal an deinen Vorgänger: Dreimal hat Petrus den Herrn verraten – und trotzdem durfte er Papst werden. Ich dagegen habe nur ein wenig getrödelt. Und jetzt habe ich Stress bis zum Jüngsten Gericht ...»

«Was will du eigentlich hier?», fragte Petrus.

«Ich bringe dir deine Süßigkeiten. Das ist schließlich meine Aufgabe. Jedes Jahr wieder am Dreikönigstag.»

Petrus richtete sich auf. Die Hexe starrte ihn an, beinahe hypnotisch war ihr Blick. Dann lachte sie kreischend.

Petrus schüttelte sich, blinzelte, öffnete die Augen.

«Guten Morgen», sagte Immaculata. Tiefe Runzeln überzogen ihr Gesicht; ihre Nase ragte weit unter der Nonnenhaube hervor. Ihre Fingernägel jedoch – Petrus sah genau hin – waren sauber und kurz geschnitten.

«Eine kleine Aufmerksamkeit zum Dreikönigstag», sagte sie milde, stellte ein Tablett auf den Nachttisch und verließ das päpstliche Schlafzimmer.

Petrus sah ihr nach. Seit seiner Weihnachtspredigt, die Materialismus und Konsum gegeißelt hatte, behandelte sie ihn auf eine Weise, die zuweilen an Wohlwollen grenzte.

Auf dem Tablett lagen zwei (!) Cornetti. Daneben dampfte ein Caffè, der mit seiner neuen Maschine zubereitet worden war. Aus dem silbernen Döschen, das danebenstand, schaufelte er etwas Zucker hinein und beobachtete, wie er langsam in der Crema versank.

So musste es sein.

Neben der Tasse lag die Tageszeitung. Er griff danach und suchte nach dem Sportteil, als sein Blick auf die Überschrift fiel: *Doch kein Mord? Spanischer Priester wieder aufgetaucht.*

Petrus schob den Monsignore von seiner Lesebrille, ließ ihn den restlichen Zucker vom Löffel schlecken, strich das Papier glatt und las:

Wie die Pressesprecherin des Heiligen Stuhls mitteilte, hat sich der spanische Priester Juan Barceló, der im Dezember im sogenannten Palazzo der Borgias verschwunden war, brieflich aus Spanien gemeldet. In seinem Schreiben, das der Redaktion in Kopie vorliegt, benachrichtigte er den Heiligen Vater, dass er aus Gewissensgründen aus dem Priesteramt ausscheiden werde. Wörtlich heißt es in dem Schreiben: ‹Ich liebe den Herrn, aber ich liebe auch Carmen. Wir leben auf dem Land, haben ein Weingut gekauft und werden bald viele Kinder haben. Ich bedaure es, dass mein Verschwinden für Missverständnisse gesorgt hat. Ich bin der Stimme meines Herzens gefolgt und einfach aufgebrochen, Hals über Kopf, ohne mich zu verabschieden. Bitte grüßen Sie Ihre Schwestern recht herzlich von mir. Und alle anderen Palastbewohner. Wir hatten eine wunderbare Zeit!›

Damit haben sich alle Spekulationen über ein Verbrechen als haltlos erwiesen. Bei dem Palazzo handelt es sich um dasselbe Gebäude, in dem kürzlich der bekannte Investor Nicolas de Montvert schwere Verletzungen infolge eines Sturzes erlitt. Kurze Zeit später erfuhr die Öffent-

lichkeit von seinen betrügerischen Immobiliengeschäften. Nicolas de Montvert befindet sich heute in einem Gefängniskrankenhaus in Rom und wartet auf seinen Prozess. Seine Firma hat Konkurs angemeldet.

Petrus ließ die Zeitung sinken.

Ein Palazzo voller Geschichten – das hatte die Befana gesagt. Aber nicht nur der Vatikan war voller Geschichten, sondern ganz Rom. Nun gab es wieder eine mehr. Wahr oder nicht – kam es darauf an?

Er sah zum Fenster hinaus und fragte sich, warum Giulia dem verschwundenen Juan ein Leben auf dem Land angedichtet hatte, ein Weingut und viele Kinder. Wollte sie ihm damit etwas sagen? Er würde sie fragen müssen, wenn sie aus ihrem Weihnachtsurlaub wieder da war. Sie hatte ihm eine Postkarte geschickt – offensichtlich besuchte sie gerade irgendwelche Verwandten in Umbrien.

Vor dem Fenster tanzten immer noch die Flocken.

Weiße, wirbelnde Sterne, die vom Himmel herabfielen – auf Rom, auf die Heilige Stadt.

Unser neues Buch ist fertig – ein Gefühl wie Weihnachten!

Vor allem danken wir unserer Lektorin Katharina Dornhöfer. Unermüdlich hast du daran gearbeitet, dass Petrus eine angemessene Bescherung bekommt. Und wir alle einen dritten Papst-Krimi. Wie immer hast du uns ermuntert, gemahnt, manchmal sogar gelobt. Wie immer hast du geduldig vergessene Satzzeichen eingefügt, Logikfehler aufgespürt und – complimento! – sogar die falsch geschriebenen italienischen Wörter hinterfragt. Dafür, bei Gelegenheit, ein panpepato (und nicht ein panepato – wie konnte uns das passieren?). Mille grazie!

Und einmal mehr ein ganz großer Dank an Usha und Stefan! Das Korrekturlesen erfolgte in diesem Jahr unter erschwerten Bedingungen: ein Weihnachtskrimi im Hochsommer? Römischer Schnee, wenn in München die Biergärten locken? Dicke Manuskriptstapel durcharbeiten, während unsere Jungs in Brasilien nach dem vierten Stern greifen? Ihr habt uns nicht im Stich gelassen. Weihnachtsstern, vierter Stern – mit euch leuchtet es noch viel schöner!

Ein ganz dickes Dankeschön auch an unsere Kinder. Habt ihr euch heimlich gewünscht, eure Eltern hätten ein anderes Hobby? Zum Dank fahren wir jetzt endlich nach Rom mit euch. Du bekommst das Lazio-Rom-Trikot von Miro Klose, lieber Sohn – und du darfst jeden Tag zu «Giolitti», liebe Tochter. Und natürlich schauen wir nicht alle Kirchen an – höchstens die zehn bis zwanzig wichtigsten und schönsten, in Ordnung?

Bald machen wir uns auf. Denn zu dir führen ja alle Wege, zu dir, «quella stella grande, grande in fondo al cielo»:

Grazie, Roma!